Contemporánea

Franz Kafka nació en 1883 en Praga, en el seno de una familia judía de habla alemana. En 1903 se licenció en Derecho, y a partir de 1908 trabajó en el Instituto de Seguros para Accidentes de Trabajo, un empleo que lo obligó a realizar numerosos viajes por el viejo Imperio austrohúngaro, entonces en proceso de desmoronamiento. Formó parte de los círculos literarios e intelectuales de su ciudad, pero en vida apenas publicó unos pocos escritos, la mayor parte en revistas. En 1922 obtuvo la jubilación anticipada por causa de la tuberculosis, enfermedad que empezó a padecer en 1917 y que le ocasionaría la muerte, ocurrida en 1924 en el sanatorio de Kierling, en las cercanías de Viena. El grueso de su obra, entre la que se cuentan tres novelas, varias decenas de narraciones, un extenso diario, numerosos borradores y aforismos y una copiosa correspondencia, se publicó póstumamente por iniciativa de su amigo y albacea Max Brod, quien desobedeció su deseo de que se destruyeran todos sus textos. Desde entonces, la importancia de Kafka y su condición de clásico no han hecho más que incrementarse, hasta el punto de que hoy está considerado el escritor que mejor expresó la esencia del siglo xx.

Franz Kafka

Ante la Ley
Escritos publicados en vida

Traducción de
Juan José del Solar

Prólogo de
Jordi Llovet

DEBOLS!LLO

Papel certificado por el Forest Stewardship Council®

Edición al cuidado de Ignacio Echevarría

Primera edición con esta presentación: diciembre de 2012
Quinta reimpresión: octubre de 2024

© 2005, por la presente edición para todo el mundo:
Penguin Random House Grupo Editorial, S. A. U.
Travessera de Gràcia, 47-49. 08021 Barcelona
© 2005, Jordi Llovet, por el prólogo, la advertencia sobre la edición y las notas
© 2003, Juan José del Solar, por la traducción, cedida por
Círculo de Lectores, S. A. (Sociedad Unipersonal)
Diseño de cubierta: Penguin Random House Grupo Editorial / Yolanda Artola
Ilustración y fotografía del autor: © Franz Kafka,
AKG-Images / Archiv Klaus Wagenbach / Album

Penguin Random House Grupo Editorial apoya la protección del *copyright*.
El *copyright* estimula la creatividad, defiende la diversidad en el ámbito de las ideas
y el conocimiento, promueve la libre expresión y favorece una cultura viva.
Gracias por comprar una edición autorizada de este libro y por respetar las leyes del *copyright*
al no reproducir, escanear ni distribuir ninguna parte de esta obra por ningún medio sin permiso.
Al hacerlo está respaldando a los autores y permitiendo que PRHGE continúe publicando libros
para todos los lectores. Diríjase a CEDRO (Centro Español de Derechos Reprográficos,
http://www.cedro.org) si necesita fotocopiar o escanear algún fragmento de esta obra.

Printed in Spain – Impreso en España

ISBN: 978-84-9793-789-4
Depósito legal: B-32.734-2012

Compuesto en Comptex & Ass., S. L.

Impreso en BlackPrint CPI Ibérica
Sant Andreu de la Barca (Barcelona)

P 8 3 7 8 9 C

Prólogo

por Jordi Llovet

En los últimos años de su vida, Franz Kafka trabó amistad con un joven llamado Gustav Janouch, hijo de un colega suyo en el Instituto de Seguros para Accidentes de Trabajo en el que trabajaba, en la ciudad de Praga. Janouch solía acudir al edificio de la casa aseguradora hacia las dos de la tarde –cuando terminaba la jornada de los funcionarios de la administración del Imperio austrohúngaro–, recogía al abogado Kafka a las puertas del edificio y le acompañaba hasta la casa de sus padres, que fue también, salvo excepciones, el domicilio permanente del escritor. Por el camino, Kafka y Gustav Janouch mantenían conversaciones que el segundo, con la mayor fidelidad que pueda suponerse en estos casos, transcribió y legó a la posteridad como uno de los documentos quizá no más exactos, pero sí más reveladores de muchos aspectos de la vida de Kafka, de su idea de la literatura y de su concepción del mundo y la existencia. En el decurso de una de estas conversaciones, a propósito de una exposición de la obra pictórica de Picasso, Kafka le habría comentado a este muchacho: «El arte es un espejo que "adelanta", como un reloj... a veces». Pocos días antes, y en un tono que se nos antoja muy parecido, el autor nacido en Praga le habría dicho a Janouch: «La misión del escritor es convertir la mortalidad aislada en vida eterna, conducir lo casual a lo forzoso. El escritor tiene una misión profética».

Durante varios decenios después de la muerte de Kafka,

sin duda debido a la influencia de cierta crítica de corte sociológico, esta afirmación fue puesta en entredicho: una crítica literaria basada en la trasposición contemporánea de las antiguas categorías de la *mímesis* no podía aceptar, de buenas a primeras, que un escritor nacido en el seno de una gran ciudad, más aún si había nacido a finales del siglo XIX, en plena transformación de la ciudad misma y en pleno desarrollo de las contradicciones de clase que perfilaron la sociedad europea hoy todavía vigente, una escuela de crítica literaria con tales determinaciones, decíamos, no podía entender fácilmente que el primer cuarto del siglo XX hubiese sido el fermento de una obra que, si por un lado no deja de poseer un asidero muy firme en las circunstancias de la historia, posee igualmente un engarce –diremos mejor: un referente, un horizonte– en lo trascendental, lo religioso o lo profético. En cierto modo, parte de la culpa de que Kafka fuera considerado, en los años cincuenta o sesenta, un autor realista que se habría limitado a metaforizar las condiciones de existencia de un ciudadano en el seno de una sociedad dominada por el signo de la burocracia o de las formas de vida del capitalismo, fue de uno de sus primeros exegetas, por no decir el primero de ellos: Max Brod, artífice de la salvación del fabuloso legado kafkiano. En efecto, Brod, uno de los más destacados miembros del movimiento sionista en la ciudad de Praga, puso un empeño especial, en su primera biografía de nuestro autor, en subrayar lo muy próximo que se hallaba Kafka a «la santidad», llevando, como cabía esperar en su personalidad, las aguas más bien confusas de la obra del autor al terreno de una religiosidad que, en el mejor de los casos, éste solo concibió de una manera simbólica, o, como se ha dicho, más como «horizonte» o «profecía» que como credo.

Estas dos concepciones diametralmente opuestas de la obra literaria de Kafka –su vida seguirá siendo un misterio a pesar de las más prolijas y documentadas biografías– constituyen, articuladas entre sí a pesar de todo lo que aparentemente las separa, la clave de su peculiar universo narrativo. Las narraciones de Kafka tienen mucho que ver con los avatares históricos que circundan la vida de nuestro autor, pero tienen también mucho que ver (aunque esto sea precisamente lo más difícil de apreciar en ellas) con una dimensión trascendental que escapa, por todos lados, a cualquier determinación en el tiempo y el espacio. Estas narraciones ofrecen una idea perfecta, aunque alegórica, de las condiciones de vida de un funcionario en una compañía de seguros filial de una institución imperial con sede en Viena; pero conducen también a una idea muy precisa de la relación del autor con las esferas mucho más insondables de la trascendencia. Se trata de un universo narrativo que solo acaba de entenderse cuando se cruzan y se armonizan entre sí lo cotidiano y lo sagrado, la existencia y la eternidad, las circunstancias históricas que definen el imperio de los Habsburgo y la dimensión mucho más inconcreta de lo metafísico. Renunciar a la visión conjunta de estas dos cuestiones, es decir, ya refugiarse con espíritu materialista en la mera plasmación de lo histórico, ya referirse, con espíritu místico-religioso, a la sola dimensión metafísica de la obra de Kafka, significa inevitablemente arruinar la grandeza de esta obra, liquidar lo que resulta esencial y singular en este autor. Pues, como veremos, no hay en Kafka determinación histórica alguna que no pueda proyectarse en el reino de lo trascendental, como no hay ningún elemento de su carácter profético que no pueda encontrar explicación en la experiencia de lo cotidiano. Ni el gesto más menudo de los muchos que llenan, casi retóricamente, la obra narrativa del autor, se encuentra desprovisto de las dos dimensiones aludidas: que un personaje hunda el rostro en el pecho, como se lee en múltiples pasajes de la obra narrativa de Kafka –así, en este volumen, en la narración denominada «En la galería»–, tanto permite al lector «visualizar» la desesperación de este personaje como obliga a suponer, siquiera sea entrever, el peso de un destino o de una Ley que no forma parte, a primera vista, de las categorías de una experiencia común. El carácter abstracto de lo trascendental y el cariz elemental de una experiencia cotidiana se funden, en la obra de Kafka, como nunca antes, posiblemente, se habían fundido en la literatura universal en prosa; y solo esta fusión explica la rara concepción kafkiana del *oficio de escritor*. El arte narrativo de Franz Kafka «adelanta» como un reloj en la medida que, remitiendo a un tiempo histórico muy determinado, lo supera hasta alcanzar una esfera superior, hasta abrazar unas dimensiones que no son, propiamente hablando, de este mundo. Quizá por esta razón Kafka pudo decirle a su prometida Felice Bauer: «Para poder escribir, tengo necesidad de aislamiento, pero no como un ermitaño, algo que no sería suficiente, sino como un muerto. El escribir, en este sentido, es un sueño más profundo, o sea la muerte, y así como a un muerto no se le podrá sacar de la tumba, a mí tampoco se me podrá arrancar de mi mesa por la noche». Situado, como los muertos, entre una corporeidad olvidada y el asombro ante la dimensión de lo eterno, Kafka elabora una literatura única en la historia que oscila permanentemente entre la descripción pormenorizada de efímeros gestos y los horizontes vastísimos de la eternidad. Este es, en definitiva, el signo bajo el que deambula por los caminos el «médico rural» en la narración con este nombre, en la que se lee: «He sido contratado por la autoridad del distrito y cumplo con mi deber hasta el límite, hasta un extremo casi excesivo. Aunque mal pagado, soy generoso y trato de ayudar a los pobres ... ¿Qué hago aquí, en este invierno interminable? ... Exigen siempre lo imposible al médico. Han perdido la antigua fe; el cura se queda en casa y deshilacha una tras otra las casullas; pero el médico ha de conseguirlo todo con su mano quirúrgica. Bueno, como queráis: no soy yo quien se ha ofrecido; si me utilizáis con fines sagrados, también lo consentiré». He aquí esa rara «santidad» kafkiana, que lo es siempre a pesar del autor y de sus propios personajes, no tanto a consecuencia del paganismo de la historia, cuanto del rechazo del autor a todo tipo de impostura: al fin y al cabo, como cuenta en su *Carta al padre*, nunca pudo decir de su progenitor que hubiera sido para él un ejemplo durante las visitas de ambos a la sinagoga. Eso sí: la tentación de otorgar «santidad» y «pureza» a esta extraña literatura acosará permanentemente a los lectores. En este sentido, Walter Benjamin pudo objetar a Max Brod, después de haber leído su biografía sobre Kafka, el hecho de que hubiera convertido a éste realmente en un santo; pero no tuvo ningún reparo, teniendo en cuenta la impregnación teológica de su propio pensamiento, en considerar la literatura kafkiana como «una elipse cuyos focos, muy alejados el uno del otro, están determinados de un lado por la experiencia mística y de otro por la experiencia del hombre moderno de la gran ciudad».

Kafka, la tradición y sus contemporáneos

Pero si esta fabulosa elipse kafkiana entre lo material y lo trascendental pudo concretarse en una obra literaria y un estilo, ello se debe, en buena medida, al peso que tuvo en su particular experiencia de la literatura la tradición de lo literario tal como Kafka la conoció en sus años de formación. A pesar de ser uno de los escritores más originales de la historia de las letras de Occidente, a pesar de que su mundo literario es propiamente una magnífica y desbordada invención, esta invención no resulta del todo ajena al recorrido histórico de la literatura. Cuando Kafka, aproximadamente entre 1906 y la aparición de su primer libro, *Contemplación* (1910), sentó los cimientos de su estilo, inamovibles para el resto de su vida, de hecho «imperturbables», lo hizo, en gran medida, como no podía ser de otro modo, sobre la base permeable y varia de una tradición concreta.

Por sus escritos autobiográficos, o por manifestaciones orales a las que debemos conceder enorme crédito, Kafka –que desde muy joven se sintió marcado por el signo vocacional de la creación literaria– buscó entre las ruinas de la tradición escrita las pautas que iban a ayudarle a forjar la «poética» tan enormemente singular que le caracteriza. (Aunque Kafka se sintiera más a menudo «marcado» por el castigo de la imposibilidad de escribir que «ungido» con la gracia de poder hacerlo: «Por primera vez después de mucho tiempo, un total fracaso al escribir. Sensación de ser un hombre marcado», *Diarios*, 6 de mayo de 1912.)

Pero en su caso no cabe hablar, propiamente, de «influencias», como haríamos con la mayoría de los autores de la tradición, sino de otra cuestión de análisis más complejo. Kafka tenía tras de sí, como un horizonte del que, en realidad, ya no podía esperarse nada –como si, para un hombre imbuido de misticismo, los horizontes solo se proyectasen hacia el futuro, nunca hacia lo pretérito agotado– tantos siglos de tradición literaria como los que resultan de unir, en una sola y vastísima parábola, los Libros Sagrados, la exégesis de tradición rabínica y los grandes monumentos de la literatura antigua, con los episodios mucho más variables, mucho más enraizados en la materia histórica, de todo el siglo XIX, pasando, claro está, por las más diversas muestras de literatura escrita que se producen entre cada uno de estos hitos.

Entre los más «próximos», Kafka admiró a Cervantes, al narrador romántico Heinrich von Kleist, a Dickens, a Flaubert y no a muchos más. Estos ejemplos son muy dispares entre sí. Cervantes siembra un malestar, cuyos ecos resuenan todavía en literaturas tan valoradas y originales como la de Borges, entre las categorías de lo real y lo ficticio, ofreciendo, de este modo, el modelo de una desconfianza que no cesa cuando se trata –como sucede con el mundo de la ficción– de volver a explicar la trama de los hechos sobre una urdimbre presidida por el hecho mismo de narrar, por la categoría soberana de la ficcionalidad. Heinrich von Kleist, originalísimo en su tiempo, fundamenta su literatura en una alianza combativa entre los contenidos narrados y la expresión lingüística (incluidos los secretos movimientos «corpóreos» de la frase), de modo que ofrece siempre la impresión de haber doblegado al lenguaje mismo a las exigencias exteriores del material narrado, exterior a la palabra por definición. Dickens, por su lado, y así lo entendió Kafka, es el escritor que transforma las más adversas condiciones de su vida en una especie de transparencia estilística gracias a la cual la literatura de este autor, posiblemente sin querer, se convierte siempre en un gesto de amistad hacia el lector, por no decir en un alarde de caridad. Flaubert, instalado como el anterior en una tradición que hemos convenido en llamar «realista», transforma su vida en casi nada más que un oficio, el oficio de hallar la palabra exacta para expresar, como Dickens en este caso, una realidad exterior que pretende zafarse al poder revelador del estilo; quizá por esta razón Flaubert se cansó enseguida de narrar historias que se presentaban ya «predeterminadas» a los lectores (incluso verbalmente), como hizo primero en los casos de *La educación sentimental* y de *Madame Bovary*, para entrar en el terreno de una especie de doble creación articulada: la de un mundo que existió (los mercenarios en

Cartago, la tentación de san Antonio) y, con él, la de una celebración del lenguaje mismo.

De hecho, Kafka heredó algo de todos y cada uno de estos procedimientos: la caridad de Dickens; la obsesión estilística de Flaubert y su vindicación del «escritor como lugarteniente»; la cervantina relativización y articulación problematizada de los mundos de la realidad y la ficción; la búsqueda obsesiva de una forma narrativa, como Kleist, para dar cuerpo verbal a una inquietud temática. Pero lo que importa aquí es determinar en qué consistió el «paso adelante» kafkiano que señala su concepción de la literatura y su idea de la ficción.

Lo que hizo Kafka, si así puede decirse, es concebir que el movimiento oscilante entre la realidad y la ficción no estaba predeterminado por la realidad, que es la manera como toda escritura ficcional, hasta él, se había abierto paso hasta las páginas escritas bajo la forma del relato o la novela. Hasta la aparición de Kafka, casi todas las muestras de literatura basada en la verosimilitud pueden ser consideradas *realistas* en el sentido de que es el mundo, la experiencia o la vida misma la que emite una serie de señales que esperan, para poder ser entendidas, el eco de los signos verbales que fijan o transforman la realidad en estilo y escritura. Kafka, a diferencia de la vastísima tradición que heredó, concibió enseguida –de un modo que casi puede ser denominado «natural», sin impostación alguna, sin premeditación– que la categoría de lo real no depende exclusivamente de lo que entendemos por realidad o experiencia, sino que depende íntimamente, inseparablemente, de la capacidad que posea lo real de adherirse, por sí mismo, a una fórmula verbal. Del mismo modo que el acto de la creación divina, en los textos fundacionales del judaísmo, es una realidad que jamás hubiese sido tal cosa sin el soporte eficiente de la denotación verbal, del acto voluntaria y expresamente lingüístico («Dios pronunció: "Haya luz", y hubo luz»), así Kafka entendió al principio mismo de su carrera de escritor que, en un solo gesto, *das Schreiben*, el escribir, adquirían realidad la literatura, el mundo y la existencia, la suya por lo menos. No se trata de que el lenguaje o el estilo vengan a anular, gracias a una investigación esforzadísima de este elemento, el complicado abismo que sabemos que existe –y lo sabía más que nadie la generación formada en los tiempos de la crisis de la conciencia verbal del apoteósico *fin-de-siècle* vienés– entre lenguaje y mundo; se trata de considerar que, al ritmo mismo de la escritura, nacen, en una especie de simultaneidad epifánica, la literatura y lo real unidos. Así, en el caso concreto y posiblemente único de Kafka, ni la realidad o la experiencia anteceden a la literatura, ni la literatura es una sombra (mimética o deformada) de la realidad; en su caso, la literatura y la realidad se levantan al unísono; experiencia, vida y escritura se funden en un solo acto fundacional, en cuyo exterior, propiamente hablando, no puede decirse que algo tenga vida. Así opinó Kafka que procedía también la literatura de su contemporáneo Alfred Döblin: «Me da la impresión de que Döblin concibe el mundo visible como algo muy fragmentario que tiene que completar creativamente mediante su palabra». En este sentido, y para que el lector entienda cabalmente algunos de los «bosquejos de escritura» que Kafka practicó, en especial, durante sus primeros años de trabajo, será bueno recordar lo que le dijo en otra ocasión al ya citado Gustav Janouch: «La vida es demasiado corta para la forma literaria extensa; demasiado fugaz para que el escritor pueda entretenerse en descripciones y comentarios; demasiado psicópata para que pueda hacerse psicología; demasiado novelesca para una novela ... La vida fermenta y se descompone con demasiada rapidez para poder conservarla mucho tiempo en libros vastos y largos».

Que los comentaristas de Kafka se hayan preocupado, con denuedo, de establecer puentes entre sus parábolas, sus metáforas o sus visiones literarias y el más pequeño asomo de realidad histórica, no es más que un síntoma de lo mucho que cuesta aceptar que un funcionario modesto, sin pretensiones de convertirse en un escritor canónico, ocupara, en la tradición literaria de Occidente, un lugar que solo se otorga legítimamente a los profetas y quizá también, a título excepcional y con una descarga ineludible de desconfianza en su soberanía intelectual, a los locos y los videntes impostores. La regla de oro de la narración en nuestra vasta tradición literaria raramente fue la que ordena la narratividad kafkiana, sino la *representativa*: casi siempre se había tratado de dar expresión literaria a una experiencia que, en cierto modo, formaba parte de un común acervo cultural antes de que fuera nombrada o convertida en ficción por un escritor. Pero este no es el caso de Kafka: «nuestro» autor –si por azar, o por meros atisbos, alguien puede creerse emparentado con un ser y una literatura tan enormemente singulares– crea simultáneamente, en una especie de gran polifonía que lo incluye todo, desde el gesto menudo o la palabra discreta hasta los secretos más intangibles de la existencia humana, incluido todo lo que ésta pueda tener –y tiene sin duda para muchos– de dimensión trascendental.

En Robert Walser o en Alfred Polgar, si acaso, y en pocos más, Kafka creyó ver algo parecido a lo que, de hecho, se le reveló a él mismo desde el principio de su carrera de escritor. En los primeros textos de Walser sí pudo leer Kafka algo que le resultaba familiar incluso antes de empezar a escribir: que la maleabilidad del lenguaje no es distinta del carácter azaroso de la existencia; que la solidez psicológica del escritor –que solía ser la garantía de la expresión literaria– es tan falaz como el lenguaje mismo; y que no hay constructo literario alguno que no envuelva, como un torbellino, al mismo tiempo al que escribe, lo que narra y lo que llamamos, por pura economía, realidad. Si no hubiera sido así, Kafka no habría podido urdir una reflexión como la siguiente, que leemos en una carta a su amigo Max Brod: «Hoy, durante una noche de insomnio, cuando todo iba para uno y otro lado en mis sienes doloridas, cobré de nuevo conciencia, algo que casi había olvidado en los últimos tiempos relativamente tranquilos, de la fragilidad o incluso de la inexistencia del suelo sobre el que vivo, de la oscuridad de la que emergen a su gusto oscuras fuerzas que, sin atender a mi balbuceo, destruyen mi vida. Escribir me permite seguir viviendo, pero sería más apropiado decir que permite que siga existiendo aquel tipo de vida frágil e inconsistente. Con ello no quiero decir, naturalmente, que mi vida sea mejor cuando no escribo. No, en este caso es aún peor y absolutamente insoportable, y tiene que desembocar en la locura. Pero esto solo con la condición de que, como resulta ser en realidad, también soy escritor cuando no escribo; y en cualquier caso un escritor que no escribe es un absurdo que desafía a la locura». Es como decir que solo un dios, en su sosegada omnipotencia, puede permitirse el lujo de no hacer nada; un escritor, aunque conciba la literatura como algo emparentado con las teofanías, está obligado, si no quiere sucumbir, a manifestarse. Es como si Kafka, mucho más allá de un Atlante, se hubiera sentido obligado a soportar el peso del mundo entero y a llenar con una palabra eficiente el ocio sabático de su Arquetipo. Como escribe en el cuaderno escolar [25]: «El séptimo día, *él* descansa, y *nosotros* llenamos la tierra», en el bien entendido de que Kafka llena esta tierra de literatura y nada más.

La vecindad del lenguaje

Pocos aspectos de la obra narrativa de Franz Kafka escapan a las consideraciones generales que acabamos de esbozar; entre sus textos, muy pocos son marginales respecto a la cuestión de fondo que hemos analizado. Así, para empezar por lo más simple, la concepción del lenguaje que poseía Kafka es, desde el inicio, la que corresponde a alguien que, directa o indirectamente, se inscribe en una tradición que eleva la letra misma –quiero decir algo tan simple como los grafismos de todo alfabeto, cuya combinación solo más tarde se convierte en literatura– a una categoría trascendental. Es cierto que esta percepción microscópica y a un tiempo panorámica del lenguaje no es privativa de nuestro autor, pues, por lo menos en las letras de expresión alemana, es una tradición que arranca de la teoría del lenguaje de los escritores del romanticismo alemán (Novalis, por ejemplo, y en general los redactores de la revista *Athenäum*, publicada en torno a 1800) y llega a los grandes cuestionadores del elemento verbal del cambio de siglo que Kafka conoció, en especial los representantes vieneses del movimiento, de Hofmannsthal a Karl Kraus y el ya citado Robert Walser, pasando por los más teóricos Fritz Mauthner o Sigmund Freud. Pero no poseemos ningún dato que nos asegure que las reflexiones sobre las letras y el lenguaje por parte de Kafka se cimentaran en comentarios y teorías ajenas: la cuestión se halla sin duda en el «espíritu de la época», pero, como es habitual en nuestro autor, sus apuntes a este respecto no parecen deberle nada a nadie, salvo a su propia perspicacia y a su enorme penetración intelectual.

Kafka, conocedor o no de la emblemática *Carta de lord Chandos* (1902), de Hugo von Hofmannsthal, poseyó siempre una visión del lenguaje que arranca de su más estricta materialidad, algo que, digámoslo de pasada, ha dado pábulo a pintorescos comentarios cabalísticos de su obra, unos más llamativos que otros, todos innecesarios. El 15 de diciembre de 1910, escribe en sus diarios: «Casi ninguna de las palabras que escribo concuerda con las otras, oigo como las consonantes rozan unas contra otras con un ruido metálico y las vocales cantan como negros en la feria. Mis dudas se agrupan en círculo alrededor de cada una de las palabras, las veo antes que a la palabra, pero ¡qué va!, la palabra no la veo en absoluto, me la invento. Y esa no sería la mayor de las desdichas, solo que entonces tendría que inventar palabras capaces de aventar el olor a cadáver en una dirección tal que ese olor no nos diera enseguida a la cara a mí y al lector». Dos días más tarde le manifiesta a Max Brod en una carta: «Mi cuerpo entero me advierte ante cada palabra; cada palabra, antes de que permita que yo la escriba, mira primero en torno suyo. Las frases se me parten prácticamente, veo su interior y entonces tengo que acabar enseguida»; palabras que quizá sí acusan una influencia directa del texto citado de Hofmannsthal, en el que se lee: «Mi espíritu me obligaba a mirar con inquietante proximidad todas las cosas que alimentaban semejantes charlas vacías: me pasaba ahora con los hombres y sus actos como cuando, una vez, a través de una lente de aumento, vi un trozo de la piel de mi meñique que parecía una tierra en barbecho, con surcos y cavidades. Ya no lograba abarcarlos con la mirada simplificadora de la costumbre. Todo se me deshacía en partes, las partes de nuevo en trozos más pequeños, y nada quedaba que pudiera aprehenderse con un concepto. Las palabras sueltas flotaban a mi alrededor; se veían ojos que me miraban fijamente y que yo había a mi vez de mirar; remolinos que giran sin cesar, eso es lo que son, a través de los cuales se llega al vacío y cuya visión produce vértigo». El 20 de agosto de 1911 escribe: «No puedo comprenderlo, ni siquiera creerlo. Solo de vez en cuando vivo dentro de una palabrita, en cuya metafonía [se refiere a la palabra *stösst*, "empuje"] pierdo, por ejemplo, por un instante mi inútil cabeza. La primera y la última letra son el comienzo y el final de mi sentimiento, que es parecido al de un pez». Y todavía, el 13 de diciembre de ese año: «Cuando empiezo a escribir después de bastante tiempo sin hacerlo, saco las palabras como del aire vacío. Si consigo una, ella es la única que está ahí y todo el trabajo vuelve a empezar desde el principio». Estas manifestaciones no explican por sí mismas el complejo mundo narrativo de Kafka, pero dejan muy claro que escribir no era, para el autor, una actividad que naciera de los estímulos de la realidad, sino más bien de la potencia «hacedora» o demiúrgica del lenguaje mismo: «Probablemente, yo no tenga fantasía», le dijo a su joven amigo.

El aliento del mito

De esta implantación en la materia misma del lenguaje se llega, con absoluta naturalidad, al elemento que constituye el núcleo del arte narrativo de Kafka, que denominaremos, sin ir más lejos, el aliento del mito. Si no hubiese que apelar ante todo a la estructura narrativa del mito, cabría hablar, en Kafka, del poder de metaforización o de la enorme capacidad del autor para elaborar *parábolas*; pero este no es el caso. Es importante subrayar que los procedimientos narrativos de Kafka tienen que ver, ante todo, con una curiosa resituación de la mitología en la literatura del siglo XX. No significa otra cosa el hecho de que Kafka recurriera a los mitos antiguos –los de la Biblia, pero también los del legado griego arcaico–, que los reelaborara y los trasladara a la circunstancia y el contexto de su época. La torre de Babel aparecerá en sus narraciones póstumas, y también Poseidón, Prometeo, las sirenas que acosan a Odiseo, Alejandro Magno, y hasta mitos sacados de la tradición literaria, como Don Quijote o Sancho Panza; pero también en las narraciones que ocupan al presente volumen aparecen figuras de este sesgo: el emperador de un país remoto que envía a un súbdito a una misión fatídicamente imposible; Odradek, esa mezcla de objeto y de alegoría de lo eterno; o la propia Josefina –en el último relato que escribió Kafka–, la cantante que podría redimir, a la manera mosaica, a un pueblo entero. Pues el mito posee una fuerza evocadora substancial; la estructura del mito, que es como decir de toda «leyenda», por fuerza tenía que resultarle atractiva a Kafka. La fundación de los mitos debe retrotraerse a los tiempos borrosos de toda civilización, si no es que viven en una dimensión situada fuera del tiempo y del espacio concretos; el mito raramente posee complejidad sintáctica, constituye un decurso narrativo simple, que presenta un sentido literal tan preciso como una ley o una sentencia; el mito no vale solo por lo que expresa, sino que extiende su poder semántico hasta mucho más allá de su configuración aparente; el mito es un emblema legendario que labra, sin que ninguna voluntad parezca intervenir en ello, una memoria y unas costumbres colectivas. Todas ellas son características que a Kafka por fuerza tenían que seducirle.

El expreso deseo del escritor de resultar invisible a sus lectores; su voluntad de transformar la literatura en un sucedáneo de la oración o del precepto verdadero; su propósito, explícito en contextos muy distintos, de que la literatura debe ser capaz de romper en los lectores «el mar helado que llevamos dentro», todo ello poseía ya una garantía y una eficacia probadas en los mecanismos de formación, difusión y recepción de las antiguas leyendas. Añádase todavía que las leyendas mitológicas son, entre las formas literarias que ha conocido Occidente, las más irreductibles a las categorías psicológicas o sentimentales:

el mito no conoce la introspección ni apela a la dimensión privada o sentimental de quien lo escucha: es un esquema narrativo de los más simples que se conocen, aunque sea también, gracias a su diáfana construcción sintáctica y, más aún, por el lugar ritual que ocupa en una sociedad, el fermento de las más variadas formas de comportamiento. No hay que olvidar, a este respecto, el interés de Kafka por las leyendas de su tradición más próxima, es decir, las leyendas hasídicas transmitidas por los judíos orientales, de las que dijo: «Los escritores judíos orientales únicamente escriben cuentos populares. Esto está bien. Al fin y al cabo, el judaísmo no es solo un asunto de fe, sino sobre todo la práctica cotidiana de la vida por parte de una comunidad determinada por la fe». Nada podía resultar más acorde con el propósito literario de Kafka; y, de hecho, muchas de las narraciones que siguen, posean o no la factura del mito y se trate o no de reelaboraciones de mitos antiguos, responden de lleno a los parámetros y la funcionalidad de esta forma breve literaria.

Por esta razón, Kafka consideró siempre la metáfora o la parábola como un procedimiento idóneo para formalizar sus intenciones, pero, al mismo tiempo, por lo que se ha dicho acerca de la eficacia del mito, Kafka sentía una terrible incomodidad al sentirse obligado a recurrir a imágenes y descripciones (nunca introspecciones) en vez de poder recurrir, directamente, como lo hizo la Antigüedad, a la saludable concisión de la mitología. Apreciaba enormemente a Dickens, como se ha visto, pero al mismo tiempo le resultaba imposible entender que alguien usurpara el poder demiúrgico de los anónimos fundadores de grandes mitos presentando la realidad con una soberanía y una naturalidad tan suficientes. Así se lee en una entrada de los diarios del 20 de agosto de 1911: «He leído sobre Dickens. Es tan difícil de comprender; y puede acaso comprender un profano cómo uno vive dentro de sí una historia desde su comienzo, desde aquel punto lejano, hasta la locomotora que se acerca, todo acero, carbón y vapor, y ni siquiera ahora la deja, sino que quiere que ella lo persiga, y tiene tiempo para eso, es decir, ella lo persigue, y él corre por su propio impulso delante de ella, empuje ella hacia donde empuje, y la atraiga uno hacia donde la atraiga». En este sentido, las más logradas situaciones narrativas de Kafka, tanto en sus relatos como en sus novelas, parecen siempre como una insoslayable concesión, como algo inevitablemente imprescindible para poder excitar la imaginación de los lectores. Pero el autor nunca es tan esencialmente kafkiano como cuando sintetiza en ocho o diez líneas un asunto de complejidad abrumadora: así, en muchas de sus primeras prosas narrativas –las que se desprendieron del fastuoso «taller de escritura» de los ciclos editados a título póstumo «Descripción de una lucha» y «Preparativos de boda en el campo» (1904-1907)–, y así también, muy especialmente, en sus aforismos de los años 1918 a 1920. En estos casos, el lenguaje aparece desprovisto de ornamento y alcanza la órbita del sentido con la misma parquedad y eficacia de los mitos. Lo ideal, para Kafka, habría sido poder prescindir de toda descripción, de «la criada que enciende la lumbre» o del «gato que se calienta junto a la estufa»; todo esto serían argucias del narrador para no enfrentarse a una *verdad* que vive, muy escondida, apenas aprehensible, entre los recovecos de lo aparente: «Las metáforas son una de las muchas cosas que me hacen desesperar de la escritura. La falta de autonomía de la escritura, su dependencia de la criada que enciende la lumbre, del gato que se calienta junto a la estufa, incluso del pobre viejo que también se calienta. Todas esas son operaciones autónomas, que se rigen por su propia ley; solo la escritura está desamparada, no habita en sí misma, es broma y desesperación» (*Diarios*, 6 de diciembre de 1921).

Así pues, la «tendencia al mito» no representa solamente, en estas narraciones, la impronta de una forma literaria arcaica, eficaz, de economía segura y con las garantías de anonimato absoluto, un anonimato en el que Kafka podría haber quedado sumergido para siempre si su literatura no poseyera bastante más que este armazón. La «tendencia al mito» equivale también a la voluntad de formular, de la manera más concisa posible, una serie de capas superpuestas: las más aparentes pueden remitir a un gesto, a un rostro de niña y la sombra de un adulto, o una excursión al monte apenas esbozada; las más recónditas, que se acumulan hasta lo infinito en casi todas las prosas narrativas de Kafka, alcanzan esferas que cuesta imaginar que se desprendan de descripciones tan menudas, pero que salen de ellas gracias a la eficacia simbólica propia de la literatura legendaria, algo que se observa, especialmente, en su primer libro publicado de «narraciones». Más adelante, hacia los años de *La condena* y *La transformación*, Kafka empezaría a vestir con cierto lujo de detalles, aunque con mayor aridez estilística –hasta extremos que han sido considerados vecinos de la neurosis–, el armazón básico de la leyenda mítica, armazón que seguirá señoreando sus narraciones hasta el final de su vida. Así, la historia de la transformación de Gregor Samsa en un escarabajo se reduce, en la forma misma de la narración, a la leyenda de un ser que desea calma suficiente para escribir, algo que consigue convirtiéndose en un ser del todo ajeno al orden burgués de una familia praguense. Ya hacia el final de su vida, la historia de la «construcción» no es otra cosa que un recorrido laberíntico en torno a una leyenda de enorme simplicidad: alguien defiende con todos los medios su soledad, sus propiedades y sus condiciones de trabajo (algo que vale, pues, como parábola de la propia actividad de escritor de Kafka). Y, en la ya citada «Josefina la cantante», que significa, junto con «El artista del hambre», tanto la culminación del arte de narrar de Kafka como el mejor testamento que poseemos del autor sobre el lugar del narrador en la civilización contemporánea, una artista sin apenas voz explica hasta qué punto podría haberse convertido en la redentora eficaz de todo un pueblo si este pueblo se hubiese encontrado a la altura de su arte. En cualquier caso, se trate de formas breves en sí mismas o de narraciones con apariencia de novelas cortas, lo que domina este mundo narrativo es siempre un núcleo incandescente, nacido de una experiencia singular innombrable por sí misma, que se abre camino por la vía de los aditamentos descriptivos y las circunvoluciones narrativas, y, sobre todo, por la violenta invitación al comentario que esta escritura suscita en el ánimo del lector. En este procedimiento, más que en cualquier otro de los aspectos de la obra narrativa de Kafka, se convierte en ley lo que hemos apuntado más arriba: el sentido literal, en Kafka, no posee ningún valor si no se le añade todo el sentido anexo que resulte posible: un sentido parabólico, elíptico, o como quiera que pueda decirse. Uno de los mejores ejemplos de la cuestión se encuentra, posiblemente, en la prosa llamada «Los árboles», del libro *Contemplación*: «Pues somos como troncos de árboles en la nieve. En apariencia yacen apoyados sobre la superficie, y con un leve empujón deberían poder apartarse. No, no se puede, pues están unidos firmemente al suelo. Aunque cuidado, también esto es solo aparente». He aquí una narración, si así puede decirse, en la que se hallan perfectamente visibles los dos elementos estructurales más habituales en la narratividad kafkiana: la visión legendaria («somos como troncos de árboles en la nieve») y la paradoja que perturba a la intachable linealidad de lo previamente afirmado («en apariencia», «también esto es solo aparente»). En las narraciones de Kafka, el lector queda siempre avisado, sin gran dilación y a veces sin ningún preámbulo, de la materia fundamental («un hijo decide casarse y lo notifica a un amigo y a su padre», en *La condena*; «un viajante de comercio se levanta, una mañana, y se encuentra en su cama transformado en un escarabajo», en *La transformación*; «un artista ayuna en una jaula, hasta la muerte, para admiración de los visitantes», en *Un artista del hambre*). Luego, como a renglón seguido, los paradójicos mecanismos de la propia narración obligan al lector a complicar el edificio semántico que los relatos llevan misteriosamente adheridos a su imprescindible núcleo mitológico.

Quizá este procedimiento sea también un signo externo de la aversión de Kafka por la suciedad; algo que le llevó a arrostrar una vida sexual parca y calculada, a convertir sus comidas diarias en una liturgia casi maniática, a practicar la natación y el remo en aguas del Moldava con una gran perseverancia, y a extremar la pulcritud en unos informes administrativos, para el Instituto de Seguros del Reino de Bohemia, que por fuerza tenían que llamar la atención de sus superiores. Todas esas ocupaciones se encuentran dominadas por la misma ley, que en primera instancia debería llamarse *ascética* en todos los casos: cuanto más y con mayor tesón y pulcritud se trabaja en un ejercicio, mejores frutos se recogen. Con la única diferencia, insistamos en ello, que los frutos de una literatura de este cariz no los recoge propiamente el autor –pues no escapó a la muerte aunque se figuraba la actividad de escribir como una lucha diaria contra la negación de sí mismo–, sino la posteridad que significan sus interminables lecturas.

Abundando en lo que estamos comentando, ahí está esa narración prodigiosa, una de las más altas que se hayan escrito en el siglo XX, que lleva por título «La preocupación del padre de familia» (del libro *Un médico rural*). El «objeto» que se narra en ella, el ya citado Odradek, es en apariencia tan confuso como insignificante: «A primera vista se asemeja a un carrete de hilo plano y en forma de estrella, y, de hecho, también parece que estuviera recubierto de hilos; aunque a decir verdad, de los más diversos tipos y colores, anudados entre sí, pero también inextricablemente entreverados». Pero este ser pasa luego de la pura materia a la muda espiritualidad, y se convierte, para su propietario, en el emblema de la vida perdurable. No es necesario apelar a la religión –aunque Kafka lo hace con mayor frecuencia de lo que suelen aceptar sus comentaristas más incrédulos– para otorgar a Odradek el sentido de una condensación metafórica, la alegoría de la eternidad: «¿Seguirá, pues, rodando en un futuro escaleras abajo con su cola de hilos sueltos de los pies de mis hijos y de los hijos de mis hijos? Es evidente que no hace daño a nadie; pero la idea de que pueda sobrevivirme me resulta casi dolorosa».

El sentido interminable

La última de esta serie de consideraciones alcanza la idea de la «obra literaria» en su complejidad y complitud. A este respecto, Kafka también escribió cosas muy reveladoras, como ya leemos en una carta a Oskar Pollak de principios de 1903: «Debes recordar que yo comencé en una época en la que se "creaban obras", cuando se utilizaba un lenguaje ampuloso; no existe peor época para el comienzo» (Kafka se refiere ya al lenguaje florido tardorromántico, ya a la exageración estilística de muchos de sus contemporáneos). Sin que lo diga claramente en este contexto, es evidente que Kafka derivó muy pronto hacia todo lo contrario de la «obra», es decir, hacia una escritura muy a menudo fragmentaria, narraciones terminadas o solo esbozadas de unas cuantas líneas, en la mayoría de las cuales actúa un principio que se encuentra en las antípodas de la idea de la «gran obra» (quizá Kafka estaba pensando en el carácter todavía de «gran obra», rezagadamente decimonónica, que es *Los Buddenbrook*, publicada en 1901), una escritura que, en cierto modo, quedaba denegada en su propio fundamento por una instancia innombrable, y que no podía asentarse fácilmente en el marco de la «gran literatura»; y prueba de ello es que las tres novelas de Kafka –que es lo que más se aproxima a la obra de arte global, extensa y «clausurada»– iban a quedar inacabadas. Una concepción de la escritura literaria como la de Kafka más bien tenía que derivar en las formas breves de la narración, es decir, en este magma de tientos y logros narrativos entre los cuales, solo aquí y allá, incluso en esos libros publicados en vida por el autor que se presentan en este volumen, emerge algo así como un *continuum* narrativo con pies y cabeza. Lo que es esencialmente kafkiano no es la «obra» sino su contrario, como bien apuntó el autor en un pasaje póstumo: «La escritura se me niega. De ahí el proyecto de las investigaciones autobiográficas. No escribir una biografía, sino investigar y averiguar los detalles más pequeños posibles»: algo que vale tanto para la llamada «escritura autobiográfica» de Kafka, es decir, sus diarios y cartas, como para su escritura narrativa. En el sentido que acabamos de apuntar, no hay diferencias muy ostensibles, salvo excepción, entre el conjunto de textos que Kafka publicó en vida y los miles de páginas que dejó esbozadas y sin publicar: todo atenta contra el carácter clausurado de la «obra», ya en la medida en que todo es experimentación o una escritura en bosquejo, ya en la medida en que toda narración, por aparentemente «completa» que sea, se abre a una dimensión exegética interminable. La ley primera del estilo en que se forja la narración kafkiana será siempre la misma; como él mismo dijo a propósito de *La condena*, no hay escritura con valor que no aspire a elevar el mundo a las categorías de «lo puro, lo verdadero y lo inmutable»: así queda perfilada, en otra dirección, una línea de fuga hacia una dimensión elevada e interminable. Muchas narraciones de Kafka presentan este modelo abierto, de recorrido sin fin, aunque se refieran, en apariencia, a temas intrascendentes, nacidos de la observación de algo que suele pasar inadvertido; circunstanciales, raramente (de ahí el rotundo fracaso de su «novela de viaje» escrita a medias con Max Brod). Así, por ejemplo, no es difícil observar la analogía que existe en narraciones de Kafka tan separadas por el tiempo como «Deseo de convertirse en indio» (1913), «Ante la Ley», «Un mensaje imperial» o «La aldea más cercana» (1919). En el primero de ellos, que el autor incluyó en *Contemplación*, alguien que desea convertirse en indio, «siempre alerta», empieza cabalgando «sobre el suelo vibrante», pero acaba rechazando las riendas, perdiendo de vista el terreno sobre el que cabalga y a lomos de un caballo que se trasciende a sí mismo: «ya sin cuello ni cabeza de caballo». En «Ante la Ley» –leyenda que luego Kafka incorporó a la novela *El proceso*–, se habla de un campesino que espera toda su vida, a las puertas de la Ley, para acceder a ella; al final de sus días, después de haber hecho todo lo posible por cruzar este umbral, cuando conoce incluso las pulgas que habitan el abrigo del guardián, el campesino pregunta: «Todos aspiran a entrar en la Ley. ¿Cómo es que en tantos años nadie más que yo ha solicitado entrar?», y el guardián le responde: «Nadie más podía conseguir aquí el permiso, pues esa entrada estaba solo destinada a ti. Ahora me iré y la cerraré» (frase que, por lo demás, constituye una perfecta ilustración de lo que Kafka le dijo en una ocasión a Max Brod: «hay infinitas existencias de esperanza, pero no para nosotros»). «Un mensaje imperial» parece el reverso de la leyenda anterior: aquí no se trata de la imposibilidad de entrar, sino de la de salir. El emperador ha enviado un mensaje a uno de sus súbditos para que lo lleve a la residencia imperial, pero el súbdito no alcanza siquiera a pasar las puertas del recinto en el que yace el emperador: «¡Qué inútilmente se esfuerza! Aún se está abriendo camino por las estancias del palacio más recóndito; jamás las dejará atrás; y aunque lo consiguiera, no se habría ganado nada; tendría que atravesar los patios; y después de los patios, el segundo palacio circundante; y otra vez escaleras y patios; y otra vez un palacio; y así a lo largo de milenios...». «La aldea más cercana» puede citarse en su totalidad, pues ocupa solo siete líneas: «Mi abuelo solía decir: "La vida es asombrosamente breve. Ahora, en el momento, se me condensa tanto que apenas logro comprender, por ejemplo, cómo un joven puede decidirse a cabalgar hasta la aldea más cercana sin temer que –dejando aparte cualquier calamidad– aun el transcurso de una vida feliz y corriente no alcance ni de lejos para semejante cabalgata"».

Basta un recorrido por estas narraciones escogidas para entender lo esencial del arte narrativo de Kafka: el sentido literal de un relato no es más que un armazón que insinúa, si no obliga, a una actividad interpretativa; y esa actividad es no solo laberíntica, sino interminable. La operación de leer, en Kafka, oscila así, permanentemente, entre la reconstrucción más o menos fácil de un sentido literal y la operación mucho más compleja de enredar el sentido de un texto: no se trata de una *posibilidad*, como es habitual en cualquier obra con entidad literaria, sino de una *responsabilidad* ineludible. Lo literal actúa solo como una guía para los caminos que siempre deja abierta ya la paradoja, ya la parábola en el sentido más tradicional del término. Lo que parece elemental en Kafka actúa siempre como una trampa, mucho más que como una invitación: la dimensión escondida del sentido no se encuentra en un mensaje oscuro, sino en la pura trasparencia de lo literal.

La huella de la historia

Es forzoso abordar ahora el otro polo, de los dos que mencionaba Walter Benjamin según vimos más arriba: nos equivocaríamos si pensáramos que esta literatura indudablemente narrativa, «ficticia», no posee a su vez un asidero, por remoto o derivado que sea, en una circunstancia histórica y biográfica. Que un autor del siglo XX actúe, de hecho voluntariamente, a la manera de un profeta, no anula la posibilidad de discernir, en su obra literaria, ciertos anclajes de orden sencillamente coyuntural. Ya hemos visto qué le debe la obra narrativa de Kafka a la tradición literaria, y también se ha visto hasta qué punto la operación del autor respecto a esta tradición es la de un revolucionario: la tradición siempre parece, en su caso, un cúmulo de ruinas que espera a ser reconsiderado, reordenado y, por ello mismo, trascendido. El propio Benjamin llegó a decir que «la obra de Kafka expone una enfermedad de la tradición», pero esto no significa que esta tradición estuviese propiamente agotada. Como se ha visto, los procedimientos más tradicionales de la *mímesis* no solo no estaban terminados en tiempos de Kafka, sino que se usaban y siguieron usándose en la literatura europea con enorme provecho; más aún, el propio Kafka no adopta una actitud ni de recelo ni de rechazo ante esta tradición «representativa», sino todo lo contrario: nada es más ajeno a la literatura de Kafka, en el fondo, que los procedimientos de lo que solemos denominar «literatura fantástica». Claro que tampoco puede decirse que su literatura sea una literatura de corte realista como lo es la de Dickens y, en buena medida, la de su tan admirado Flaubert. Lo que hay que señalar es que la dimensión fantástica en la literatura de Kafka se encuentra, por así decir, en el origen y el final de cada uno de sus textos. Una iluminación, que parece incluso ajena al escritor, los despierta, luego la fantasía queda en cierto modo eclipsada por los efectos abrumadores de la verosimilitud, y, por fin, de nuevo la fantasía, como interpretación, viene a ocupar un lugar necesario en esta obra narrativa (que, como todo hecho literario, siempre es síntesis de lo que escribe el autor y lo que leerá el lector). Como una exigencia de la narración misma, el cúmulo de sentido que genera la dimensión parabólica de la literatura kafkiana reintroduce la imaginación en el seno de su procedimiento narrativo. Esto, por cierto, ni permite hablar de «literatura realista» en el caso de Kafka ni supone hablar, sin una severa puntualización, de «literatura fantástica».

Solo un análisis pormenorizado de toda la producción de Kafka –sus novelas, todas sus narraciones, los *Diarios*, la correspondencia y la ingente cantidad de textos que quedaron inéditos a su muerte, buena parte de los cuales se publican en esta misma colección bajo el título editorial de *El silencio de las sirenas*– permitiría definir con cierta precisión los puntos de contacto (por mucho que luego adopten las formas metamórficas que corresponden al acto de narrar) entre la obra de Kafka y las circunstancias de su vida o de su tiempo histórico. Solo un estudio exhaustivo y conciso podría satisfacer una exigencia de estas dimensiones. Pero una cosa sí puede y debe discutirse en estas páginas preliminares a las narraciones de Kafka publicadas en vida, por la importancia que esta posee en la concepción general del arte narrativo kafkiano: el lugar que ocupa la obra del escritor, ya no en la historia de las formas literarias, sino en la historia de la civilización europea; pues una obra literaria no permite tan solo un engarce con la tradición literaria, sino también con el esquema general de una civilización en un momento dado de su historia. En este sentido, y con la salvedad que ha quedado apuntada más arriba, la obra de Kafka se revela como un documento precioso para entender los enigmas más indescifrables del episodio de la historia contemporánea que denominamos «modernidad», es decir, constituye una de las más fieles y globales mitologías del siglo XX que nos haya legado la literatura.

La historia entera del movimiento moderno, en literatura cuanto menos, se debate entre los polos del sentido común y de la singularidad. El recorrido histórico-literario que va desde la revolución romántica hasta la aparición de la denominada «posmodernidad» –fenómeno tardío, muy posterior a Kafka, en el que no es necesario entrar aquí– es un recorrido marcado, básicamente, por una distancia cada vez mayor entre los constructos literarios que obedecen a una experiencia común, y una producción literaria –de construccción mucho más compleja, a menudo paradójica, cuando no «imposible»– que presume responder a una distancia angustiosa: la que existe entre los mitos de la comunidad y la génesis de un sentido espontáneo, particular, y, básicamente, distinguido. Las grandes aportaciones al movimiento moderno se encuentran, en este sentido, marcadas por el sello, no solo de la singularidad sino también de la aristocracia del espíritu. El escritor moderno, desde Edgar Allan Poe, y más aún desde Baudelaire en adelante, es alguien que presenta a su comunidad una elaboración simbólica (literaria, en nuestro caso) que nace de manera expresa como marca de distinción, como frontera entre lo plural desgastado y lo singular emergente. No queriendo aceptar que la comunidad se haya constituido como tal cosa, desde siempre, al precio de un empobrecimiento simbólico, el escritor de los «tiempos modernos», y Kafka lo es por excelencia, presenta con arrojo ante una sociedad casi extraña al propio escritor una elaboración simbólica que recorre, como un funámbulo, la cuerda tensada que une y separa a la vez al individuo y a la sociedad, con el peligro habitual en estos casos, es decir, con la peligrosa perspectiva del abismo bajo sus pies. No es casual, por ello, que Kafka redactara, en 1924, un relato denominado «Primer sufrimiento» (también denominado «Un artista del trapecio», en el último libro que puede considerarse publicado en vida, *Un artista del hambre*), en el que un trapecista vive permanentemente, en inestable equilibrio, encima de su trapecio: «Este tipo de vida no entrañaba dificultades especiales para la gente de su entorno; solo resultaba un poco molesto el hecho –imposible de disimular– de que durante los otros números del programa él permaneciese en lo alto; y aunque en esos momentos se quedaba por lo general inmóvil, siempre había alguna mirada que se extraviaba de vez en cuando desde el público hasta dar con él. Los directores, sin embargo, se lo perdonaban porque era un artista extraordinario e insustituible. Se daban cuenta, además, de que, claro está, no vivía así por capricho y de que, en efecto, solo de ese modo podía entrenar continuamente y preservar la perfección de su arte». El artista no baja nunca de su trapecio y, cuando el teatro de variedades se desplaza en tren de un sitio a otro, sigue balanceándose en la rejilla del equipaje. Todo va muy bien, el artista se siente satisfecho de su arte y el público aprecia su habilidad, hasta que el artista reclama un segundo trapecio para sus ejercicios. El relato, como todos los de Kafka, resultaría intrascendente si el segundo trapecio obedeciera solo a un capricho; pero no lo es. El segundo aparato significa la renuncia del trapecista a la singularidad que había ostentado hasta aquel momento; representa, paradójicamente, el inicio de su declive, no la apoteosis de su arte. El trapecista tiene su «primer sufrimiento», y con él su primer fracaso, el día que no se conforma con la unicidad de su arte y su trapecio, y solicita el desdoblamiento del soporte de su heroicidad. La alegría juvenil del trapecista –de esta puerilidad gozosa, a menudo con tintes humorísticos, que exhibe Kafka con frecuencia– se transforma, con estas pretensiones, en el inicio de su senilidad, de su desgracia y de su incapacidad para el oficio: «Y el empresario creyó ver en verdad cómo ahora, en el sueño aparentemente plácido en que había concluido el llanto, empezaban a dibujarse las primeras arrugas en la frente lisa e infantil del trapecista».

También en uno de sus esbozos póstumos, en este caso de corte autobiográfico, el autor manifestó con cierta iteración: «Toda persona es singular y está llamada a actuar conforme a esa singularidad, pero es necesario que esta le resulte grata. Por lo visto, tanto en la escuela como en casa todo va encaminado a disipar la singularidad». Kafka acierta plenamente al entender la educación –sea moral, cultural o política– como un proceso por el que se liman las asperezas de lo singular en beneficio de la «economía simbólica» de una comunidad que, posiblemente, no podría sobrevivir como tal sin esta censura. Pero, por otro lado, en la estela de la modernidad que ya hemos diagnosticado, Kafka no deja de insistir en la necesidad de que, aquellos que han entrevisto su lugar heroico en el seno de la comunidad indiferenciada, se mantengan firmes en el cultivo y, si cabe, la manifestación de la singularidad que los caracteriza. Esta es una tarea, como se ve tras un análisis somero del largo episodio de la modernidad en las letras europeas, que antes permite al escritor situarse en el lugar del héroe que en el lugar del educador o del reformador: «hay mucha esperanza, pero no para nosotros». O, como muy bien manifestó el escritor en una ocasión, tomar este derrotero acaba significando, tarde o temprano, quedarse solo. Cuando Janouch le preguntó, al final de su vida, si se sentía solo como Gaspar Hauser, Kafka rió y dijo: «Mucho peor que Gaspar Hauser. Yo estoy solo... como Franz Kafka». La cuestión es conocida en términos generales, y el caso particular de Kafka solo significa una apoteosis de lo que ya se encuentra en la vida y en la obra de estos emblemas del movimiento moderno que son Baudelaire, Flaubert o Valéry: erigir la singularidad como política psicológico-literaria en el seno de una sociedad se paga, casi siempre, ya con la incomprensión ya con el aislamiento, sin que quepa deducir de ello que los textos literarios del período moderno no estén, precisamente, cargados de sentido, un sentido que resultaba, y todavía resultará por mucho tiempo, abstruso para toda colectividad indiscriminada de lectores. Sea como fuere, la intención de Kafka entroncaba con esta tradición, la que intenta restaurar todo lo que todavía pueda quedar de verdadero en el lenguaje. A este respecto, como un eco de un lugar común de Mallarmé, Kafka dijo: «Los hombres se esconden del paso del tiempo tras las palabras y las ideas gastadas. Por eso la verborrea es el baluarte más fuerte del mal. Es el conservante más duradero de todas las estupideces».

Esta lucha contra la atrofia del sentido, atrofia que caracteriza a la constitución de todo organismo colectivo (familia, grupo, tribu, sociedad, nación), se paga incluso con la sensación de una inutilidad tan abrumadora, que no es extraño que la pulsión de muerte (cuando no la idea del suicidio) acuda en un momento u otro a acompañar a los intrépidos esfuerzos de la singularidad literaria. El impulso propiamente vital del escritor moderno (aquí cabría hablar de las lecturas nietzscheanas de Kafka), el que le lleva a la hazaña de su construcción simbólica marcada por el sello de una singularidad insobornable, aparece siempre acompañado de su reverso, de una pulsión de muerte que equivale, ni más ni menos, a la asunción más lúcida que quepa imaginar no solo de la responsabilidad del escritor, sino, trágicamente, de las menguadas posibilidades que tiene de redimir a la sociedad en cuyo seno escribe. Kafka se lo había dicho ya a Felice Bauer en 1913: tenía necesidad de tanto aislamiento como los muertos, y lo había expresado de un modo parecido, por medio de una metáfora que casi no lo es, en una carta a Max Brod de 1922: «Lo que a veces desea el hombre ingenuo: "Quisiera morir y ver cómo lloran por mí", lo lleva a la práctica continuamente un escritor, pues muere (o deja de vivir) y se llora a sí mismo de continuo». Una vez más, solo el trasfondo mitológico de la obra narrativa de Kafka, solo el hecho de que ésta se encuentre sólidamente anclada en los procedimientos de la «leyenda», aseguran al autor una relativa salvación por el camino del estilo y al lector el consuelo que comporta el recorrido factible de toda interpretación. Pero resultaría ocioso creer que la escritura kafkiana redimió a su autor del aislamiento social en que lo sumergió su propio genio, como sería vano desear que los lectores de hoy adquiriesen, con la lectura de estos textos, una sólida confianza en el fantasmagórico constructo simbólico en que viven, ni siquiera un bálsamo para soportarlo. Al fin y al cabo, el propio Kafka se sintió «expulsado de golpe de la sociedad» en cuanto tuvo la ocurrencia de dar a conocer a algunos miembros de su familia sus primeros escritos narrativos: «Un tío mío, aficionado a la broma, me cogió el papel que yo sostenía débilmente, lo miró un momento, me lo devolvió, sin siquiera reírse, y se limitó a decir, dirigiéndose al resto de los presentes, que lo seguían con la mirada: "Lo de costumbre"; a mí no me dijo nada. Yo seguí sentado, inclinado como antes sobre mi escrito, cuyo escaso mérito acababa de quedar patente, pero lo cierto es que de un empujón me acababan de expulsar de la sociedad, la sentencia de mi tío resonaba en mi mente con un carácter casi de verdad inapelable, e incluso en medio del ambiente familiar que me envolvía se me abrieron los ojos a la parte fría de nuestro mundo, que me vería forzado a calentar con un fuego que todavía no había empezado a buscar». Esta búsqueda prosperó, ciertamente, y desembocó en un estilo y un universo narrativo absolutamente inéditos.

El empeño de singularidad a que nos estamos refiriendo tiene valor por sí mismo, y es de obligado cumplimiento en cuanto se ha entrevisto; pero el escritor asume con plena clarividencia que, en realidad, nunca existe una salida o, de nuevo, que quizá la haya para los demás, pero no para uno mismo. No hay salida para el mono que fue atrapado en la selva de África (en *Informe para una academia*, de 1917), ni para Georg Bendemann en *La condena*, ni para Gregor Samsa en *La transformación*, ni para el mensajero de «Un mensaje imperial», ni para los protagonistas de *El proceso* y de *El castillo*; como no la hay, y no podía ser de otro modo, para el propio Kafka, como se lee en la *Carta al padre*, de 1919, en la que toda la culpabilidad vertida sobre el padre acaba revertida sobre el hijo inculpador. Se trata, en suma, de la «condición misma del escritor», como Kafka apunta en la misma carta a Max Brod que acabamos de citar: «¿Qué hay de la condición misma de ser escritor? El escribir es un dulce y maravilloso premio, pero ¿para qué? Por la noche, con esta claridad de la enseñanza de párvulos, se me hizo evidente que se trataba del salario por servicios diabólicos ... De ahí nace un terrible temor a la muerte ... A lo largo de toda mi vida he ido muriéndome, y ahora moriré de verdad ... El escritor, es decir, algo no existente, entrega a la tumba el viejo cadáver, el cadáver desde siempre». La presencia abrumadora de muertos en las narraciones de Kafka solo es la trasposición literaria de una pulsión que amenaza al escritor en función de la enorme contradicción que preside su responsabilidad, asumida con plena conciencia.

En este sentido, nadie ha llevado más lejos que Kafka la paradoja esencial que persigue, como una lacra, al escritor de los tiempos modernos: la conciencia de la singularidad empuja al escritor a una creación esforzadamente original, pero esta novedad no avanza en el sentido de la liberación, sino del ultraje. Ha habido, en este aspecto, un cierto progreso fatal entre los grandes escritores «modernos» del siglo XIX y Franz Kafka, pues Flaubert se planta de una manera feroz ante la sociedad burguesa de su tiempo con un carácter desafiante que salva y legitima (a él, por lo menos); mientras que Kafka se presenta siempre como un barrunto, como un balbuceo, propio de quien, como ya sabemos, no puede creer, en el fondo, ni en la redención de sus congéneres ni en la propia. Flaubert, en un gesto que alcanza a los escritores expresionistas y dadaístas de los tiempos de Kafka, resulta beneficiado –satisfecho, cuanto menos– de sus improperios contra una clase burguesa adocenada y simbólicamente estancada; Kafka, en el otro extremo de la aventura «moderna», sabe perfectamente que su gesto «profético» irá acompañado, sin remisión, de la indiferencia ajena y el desaliento propio. Por esto puede decirse que no hay escritura más paradójica en toda la historia de la modernidad –ya no en los planteamientos narrativos de esta escritura, sino en su designio y su destino– que la kafkiana: nace para salvar, pero nace ya con el convencimiento de que arrastrará a una perdición diabólica al que escribe y al que lee: «no hay salida». Resulta una contradicción enormemente brutal, pero esto es lo que se desprende de la lección narrativa kafkiana: la singularidad más extrema agota su positividad, en cierto modo, en el instante mismo de su conciencia. En esto ha consistido la paradoja de la modernidad, su mérito y su miseria: el arte literario de la época moderna, Kafka en un lugar destacado de sus anales, ha trascendido las ideas razonables para dar forma al caos, la perspectiva abismal y lo que no tiene fondo; pero el mundo, por sí mismo, ha delimitado sus horizontes hasta eliminar incluso la pura dimensión existencial de los seres humanos. Más que ningún otro narrador del siglo XX, Kafka presenta en su obra un umbral que da directamente al caos, y abole así la reconfortante seguridad de nuestras vidas cotidianas, recordando, quizá en vano, que también el lector de la modernidad vive, como el escritor praguense, siempre en frágil equilibrio, siempre de cara al abismo que significa la mera existencia y la muerte más allá de sus límites. Kafka no estaría del todo convencido de la utilidad de su mensaje desde el momento que dijo, con enorme perspicacia, que el hombre, ya en su tiempo, era «un residuo de la historia cuya insuficiente capacidad pronto se verá reemplazada por autómatas, cuya mente no presenta dificultades». Las dificultades que emergen del arte narrativo de Franz Kafka están ahí todavía para quien trate de sobrevivir a este destino.

JORDI LLOVET

Advertencia sobre la edición

El presente volumen ofrece: *a)* seis de los siete libros de prosas y narraciones de Kafka, es decir, todos los considerados «publicados en vida», salvo *La transformación*, que, por su enorme fama y singularidad, ya se ha editado aparte en esta misma colección, y *b)* los diez textos –narraciones y escritos de otra factura– publicados sueltos solamente en revistas o periódicos, también en vida. Los libros propiamente dichos son: *Contemplación* (1913), *La condena* (1913), *El fogonero* (1913, esbozo de lo que se convertiría en el primer capítulo de la novela *El desaparecido*), *En la colonia penitenciaria* (1919), *Un médico rural* (1919) y *Un artista del hambre* (1924, supervisado y corregido por el autor aunque publicado pocas semanas después de su muerte). Ambas secciones presentan los textos de Kafka en orden cronológico, de acuerdo con la fecha de la primera edición de cada uno de ellos.

El aparato de notas que sigue a los textos de Kafka a partir de la página 323, se presenta habitualmente del modo siguiente: 1. Breve descripción de las circunstancias editoriales de cada libro y del resto de los textos publicados en vida; 2. Comentarios del editor de este volumen, atendiendo en especial a las circunstancias biográficas e históricas que acompañan a la redacción de cada uno de los textos o conjunto de ellos, y atendiendo también al lugar que ocupan en relación con el conjunto de la obra kafkiana; 3. Documentación acerca de la recepción de las obras de Kafka por parte de la crítica contemporánea, solo en el caso, como es obvio, de los textos publicados en forma de libro, y 4. Notas –relativas siempre al texto–, en las que, habitualmente, se aclaran asuntos más o menos opacos, que requieren explicación, y, solo de vez en cuando, aproximaciones interpretativas acerca del sentido de los respectivos textos kafkianos.

Todos los textos se presentan de acuerdo con la edición y la traducción empleadas en el volumen III de las *Obras Completas* de Kafka, *Narraciones y otros escritos*, editado por Galaxia Gutenberg-Círculo de Lectores, Barcelona, 2003, que sigue fielmente la hoy considerada edición definitiva de la obra de Kafka en lengua original: Franz Kafka, *Kritische Ausgabe. Schriften, Tagebücher, Briefe* (*Edición crítica. Escritos, Diarios, Cartas*, denominada *KA* en el aparato de notas), editada por Jürgen Born, Gerhard Neumann, Malcolm Pasley y Jost Schillemeit, con el asesoramiento de Nahum Glatzer, Reiner Gruenter, Paul Raabe y Marthe Robert, publicada en Frankfurt am Main por la editorial S. Fischer a partir de 1982. Las notas pueden remitir, ocasionalmente, a la primera edición alemana de las *Obras Completas* de Kafka, es decir, la que preparó Max Brod, *Gesammelte Schriften* (*Escritos completos*), en seis volúmenes, publicados en Berlín, Schocken Verlag (volúmenes I-IV, 1935) y en Praga, Heinrich Mercy Sohn (volúmenes V y VI, 1936-1937), edición a la que remitiremos con la abreviatura *MB*.

Cuando, en el apartado de Notas, al final de este volumen, nos refiramos a nuestra edición «mayor» de las *Obras Completas* de Kafka (Galaxia Gutenberg-Círculo de lectores, 2003), ésta se identificará con las siglas *OC*.

JORDI LLOVET

Libros publicados en vida

El círculo volado°, que se encuentra en el curso de los distintos textos de Kafka, remite a la nota correspondiente, al final del libro, donde se indica la página y la línea a las que cada signo corresponde.

Contemplación
(1913)

Para M. B.

Niños en el camino vecinal

Oía pasar los carros ante la verja del jardín, a ratos también los veía por entre los resquicios, suavemente agitados, del follaje. ¡Cómo crujía la madera de sus rayos y lanzas aquel cálido verano! Eran labradores que volvían del campo y se reían que era una vergüenza.

Sentado en nuestro pequeño columpio, yo descansaba entre los árboles, en el jardín de mis padres.

Ante la verja el tráfago no cesaba. Acababan de pasar unos niños a la carrera; carretas de cereales con hombres y mujeres sentados encima y alrededor de las gavillas oscurecían los arriates de flores; al caer la tarde vi a un señor paseando lentamente con un bastón y a unas chiquillas que, cogidas del brazo, salieron a su encuentro, lo saludaron y se metieron entre la hierba del costado.

Como salpicaduras de un chorro, unos pájaros alzaron luego el vuelo; los seguí con la mirada, los vi subir de un tirón, hasta que ya no creí que ellos subían, sino que yo caía, y aferrándome con fuerza a las cuerdas, empecé, por inercia, a columpiarme un poco. Pronto me columpié con más fuerza, cuando el aire ya soplaba más fresco y en vez de los pájaros en vuelo aparecieron unas estrellas temblorosas.

A la luz de una vela me sirvieron la cena. A ratos apoyaba ambos brazos sobre el tablero de madera y, ya cansado, mordisqueaba mi pan con mantequilla.° Las cortinas, profusamente caladas, se hinchaban al viento cálido, y a veces alguien que pasaba fuera las sujetaba con sus manos si quería verme mejor y hablar conmigo. En general la vela se apagaba pronto, y en el humo oscuro del pabilo seguía evolucionando un rato el enjambre de mosquitos. Si alguien me interrogaba desde la ventana, yo me quedaba mirándolo como si mirase las montañas o el aire, y la verdad es que a él tampoco le importaba mucho una respuesta.

Pero si alguno saltaba sobre el alféizar de la ventana y me anunciaba que los otros ya estaban ante la casa, me ponía en pie suspirando.

«¡Oye! ¿Por qué suspiras? ¿Qué ha pasado? ¿Alguna desgracia particular e irreparable? ¿Jamás podremos recuperarnos de ella? ¿De veras se ha perdido todo?»

Nada se había perdido. Salimos de casa corriendo. «¡Qué bien! ¡Por fin estáis aquí!» «Tú siempre llegas demasiado tarde.» «¿Que yo llego tarde?» «Pues sí, tú, quédate en casa si no quieres venir con nosotros.» «Nada de miramientos.» «¿Cómo que nada de miramientos? ¿De qué estás hablando?»

Desfondamos el atardecer con la cabeza. Ya no hubo día ni noche. Ora los botones de nuestros chalecos entrechocaban unos contra otros como dientes, ora corríamos manteniendo intervalos siempre iguales, con fuego en la boca, como animales de los trópicos. Cual coraceros de antiguas guerras, pisando fuerte y alzando mucho las piernas, bajamos por la callejuela empujándonos unos a otros, y con este impulso en las piernas subimos luego por el camino vecinal. Algunos se metieron en la cuneta, y apenas habían desaparecido entre el sombrío talud cuando volvieron a surgir como forasteros allá arriba, en el sendero, y se quedaron mirándonos.

«¡Venga, bajad!» «¡Subid primero vosotros!» «¿Para que nos tiréis abajo? ¡Ni pensarlo! ¡Tan tontos no somos!» «¡Tan cobardes, querréis decir! ¡Vamos, subid!» «¿De veras? ¿Vosotros? ¿Nos queréis tirar abajo precisamente vosotros? ¡Eso habría que verlo!»

Partimos al asalto, recibimos golpes en el pecho y nos dejamos caer gustosos entre la hierba del talud, tumbándonos sobre ella. Todo estaba uniformemente templado, no sentíamos calor ni frío en la hierba, solo cansancio.

Al girarse sobre el costado derecho, con la mano bajo la oreja, a uno le entraban ganas de dormir, aunque al punto quería incorporarse una vez más con la barbilla en alto, para caer, eso sí, en una cuneta más profunda. Luego, con el brazo cruzado sobre el pecho y las piernas dobladas, deseaba lanzarse al aire y caer en otra cuneta más profunda todavía. Y ya no parar nunca.

Cómo nos estiraríamos del todo, en especial las rodillas, para dormir cuando estuviésemos en la última cuneta, era algo en lo que no pensábamos al yacer ahí de espaldas, como enfermos, dispuestos a llorar. Parpadeábamos cuando alguno de los chicos, pegando los codos a las caderas, saltaba sobre nosotros del talud al camino con sus suelas oscuras.

Ya veíamos la luna a cierta altura; bajo su luz pasó un coche correo. Por todas partes se elevó una suave brisa que también sentíamos en la cuneta, y muy cerca el bosque empezó a susurrar. Nadie sentía ya muchas ganas de estar solo.

«¿Dónde estáis?» «¡Venid!» «¡Todos juntos!» «Oye, ¿por qué te escondes? ¡Déjate de tonterías!» «¿No sabéis que ya ha pasado el correo?» «¿Qué dices? ¿Ya ha pasado?» «Claro que sí, pasó mientras dormías.» «¿Dormir yo? ¡Qué va!» «Calla, calla, que aún se te nota.» «¡Venga, hombre!» «¡Venid!»

Echamos a correr más apretados, algunos se daban la mano, la cabeza no podíamos llevarla muy erguida porque íbamos cuesta abajo. Alguien lanzó un grito de guerra indio, un ansia de galopar se apoderó como nunca de nuestras piernas, y, a cada salto, el viento nos izaba por las caderas. Nada habría podido detenernos; nuestro impulso era tan fuerte que incluso al adelantar a alguien podíamos cruzar los brazos y mirar tranquilamente alrededor.

Nos detuvimos sobre el puente del torrente; los que habían ido más lejos, regresaron. El agua, abajo, golpeaba contra las piedras y raíces, como si no fuera ya noche cerrada. No había ninguna razón para que alguno no saltara sobre el parapeto del puente.

Detrás de unos arbustos, a lo lejos, surgió un tren; todos los compartimientos estaban iluminados, y seguro que habían cerrado las ventanillas. Uno de nosotros entonó una canción callejera, pero todos queríamos cantar. Nuestro canto era mucho más rápido que el paso del tren, balanceábamos los brazos porque la voz no bastaba, y con nuestras voces nos fuimos metiendo en un enredo en el que nos sentimos bien. Cuando uno mezcla su voz con otras, queda como prisionero de un anzuelo.

Así cantábamos, de espaldas al bosque, hacia los oídos de los remotos viajeros. Los mayores aún estaban despiertos en la aldea, las madres preparaban las camas para la noche.

Ya era la hora. Besé al que estaba a mi lado, a los tres más próximos solo les tendí la mano, y emprendí el camino de regreso; nadie me llamó. En la primera encrucijada, donde ya no podían verme, di media vuelta y, siguiendo unos senderos, corrí de nuevo hacia el bosque. Quería llegar a esa ciudad del sur de la que se decía en nuestra aldea:

«¡No os imagináis qué gente hay allí! ¡Si es que no duermen!».

«¿Y eso por qué?»

«Porque no se cansan.»

«¿Y eso por qué?»

«Porque son necios.»

«¿Y los necios no se cansan?»

«¡Cómo podrían cansarse los necios!»

Desenmascaramiento de un engañabobos

Finalmente, hacia las diez de la noche y en compañía de un hombre al que solo conocía fugazmente de antes, pero que esta vez se me había vuelto a pegar de improviso y me había tenido dos horas deambulando por calles y plazas, llegué ante la mansión señorial, donde estaba invitado a una velada.

«¡Bueno!», dije, dando una palmada como señal de la ineluctable necesidad de despedirnos. Ya había hecho antes algunos intentos menos decididos. Y estaba bastante cansado.

«¿Piensa subir ahora mismo?», me preguntó. En su boca oí un ruido como de dientes que entrechocasen.

«Sí.»

Yo estaba invitado, y se lo dije en cuanto nos encontramos. Pero estaba invitado a subir a la casa –donde ya me habría gustado estar hacía rato–, no a quedarme allí abajo ante el portal, mirando por sobre las orejas de mi interlocutor. Y encima a enmudecer con él, como si hubiéramos decidido pasar un rato largo en ese sitio. Compartieron al punto aquel silencio todas las casas circundantes y la oscuridad que subía hasta las estrellas. Y los pasos de paseantes invisibles cuyos caminos a nadie le apetecía descifrar, y el viento que se arremolinaba una y otra vez al otro lado de la calle, y un gramófono que les cantaba a las ventanas cerradas de alguna habitación: todos se hacían oír en medio de aquel silencio, como si éste les hubiera pertenecido desde siempre y para siempre.

Y mi acompañante se resignó a ello en su propio nombre, y, después de una sonrisa, también en el mío, estiró hacia arriba el brazo derecho muy pegado a la pared y, cerrando los ojos, apoyó la cara en él.

Pero no llegué a ver del todo la sonrisa, pues me volví bruscamente de pura vergüenza. Aquella sonrisa me había permitido descubrir que se trataba de un engañabobos, ni más ni menos. Yo llevaba ya varios meses en esa ciudad y creía conocer a fondo a esos engañabobos que, de noche, nos salen al encuentro desde calles laterales, como taberneros, con las manos estiradas; que se deslizan hasta la columna de anuncios junto a la cual estamos y, por detrás, como jugando al escondite, nos espían con un ojo al menos; que en las esquinas, cuando sentimos miedo, empiezan a balancearse de pronto ante nosotros en el bordillo de nuestra misma acera. ¡Los comprendía tan bien! Habían sido mis primeros conocidos en las pequeñas fondas de las ciudades, y les debía el primer vislumbre de una obstinación que ahora me cuesta mucho pasar por alto, pues yo mismo también he empezado a sentirla. ¡Cómo se quedaban ahí plantados frente a uno, aunque uno mismo ya se hubiera liberado hacía rato de ellos y, por consiguiente, no hubiera, desde hacía rato, nadie al que engañar! ¡Y no se sentaban ni se caían, sino que lo observaban a uno con miradas que, aunque lejanas, seguían siendo convincentes! Sus métodos eran siempre los mismos: se plantaban ante nosotros lo más ostensiblemente que podían, intentaban alejarnos del punto al que aspirábamos llegar, nos brindaban, en compensación, una morada en su propio pecho, y cuando todo el sentimiento acumulado se rebelaba por fin en nosotros, lo aceptaban como un abrazo hacia el cual se arrojaban, la cara por delante.

¡Y solo después de estar un buen rato juntos logré esta vez percatarme de los viejos trucos! Me froté intensamente unas contra otras las yemas de los dedos para borrar la afrenta.

Pero mi hombre seguía apoyado ahí como antes, creyéndose un engañabobos, y la satisfacción con su propio destino le enrojeció la mejilla libre.

«¡Desenmascarado!», dije dándole unas palmaditas en el hombro. Luego subí a toda prisa las escaleras, y arriba, en el vestíbulo, las caras inmotivadamente fieles de los criados me alegraron como una sorpresa agradable. Los fui mirando uno por uno mientras me quitaban el abrigo y me desempolvaban las botas. Luego lancé un suspiro de alivio y, bien erguido, entré en el salón.

El paseo repentino°

Cuando, de noche, uno parece definitivamente decidido a quedarse en casa, se ha puesto el batín y, acabada la cena, se sienta a la mesa iluminada para entregarse a algún trabajo o juego después de los cuales suele irse a dormir; cuando fuera hace un tiempo de perros que pone en evidencia la necesidad de quedarse en casa; cuando uno ya lleva tanto rato sentado a la mesa que irse provocaría por fuerza el estupor general; cuando la escalera ya está a oscuras y el portón cerrado, y a pesar de todo uno se levanta presa de una desazón repentina, se cambia de chaqueta y aparece vestido con ropa de calle, declara tener que salir y lo hace tras una breve despedida, creyendo haber provocado mayor o menor indignación según la rapidez y brusquedad con que cierre la puerta de casa; cuando uno se encuentra luego en la calle y ve que sus miembros responden con peculiar soltura a la inesperada libertad que se les ha concedido; cuando gracias a esta única decisión uno siente condensada en su interior toda la capacidad de tomar decisiones; cuando advierte con más convicción de la habitual que posee más el poder que la necesidad de suscitar y soportar fácilmente los cambios más rápidos, y se lanza así a recorrer las largas calles..., entonces, por esa noche se habrá uno desprendido por completo de su familia, que se abisma en la nada mientras uno mismo, muy firme y perfilado en sus negros contornos, golpeándose los muslos por detrás, se yergue hasta alcanzar su verdadera imagen.

Todo aquello se refuerza todavía más si a esa hora tardía se visita a algún amigo para ver cómo le va.

Resoluciones

Elevarse por encima de un estado lamentable ha de ser fácil aunque se aplique una energía intencionada. Me incorporo bruscamente del sillón, doy vueltas alrededor de la mesa, muevo cabeza y cuello, pongo fuego en mis ojos, tenso los músculos en torno a ellos. Contrariando cualquier sentimiento, saludo efusivamente a A. cuando viene a verme, tolero cordialmente a B. en mi habitación e ingiero a grandes tragos, pese al sufrimiento y al esfuerzo, todo cuanto se dice en casa de C.

Pero incluso actuando así, cualquier error –imposible de evitar, por lo demás– bastará para bloquearlo todo, lo fácil y lo difícil, y tendré que volver hacia atrás en círculo.

De ahí que el mejor consejo sea aceptarlo todo, comportarse como una masa pesada y, aunque nos sintamos como impelidos por el viento, no dejarse arrancar un solo paso innecesario, observar a los demás con mirada animal, no sentir el menor arrepentimiento; en pocas palabras: asfixiar con la propia mano el fantasma de vida que aún quede, es decir, aumentar todavía más la última paz sepulcral y no dejar subsistir nada aparte de ella.

Un gesto característico de semejante estado consiste en pasarse el dedo meñique por las cejas.

La excursión a la montaña

«No lo sé», exclamé casi sin voz, «no lo sé. Si no viene nadie es que no viene nadie. No le he hecho nada malo a nadie, nadie me ha hecho nada malo, pero nadie quiere ayudarme. Absolutamente nadie. Aunque tampoco es así. Sucede que no me ayuda nadie; por el contrario, Absolutamente nadie sería hermoso. Me encantaría –¿por qué no?– hacer una excursión a la montaña con un grupo de Absolutamente nadies. Por supuesto que a la montaña, ¿adónde si no? ¡Cómo se apiñan esos Nadies, todos esos brazos estirados de través y entrelazados, todos esos pies separados por pasos ínfimos! Se entiende que todos vayan de frac. Avanzamos a la buena de Dios, el viento pasa por los intersticios que dejamos nosotros y nuestras extremidades. ¡Las gargantas se liberan en la montaña! Es un milagro que no cantemos.»

La desventura del soltero°

Parece tan grave quedarse soltero, y, de viejo, guardando a duras penas la dignidad, pedir acogida cuando se quiere pasar una velada con gente, estar enfermo y, desde el rincón de la propia cama, contemplar semana tras semana la habitación vacía, despedirse siempre ante el portal de la casa, no subir nunca la escalera junto a la propia mujer, tener en la habitación tan solo puertas laterales que comunican con habitaciones ajenas,° llevarse la cena a casa en una mano, tener que admirar hijos ajenos sin que a uno le permitan repetir una y otra vez: «Yo no tengo», componerse un aspecto y un comportamiento calcados sobre uno o dos solteros de nuestros recuerdos de juventud.

Y así será, solo que, en realidad, hoy y en adelante será uno mismo quien esté ahí, con un cuerpo y una cabeza de verdad, y, por tanto, también una frente para golpeársela con la mano.

El tendero

Es posible que algunas personas me compadezcan, pero yo no me doy cuenta. Mi pequeño negocio me llena de preocupaciones que, por dentro, hacen que me duelan la frente y las sienes sin ninguna perspectiva de satisfacción, pues mi negocio es pequeño.

Tengo que tomar determinaciones con horas de antelación, mantener despierta la memoria del dependiente, permanecer en guardia contra temidos errores y calcular en cada estación del año las modas de la siguiente, no las que se impondrán entre la gente de mi medio, sino entre la inaccesible población rural.

Mi dinero lo tienen personas extrañas; su situación no acaba de resultarme clara; no presiento las desgracias que podrían sobrevenirles, ¡cómo podría conjurarlas! Quizá se hayan vuelto dispendiosos y den una fiesta en el jardín de alguna hospedería, y otros hayan pasado un rato en esa fiesta antes de huir a América.

Cuando al anochecer de un día laborable cierro la tienda y, de pronto, veo ante mí esas horas en las que no podré trabajar para las ininterrumpidas necesidades de mi negocio, se abate sobre mí, como una marea que retorna, la excitación ya anticipada desde la mañana, pero no se aquieta en mi interior y me arrastra consigo sin rumbo.

Y, sin embargo, no puedo sacar ningún provecho de este impulso, solo puedo volver a casa, porque tengo la cara y las manos sucias y sudadas, la ropa manchada y polvorienta, la gorra de trabajo aún en la cabeza y unas botas arañadas por los clavos de las cajas. Avanzo entonces como por encima de las olas, haciendo chasquear los dedos de ambas manos y pasándolos por sobre el pelo de los niños que me salen al encuentro.

Pero el camino es demasiado corto. Enseguida llego a casa, abro la puerta del ascensor y entro.

Veo entonces, de buenas a primeras, que estoy solo. Otros, que tienen que subir escaleras, se cansan un poco y han de esperar, respirando a pleno pulmón, a que les abran la puerta del apartamento, lo que les da motivo para irritarse e impacientarse, luego entran en el vestíbulo, donde cuelgan el sombrero, y solo cuando han atravesado el pasillo jalonado de puertas vidrieras y llegan a su propia habitación, están solos.

Yo, en cambio, al punto estoy a solas en el ascensor y, apoyado en las rodillas, miro el angosto espejo. Cuando el ascensor empieza a subir, digo:

«Calmaos, retroceded, ¿acaso queréis ir a la sombra de los árboles, tras los cortinajes de las ventanas, bajo la cúpula del follaje?».

Hablo entre dientes y los pasamanos de la escalera se deslizan junto a las vidrieras lechosas como el agua de un torrente.

«Volad lejos; que vuestras alas, que jamás he visto, os lleven hacia la aldea en el valle o a París, si tal es vuestro deseo.

»Pero disfrutad de la vista que os ofrece la ventana cuando las procesiones confluyen desde las tres calles, no se esquivan unas a otras, se entremezclan y entre sus últimas filas dejan surgir de nuevo la plaza vacía. Agitad los pañuelos, asustaos, conmoveos, elogiad a la hermosa dama que pasa en coche.

»Atravesad el arroyo por el puente de madera, haced señas a los niños que están bañándose y pasmaos ante el hurra de los mil marineros en el lejano acorazado.

»Perseguid solamente al hombre insignificante, y cuando lo hayáis acorralado en una puerta cochera, robadle y, con las manos en los bolsillos, seguidlo con la mirada mientras enfila, triste, la calle de la izquierda.

»La policía, que galopa dispersa en sus caballos, frena a las bestias y os hace retroceder. Dejadlos, las calles vacías harán que se sientan felices, lo sé. Ya se alejan, ¿lo veis?, cabalgando de a dos, doblando lentamente por las esquinas, volando sobre las plazas.»

Luego tengo que salir del ascensor, enviarlo abajo, tocar el timbre, y la criada abre la puerta mientras yo saludo.

Mirando distraídamente fuera

¿Qué haremos en estos días de primavera que llegan veloces? Esta mañana el cielo estaba gris, pero si ahora uno va a la ventana, se sorprende y apoya la mejilla en la falleba.

Abajo se ve la luz del sol, ya declinante por cierto, en la cara de la chiquilla que va mirando a su alrededor, y, tapándola, se ve a la vez la sombra de un hombre que llega aún más velozmente tras ella.

Después, el hombre ya ha pasado y la cara de la niña está toda inmersa en la luz.

El camino a casa

¡Hay que ver el poder de persuasión del aire después de una tormenta! Mis méritos se me evidencian y me avasallan, si bien yo tampoco les opongo resistencia.

Echo a caminar a paso firme y mi ritmo es el ritmo de este lado de la calle, de esta calle, de este barrio. Soy, y con razón, responsable de todos los golpes contra las puertas y sobre los tableros de las mesas, de todos los brindis, de las parejas de enamorados en sus camas, en los andamios de las nuevas construcciones, pegados a las paredes de las casas en las calles oscuras, en las otomanas de los burdeles.

Contrasto mi pasado con mi futuro, pero ambos me parecen excelentes, no puedo dar preferencia a ninguno de los dos, y solo debo censurar la injusticia de la providencia, que tanto me ha favorecido.

Solo cuando entro en mi habitación me pongo un tanto pensativo, aunque al subir la escalera no haya encontrado nada digno de reflexión. No me sirve de mucho abrir del todo la ventana y que aún suene una música en algún jardín.

Los transeúntes

Si de noche salimos a pasear por una calle y un hombre visible ya a lo lejos –pues la calle es empinada y hay luna llena– nos sale al encuentro, no lo detendremos aunque se lo vea débil y harapiento, ni aunque alguien corra detrás de él gritando, sino que lo dejaremos seguir su camino.

Porque es de noche y no es culpa nuestra que la calle sea empinada bajo la luna llena y, además, quién sabe si esos dos no han organizado esa persecución para entretenerse, quizá los dos persigan a un tercero, quizá el primero sea perseguido pese a ser inocente, quizá el segundo quiera asesinarlo y nosotros seríamos cómplices del crimen, quizá los dos no sepan nada uno del otro y cada cual se dirija, bajo su propia responsabilidad, a su cama, quizá sean sonámbulos, quizá el primero lleve armas.

Y, por último, ¿no tenemos derecho a estar cansados? ¿No hemos bebido tanto vino? Nos alegramos de haber perdido de vista también al segundo.

El pasajero

Estoy en la plataforma de un tranvía y me siento totalmente inseguro con respecto a la posición que ocupo en este mundo, en esta ciudad, en el seno de mi familia. Sería incapaz de decir, ni siquiera vagamente, qué reivindicaciones tendría derecho a invocar en un sentido u otro. No puedo justificar el hecho de estar en esta plataforma asido a esta agarradera, de dejarme llevar por este tranvía, de que la gente lo esquive, o camine tranquilamente, o se detenga frente a los escaparates. Cierto es que nadie me lo exige, pero eso no importa.

El tranvía se acerca a una parada; una muchacha se instala junto a la escalerilla, lista para bajar. Se me muestra tan nítida como si la hubiera palpado. Va vestida de negro, los pliegues de su falda casi no se mueven, la blusa es ceñida y lleva un cuello de encaje blanco y punto pequeño; mantiene la mano izquierda pegada a la pared del tranvía, en su derecha un paraguas descansa sobre el segundo peldaño contando desde arriba. Su cara es morena, la nariz, levemente achatada a los lados, es ancha y redonda en la punta. Tiene el pelo castaño, abundante, y en su sien derecha se agitan unos cuantos pelillos. Su orejita está muy pegada a la cabeza, pero como estoy cerca, veo toda la parte posterior del pabellón derecho y la sombra en la raíz.

Y entonces me pregunto: ¿cómo es que no se asombra de sí misma, y mantiene la boca cerrada sin decir nada parecido?

Vestidos

A menudo, cuando veo vestidos con múltiples pliegues, volantes y grecas que ciñen bellamente cuerpos bellos, pienso que no se mantendrán así mucho tiempo, sino que les saldrán arrugas imposibles de alisar, que el polvo los cubrirá, espesándose en los ornamentos, y ya no habrá cómo quitarlo, y que nadie querrá dar una impresión tan triste y ridícula poniéndose cada mañana el mismo lujoso vestido y quitándoselo por la tarde.

Y, no obstante, veo muchachas que sin duda son bonitas y muestran atractivos músculos y huesecillos, y una piel tersa y masas de cabellos finos, y, sin embargo, se presentan cada día con esa especie de disfraz natural, apoyan siempre el mismo rostro en la misma palma de la mano y dejan que su espejo lo refleje.

Solo a veces, ya de noche, cuando vuelven tarde de alguna fiesta, lo ven en el espejo consumido, hinchado, cubierto de polvo, visto ya por todos y apenas llevadero.

El rechazo

Cuando me encuentro con una linda muchacha y le pido: «Sé buena y vente conmigo», y ella pasa a mi lado en silencio, ha querido decirme:

«No eres ningún duque de sonoro nombre, ningún fornido americano con porte de indio, con ojos que reposan horizontalmente, con una piel masajeada por el aire de las praderas y los ríos que las atraviesan; no has viajado hacia los grandes lagos, no has surcado esos lagos, que se encuentran no sé dónde. ¿Por qué una chica hermosa como yo habría de irse, pues, contigo?».

«Tú olvidas que ningún automóvil te lleva dando grandes tumbos por la calle; no veo a los caballeros de tu séquito que, embutidos en sus vestimentas y murmurando bendiciones en tu honor, avanzan detrás de ti en un perfecto semicírculo; tus pechos están bien distribuidos en el corpiño, pero tus muslos y caderas se desquitan de esa continencia; llevas un vestido de tafetán plisado, como esos que tanto nos alegraban a todos el pasado otoño, y, no obstante, sonríes –con ese peligro mortal en el cuerpo– de vez en cuando.»

«Sí, ambos tenemos razón, y para no ser conscientes de ello irrefutablemente, será mejor –¿no te parece?– que nos vayamos cada uno a su casa, solo.»

Tema de reflexión para jinetes
que montan caballos propios°

Nada, si se piensa bien, puede animar a querer ser el primero en una carrera.

La gloria de ser reconocido como el mejor jinete del país proporciona, cuando la orquesta empieza a tocar, demasiada alegría como para impedir cierto arrepentimiento a la mañana siguiente.

La envidia de los rivales, gente astuta y bastante influyente, tiene que dolernos en el estrecho corredor por el que cabalgamos hacia aquella planicie que pronto aparece vacía ante nosotros, exceptuando algunos jinetes retrasados que galopan, minúsculos, por la línea del horizonte.

Muchos de nuestros amigos se apresuran a cobrar sus ganancias, y solo por encima del hombro nos gritan un ¡hurra! desde las lejanas ventanillas; los mejores amigos, sin embargo, no han apostado por nuestro caballo, pues temían tener que enfadarse con nosotros si perdíamos; pero como resulta que nuestro caballo ha quedado primero y ellos no han ganado nada, nos vuelven la espalda cuando pasamos por delante y prefieren recorrer las graderías con la mirada.

Detrás, los competidores, firmes en su silla, intentan ignorar la desgracia que los ha golpeado y la injusticia que, de alguna manera, se ha cometido con ellos; adoptan un aire desenvuelto, como si debiera iniciarse una nueva carrera, seria esta vez, después de aquel juego de niños.

A muchas damas les parece ridículo el vencedor, porque se pavonea y, sin embargo, no sabe muy bien cómo enfrentarse a esos interminables apretones de manos, saludos militares, reverencias y ademanes desde lejos, mientras los vencidos no abren la boca y dan palmaditas en el cuello a sus caballos, muchos de los cuales relinchan.

Y desde un cielo ya encapotado empieza por fin a llover.

La ventana a la calle

Quien vive aislado y, no obstante, quisiera relacionarse de vez en cuando en algún sitio; quien teniendo en cuenta los cambios de la hora, del clima, de las relaciones profesionales y otras cosas similares quiera ver, de todas formas, un brazo cualquiera al cual poder aferrarse, no podrá vivir mucho tiempo sin una ventana a la calle.º E incluso si no buscara nada y solo se acercara al antepecho como un hombre cansado que pasea su mirada entre el público y el cielo, y no quisiera mirar y hubiera echado un poco atrás la cabeza, los caballos, abajo, lo arrastrarían con su cortejo de carruajes y de ruido hasta acabar sumiéndolo en la concordia humana.

Deseo de convertirse en indio°

Si uno fuera de verdad un indio, siempre alerta, y sobre el caballo galopante, sesgado en el aire, vibrara una y otra vez sobre el suelo vibrante, hasta dejar las espuelas, pues no había espuelas, hasta desechar las riendas, pues no había riendas, y por delante apenas veía el terreno como un brezal segado al raso, ya sin cuello ni cabeza de caballo.

Los árboles

Pues somos como troncos de árboles en la nieve. En apariencia yacen apoyados sobre la superficie, y con un leve empujón deberían poder apartarse. No, no se puede, pues están unidos firmemente al suelo. Aunque cuidado, también esto es solo aparente.

Ser desdichado°

Cuando aquello ya se había vuelto intolerable –era un atardecer de noviembre– y yo daba vueltas sobre la estrecha alfombra de mi habitación como por una pista de carreras, asustado por el aspecto de la calle iluminada, y giraba otra vez, y volvía a encontrar una nueva meta al fondo del espejo, en las profundidades de la habitación, y gritaba para oír solo el grito al que nada responde y al que nada le quita tampoco la fuerza misma del gritar, que asciende, pues, sin contrapeso y no puede cesar aunque enmudezca, en ese momento se abrió la puerta en la pared, muy deprisa, pues la prisa era necesaria y hasta los caballos enganchados al carruaje se encabritaron abajo, sobre el adoquinado, como caballos enloquecidos en una batalla con las gargantas al descubierto.

Como un pequeño fantasma surgió un niño del pasillo totalmente oscuro, en el que aún no ardía la lámpara, y se quedó de puntillas sobre una tabla del entarimado que oscilaba imperceptiblemente. Ofuscado por la luz crepuscular de la habitación, quiso cubrirse la cara con las manos, pero se calmó de improviso al mirar hacia la ventana, ante cuyo vano se remansaba por fin, bajo la oscuridad, el vapor proveniente de la iluminación de la calle. Con el codo derecho apoyado en la pared de la habitación, se mantuvo erguido ante la puerta abierta y dejó que la corriente de aire que venía de fuera le acariciase los tobillos y también el cuello y las sienes.

Yo le eché una mirada, dije «Buenos días» y cogí mi batín de la pantalla de la estufa, pues no quería estar ahí medio desnudo. Me quedé un ratito boquiabierto para que la excitación se me escapase por la boca. Mi saliva tenía mal sabor, las pestañas me temblaban en la cara; en una palabra, ya solo me faltaba esa visita, esperada, eso sí.

El niño seguía junto a la pared en el mismo sitio, con la mano derecha pegada al muro y las mejillas totalmente rojas, y no se cansaba de palpar la pared enjalbegada, que tenía unos gránulos gruesos contra los que frotaba las yemas de los dedos. Le dije: «¿De veras viene a verme a mí? ¿No será un error? Nada más fácil que un error en este caserón. Me llamo fulano de tal y vivo en la tercera planta. ¿Soy realmente la persona a la que quiere visitar?».

«¡Calma, calma!», dijo el niño por encima del hombro, «todo está en orden.»

«Pues entonces acabe de entrar en la habitación; quisiera cerrar la puerta.»

«La puerta acabo de cerrarla yo mismo. No se moleste. Más bien tranquilícese.»

«No es ninguna molestia. Pero en esta planta vive un montón de gente y todos son, claro está, conocidos míos; la mayoría vuelve a esta hora del trabajo; si oyen hablar en una de las habitaciones, se creen simplemente con derecho a abrir la puerta y mirar qué pasa. Siempre es así. Todos tienen una jornada laboral a sus espaldas; ¿a quién querrían someterse en su provisional libertad nocturna? Por lo demás, usted también lo sabe. Déjeme cerrar la puerta.»

«¿Pero qué pasa? ¿Qué le ocurre? Por mí ya puede entrar toda la casa. Y le repito una vez más que ya he cerrado la puerta. ¿O acaso cree que solo usted puede hacerlo? Si hasta la he cerrado con llave.»

«Pues muy bien. No pido nada más. No tenía por qué haber cerrado con llave. Y ahora póngase cómodo, ya que está aquí. Es usted mi invitado. Confíe en mí plenamente. Instálese a sus anchas, no tenga miedo. No lo obligaré a quedarse ni a marcharse. ¿Hace falta decírselo? ¿Tan mal me conoce?»

«No. No hacía falta que me lo dijera. Es más, no debió habérmelo dicho. Soy un niño, ¿a qué viene tanta ceremonia conmigo?»

«Tampoco es tan grave. Un niño, sí, por supuesto. Pero ya no tan pequeño. Más bien bastante crecido. Si fuera usted una chica, no podría encerrarse conmigo en una habitación como si tal cosa.»

«No debemos preocuparnos por eso. Solo quería decir que el hecho de conocerlo tan bien no me protege mucho, no hace sino eximirlo del esfuerzo de contarme historias inventadas. Pero así y todo me hace usted cumplidos. Déjelo ya, se lo ruego, déjelo ya. Además, resulta que tampoco lo conozco siempre ni en todas partes, y menos aún en esta oscuridad. Sería mucho mejor que encendiera la luz. No, más vale que no. De todas formas, tomaré nota de que ya me ha amenazado.»

«¿Cómo? ¿Que yo lo he amenazado? ¡Pero bueno! ¡Con lo contento que estoy de que por fin esté aquí! Y digo "por fin" porque ya es tardísimo. No consigo explicarme por qué ha venido tan tarde. Es posible que en mi alegría haya hablado confusamente y que usted me haya entendido mal. Admito una y mil veces haber hablado así, e incluso haberlo amenazado con todo lo que usted quiera. Pero nada de pleitos, por caridad. ¿Cómo ha podido usted creerlo? ¿Cómo ha podido ofenderme así? ¿Por qué quiere estropearme a toda costa este breve momento que está pasando aquí? Un extraño sería más complaciente que usted.»

«Ya lo creo, y no dice usted nada nuevo. Yo soy ya, por naturaleza, tan complaciente con usted como podría serlo un extraño. Y usted también lo sabe. ¿A qué viene, pues, esta melancolía? Diga más bien que quiere interpretar una comedia, y me iré ahora mismo.»

«¡Vaya! ¿Conque también se atreve a decirme esto? Es usted un poco atrevido. Le recuerdo que está en mi habitación. No para de frotarse los dedos contra mi pared como un loco. ¡Mi habitación, mi pared! Y además, lo que dice es ridículo, no solo insolente. Dice usted que su naturaleza lo obliga a hablar conmigo de este modo. ¿De veras? ¿Su naturaleza lo obliga? Muy amable por parte de su naturaleza. Su naturaleza es la mía, y si yo me comporto amablemente con usted por naturaleza, usted tiene que hacer otro tanto.»

«¿Y esto le parece amable?»

«Hablo de antes.»

«¿Sabe cómo seré yo más tarde?»

«No sé nada.»

Y me dirigí hacia la mesita de noche y encendí la vela. Por entonces no tenía gas ni luz eléctrica en mi habitación. Me quedé un rato más sentado a la mesa, hasta que eso también me cansó, me puse el sobretodo, cogí el sombrero del canapé y apagué la vela. Al salir tropecé con la pata de un sillón.

En la escalera me crucé con un inquilino de la misma planta.

«¿Ya se marcha usted otra vez, tunante?», me preguntó, con las piernas abiertas y apoyadas sobre dos peldaños diferentes.

«¿Qué quiere que haga?», le dije, «acabo de estar con un fantasma en mi habitación.»

«Lo dice con el mismo fastidio del que ha encontrado un pelo en la sopa.»

«Usted bromea. Pero piense que un fantasma es un fantasma.»

«Muy cierto. Pero ¿qué pasa si uno no cree en fantasmas?»

«¿Y piensa usted que yo creo en fantasmas? Aunque, ¿de qué me serviría no creer?»

«Muy sencillo. Ya no tendría por qué sentir miedo cuando algún fantasma vaya de verdad a visitarlo.»

«Sí, pero éste es el miedo secundario. El verdadero miedo es el miedo al origen de la aparición. Y este miedo queda. Aún lo siento muy fuerte dentro de mí.»

Y de puro nerviosismo empecé a hurgar en todos mis bolsillos.

«Pero ya que no sintió miedo ante la aparición misma, habría podido preguntarle tranquilamente por su origen.»

«Es evidente que usted no ha hablado nunca con fantasmas. Jamás se les puede sacar una información clara. Es un tira y afloja. Esos fantasmas parecen dudar más de su propia existencia que nosotros, lo que no es de extrañar teniendo en cuenta su fragilidad.»

«Pero he oído decir que se les puede alimentar.»

«Está bien informado. Se puede. Pero ¿quién lo haría?»

«¿Por qué no? Si es un fantasma femenino, por ejemplo», dijo subiendo al peldaño superior.

«Ah, ya», dije yo, «pero aun así no valdría la pena.»

Me quedé pensando. Mi conocido estaba ya tan arriba que, para verme, tuvo que inclinarse bajo un arco de la caja de la escalera. «No obstante», grité, «si usted me roba mi fantasma allá arriba, todo habrá terminado entre nosotros para siempre.»

«Pero si era solo una broma», dijo retirando la cabeza.

«En ese caso, de acuerdo», dije, y hubiera podido irme a pasear tranquilamente. Pero como me sentía tan abandonado, preferí subir y echarme a dormir.

La condena

Una historia

(1913)

Para F.

Era una mañana de domingo, en una primavera magnífica.º Georg Bendemann,º un joven comerciante, estaba en su habitación, en el primer piso de una de esas casas bajas y de construcción ligera que orillaban el río formando una larga hilera y apenas se diferenciaban por la altura y el color. Acababa de terminar una carta a un amigo de juventud que se hallaba en el extranjero, la cerró con juguetona morosidad y miró luego por la ventana, el codo apoyado en el escritorio, en dirección al río, al puente y a las colinas de la otra orilla,º cubiertas de un pálido verdor.

Estaba pensando en cómo ese amigo, descontento con los progresos que había hecho en su país, se había refugiado literalmente en Rusia hacía ya años. Ahora regentaba en San Petersburgo un negocio que al principio había funcionado muy bien, pero que parecía haberse estancado hacía ya tiempo, según se lamentaba en sus cada vez más esporádicas visitas. Se mataba, pues, trabajando inútilmente en el extranjero; una exótica barba tupida cubría mal esa cara tan familiar desde la infancia, cuya tez amarillenta parecía insinuar una enfermedad latente. Como él mismo contaba, no tenía allí ninguna relación auténtica con la colonia de sus compatriotas y casi ningún trato con las familias del lugar, por lo que se preparaba a vivir en una soltería definitiva.

¿Qué se le podía escribir a un hombre así, que a todas luces se había equivocado de camino y al que se podía compadecer pero no ayudar? ¿Aconsejarle acaso que volviera a su país, que trasladase otra vez allí su existencia, que reanudase el contacto con sus antiguas amistades –algo a lo cual nada se oponía– y que confiase además en la ayuda de los amigos? Esto, sin embargo, equivalía a decirle al mismo tiempo –y de manera no por indulgente menos ofensiva– que sus intentos precedentes habían sido vanos, que debía abandonarlos de una vez para siempre, que tenía que regresar y dejar que todos lo mirasen con ojos llenos de asombro por el hecho mismo de haber vuelto para siempre, que solo sus amigos iban a entender algo y que él mismo era un niño grande y debía seguir el ejemplo de los amigos que se habían quedado en su país y habían tenido éxito. Ahora bien, ¿qué seguridad habría luego de que todo el sufrimiento que forzosamente se le iba a causar tuviera algún sentido? Tal vez ni siquiera fuese posible hacerlo volver a casa –él mismo decía que ya no entendía los asuntos relativos a su patria–, y se quedaría pese a todo en el extranjero, amargado por los consejos y un poco más distanciado de sus amigos. Pero si de verdad seguía el consejo y, una vez aquí, acababa oprimido, no por algún propósito deliberado, claro está, sino por los propios acontecimientos, si no lograba ya estar a gusto con sus amigos ni sin ellos, si se sentía humillado y ya sin patria ni amigos de verdad, ¿no le valdría mucho más quedarse en el extranjero tal y como estaba? Dadas estas circunstancias, ¿cabía pensar que realmente saldría adelante aquí?

Por estas razones, si se quería mantener el contacto epistolar con él, no se le podía hablar de cosas comunes, de esas que diríamos sin temor incluso a nuestros conocidos más lejanos. El amigo llevaba más de tres años sin volver al país y se justificaba muy dificultosamente aduciendo la inseguridad de la situación política en Rusia, que al parecer no toleraba la ausencia de un modesto hombre de negocios, por mínima que fuera, mientras cientos de miles de rusos recorrían tranquilamente el mundo entero. Pero en el curso de esos tres años habían cambiado muchas cosas para Georg. De la muerte de su madre, ocurrida hacía unos dos años, y desde la cual Georg vivía con su anciano padre, aún llegó a enterarse el amigo, quien por carta le había expresado su pésame con una sequedad solo explicable porque el dolor que produce un acontecimiento semejante resulta imposible de concebir en el extranjero. Desde entonces Georg se había consagrado con mayor ahínco a su negocio, como a todo lo demás. Quizá el padre, al pretender que su opinión fuese la única en prevalecer en el negocio, había impedido a Georg desempeñar una verdadera actividad propia cuando aún vivía la madre. Quizá porque el padre se hubiera vuelto más reservado desde la muerte de la madre, pese a que seguía trabajando en el negocio; quizá –y esto era incluso muy probable– porque una serie de circunstancias felices vinieran desempeñando un papel más importante, lo cierto es que el negocio había progresado inesperadamente en aquellos dos años. Habían tenido que duplicar el personal, el volumen de negocios se había quintuplicado y eran sin duda inminentes nuevos progresos y mejoras.

Pero el amigo no tenía la menor idea de este cambio. Antes, por última vez quizá en aquella carta de condolencia, había intentado persuadir a Georg de que emigrase a Rusia, abundando sobre las perspectivas existentes en San Petersburgo justamente para el ramo comercial de Georg. Las cifras eran ínfimas en comparación con el volumen que habían alcanzado ahora los negocios de Georg. Pero éste no había tenido ganas de contarle sus éxitos comerciales al amigo, y hacerlo ahora habría parecido algo realmente extraño.

Limitábase Georg, pues, a escribirle solo sobre incidentes sin importancia, tal como se van acumulando sin orden en la memoria cuando se sienta uno a pensar cualquier domingo apacible. No quería otra cosa que dejar inalterada la imagen que el amigo pudiera haberse hecho de su ciudad natal durante aquel largo intervalo, y con la cual se había conformado. Y fue así como Georg le anunció a su amigo tres veces, en cartas bastante distanciadas entre sí, el compromiso matrimonial de un hombre cualquiera con una muchacha cualquiera, hasta que el amigo, muy en contra de las intenciones de Georg, empezó a interesarse por este extraño asunto.

Pero Georg prefería escribir cosas de este tipo a confesar que él mismo se había comprometido hacía un mes con la señorita Frieda Brandenfeld,º una joven de familia acomodada. A menudo hablaba con su prometida sobre este amigo y la peculiar relación epistolar que con él mantenía. «De modo que no vendrá a nuestra boda», decía ella, «aunque yo tengo derecho a conocer a todos tus amigos.» «No quiero molestarlo», respondía Georg, «entiéndeme bien, probablemente vendría, al menos así lo creo, pero se sentiría obligado y perjudicado, tal vez me envidiaría y luego volvería solo y descontento, incapaz de superar nunca ese descontento. Solo..., ¿sabes lo que es eso?» «Sí, pero ¿no podría enterarse de nuestra boda por otros medios?» «Eso es algo que no puedo impedir, aunque resulta improbable dada su forma de vida.» «Si tienes amigos así, Georg, no hubieras debido comprometerte.» «Lo sé, y la culpa es de los dos, pero incluso ahora no quisiera que nada cambiase.» Y cuando ella, respirando agitadamente bajo sus besos, añadía: «La verdad es que este asunto me mortifica», él consideraba que lo más inofensivo sería escribirle todo a su amigo. «Yo soy así y así tiene que aceptarme», se decía, «no puedo proyectar una imagen distinta de mí, por más apropiada que sea para mantener la amistad con él.»

Y, de hecho, en la larga carta que escribió aquel domingo por la mañana le comunicó a su amigo el ya consumado compromiso en los siguientes términos: «Me he reservado la mejor noticia para el final. Me he comprometido con la señorita Frieda Brandenfeld, una muchacha de familia acomodada que vino a instalarse aquí mucho después de tu partida y a la que es casi imposible que hayas conocido. Ya habrá oportunidad de darte más detalles sobre mi prometida, por ahora basta con que sepas que soy muy feliz y que la única cosa que cambiará en nuestra relación es que a partir de ahora tendrás en mí a un amigo feliz, en vez de un amigo común y corriente. Por lo demás, tendrás en mi novia, que te envía cordiales saludos y te escribirá personalmente en fecha próxima, una amiga sincera, algo no carente de importancia para un soltero. Sé que por muchas razones no puedes venir a visitarnos. Pero ¿no sería precisamente mi boda la ocasión más propicia para echar una vez por la borda todos esos impedimentos? Sea como fuere, actúa como mejor te parezca y siguiendo solo tu buen criterio».

Con esta carta en la mano permaneció Georg largo rato sentado a su escritorio, la cara vuelta hacia la ventana. A un conocido que lo saludó desde la calle al pasar apenas si le respondió con una sonrisa ausente.

Por último se metió la carta en el bolsillo, salió de su habitación y, atravesando un pequeño pasillo, se dirigió a la de su padre, en la que no había estado desde hacía meses. Tampoco era necesario, pues en el negocio mantenía un contacto permanente con él y hasta almorzaban juntos en un restaurante. Cierto es que de noche cada cual cenaba por su cuenta, aunque se quedaban luego un rato más en la sala de estar, cada uno enfrascado en su periódico, a no ser que Georg, como ocurría con mucha frecuencia, saliera con sus amigos o fuera a visitar a su novia.

Georg se extrañó de que la habitación de su padre estuviera tan oscura en una mañana tan soleada. ¡Cuánta sombra arrojaba el alto muro que se alzaba al otro lado del estrecho patio! El padre estaba sentado junto a la ventana, en un rincón adornado con distintos recuerdos de la difunta madre, leyendo el periódico, que sostenía oblicuamente ante sus ojos para compensar una debilidad ocular.

Sobre la mesa se veían los restos del desayuno, del que no parecía haber consumido mucho.

«¡Ah, Georg!», dijo el padre saliendo a su encuentro. Su pesada bata se le abrió al andar y los bordes ondearon en torno a él. «Mi padre sigue siendo un gigante»,° pensó Georg.

«La oscuridad aquí es insoportable», dijo luego.

«Sí, está bastante oscuro», respondió el padre.

«¿También has cerrado la ventana?»

«Lo prefiero así.»

«Fuera hace mucho calor», dijo Georg como prolongando su comentario anterior, y se sentó.

El padre retiró la vajilla del desayuno y la puso sobre una cómoda.

«En realidad solo quería decirte», prosiguió Georg, que seguía totalmente aturdido los movimientos del anciano, «que al final he anunciado mi compromiso a San Petersburgo.» Sacó del bolsillo un extremo de la carta y volvió a guardársela.

«¿A San Petersburgo?», preguntó el padre.

«Sí, a mi amigo», dijo Georg buscando los ojos de su padre. «En la tienda es otra persona», pensó, «¡cuánto espacio ocupa aquí sentado, y cómo cruza los brazos sobre el pecho!»

«Ajá. A tu amigo», dijo el padre con énfasis.

«Tú ya sabes, padre, que al principio quería ocultarle mi compromiso. Por consideración, pues no hay ningún otro motivo. Tú bien sabes que es una persona difícil. Yo me decía que quizá él llegue a enterarse de mi compromiso por otras vías, aunque esto sea muy poco probable, dada la vida solitaria que lleva. No puedo impedirlo. En cualquier caso no quiero que la noticia le llegue a través de mí.»

«¿Así que te lo has vuelto a pensar?», preguntó el padre, poniendo el enorme periódico en el alféizar de la ventana y, sobre el periódico, las gafas, que cubrió con la mano.

«Sí, me lo he vuelto a pensar. Si de verdad es un buen amigo, me dije, la felicidad que para mí supone este compromiso también lo será para él. Por eso ya no he vacilado en anunciárselo. Pero antes de enviar la carta he querido decírtelo.»

«Georg», dijo el padre estirando su boca sin dientes, «escúchame bien. Has venido a verme para que te aconseje en este asunto. Es algo que te honra, no cabe duda. Pero no es nada, es incluso peor que nada, si no me dices ahora toda la verdad. No quiero remover cosas que no vienen al caso. Pero desde la muerte de tu querida madre se han producido algunas no muy agradables. Quizá también les llegue su turno, y tal vez antes de lo que pensamos. En el negocio hay muchas cosas que se me escapan, lo cual no significa que me las oculten –no quiero insinuar ahora que me las oculten–, ya no tengo tanta fuerza como antes, la memoria empieza a fallarme, y ya no logro ver claro en una serie de asuntos. Esto se debe, en primer lugar, a un inevitable proceso natural, y, en segundo lugar, a que la muerte de nuestra madrecita me ha dejado mucho más abatido que a ti. Pero ya que estamos hablando de este tema en concreto, de esta carta, te ruego, Georg, que no me engañes. Es una nimiedad, no tiene la menor importancia, de modo que no me engañes. ¿Tienes de verdad ese amigo en San Petersburgo?»

Georg se puso en pie desconcertado. «Dejemos en paz a mis amigos. Mil amigos no sustituyen para mí a mi padre. ¿Sabes qué creo? Que no te cuidas lo suficiente. Y la edad reclama sus derechos. Me eres imprescindible en el negocio, y lo sabes perfectamente, pero si el negocio llegara a amenazar tu salud, lo cerraría mañana mismo y para siempre. Esto no puede seguir así. Tenemos que introducir un cambio radical en tu modo de vida. Estás sentado aquí en la oscuridad, cuando en la sala tendrías muy buena luz. Apenas si pruebas tu desayuno, en vez de alimentarte como es debido. Te quedas junto a la ventana cerrada, cuando el aire fresco te haría tanto bien. ¡No, padre! Llamaré al médico y seguiremos sus prescripciones. Cambiaremos de habitación, tú te instalarás en la de delante y yo me pasaré aquí. Esto no te supondrá ningún trastorno, pues llevaremos allí todas tus cosas. Pero aún hay tiempo para todo esto, por ahora métete un ratito en la cama, necesitas urgentemente reposo. Ven, que te ayudaré a desvestirte, ya verás que puedo. ¿O prefieres ir ahora mismo a la otra habitación? De momento podrías acostarte en mi cama. De hecho, sería lo más sensato.»

Georg estaba de pie al lado mismo de su padre, que había dejado caer sobre el pecho su cabeza de hirsuta cabellera blanca.

«Georg», dijo éste en voz baja, sin moverse.

Georg se arrodilló enseguida junto a su padre. En el cansado rostro paterno vio las pupilas, enormes, que lo miraban desde las comisuras de los ojos.

«No tienes ningún amigo en San Petersburgo. Siempre has sido un bromista y ni siquiera ante mí has sabido contenerte. ¿Por qué habrías de tener precisamente allí un amigo? No puedo creérmelo.»

«Haz memoria una vez más, padre», dijo Georg levantando a su padre del sillón y quitándole la bata, mientras el anciano se mantenía débilmente erguido, «pronto hará tres años que mi amigo estuvo aquí de visita. Aún recuerdo que no te cayó muy bien. Al menos dos veces te oculté su presencia, pese a que estaba precisamente en mi habitación. Podía entender muy bien la antipatía que te inspiraba, porque mi amigo tiene sus manías. Pero luego te pusiste a conversar tranquilamente con él. ¡Qué orgulloso me sentí entonces de que lo escucharas, lo aprobaras y le hicieras preguntas! Si haces memoria, seguro que te acordarás. Aquella vez contó historias increíbles sobre la revolución rusa.º Como, por ejemplo, que en Kiev, durante un viaje de negocios, había visto a un sacerdote que, en medio de una barahúnda, se hizo en la palma de la mano una cruz sanguinolenta y, desde un balcón, la levantó e invocó a la multitud. Tú mismo has vuelto a contar esta historia varias veces.»

Entretanto, Georg había logrado sentar otra vez a su padre y quitarle con cuidado los calcetines y los pantalones de punto que llevaba sobre los calzoncillos de lino. Al ver esa ropa interior no particularmente limpia se reprochó haberlo descuidado. Era deber suyo, sin duda, vigilar también las mudas de ropa interior. Aún no había hablado de manera explícita con su novia sobre cómo iban a organizar el futuro del padre, aunque tácitamente habían supuesto que se quedaría solo en el viejo apartamento. Ahora, sin embargo, decidió en un instante y con total firmeza que se lo llevaría con él a su futuro hogar. Examinando la situación más de cerca, parecía casi como si los cuidados que allí le prodigasen pudieran llegar demasiado tarde.

Luego llevó a su padre en brazos hasta la cama. Tuvo una sensación horrible al advertir, mientras daba los pocos pasos que lo separaban de la cama, que sobre su pecho el padre jugueteaba con la leontina. Se aferraba a ella con tanta fuerza que no pudo acostarlo de inmediato.

Pero en cuanto estuvo en su cama, todo pareció ir bien. Él mismo se tapó y tiró de la manta hasta muy por encima de sus hombros. Luego alzó hacia Georg una mirada nada hostil.

«¿Verdad que ahora ya te acuerdas de él?», preguntó Georg animándolo con un gesto de la cabeza.

«¿Estoy bien tapado?», preguntó el padre, como si no pudiera ver si tenía los pies suficientemente cubiertos.

«¿Te gusta estar en cama, eh?», dijo Georg remetiéndole la manta por los lados.

«¿Estoy bien tapado?», volvió a preguntar el padre, al parecer muy atento a la respuesta.

«Tranquilo, que estás bien tapado.»

«¡No!», exclamó el padre, y su respuesta chocó con la pregunta; luego apartó la manta con tal fuerza que, por un instante, la desplegó del todo en el aire, y se puso en pie sobre la cama. Solo mantuvo una mano ligeramente apoyada en el cielo raso. «Querías taparme, lo sé, chiquillo mío, pero sigo sin estar tapado. Y aunque sean mis últimas fuerzas, son suficientes y hasta demasiadas para ti. Claro que conozco a tu amigo. Hubiera sido el hijo que anhela mi corazón. Por eso mismo lo has estado engañando todos estos años. ¿Por qué si no? ¿Acaso crees que no he llorado por él? Por eso te encierras en tu despacho –que nadie te moleste, el jefe está ocupado– y te pones a escribir tus falsas cartitas a Rusia. Pero un padre, por suerte, no necesita que nadie le enseñe a calar hondo en su hijo. Y ahora que creías haberlo subyugado, y subyugado al punto de poder aposentar tu trasero encima de él sin que se mueva, ¡pues resulta que mi señor hijo decide casarse!»

Georg alzó la mirada hacia el espantajo en que se había convertido su padre. La imagen de su amigo de San Petersburgo, al que de pronto su padre parecía conocer tan bien, lo impresionó como nunca. Lo vio perdido en la inmensa Rusia. Lo vio ante la puerta de su tienda vacía y desvalijada. Entre los restos de los anaqueles, la mercadería destrozada y las tuberías del gas descolgadas, se mantenía aún erguido. ¡Por qué habría tenido que irse tan lejos!

«¡Pero mírame!», exclamó el padre, y Georg, casi distraído, avanzó hacia la cama para tratar de comprenderlo todo, pero se detuvo a mitad de camino.

«Porque ella se remangó la falda», empezó a decir el padre con voz aflautada, «porque se remangó así la falda, esa boba asquerosa», y, para reproducir el gesto, se levantó el camisón tan alto que en el muslo se le vio la cicatriz de su herida de guerra, «porque se remangó la falda así y así, tú te le acercaste, y para poder disfrutar de ella en paz, profanaste la memoria de tu madre, traicionaste a tu amigo y metiste a tu padre en la cama para que no pudiera moverse. Pero ¿puede moverse o no?»

Y allí continuó erguido sin ningún apoyo, agitando las piernas, radiante de lucidez.

Georg permanecía en un rincón,° lo más lejos posible del padre. Hacía ya un buen rato que había tomado la firme decisión de observarlo todo con la máxima atención, para no verse sorprendido indirectamente por detrás ni desde arriba. Volvió a acordarse de esa decisión, hacía rato olvidada, pero la olvidó de nuevo, como cuando se pasa un hilo corto por el ojo de una aguja.

«Pero esta vez el amigo no ha sido traicionado», exclamó el padre, y el vaivén de su índice corroboró lo dicho. «Yo he velado por sus intereses.»

«¡Comediante!», no pudo por menos de exclamar Georg, pero al punto advirtió su error y, con la mirada fija, se mordió la lengua –demasiado tarde, eso sí– hasta que el dolor lo hizo doblarse en dos.

«¡Sí, en efecto, he representado una comedia! ¡Una comedia! ¡Buena palabra! ¿Qué otro consuelo le quedaba al anciano padre viudo? Dime –y mientras dure tu respuesta trata de seguir siendo mi hijo, vivo al menos–, ¿qué otra cosa podía hacer en mi habitación de atrás, viejo hasta la médula y perseguido por un personal desleal? Y mi hijo iba exultante por la vida, ultimaba negocios que yo había preparado, daba saltos de contento y pasaba ante su padre con la cara reservada de un hombre de bien. ¿Crees que yo no te habría querido, yo, de quien tú saliste?»

«Ahora se inclinará hacia delante», pensó Georg, «¡si se cayera y se rompiera la crisma!» Estas palabras atravesaron su mente como un relámpago.

El padre se inclinó, pero no se cayó. Viendo que Georg no se acercaba como había esperado, volvió a erguirse.

«¡Quédate donde estás, que no te necesito! Te piensas que aún tienes fuerza suficiente para venir hasta aquí y solo te contienes porque así lo quieres. ¡Pero no te equivoques! Yo sigo siendo el más fuerte. Solo, quizá habría tenido que retroceder, pero tu madre me ha transmitido su fuerza, he iniciado una espléndida relación con tu amigo y tengo a tu clientela en el bolsillo.»

«¡Hasta en el camisón tiene bolsillos!», se dijo Georg pensando que con esta observación podría ridiculizarlo ante el mundo entero. Pero lo pensó solo un momento, pues todo se le olvidaba enseguida.

«¡Cuélgate del brazo de tu novia y sal a mi encuentro, si te atreves! ¡La barreré de tu lado, no te imaginas cómo!»

Georg hizo una mueca de incredulidad. El padre se limitó a asentir con la cabeza, recalcando la veracidad de sus palabras en dirección al rincón donde se hallaba Georg.

«¡Qué gracia me has hecho hoy cuando viniste a preguntarme si debías contarle lo del compromiso a tu amigo! Ya lo sabe todo, tontorrón, ya lo sabe todo. Yo le escribí, porque te olvidaste de quitarme el recado de escribir. Por eso hace años que no viene, lo sabe todo cien veces mejor que tú mismo. Tus cartas las estruja con la mano izquierda sin leerlas, mientras sostiene las mías con la derecha.»

El entusiasmo le hizo agitar el brazo por encima de su cabeza. «¡Lo sabe todo mil veces mejor!», exclamó el padre.

«¡Diez mil veces!», dijo Georg para burlarse del padre, pero sus palabras adquirieron un tono de profunda seriedad estando aún en su boca.

«Llevo años esperando que me vinieras con esta pregunta. ¿Crees que hay otra cosa que me preocupe? ¿Crees que leo los periódicos? ¡Mira!», y le tiró a Georg una hoja de periódico que, de algún modo, había ido a parar a la cama. Un periódico viejo, con un nombre totalmente desconocido para Georg.

«¡Cuánto tiempo has tardado en madurar! Tu madre tuvo que morir sin poder disfrutar de esa alegría; tu amigo se está consumiendo en su Rusia, hace tres años ya estaba amarillo como un cadáver, y yo, pues ya ves cómo estoy. ¡Para algo tienes ojos!»

«¿De modo que me has espiado?», exclamó Georg.

Compasivo, el padre dijo como si tal cosa:

«Probablemente hayas querido decirme esto antes. Ahora ya no viene al caso».

Y en voz más alta:

«Ahora ya sabes, pues, qué había además de ti, porque hasta hoy solo has sabido cosas de ti mismo. Cierto es que eras un niño inocente, pero aún más cierto es que eras un ser diabólico. Por eso ahora escúchame bien: ¡te condeno a morir ahogado!».

Georg se sintió expulsado de la habitación; el golpe con el que, detrás de él, su padre se dejó caer en la cama aún le resonaba en los oídos al salir. En la escalera, por cuyos peldaños se deslizó como sobre un plano inclinado, sorprendió a su criada, que se disponía a subir para arreglar el apartamento después de la noche. «¡Jesús!», exclamó ella, tapándose la cara con el delantal, pero él ya había pasado. Salió del portal de un salto, algo lo impelía a cruzar la calzada en dirección al agua. Ya estaba aferrado a la baranda, como un hambriento a su comida. Saltó por encima de ella como el excelente atleta que, para orgullo de sus padres, había sido en sus años juveniles. Aún se sostuvo un instante con manos cada vez más débiles, divisó entre los barrotes de la baranda un autobús que cubriría fácilmente el ruido de su caída, exclamó en voz baja: «Queridos padres, os he querido siempre, pese a todo», y se dejó caer.

En aquel momento atravesaba el puente un tráfico realmente interminable.

El fogonero

Un fragmento

(1913)

Cuando Karl Rossmann, un joven de dieciséis años° al que sus pobres padres habían enviado a América porque una criada lo había seducido y había tenido un hijo de él, entró en el puerto de Nueva York a bordo del barco, que ya había aminorado la marcha, vio la estatua de la diosa de la Libertad, que venía observando hacía rato, como inmersa en un resplandor solar más intenso de pronto. El brazo con la espada° parecía haberse alzado hacía un momento, y en torno a la figura soplaba libre la brisa.

«¡Qué alta!», se dijo y, como no había pensado en absoluto en bajar a tierra, fue poco a poco empujado hacia la barandilla por una multitud de mozos de cuerda que, cada vez más numerosos, pasaban por su lado.

Un joven al que había conocido fugazmente durante la travesía le dijo al pasar: «¿Qué? ¿No tiene ganas de bajar?». «Estoy dispuesto», dijo Karl sonriéndole y, por orgullo y porque era un muchacho fuerte, se echó la maleta al hombro. Sin embargo, al mirar por encima de su amigo, que se alejaba ya con los otros agitando levemente su bastón, se dio cuenta de que había olvidado el paraguas abajo, en el barco. De inmediato pidió al amigo, que no pareció alegrarse mucho, que tuviera la amabilidad de esperar un instante junto a la maleta, echó una ojeada alrededor para poder orientarse a la vuelta, y se fue a toda prisa. Al llegar abajo se llevó la desagradable sorpresa de encontrar cerrado por primera vez un pasillo que le habría servido de atajo, lo que estaba relacionado probablemente con el desembarco de los pasajeros, y tuvo que buscar con dificultad su camino a través de un sinnúmero de pequeños espacios, escaleras cortas que se sucedían sin cesar, corredores que zigzagueaban continuamente y una habitación vacía con un escritorio abandonado, hasta que acabó extraviándose por completo,º ya que solo había hecho aquel camino una o dos veces y siempre en compañía de otros. En su desconcierto, y como no encontraba a nadie y solo oía avanzar continuamente por encima miles de pies, mientras de lejos le llegaba, como un jadeo, la última actividad de las máquinas ya apagadas, empezó a llamar, sin pensárselo mucho, a una puertecilla ante la que se había detenido en su vagar de un lado a otro.

«Está abierta», gritó una voz desde dentro, y Karl la abrió lanzando un auténtico suspiro de alivio. «¿Por qué aporrea la puerta como un loco?», preguntó un hombre gigantesco, que apenas miró al joven. Por alguna claraboya, una luz turbia y ya consumida en lo alto del barco caía en el mísero camarote, donde una cama, un armario, una silla y el hombre se hallaban muy cerca entre sí, como estibados. «Me he perdido», dijo Karl; «durante el viaje no me había dado cuenta, pero es un barco enorme.» «En eso tiene razón», dijo el hombre con cierto orgullo y sin dejar de manipular la cerradura de una maletita, que apretaba una y otra vez con ambas manos, atento al chasquido del cierre. «¡Pero entre usted!», añadió el hombre. «No querrá quedarse ahí fuera.» «¿No lo molesto?», preguntó Karl. «¿Por qué habría de molestarme?» «¿Es usted alemán?», intentó asegurarse Karl, pues había oído hablar mucho de los peligros que amenazaban en América a los recién llegados, sobre todo por parte de los irlandeses. «Lo soy, lo soy», dijo el hombre. Karl titubeaba aún, pero el otro cogió de improviso el picaporte y, cerrando la puerta de golpe, empujó a Karl al interior del camarote. «No soporto que me miren desde el pasillo», dijo, volviendo a concentrarse en su maleta. «Todo el mundo pasa y mira, y eso no hay quien lo aguante.» «Pero si el pasillo está vacío», replicó Karl, incómodamente apretujado contra una de las patas de la cama. «Sí, ahora», replicó el otro. «Pues de ahora se trata», pensó Karl; «no resulta fácil hablar con este hombre.» «Échese en la cama, tendrá más espacio», dijo el hombre. Karl se encaramó a la cama lo mejor que pudo, riéndose en voz alta en su primer vano intento de subirse tomando impulso. Pero en cuanto estuvo allí exclamó: «¡Dios mío! ¡Se me ha olvidado por completo la maleta!». «¿Dónde?» «Arriba, en cubierta, un conocido me la está vigilando. ¿Cómo se llamaba?» Y de un bolsillo secreto que su madre le había cosido para el viaje en el forro del abrigo sacó una tarjeta de visita: «Butterbaum, Franz Butterbaum».° «¿Le hace mucha falta esa maleta?» «Por supuesto.» «Entonces, ¿por qué se la ha confiado a un extraño?» «Me había olvidado el paraguas abajo y corrí a buscarlo, pero no quise cargar con la maleta. Y encima he acabado perdiéndome.» «¿Está solo? ¿Sin nadie que lo acompañe?» «Sí, solo.» «Quizá no debería separarme de este hombre», pensó Karl, «¿dónde encontrar ahora un amigo mejor?» «Y resulta que encima pierde la maleta. Por no hablar del paraguas», y el hombre se sentó en la silla, como si los problemas de Karl hubieran cobrado cierto interés para él. «Creo que la maleta no la he perdido aún.» «Bienaventurados los que creen», dijo el hombre rascándose con fuerza el pelo oscuro, corto y espeso. «En el barco, las costumbres cambian con los puertos. En Hamburgo, su Butterbaum quizá le hubiera vigilado la maleta, pero aquí es muy probable que ya no quede ni rastro de los dos.» «En ese caso subiré a echar un vistazo ahora mismo», dijo Karl, buscando con la mirada la salida. «Quédese donde está», dijo el hombre y, con la mano, le dio un empujón más bien brusco en el pecho, haciéndolo caer de nuevo en la cama. «Pero ¿por qué?», preguntó Karl indignado. «Porque no tiene sentido», respondió el hombre. «Dentro de un momento yo también subiré y podremos ir juntos. O bien le han robado la maleta y ya no hay nada que hacer, o bien el hombre ha dejado la maleta donde estaba, en cuyo caso podremos encontrarla más fácilmente cuando el barco se vacíe del todo, lo mismo que su paraguas.» «¿Conoce bien el barco?», preguntó Karl con recelo, y le pareció que en la idea, en sí convincente, de que en el barco vacío sería más fácil encontrar sus cosas, había gato encerrado. «Soy fogonero», dijo el hombre. «¡Es usted fogonero!», exclamó Karl contento, como si aquello superase todas sus expectativas y, apoyándose en el codo, miró más de cerca al hombre. «Justo frente al camarote donde dormía con los eslovacos había una escotilla por la que podía ver la sala de máquinas.» «Sí, ahí trabajaba yo», dijo el fogonero. «Siempre me ha interesado la técnica»,º dijo Karl sin apartarse de lo que estaba pensando, «y sin duda hubiera llegado a ser ingeniero de no haber tenido que venir a América.» «¿Y por qué ha tenido que venir?» «¡Ah!», dijo Karl apartando toda aquella historia con un ademán, al tiempo que miraba sonriendo al fogonero, como pidiéndole indulgencia por lo que no le confesaba. «Algún motivo habrá habido», dijo el fogonero, sin que se supiera muy bien si quería propiciar o rechazar la explicación. «Ahora yo también podría ser fogonero», dijo Karl, «a mis padres les da exactamente igual lo que haga.» «Mi puesto va a quedar libre», dijo el hombre y, con plena conciencia de ello, metió las manos en los bolsillos del pantalón y, para estirarlas, puso sobre la cama las piernas, envueltas en unas perneras arrugadas de tela color gris hierro que parecía cuero. Karl tuvo que arrimarse un poco a la pared. «¿Deja usted el barco?» «Sí señor, hoy nos largamos.» «¿Por qué? ¿No le gusta?» «Bueno, son las circunstancias: no siempre es decisivo que a uno le guste una cosa o no. Por lo demás, tiene razón, no me gusta. No creo que piense usted seriamente en ser fogonero, pero precisamente entonces es cuando resulta más fácil llegar a serlo. Yo se lo desaconsejo vivamente. Si quería usted estudiar en Europa, ¿por qué no hacerlo aquí? Las universidades americanas son incomparablemente mejores que las europeas.» «Es muy posible», dijo Karl, «pero casi no tengo dinero para estudiar. Cierto es que he leído sobre alguien que de día trabajaba en una tienda y de noche estudiaba, hasta que llegó a ser doctor y creo que incluso alcalde. Pero para eso hace falta una gran perseverancia, ¿no? Me temo que yo no la tengo. Además, nunca fui un alumno particularmente bueno y dejar el colegio no me costó ningún esfuerzo. Y quizá los colegios sean aquí más rigurosos aún. No sé casi nada de inglés. Y creo que, en general, la gente tiene aquí cierta prevención contra los extranjeros.» «¿O sea que usted también lo ha notado? Muy bien. Es usted mi hombre. Verá, estamos en un barco alemán, que pertenece a la compañía Hamburg-Amerika, ¿por qué entonces no somos todos alemanes? ¿Por qué el maquinista jefe es rumano? Se llama Schubal. Es realmente increíble. ¡Y ese granuja nos trata como esclavos a nosotros, alemanes, en un barco alemán! No vaya a creer», se había quedado sin aliento y agitó la mano para darse aire, «que me quejo por quejarme. Sé que usted no tiene ninguna influencia y es un pobre muchacho. ¡Pero esto es demasiado!» Y golpeó varias veces la mesa con el puño, sin dejar de mirar a Karl mientras golpeaba. «He servido ya en muchos barcos», y citó veinte nombres seguidos como si fueran uno solo, dejando a Karl totalmente perplejo, «y me he distinguido, he sido siempre elogiado, era un trabajador muy del gusto de mis capitanes e incluso estuve varios años en el mismo velero mercante», se puso en pie, como si aquello hubiera sido la culminación de su vida, «y ahora resulta que aquí, en esta carraca donde todo funciona de maravilla y no hace falta tener muchas luces, resulta que aquí no valgo para nada y soy un estorbo permanente para Schubal; aquí soy un gandul, merezco que me echen y me hacen un favor al pagarme un sueldo. ¿Lo entiende usted? Yo no.» «No debería tolerarlo», dijo Karl irritado. Casi había perdido la sensación de estar sobre el inseguro suelo de un barco, en la costa de un continente desconocido, de tan a gusto y como en casa que se encontraba allí, en la cama del fogonero. «¿Ha ido ya a ver al capitán? ¿Ha intentado hacer valer ante él sus derechos?» «¡Váyase! ¡Más vale que se vaya! No quiero que se quede aquí. No escucha lo que le digo y encima me da consejos. ¿Cómo quiere que vaya a ver al capitán?» Y el fogonero, cansado, volvió a sentarse y escondió la cara entre las manos.

«No podría darle mejor consejo», se dijo Karl. Y pensó que más le hubiera valido ir a buscar su maleta que dar consejos que solo eran considerados estúpidos. Cuando su padre le dio la maleta para siempre, le preguntó en broma: «¿Cuánto tiempo la conservarás?», y ahora su preciada maleta quizá se hubiera perdido de verdad. Su único consuelo era que su padre no podría averiguar casi nada acerca de su situación actual, por mucho que lo intentara. Lo único que la compañía naviera podría decirle era que Karl había llegado a Nueva York. Pero Karl lamentaba haber usado apenas las cosas que llevaba en la maleta; por ejemplo, habría necesitado cambiarse de camisa hacía tiempo. Había ahorrado en lo que no debía; ahora, precisamente al inicio de su carrera, cuando más necesidad tenía de presentarse pulcramente vestido, tendría que presentarse con una camisa sucia. De no ser por eso, la pérdida de la maleta no habría sido tan grave, porque el traje que llevaba puesto era incluso mejor que el de la maleta, que era en realidad un traje de repuesto que su madre había tenido que remendar un poco antes de su partida. En ese momento recordó también que en la maleta había además un trozo de salami veronés, regalo especial de su madre, del que solo había llegado a consumir una parte mínima, pues durante la travesía no había tenido nada de apetito y la sopa que se distribuía en el entrepuente le había bastado con creces. Sin embargo, ahora le habría gustado tener el salami a mano para ofrecérselo al fogonero. Y es que es fácil ganarse a esa gente regalándole cualquier pequeñez; Karl lo sabía por su padre, que, repartiendo puros, se ganaba a todos los dependientes subalternos con los que trataba por asuntos de negocios. Todo lo que podía regalar Karl ahora era su dinero, y de momento prefería no tocarlo por si se le hubiera perdido la maleta. Sus pensamientos volvieron a ella, y no lograba explicarse por qué la había vigilado tan atentamente durante el viaje, hasta el punto de no poder casi dormir, y ahora dejaba que se la sustrajeran con tanta facilidad. Recordó las cinco noches en que había sospechado todo el tiempo de un pequeño eslovaco que dormía dos camastros a la izquierda del suyo, porque pensaba que le había echado el ojo a su maleta. Aquel eslovaco solo esperaba que Karl, vencido por la debilidad, se adormilase un instante para arrastrar hacia sí la maleta con una larga vara con la que se pasaba el día jugando o practicando. De día, el eslovaco tenía un aire bastante inofensivo, pero, en cuanto llegaba la noche, se levantaba de cuando en cuando de su camastro y lanzaba una mirada triste hacia la maleta de Karl. Éste podía darse perfecta cuenta de todo, pues nunca faltaba alguien que, con la típica inquietud del emigrante, encendiera aquí o allá alguna lucecilla –pese a que el reglamento del barco lo prohibía– para intentar descifrar los incomprensibles prospectos de las agencias de emigración. Si una de esas luces se hallaba cerca, Karl podía dormitar un poco, pero si se encendía a lo lejos o estaba oscuro, tenía que mantener los ojos abiertos. Aquel esfuerzo lo había dejado agotado. Y tal vez había sido totalmente inútil. ¡Si llegaba a encontrarse alguna vez con aquel Butterbaum!

En ese momento se oyó fuera, a gran distancia, un ruido de golpes ligeros y breves, como de pisadas de niño, que irrumpió en la quietud hasta entonces total y se fue acercando cada vez con mayor fuerza hasta convertirse en un tranquilo marchar de hombres. Al parecer, y como era natural en el estrecho pasillo, avanzaban en fila india, y se oía un tintineo como de armas. Karl, que había estado ya a punto de entregarse en la cama a un sueño libre de cualquier preocupación por maletas y eslovacos, se sobresaltó y dio un codazo al fogonero para atraer por fin su atención, pues el extremo de la fila parecía haber llegado justamente a la altura de su puerta. «Es la banda de música del barco», dijo el fogonero. «Han estado tocando arriba y van a hacer el equipaje. Ahora sí que ha terminado todo y podemos irnos. ¡Venga!» Y, agarrando a Karl de la mano, descolgó en el último momento una estampa de la Virgen que había en la pared, encima de la cama, se la guardó en el bolsillo del pecho, cogió su maleta y, junto con Karl, abandonó el camarote a toda prisa.

«Ahora mismo iré a la oficina a decirles a esos señores lo que pienso. Ya no queda ningún pasajero y no hace falta andar con miramientos», repitió el fogonero de diversas formas y, mientras andaba, quiso, de una patada lateral, aplastar una rata que se le cruzó en el camino, aunque solo consiguió hacerla entrar más aprisa en un agujero al que la rata llegó justo a tiempo. El fogonero era bastante lento de movimientos, porque, aunque tenía las piernas largas, le pesaban demasiado.

Atravesaron una sección de las cocinas, en donde unas muchachas de delantales sucios –los salpicaban a propósito– lavaban vajilla en grandes cubas. El fogonero llamó a una tal Line, le rodeó las caderas con el brazo y se la llevó un trecho consigo mientras ella se apoyaba coquetamente en su brazo. «Hoy es día de paga, ¿te vienes conmigo?», le preguntó él. «Para qué voy a molestarme, mejor tráeme el dinero aquí», respondió ella, se le escurrió por debajo del brazo y echó a correr. «¿De dónde has sacado a ese chico tan guapo?», gritó todavía, pero sin esperar la respuesta. Se oyó la risa de todas las muchachas, que habían interrumpido su trabajo.

Pero ellos siguieron y llegaron a una puerta sobre la que había un pequeño frontón sostenido por menudas cariátides doradas. Como decoración de barco parecía francamente lujosa. Karl advirtió que nunca había estado en aquella zona, probablemente reservada a los pasajeros de primera y segunda clase durante la travesía, aunque ahora habían quitado las barreras de separación para proceder a la limpieza general del barco. De hecho, ya se habían cruzado con varios hombres que llevaban escobas al hombro y habían saludado al fogonero. Karl se asombró al ver tanto ajetreo, del que, claro está, casi no se había enterado en su entrepuente. A lo largo de los pasillos se veían también cables de conducción eléctrica y se oía sonar una campanilla todo el tiempo.

El fogonero llamó respetuosamente a la puerta y, cuando alguien exclamó «¡Adelante!», invitó a Karl con un ademán a que entrara sin miedo. Karl entró, pero se quedó de pie junto a la puerta. Por las tres ventanas de la pieza veía las olas del mar, y la visión de su alegre cabrilleo le hizo latir el corazón más aprisa, como si no hubiera visto el mar durante cinco largos días seguidos. Unos barcos enormes entrecruzaban sus estelas y cedían al embate de las olas solo en la medida en que su peso se lo permitía. Entornando los ojos, se tenía la impresión de que aquellos barcos se balanceaban por su propio peso. En sus mástiles llevaban banderolas estrechas, pero alargadas, que se agitaban de un lado a otro, aunque el desplazamiento del barco las alisara. Se oyeron salvas que llegaban probablemente de unos barcos de guerra. Uno de ellos pasaba en ese instante no muy lejos y sus cañones, relucientes por el reflejo de la capa de acero, parecían acariciados por aquel movimiento seguro y liso, aunque nunca horizontal. Las lanchas pequeñas y los botes solo podían verse a lo lejos –al menos desde la puerta–, cuando aparecían, numerosos, en los espacios libres que dejaban los barcos grandes. Pero detrás de todo aquello se alzaba Nueva York, que observaba a Karl con las miles de ventanas de sus rascacielos. Sí, en aquella habitación sabía uno dónde estaba.

En torno a una mesa redonda había tres señores sentados; uno era oficial del barco y llevaba el uniforme azul de la marina; los otros dos, funcionarios de la autoridad portuaria, lucían uniformes norteamericanos negros. Sobre la mesa se apilaban documentos diversos que el oficial hojeaba primero, con la pluma en la mano, y luego iba pasando a los otros dos, que ora los leían, ora los extractaban, ora los guardaban en sus carteras de documentos, a no ser que uno de ellos, que hacía ruidito con los dientes de forma casi ininterrumpida, dictase a su colega algo para que constase en acta.

Junto a la ventana y de espaldas a la puerta, un señor más bajo sentado a un escritorio manipulaba grandes infolios alineados sobre un sólido anaquel, a la altura de su cabeza. Tenía al lado una caja de caudales abierta y, al menos a primera vista, vacía.

La segunda ventana estaba también vacía y ofrecía la mejor vista. Cerca de la tercera había dos señores de pie que conversaban a media voz. Uno de ellos, apoyado junto a la ventana, llevaba asimismo el uniforme del barco y jugueteaba con la empuñadura de su espadín. Su interlocutor, vuelto hacia la ventana, dejaba ver a ratos, cuando se movía, parte de una hilera de condecoraciones sobre el pecho del otro. Iba de paisano y llevaba un fino bastoncillo de bambú que, al tener él ambas manos firmemente apoyadas en las caderas, sobresalía igualmente como un espadín.

Karl no tuvo mucho tiempo para verlo todo, pues enseguida se les acercó un ordenanza y preguntó al fogonero, mirándolo como si estuviera fuera de lugar allí, qué deseaba. El fogonero respondió, en voz tan baja como la del que lo había interrogado, que quería hablar con el señor cajero jefe. El ordenanza, a su vez, rechazó la petición con un gesto de la mano, pero se dirigió de puntillas, esquivando la mesa redonda con un gran rodeo, hacia el hombre de los infolios. El señor –esto se vio muy claramente– se quedó como petrificado al oír las palabras del ordenanza, pero por fin se volvió a mirar al hombre que deseaba hablar con él, y agitó las manos con un ademán de estricto rechazo en dirección al fogonero y, para mayor seguridad, también hacia el ordenanza. Éste volvió a donde estaba el fogonero y dijo, como si le estuviera confiando algo: «¡Lárguese ahora mismo de esta habitación!».

Al oír esta respuesta, el fogonero bajó la mirada hacia Karl, como si él fuera su corazón y tuviera que contarle sus penas en silencio. Sin pensárselo dos veces, Karl atravesó la habitación en diagonal, rozando incluso levemente la silla del oficial, y el ordenanza, encorvado y con los brazos abiertos como si persiguiera una sabandija, corrió tras él. Pero Karl fue el primero en llegar a la mesa del cajero jefe, a la que se aferró por si el ordenanza intentaba apartarlo.

Naturalmente, toda la habitación se animó enseguida. El oficial del barco sentado a la mesa se había puesto en pie de un salto, los funcionarios de la autoridad portuaria se quedaron observando la escena tranquilos, pero atentos, los dos señores de la ventana se acercaron el uno al otro, y el ordenanza, que creyó estar fuera de lugar cuando aquellos señores importantes manifestaban su interés, retrocedió. Junto a la puerta, el fogonero aguardaba tenso el momento en que su ayuda fuese necesaria. Por último, el cajero jefe dio un gran giro hacia la derecha en su sillón.

Karl hurgó en su bolsillo secreto, que no tuvo reparo en exponer a las miradas de aquella gente, y sacó su pasaporte, que puso sobre la mesa, abierto, a guisa de presentación. El cajero jefe pareció no dar mayor importancia al pasaporte, pues lo apartó a un lado con dos dedos, tras lo cual Karl, como si la formalidad se hubiese cumplido satisfactoriamente, volvió a guardarse el documento.

«Me permito decir», empezó luego, «que, a mi entender, se ha cometido una injusticia con el señor fogonero. Hay por aquí un tal Schubal que se dedica a atosigarlo. El señor fogonero ha servido ya de modo plenamente satisfactorio en muchos barcos y podría enumerarlos todos, es trabajador, le gusta lo que hace y la verdad es que no se entiende por qué precisamente en este barco, donde el servicio no es tan duro como, por ejemplo, en los veleros mercantes, tendría que haber respondido mal. Solo puede tratarse de una calumnia que le impide abrirse camino y lo priva de un reconocimiento que, en otras circunstancias, seguramente no le faltaría. Yo me he limitado a decir generalidades sobre este asunto, pero él mismo les expondrá sus reclamaciones concretas.»º Karl había dirigido su discurso a todos aquellos señores, pues, de hecho, todos lo escuchaban, y parecía mucho más probable encontrar algún justo entre todos ellos que confiar en que ese justo fuese precisamente el cajero jefe. Astutamente, había silenciado que conocía al fogonero desde hacía solo un rato. Por lo demás, habría hablado mucho mejor si no lo hubiera confundido la rubicunda cara del señor del bastoncillo de bambú, al que veía por primera vez desde el lugar en que se hallaba.

«Todo eso es cierto palabra por palabra», dijo el fogonero antes de que nadie lo interrogase, incluso antes de que le hubieran dirigido la mirada. Esa precipitación del fogonero habría sido un grave error si el señor de las condecoraciones –que, según advirtió Karl de pronto, no podía ser otro que el capitán– no hubiera tomado ya, evidentemente, la decisión de escuchar al fogonero. De hecho, estiró la mano y dijo «¡Acérquese!» con una voz tan firme que se hubiera podido golpear con un martillo. Todo dependía ahora del comportamiento del fogonero, pues sobre la justicia de su causa no albergaba Karl la menor duda.

Por suerte, en aquella ocasión quedó demostrado que el fogonero había corrido ya mucho mundo. Con una calma ejemplar, nada más meter la mano en su maletita sacó un pequeño legajo de papeles y una libreta de apuntes con los que, como si fuera algo muy natural y haciendo caso omiso del cajero jefe, se dirigió hacia donde estaba el capitán y extendió sus pruebas en el alféizar de la ventana. Al cajero jefe no le quedó más remedio que acercarse también. «Este hombre es un pendenciero conocido», dijo el cajero como explicación, «pasa más tiempo en la caja que en la sala de máquinas. Ha sumido en la desesperación a Schubal, que es un hombre muy tranquilo. ¡Escúcheme bien!», añadió dirigiéndose al fogonero, «está llevando realmente su impertinencia demasiado lejos. ¡Cuántas veces lo han echado ya de las oficinas de pagos, tal como se merece por sus reclamaciones total y absolutamente injustificadas! ¡Cuántas veces ha venido desde allí a la caja principal! ¡Cuántas veces se le ha dicho de buenas maneras que Schubal es su superior inmediato, el único con quien debe entenderse en su condición de subalterno! Y ahora irrumpe aquí en presencia del señor capitán, no se avergüenza de incordiarlo ¡y llega incluso a traer como portavoz adiestrado de sus disparatadas acusaciones a este jovencito, al que ahora veo a bordo por primera vez!»

Karl hizo un gran esfuerzo para no dar un salto hacia delante. Pero en ese instante intervino el capitán, que dijo: «Escuchemos por una vez a este hombre. La verdad es que, con el tiempo, Schubal se me ha vuelto demasiado independiente, lo cual no significa, ni mucho menos, que esté a favor de usted». Estas últimas palabras iban dirigidas al fogonero; era evidente que el capitán no podía tomar partido por él enseguida, pero todo parecía ir por buen camino. El fogonero inició sus declaraciones y ya al principio dio muestras de dominarse al dar a Schubal el tratamiento de «señor». ¡Qué alegría invadió a Karl junto al escritorio abandonado del cajero jefe, donde, en su júbilo, se entretuvo presionando una y otra vez el platillo de un pesacartas! El señor Schubal es injusto. El señor Schubal prefiere a los extranjeros. El señor Schubal expulsó al fogonero de la sala de máquinas y lo puso a limpiar retretes, tarea, naturalmente, nada propia de un fogonero. En determinado momento hasta se puso en duda la eficiencia del señor Schubal, presentándola como algo más aparente que real. Al llegar a este punto, Karl miró al capitán con aire enérgico y entrañable a la vez, como si fuera colega suyo, para que no se dejase influir desfavorablemente por la forma un tanto torpe como se expresaba el fogonero. En cualquier caso, nada preciso podía sacarse en limpio de toda aquella cháchara, y aunque el capitán siguiera con la mirada fija ante sí, decidido a escuchar aquella vez al fogonero hasta el final, los otros señores comenzaron a dar muestras de impaciencia y la voz del fogonero dejó pronto de reinar ilimitadamente en la habitación, lo que hacía temer muchas cosas. El primero en moverse fue el señor de paisano, que puso en acción su bastoncillo de bambú, golpeteando, aunque suavemente, en el suelo de madera. Los otros señores, naturalmente, empezaron a mirar a su alrededor; los de la autoridad portuaria, que por lo visto tenían prisa, volvieron, un tanto distraídamente aún, a examinar sus expedientes; el oficial del barco se acercó de nuevo a su mesa, y el cajero jefe, que creyó tener ya ganada la partida, lanzó un hondo suspiro cargado de ironía. El único que parecía estar a salvo de la dispersión general era el ordenanza, que hacía suya una parte de las tribulaciones de aquel pobre hombre sometido a sus superiores y, muy serio, hizo una seña a Karl con la cabeza, como queriendo explicarle algo.

Entretanto, la vida del puerto seguía su curso ante las ventanas. Una gabarra cargada con una montaña de barriles que debían de estar prodigiosamente estibados para no rodar dejó a su paso la habitación casi a oscuras; unas lanchas motoras que, de haber tenido tiempo, Karl habría podido observar con detenimiento, avanzaron en línea recta siguiendo las contracciones de las manos de un hombre erguido junto al timón; extraños cuerpos flotantes emergían espontáneamente aquí y allá entre las agitadas aguas, eran al instante recubiertos por ellas y se hundían ante la mirada perpleja; unos cuantos botes provenientes de transatlánticos pasaron impulsados por marineros que se esforzaban en los remos: iban repletos de pasajeros silenciosos y expectantes, sentados tal y como los habían embutido en ellos, aunque algunos no pudieran evitar seguir con la cabeza los continuos cambios de escenario. Un movimiento sin fin, una inquietud que el inquieto elemento transmitía a los desvalidos seres humanos y a sus obras.

Sin embargo, todo exigía prisa, claridad, una total exactitud en la exposición de los hechos, y ¿qué hacía el fogonero? Cierto es que ya sudaba de tanto hablar y hacía rato que sus manos temblorosas no podían seguir sujetando los papeles de la ventana, mientras de todos los puntos cardinales llovían quejas contra Schubal, cada una de las cuales hubiera bastado, en su opinión, para enterrar definitivamente al dichoso Schubal. Sin embargo, lo que podía presentar al capitán no era sino un triste revoltijo de todas ellas. Hacía ya rato que el señor del bastoncillo de bambú silbaba quedamente mirando al techo; los señores de la autoridad portuaria habían retenido al oficial junto a su mesa y no daban muestras de querer soltarlo; era evidente que solo la calma del capitán impedía al cajero jefe desahogarse. El ordenanza, en posición de firmes, aguardaba de un momento a otro alguna orden de su capitán en relación con el fogonero.

Ante aquello, Karl no pudo continuar más tiempo inactivo. Se acercó lentamente al grupo y, mientras se movía, pensó tanto más deprisa cómo podría abordar el asunto con la mayor destreza posible. La verdad es que ya iba siendo hora; un rato más y los dos podrían salir disparados de la oficina. Probablemente el capitán era buena persona y en aquel momento debía de tener además algún motivo especial, según le pareció a Karl, para mostrarse como superior justo, pero al fin y al cabo tampoco era un instrumento que se pudiera tocar hasta que reventase, y precisamente así lo estaba tratando el fogonero, bien es verdad que movido por su indignación sin límites.

Por eso, Karl dijo al fogonero: «Tiene que contar todo eso con más sencillez y claridad; tal y como se lo está explicando, el señor capitán no puede emitir un juicio. ¿Conoce él acaso a todos los maquinistas y recaderos por su apellido o su nombre de pila para saber, con solo oírselos mencionar, de quién le está hablando? Exponga ordenadamente sus quejas, primero la más importante y luego las demás en orden decreciente, y puede que al final ni siquiera haga falta mencionar la mayoría de ellas. ¡A mí siempre me lo ha contado todo con mucha claridad!». «Si en América se puede robar maletas, también se puede decir alguna mentira», pensó Karl para disculparse.

¿Serviría de algo todo aquello? ¿No sería acaso demasiado tarde? Cierto es que el fogonero se interrumpió en cuanto oyó aquella voz conocida, pero sus ojos, bañados en lágrimas por su dignidad varonil ofendida, los horribles recuerdos y la situación de extrema dificultad actual, ni siquiera fueron capaces de reconocer con claridad a Karl. ¿Cómo podría ahora –y Karl, de pie ante el silencioso fogonero, así lo comprendió en silencio–, cómo podría ahora cambiar de pronto su manera de expresarse cuando le parecía haber dicho ya todo cuanto había que decir sin obtener la menor aprobación y, por otro lado, creía que aún no había dicho nada y no podía pretender que aquellos señores lo escuchasen todo una vez más? Y en aquel preciso instante, para colmo, se le presenta Karl, su único defensor, dispuesto a darle buenos consejos, aunque solo consigue hacerle ver que todo, absolutamente todo, está perdido.

«¡Si hubiese intervenido antes en lugar de mirar por la ventana!», se dijo Karl, y bajó la mirada ante el fogonero, golpeando con las manos las costuras del pantalón en señal de que aquello era el fin de cualquier esperanza.

Pero el fogonero interpretó mal el gesto, barruntó en Karl reproches secretos contra su persona y, con el buen propósito de quitárselos de la cabeza, empezó, para culminar sus proezas, a discutir con él. Y eso justo cuando los señores sentados a la mesa redonda llevaban ya un rato indignados por aquella inútil barahúnda que les impedía realizar sus importantes trabajos, cuando al cajero jefe empezaba a parecerle incomprensible la paciencia del capitán y estaba a punto de estallar, cuando el ordenanza, nuevamente inmerso en la esfera de sus amos, medía al fogonero con miradas feroces, y cuando, por último, el señor del bastoncillo de bambú, a quien hasta el capitán enviaba de cuando en cuando una mirada amable, sacó una pequeña agenda y, ocupado manifiestamente en cosas muy distintas, dejó que sus ojos errasen entre la libreta y Karl, mostrándose ya totalmente insensible al fogonero, e incluso asqueado de él.

«Ya lo sé, ya lo sé», dijo Karl haciendo esfuerzos por capear el aluvión que el fogonero dirigía ahora contra él, y dedicándole, pese al altercado, una sonrisa amistosa, «tiene razón, sí, razón, y nunca lo he puesto en duda.» Por temor a los golpes le hubiera gustado sujetarle las manos, que no paraban de agitarse y, todavía más, llevarlo hacia un rincón para susurrarle unas palabras tranquilizadoras que nadie más hubiera debido oír. Pero el fogonero estaba fuera de quicio. Karl empezó incluso a consolarse en cierto modo con la idea de que, en caso de necesidad, el fogonero podría, con la fuerza de su desesperación, reducir a los siete hombres presentes. De todas formas, como era fácil comprobar de una ojeada, sobre el escritorio había un tablero de instalación eléctrica con muchísimos botones que, bajo la simple presión de una mano, podían sublevar el barco entero con todos sus pasillos repletos de gente hostil.

Y entonces, el señor del bastoncillo de bambú, que tan poco interés había demostrado por todo, se acercó a Karl y le preguntó, en voz no muy alta aunque sí perceptible entre el griterío del fogonero: «¿Y usted cómo se llama?». En ese instante, como si alguien hubiera esperado detrás de la puerta aquella intervención del señor, llamaron a la puerta. El ordenanza miró al capitán, que asintió con la cabeza. Entonces el ordenanza se dirigió a la puerta y la abrió. Fuera había un hombre de medianas proporciones, vestido con una vieja levita cruzada y, a juzgar por su aspecto, no particularmente apto para trabajar en las máquinas, pero que, sin embargo, era... Schubal. Si Karl no lo hubiera advertido en los ojos de todos los presentes, que expresaban cierta satisfacción sin exceptuar siquiera al capitán, hubiera tenido que verlo con espanto en el fogonero, que había apretado los puños de sus tensos brazos como si ese apretar fuera para él lo más importante, algo a lo que estaba dispuesto a sacrificar cuanto tenía en la vida. En eso residía ahora toda su fuerza, incluso la que lo mantenía en pie.

Allí estaba, pues, el enemigo, vivito y coleando en su traje de gala, con un libro de contabilidad bajo el brazo, probablemente la nómina y la documentación laboral del fogonero y, sin miedo a demostrar que ante todo quería cerciorarse del estado anímico de cada uno, fue mirando por turno, de hito en hito, a todos los presentes. Los siete eran ya además amigos suyos, pues aunque el capitán hubiera tenido antes ciertos reparos contra él –o acaso solo hubiera aparentado tenerlos–, tras el disgusto que le había dado el fogonero probablemente le parecía no tener ya la menor objeción que oponer a Schubal. Cualquier severidad era poca contra un hombre como el fogonero, y si algo se le podía reprochar a Schubal era no haber llegado a doblegar con el tiempo su rebeldía, para que no hubiera osado presentarse aquel día ante el capitán.

El caso es que quizá podía suponerse aún que el careo entre el fogonero y Schubal no dejaría de causar en aquellos hombres el efecto que habría producido ante una instancia superior, pues, por muy bien que supiera disimular Schubal, no tenía por qué ser capaz, ni mucho menos, de aguantar hasta el final. Un breve destello de su maldad debería bastar para hacérsela visible a aquellos señores, y de eso quería encargarse Karl. Ya conocía más o menos la perspicacia, las debilidades y los caprichos de cada uno de ellos, y desde este punto de vista el tiempo pasado allí no había sido en balde. ¡Si el fogonero hubiera estado más a tono con las circunstancias! Pero parecía absolutamente incapaz de combatir. Si le hubieran puesto a Schubal por delante, habría podido abrirle el aborrecido cráneo a puñetazos. Pero apenas estaba en condiciones de dar los pocos pasos que lo separaban de él. ¿Por qué no había previsto Karl algo tan fácil de prever como que Schubal acabaría viniendo, si no por su propia iniciativa, sí llamado por el capitán? ¿Por qué al dirigirse a la oficina no había preparado algún plan de ataque con el fogonero, en vez de entrar sin la menor preparación –como en realidad habían hecho– por la primera puerta? ¿Podría hablar aún el fogonero, decir sí o no como sería necesario en el interrogatorio cruzado que, de todas formas, solo se produciría en el mejor de los casos? Allí estaba de pie con las piernas separadas, las rodillas inseguras y la cabeza un tanto erguida, y el aire circulaba por su boca abierta como si dentro no hubiera ya pulmones que lo transformasen.

Karl se sentía, eso sí, tan fuerte y tan en sus cabales como quizá no había estado nunca en su casa. ¡Si sus padres pudieran ver cómo defendía el bien en un país extraño y ante personalidades de prestigio, y cómo se aprestaba plenamente a la conquista final, aunque no hubiera conseguido todavía la victoria! ¿Revisarían la opinión que de él tenían? ¿Lo sentarían entre ellos y lo alabarían? ¿Lo mirarían una vez, tan solo una, a aquellos ojos que tanta entrega les habían demostrado? ¡Qué preguntas tan inciertas y qué momento tan poco apropiado para formularlas!

«He venido porque creo que el fogonero me acusa de haber actuado con mala fe. Una chica de la cocina me dijo que lo había visto venir hacia aquí. Señor capitán y todos ustedes, señores, estoy dispuesto a recusar cualquier inculpación con ayuda de mis documentos y, en caso de necesidad, mediante declaraciones de testigos imparciales y no aleccionados que aguardan ante la puerta.» Así habló Schubal. Ése fue el discurso claro del hombre y, a juzgar por el cambio que se operó en las caras de los oyentes, se hubiera podido creer que, por primera vez en mucho tiempo, habían vuelto a oír sonidos humanos. No advirtieron, es verdad, que incluso aquel hermoso discurso tenía sus fallos. ¿Por qué había sido «mala fe» la primera expresión objetiva que le vino a la mente? ¿No hubiera debido quizá centrarse en eso la acusación y no en sus prejuicios nacionales? ¿Una chica de la cocina había visto al fogonero dirigirse a la oficina y Schubal había caído enseguida en la cuenta? ¿No era acaso la conciencia de su culpabilidad lo que le aguzaba el entendimiento? ¿Y de inmediato había traído testigos a los que encima calificaba de imparciales y no aleccionados? Bribonada, pura bribonada. ¿Y los señores lo toleraban y hasta lo consideraban un comportamiento correcto? ¿Por qué había dejado pasar tanto tiempo entre el aviso de la chica de la cocina y su llegada allí? Sin duda con la única finalidad de que el fogonero cansara tanto a los señores que éstos perdieran poco a poco su capacidad de juicio, que era algo que Schubal debía de temer sobre todo. ¿No había llamado a la puerta, tras la cual seguro que llevaba ya un buen rato esperando, solo en el momento en que, debido a la trivial pregunta de aquel caballero, pudo suponer que el fogonero estaba liquidado?

Todo era evidente y así lo había expuesto el propio Schubal contra su voluntad, pero a los señores había que mostrárselo de otra manera, más tangible aún. Necesitaban que los sacudieran. ¡Venga, Karl, rápido, aprovecha ahora el tiempo antes de que comparezcan los testigos y lo inunden todo!

Pero en aquel preciso instante el capitán hizo señas a Schubal de que se apartara –pues su caso parecía aplazado, al menos de momento– y éste se hizo a un lado enseguida e inició con el ordenanza, que se le había acercado, una conversación en voz baja en la que no faltaron miradas de reojo dirigidas al fogonero y a Karl, ni tampoco gestos sumamente convincentes con las manos. Schubal parecía preparar así su próximo gran discurso.

«¿No quería preguntarle algo a este joven, señor Jakob?», dijo el capitán al señor del bastoncillo de bambú en medio de un silencio general.

«Desde luego», replicó éste agradeciendo la atención con una leve reverencia. Y volvió a preguntarle a Karl: «¿Cómo se llama?».

Karl, creyendo que en interés de la causa principal era mejor liquidar pronto aquel incidente con el obstinado preguntón, respondió brevemente, sin presentarse como era su costumbre mostrando el pasaporte, que antes hubiera tenido que buscar: «Karl Rossmann».

«¿Cómo?», dijo el señor llamado Jakob, retrocediendo con una sonrisa casi incrédula. También el capitán, el cajero jefe, el oficial del barco y hasta el ordenanza mostraron claramente un asombro desmesurado al oír el apellido de Karl. Solo los señores de la autoridad portuaria y Schubal permanecieron indiferentes.

«¿Cómo?», repitió el señor Jakob acercándose a Karl con pasos un tanto envarados, «pues entonces yo soy tu tío Jakob y tú eres mi querido sobrino. ¡Lo había presentido todo el tiempo!», dijo dirigiéndose al capitán antes de abrazar y besar a Karl, que lo dejó hacer en silencio.

«¿Y usted cómo se llama?», preguntó Karl con gran cortesía aunque sin la menor emoción en cuanto se sintió libre, al tiempo que se esforzaba por prever las consecuencias que aquel nuevo incidente podría tener para el fogonero. De momento nada hacía pensar que Schubal pudiera sacarle ningún provecho.

«Dése cuenta de su suerte, joven», dijo el capitán, creyendo que la pregunta de Karl había herido la dignidad del señor Jakob, quien se había aproximado a la ventana para, según toda evidencia, no tener que mostrar a los demás su rostro emocionado, en el que se daba leves toques con un pañuelo. «Es el consejero de Estado° Edward Jakob quien se ha dado a conocer como tío suyo. A partir de ahora, y seguro que contra todas las expectativas que usted tenía hasta hoy, se le abre un brillante porvenir. Intente comprenderlo hasta donde se lo permita este primer momento, y mantenga la calma.»

«Es cierto que tengo un tío Jakob en América»,° dijo Karl dirigiéndose al capitán, «pero, si he entendido bien, Jakob no es sino el apellido del señor senador.»

«Así es», dijo el capitán expectante.

«Pues bien, mi tío Jakob, que es hermano de mi madre, tiene por nombre de pila Jakob, mientras que su apellido debería ser, naturalmente, el mismo que el de mi madre, que de soltera se apellidaba Bendelmayer.»

«¡Señores!», exclamó el consejero de Estado, que había vuelto recuperado de la ventana, refiriéndose a la aclaración de Karl. Todos, excepto los funcionarios del puerto, rompieron a reír, algunos emocionados, otros sin que se supiera por qué.

«Lo que acabo de decir no tiene nada de ridículo», pensó Karl.

«¡Señores!», repitió el consejero de Estado. «En contra de mi voluntad y sin quererlo ustedes, están asistiendo a una pequeña escena familiar, por lo que no puedo menos de darles una explicación, pues tan solo el señor capitán, según creo» –esta mención dio lugar a una reverencia mutua– «está plenamente informado.»

«Ahora sí que debo prestar atención a cada palabra», se dijo Karl, alegrándose al advertir, con una mirada de soslayo, que la vida empezaba a reanimar la figura del fogonero.

«En todos estos largos años de residencia en América –aunque la palabra *residencia* sea muy poco apropiada para el ciudadano americano que soy con toda mi alma–, en todos estos largos años he vivido totalmente alejado de mis parientes europeos por motivos que, en primer lugar, no vienen al caso, y, en segundo, me resultaría francamente penoso exponer. Temo incluso el momento en que quizá me vea obligado a explicárselos a mi querido sobrino, pues, por desgracia, será inevitable hablar con franqueza sobre sus padres y personas allegadas.»

«Es mi tío, no cabe duda», se dijo Karl prestando oído; «probablemente se ha cambiado el apellido.»

«A mi querido sobrino, sus padres –y digamos sin temor la palabra que mejor designa el hecho– se lo han quitado de encima, como se echa de casa a un gato que resulta molesto. No quiero disimular en modo alguno lo que hizo mi sobrino para recibir ese castigo, pero su falta es tal que el simple hecho de nombrarla supone disculpa suficiente.»

«Eso no está nada mal», pensó Karl, «pero tampoco quiero que se lo cuente a todos. Además, tampoco puede saberlo. ¿Por quién?»

«Lo cierto es», prosiguió el tío apoyándose en el bastoncillo de bambú que había plantado ante él y balanceándose ligeramente, con lo que logró quitar en parte a la escena la innecesaria solemnidad que de otro modo habría tenido, «lo cierto es que fue seducido por una criada, Johanna Brummer, una mujer de unos treinta y cinco años más o menos. No me gustaría ofender en absoluto a mi sobrino con la palabra *seducido*, pero es difícil encontrar otra que sea igualmente apropiada.»

Karl, que se había acercado ya bastante a su tío, se volvió de pronto para ver en las caras de los presentes qué impresión les causaba el relato. Ninguno se reía, todos escuchaban con paciencia y seriedad. Al fin y al cabo, nadie se ríe del sobrino de un consejero de Estado en la primera ocasión que se presenta. Más bien habría podido decirse que el fogonero sonreía a Karl, aunque muy levemente, lo cual era, en primer lugar, grato como señal de vida, y, en segundo, disculpable, pues en el camarote Karl había querido hacer un misterio especial de aquel asunto, ahora de dominio público.

«Pues resulta que la tal Brummer», prosiguió el tío, «tuvo un hijo de mi sobrino, un niño sano y fuerte que fue bautizado con el nombre de Jakob, sin duda en recuerdo de mi humilde persona, que incluso a través de las alusiones, seguramente muy casuales, de mi sobrino, debió de producir una gran impresión en la muchacha. Por suerte, digo yo. Porque los padres, para eludir los gastos de manutención o cualquier otro escándalo que pudiera comprometerlos —e insisto en que no conozco las leyes allí vigentes ni las condiciones en que viven los padres, para eludir, como he dicho, los gastos de manutención y el escándalo—, enviaron a su hijo, mi querido sobrino, hasta América, equipándolo, como puede verse, de manera irresponsablemente insuficiente, y el muchacho, abandonado a sí mismo y a no ser por las señales y prodigios que aún siguen vivos en América, habría perecido muy pronto en alguna calleja del puerto de Nueva York, si aquella criada, en una carta dirigida a mí que, tras larga odisea, llegó anteayer a mis manos, no me hubiera contado toda la historia, añadiendo una descripción física de mi sobrino y, muy sensatamente, también el nombre del barco. Si mi intención fuera distraerlos, caballeros», sacó de su bolsillo y agitó dos enormes pliegos de papel escritos hasta los márgenes, «les podría leer ahora algunos pasajes de esta carta. Seguro que surtiría efecto, pues está escrita con una astucia algo simple, aunque siempre bien intencionada, y con mucho amor por el padre del niño. Pero no quiero entretenerlos más de lo que esta aclaración exige, ni tampoco, en este primer encuentro, herir sentimientos que posiblemente aún perduren en mi sobrino, quien, si lo desea, podrá leer para su información la carta en el silencio de su habitación, que ya lo está aguardando.»

Karl, sin embargo, no sentía nada por aquella muchacha. En el cúmulo de recuerdos de un pasado que se alejaba cada vez más, la veía sentada en la cocina, junto al aparador, sobre cuyo tablero apoyaba los codos. Se quedaba mirándolo cada vez que él entraba en la cocina a buscar un vaso de agua para su padre o dar algún recado de su madre. A veces, en aquella posición incómoda al lado del aparador, ella se ponía a escribir una carta buscando su inspiración en la cara de Karl. A veces se tapaba los ojos con la mano y no había manera de abordarla. A veces caía de rodillas en su estrecho cuartito, junto a la cocina, y rezaba ante un crucifijo de madera; Karl la observaba entonces con cierto temor, al pasar, por la rendija de la puerta entornada. A veces ella se ponía a dar vueltas en la cocina y retrocedía, riéndose como una bruja, cuando Karl se cruzaba en su camino. A veces cerraba la puerta de la cocina cuando Karl ya había entrado, y no quitaba la mano del picaporte hasta que él le pedía que lo dejara salir. A veces traía cosas que él no quería y, en silencio, se las ponía en las manos. Una vez, sin embargo, dijo «Karl» y se lo llevó, perplejo aún por la inesperada interpelación, entre muecas y suspiros, a su cuartito, que cerró con llave. Se abrazó a su cuello hasta dejarlo sin aire y, mientras le pedía que la desvistiese, en realidad fue ella quien lo desvistió y lo acostó en su cama, como si a partir de entonces no quisiera dejárselo a nadie más, sino acariciarlo y cuidarlo hasta el final de los días. «¡Karl! ¡Karl mío!», exclamaba como si al mirarlo se ratificase en su posesión, mientras Karl no veía absolutamente nada y se sentía incómodo entre el montón de cálida ropa de cama que ella parecía haber amontonado expresamente para él. Luego ella se acostó a su lado y quiso sonsacarle ciertos secretos, pero él no pudo decirle ninguno y ella se enfadó, en broma o en serio, lo zarandeó, escuchó su corazón, le ofreció su pecho para que escuchase también, sin conseguir que lo hiciera, apretó su vientre desnudo contra el cuerpo del muchacho y, con la mano, hurgó entre sus piernas de forma tan repulsiva que Karl sacó la cabeza y el cuello fuera de las almohadas, debatiéndose, luego ella empujó varias veces el vientre contra él..., entonces le pareció como si ella fuera una parte de sí mismo y tal vez por ello lo invadió una horrible sensación de desamparo. Llorando, Karl volvió finalmente a su cama, tras haber expresado ella reiteradamente su deseo de volver a verlo. Eso había sido todo, pero el tío supo convertirlo en una gran historia. Y el caso era que la cocinera también había pensado en él y le había comunicado al tío su llegada. Un gesto muy hermoso por su parte, que él intentaría retribuirle algún día.

«Y ahora», exclamó el senador, «quiero oírte decir sinceramente si soy o no tu tío.»

«Eres mi tío», dijo Karl besándole la mano y recibiendo a su vez un beso en la frente, «y estoy muy contento de haberte encontrado, pero te equivocas si crees que mis padres solo hablan mal de ti. Además, y al margen de eso, en lo que has dicho ha habido algunos errores, quiero decir que, en realidad, las cosas no ocurrieron del todo así. También es cierto que desde aquí no puedes juzgarlas certeramente, y creo asimismo que no supondrá ningún gran perjuicio el que estos señores hayan sido informados con cierta inexactitud sobre los detalles de un asunto que, en realidad, no puede importarles demasiado.»

«Muy bien dicho», dijo el senador; condujo a Karl ante el capitán, visiblemente interesado en lo que estaba presenciando, y le preguntó: «¿Verdad que tengo un sobrino estupendo?».

«Me siento feliz», dijo el capitán haciendo una de esas reverencias que solo sabe hacer la gente de formación militar, «de haber conocido a su sobrino, señor senador. Es un honor muy especial para mi barco haber sido escenario de semejante encuentro. Sin embargo, la travesía en el entrepuente debe de haber sido bastante penosa, ¡cómo saber a quién transporta uno allí! Hacemos cuanto podemos por aliviar el viaje en lo posible a la gente del entrepuente, mucho más que las navieras americanas, por ejemplo, pero hacer que una travesía semejante resulte placentera es algo que todavía no hemos conseguido.»

«No lo he pasado tan mal», dijo Karl.

«¡No lo ha pasado tan mal!», repitió el senador, riéndose a carcajadas.

«Solo temo haber perdido la male...», y al decir esto recordó todo lo que había ocurrido y lo que aún le quedaba por hacer, miró a su alrededor y vio a todos los presentes en sus puestos de antes, mudos de respeto y asombro, con los ojos fijos en él. Solo a los funcionarios de la autoridad portuaria se les notaba, en la medida en que lo permitían sus rostros severos y autosatisfechos, cierto pesar por haber llegado en un momento tan inoportuno, y el reloj de bolsillo que ahora tenían delante les importaba probablemente más que todo lo que estaba ocurriendo y quizá pudiera ocurrir aún en la habitación.

El primero en expresar su interés y satisfacción después del capitán fue, curiosamente, el fogonero. «Le felicito de todo corazón», dijo estrechándole la mano a Karl, con lo que quería expresar también algo así como reconocimiento. Sin embargo, cuando quiso luego dirigirse al senador en los mismos términos, éste retrocedió como si el fogonero se hubiera excedido en sus derechos. El fogonero desistió al momento.

Los demás se dieron cuenta entonces de lo que había que hacer, y enseguida rodearon a Karl y al senador en el más completo desorden. Fue así como Karl recibió incluso una felicitación de Schubal, que aceptó y agradeció. Los últimos en acercarse, una vez restablecida la calma, fueron los funcionarios de la autoridad portuaria, que causaron una impresión ridícula al decir dos palabras en inglés.

El senador estaba muy dispuesto a saborear plenamente el placer de evocar para sí mismo y los demás ciertos momentos menos importantes de la historia, lo que por supuesto no solo fue tolerado, sino recibido con interés por todos. Les hizo ver, por ejemplo, que había anotado en su libreta de apuntes las señas personales más relevantes de Karl mencionadas en la carta de la cocinera, por si las necesitaba en algún momento. Ahora bien, durante la insoportable cháchara del fogonero y con el único fin de distraerse, había sacado su agenda e intentado relacionar con el aspecto de Karl, como jugando, las observaciones de la cocinera, que, claro está, no eran de una exactitud precisamente detectivesca. «¡Y así es como se encuentra a un sobrino!», concluyó en un tono especial, como si quisiera recibir una vez más felicitaciones.

«¿Qué le ocurrirá ahora al fogonero?», preguntó Karl un poco al margen de la última explicación de su tío. Creía que, desde su nueva posición, podía expresar también abiertamente cuanto pensara.

«Al fogonero le ocurrirá lo que se merece», dijo el senador, «y lo que el señor capitán considere oportuno. Creo que del fogonero ya hemos tenido bastante y más que bastante, y seguro que todos los señores aquí presentes me darán la razón.»

«No es eso lo que importa en una cuestión de justicia», dijo Karl. Se hallaba entre el tío y el capitán e, influido quizá por esa posición, creía tener la decisión en sus manos.

Y, sin embargo, el fogonero no parecía esperar ya nada más. Tenía las manos metidas a medias en el cinturón que, a causa de sus agitados ademanes, asomaba ahora, junto con una franja de su camisa a cuadros. Eso le tenía totalmente sin cuidado; como ya había contado todas sus penas, que vieran ahora los harapos que cubrían su cuerpo y se lo llevaran luego a donde fuera. Pensaba que el ordenanza y Schubal, al ser allí los de menor categoría, serían los llamados a hacerle ese último favor. Así Schubal estaría más tranquilo y no se desesperaría, como había dicho el cajero jefe. El capitán podría contratar solo rumanos, por todas partes se hablaría rumano y quizá todo fuera realmente mejor. Ningún fogonero vendría ya a incordiar con su cháchara en la caja principal, solo se recordaría con cierta cordialidad su última perorata porque, como el senador había dicho expresamente, había sido la causa indirecta de la identificación de su sobrino. Además, ese sobrino había tratado ya antes de serle útil varias veces, agradeciéndole así sus servicios, de forma más que suficiente, a la hora de dar las gracias; por ello, al fogonero no se le ocurrió pedirle nada más en aquel momento. Por otro lado, y aunque fuera sobrino del senador, distaba mucho de ser un capitán, y de la boca del capitán saldría finalmente la severa sentencia... De modo que, fiel a esos pensamientos, el fogonero procuraba también no mirar en dirección a Karl, aunque, por desgracia, en aquella habitación llena de enemigos no le quedaba otro lugar donde reposar los ojos.

«No interpretes mal la situación», dijo el senador a Karl, «quizá se trate de una cuestión de justicia, pero a la vez es una cuestión de disciplina. Ambas cosas, y sobre todo esta última, quedan sometidas al juicio del señor capitán.»

«Así es», murmuró el fogonero. Los que se dieron cuenta y lo entendieron, sonrieron extrañados.

«Por otra parte, hemos molestado tanto al señor capitán en el desempeño de sus obligaciones, que sin duda se acumulan de forma increíble en el momento de la llegada a Nueva York, que ya es hora de que abandonemos el barco a fin de no convertir para colmo, mediante una injerencia perfectamente innecesaria, este insignificante altercado entre dos maquinistas en un gran acontecimiento. Por lo demás, entiendo muy bien tu manera de actuar, querido sobrino, pero eso mismo me da derecho a sacarte de aquí cuanto antes.»

«Haré que pongan a su disposición un bote ahora mismo», dijo el capitán, sin que –para asombro de Karl– hiciera la menor objeción a las palabras del tío, que, sin duda, podían interpretarse como una autohumillación. El cajero jefe se precipitó al escritorio y transmitió la orden del capitán al contramaestre.

«El tiempo apremia», se dijo Karl, «pero no puedo hacer nada sin ofenderlos a todos. No puedo abandonar a mi tío ahora que acaba de encontrarme. El capitán es amable, sin duda, pero eso es todo. Ante la disciplina se acaba su amabilidad, y seguro que mi tío le ha quitado las palabras de los labios. Con Schubal prefiero no hablar, incluso lamento haberle dado la mano. Y todos los demás son gente sin importancia.»

Y mientras pensaba todo esto, se dirigió lentamente hacia el fogonero, le sacó la mano derecha del cinturón y la retuvo en la suya, como jugando. «¿Por qué no dices nada?», le preguntó. «¿Por qué lo toleras todo?»

El fogonero se limitó a fruncir el ceño, como si buscase la expresión apropiada para lo que tenía que decir. Además, miró la mano de Karl y la suya.

«Has sido víctima de una injusticia, más que nadie en este barco, lo sé perfectamente.» Y Karl deslizó una y otra vez sus dedos por entre los del fogonero, que miraba a su alrededor con ojos brillantes, como si le hubiera tocado en suerte un placer que nadie podía tomarle a mal.

«Pero tienes que defenderte, decir sí o no, de lo contrario la gente no tendrá la menor idea de la verdad. Tienes que prometerme que me harás caso, pues yo mismo, y tengo buenas razones para temerlo, ya no podré ayudarte más.» Y Karl rompió a llorar al tiempo que besaba la mano del fogonero, cogiendo aquella mano agrietada, casi sin vida, y apretándola contra sus mejillas como un tesoro al que era preciso renunciar... Sin embargo, el tío senador estaba ya a su lado y, forzándolo muy suavemente, se lo llevó.

«Ese fogonero parece haberte hechizado», dijo lanzando una mirada de complicidad hacia el capitán por encima de la cabeza de Karl. «Te sentiste abandonado, conociste al fogonero y ahora le estás agradecido, eso es perfectamente loable. Pero, aunque solo sea por mí, no lleves las cosas demasiado lejos e intenta comprender tu situación.»

Ante la puerta se armó entonces un barullo, se oyeron gritos y hasta pareció que alguien era brutalmente lanzado contra ella. Entró un marinero algo desmelenado, con un delantal de mujer atado a la cintura. «Hay gente fuera», exclamó dando codazos a su alrededor, como si estuviera aún entre el gentío. Por último se calmó y quiso saludar militarmente al capitán, pero reparó en su delantal de mujer, se lo arrancó de un tirón, lo arrojó al suelo y exclamó: «¡Qué asco! ¡Me han puesto un delantal de mujer!». Después se cuadró dando un taconazo e hizo un saludo militar. Alguien intentó reírse, pero el capitán dijo con voz severa: «Esto es lo que llamo buen humor. ¿Quién está ahí fuera?».

«Son mis testigos», dijo Schubal dando un paso adelante, «le ruego humildemente que disculpe su comportamiento incorrecto. Cuando la gente ha dejado atrás una travesía marítima pierde a veces los estribos.»

«¡Hágalos pasar ahora mismo!», ordenó el capitán y, volviéndose hacia el senador, dijo en tono cordial, aunque rápido: «Y ahora tenga la bondad, apreciado señor senador, de seguir con su señor sobrino a este marinero, que los llevará hasta el bote. No necesito decirle qué placer y honor tan grandes me ha deparado conocerlo personalmente, señor senador. Solo deseo tener muy pronto la oportunidad de poder reanudar con usted nuestra conversación interrumpida sobre la situación de la marina norteamericana, para que, a lo mejor, seamos de nuevo interrumpidos de un modo tan agradable como hoy».

«De momento me basta con este sobrino», dijo el tío riendo. «Y ahora le ruego que acepte mi más sincero agradecimiento por su amabilidad, así como mis deseos de que le vaya muy bien. Por lo demás, tampoco es del todo imposible», y estrechó cariñosamente a Karl contra él, «que podamos coincidir más tiempo con usted durante nuestro próximo viaje a Europa.»

«Me alegraría muchísimo», dijo el capitán. Los dos señores se estrecharon la mano; Karl solo pudo tender la suya en silencio y fugazmente al capitán, el cual había sido ya acaparado por una quincena de personas que, guiadas por Schubal, acababan de entrar un tanto confusas, aunque haciendo mucho ruido. El marinero pidió al senador permiso para precederlo y abrió un pasillo entre la multitud para él y para Karl, que avanzaron sin dificultad por entre la gente que se inclinaba a su paso. Parecía que todos ellos, por lo demás bonachones, consideraban la reyerta de Schubal con el fogonero como una broma cuya ridiculez no cesaba ni siquiera ante el capitán. Entre ellos vio Karl también a Line, la ayudante de cocina, quien, guiñándole un ojo con picardía, se ató el delantal que el marinero había tirado al suelo, pues era el suyo.

Siguiendo al marinero abandonaron el despacho y doblaron por un pequeño pasillo que los condujo, al cabo de unos pasos, hasta una puertecita, desde la que una corta escalerilla llevaba al bote que les habían preparado. Los marineros del bote, al que el guía bajó de un salto, se levantaron y saludaron militarmente. Estaba el senador advirtiendo a Karl que bajara con cuidado, cuando el muchacho, que aún se hallaba en el peldaño más alto, prorrumpió en un llanto violento. El senador puso entonces su mano derecha bajo la barbilla de Karl y, estrechándolo con fuerza contra sí, lo acarició con la izquierda. Así descendieron lentamente escalón tras escalón y alcanzaron estrechamente abrazados el bote, donde el senador eligió un buen sitio para Karl, justo enfrente del suyo. A una señal del senador, los marineros se apartaron del barco y se pusieron a trabajar de inmediato. Apenas se habrían alejado unos metros cuando Karl hizo el inesperado descubrimiento de que se encontraban precisamente ante el costado del barco al que daban las ventanas de la caja principal. Las tres ventanas estaban ocupadas por los testigos de Schubal, que saludaban y les hacían señas muy amistosamente; incluso el tío se lo agradeció, y uno de los marineros se las apañó para enviar hacia arriba un beso con la punta de los dedos sin dejar de remar uniformemente. Era como si ya no existiese fogonero alguno. Karl observó con más detenimiento al tío, cuyas rodillas casi rozaban las suyas, y le entraron dudas sobre si aquel hombre podría sustituir alguna vez, para él, al fogonero. Sin embargo, el tío esquivó su mirada y se quedó mirando las olas que mecían el bote.

En la colonia penitenciaria
(1919)

«Es un aparato muy peculiar», dijo el oficial al viajero llegado en misión de exploración, abrazando con una mirada en cierto modo admirativa el aparato que, sin embargo, conocía perfectamente. El viajero parecía haber aceptado solo por cortesía la invitación del comandante, quien le había pedido que asistiese a la ejecución de un soldado condenado por desobediencia e injurias a un superior. El interés por esa ejecución tampoco parecía ser muy grande en la colonia penitenciaria. Al menos allí, en ese pequeño valle profundo y arenoso, totalmente circundado por laderas yermas, solo estaban presentes, aparte del oficial y del viajero, el condenado, un individuo de aspecto embrutecido y boca ancha, con pelo y rostro desaliñados, y un soldado que sostenía la pesada cadena en la que convergían las cadenas más pequeñas que sujetaban al condenado por los tobillos, las muñecas y el cuello, y que a su vez estaban unidas entre sí por otras cadenas de enlace. Por lo demás, el condenado tenía un aspecto tan perrunamente sumiso que, se diría, habrían podido dejarlo corretear libremente por las laderas y llamarlo con un simple silbido a la hora de la ejecución para que viniese.

El viajero mostraba escaso interés por el aparato e iba y venía detrás del condenado con una indiferencia casi visible, mientras el oficial ultimaba los preparativos ora arrastrándose bajo el aparato, profundamente encastrado en la tierra, ora subiendo por una escalera para examinar las piezas de arriba. Eran éstas tareas que, en el fondo, se le habrían podido encomendar a un mecánico, pero el oficial las realizaba con gran celo, ya fuera porque era un fervoroso partidario de aquel aparato, ya fuera porque, debido a otras razones, no se le podía confiar ese trabajo a nadie más. «¡Ya está todo listo!», exclamó por fin, y bajó de la escalera. Estaba francamente exhausto, respiraba con la boca muy abierta y se había metido dos finos pañuelos de mujer bajo el cuello duro del uniforme. «Estos uniformes son demasiado pesados para los trópicos», dijo el viajero en vez de interesarse por el aparato, como había esperado el oficial. «Así es», dijo el oficial, y se lavó las manos manchadas de aceite y grasa en un cubo de agua ya dispuesto a tal efecto, «pero representan a la patria, y nosotros no queremos perderla. Y ahora observe usted este aparato», añadió a continuación y se secó las manos en un trapo al tiempo que señalaba el artefacto. «Hasta ahora hacía falta una ayuda manual, pero en adelante el aparato funcionará solo.» El viajero asintió y siguió al oficial. Éste intentó asegurarse contra cualquier posible incidente y dijo: «Claro está que pueden producirse fallos; confío en que hoy no surja ninguno, aunque hay que contar con ellos. El aparato deberá funcionar doce horas seguidas. Y si se produjera algún fallo, será muy poca cosa y podrá solucionarse enseguida.

»¿No desea sentarse?», preguntó por último, y de un montón de sillas de mimbre sacó una y se la ofreció al viajero; éste no pudo negarse. Ahora estaba sentado al borde de una fosa, a la que lanzó una fugaz mirada. No era muy profunda. A uno de sus lados, la tierra excavada se amontonaba formando un talud, al otro lado se alzaba el aparato. «No sé si el comandante ya le ha explicado cómo funciona este aparato», dijo el oficial. El viajero hizo un gesto impreciso con la mano; nada mejor esperaba el oficial, pues ahora podría explicarle él mismo el funcionamiento. «Este aparato», dijo cogiendo una manivela en la cual se apoyó, «es un invento de nuestro anterior comandante. Yo mismo colaboré en los primeros ensayos y seguí participando en todos los trabajos hasta su conclusión. Pero el mérito del invento le corresponde solo a él. ¿Ha oído usted hablar de nuestro anterior comandante? ¿No? Pues no exagero demasiado si digo que la organización de toda la colonia penitenciaria es obra suya. Cuando murió, nosotros, sus amigos, ya sabíamos que la organización de esta colonia era un todo tan perfecto que su sucesor, aunque tuviera mil nuevos planes en mente, no podría cambiar nada de lo anterior, al menos durante muchos años. Y nuestra predicción se ha cumplido; el nuevo comandante ha tenido que reconocerlo. ¡Lástima que no haya conocido usted al anterior! Pero», se interrumpió el oficial, «el hecho es que no paro de charlar y su máquina está aquí ante nosotros. Se compone, como puede usted ver, de tres partes. Con el tiempo se han ido creando para cada una de ellas denominaciones, casi diríamos, populares. La de abajo se llama la cama, la de arriba, el diseñador, y la de en medio, la parte basculante, se llama la rastra.» «¿La rastra?», preguntó el viajero. No había escuchado con mucha atención, el sol pegaba con demasiada fuerza en ese valle sin sombras, y resultaba difícil concentrarse. Tanto más digno de admiración le pareció por eso el oficial, que, embutido en la estrecha guerrera de su uniforme de gala, cargada de charreteras y guarnecida de trencillas, proseguía su explicación con entusiasmo y, mientras hablaba, iba ajustando algún que otro tornillo con un destornillador. En un estado de ánimo similar al del viajero parecía hallarse el soldado. Tenía la cadena del condenado enrollada en torno a ambas muñecas y, apoyado en su fusil con una mano, había dejado caer la cabeza hacia atrás y no se preocupaba por nada. El viajero no se extrañó, pues el oficial hablaba en francés y seguro que ni el soldado ni el condenado entendían el francés. Por eso resultaba más sorprendente el hecho de que el condenado se esforzara por seguir las explicaciones del oficial. Con una especie de soñolienta perseverancia dirigía siempre las miradas allí donde señalaba el oficial, y cuando éste fue interrumpido por una pregunta del viajero, él, al igual que el oficial, miró también al viajero.

«Sí, la rastra», dijo el oficial, «un nombre muy apropiado. Las agujas están dispuestas como en una rastra y el conjunto se maneja también como una rastra, aunque en un lugar concreto y con mucho más arte. Ya verá como lo entiende enseguida. Aquí, sobre la cama, se instala al condenado. Pero primero quiero describir el aparato y luego hacer una demostración práctica de cómo funciona. Así podrá seguirlo mejor. Además, una de las ruedas dentadas del diseñador está excesivamente desgastada; chirría mucho cuando se mueve, y uno apenas si puede entenderse; las piezas de recambio son muy difíciles de conseguir aquí, por desgracia. Ésta es, pues, la cama, como le venía diciendo. Está completamente recubierta de una capa de guata, ya verá usted con qué fin. Sobre esa guata se acuesta al condenado boca abajo, desnudo, por supuesto; aquí hay unas correas para las manos, otras para los pies, y otra para el cuello, a fin de atarlo firmemente. Aquí, en la cabecera de la cama, donde el hombre yace primero con la cara hacia abajo, como acabo de decirle, hay este pequeño tapón de fieltro, que puede regularse fácilmente para que le entre en la boca. Tiene la misión de impedir que grite o se muerda la lengua. Por cierto que el hombre está obligado a meterse el fieltro en la boca, de lo contrario la correa del cuello le rompería la nuca.» «¿Y esto es guata?», preguntó el viajero inclinándose hacia delante. «Claro que sí», dijo el oficial sonriendo, «pálpela usted mismo.» Le cogió la mano al viajero y se la deslizó sobre la cama. «Es una guata preparada especialmente, de ahí su aspecto irreconocible; ya le explicaré para qué sirve.» El viajero empezaba a interesarse un poco por el aparato; haciendo visera con la mano para protegerse los ojos del sol, miró hacia la parte alta del mismo. Era una construcción elevada. La cama y el diseñador tenían el mismo tamaño y parecían dos arcones oscuros. El diseñador se hallaba a unos dos metros por encima de la cama, y ambas partes estaban unidas en las esquinas por cuatro barras de latón que casi lanzaban destellos al sol. Entre los arcones, la rastra colgaba de una cinta de acero.

El oficial, que apenas si había advertido la anterior indiferencia del viajero, captó en cambio su incipiente interés; por eso interrumpió sus explicaciones, para darle tiempo de observar sin ser molestado. El condenado imitó al viajero; pero como no podía ponerse la mano sobre los ojos, miró hacia arriba sin tapárselos, parpadeando.

«Bueno, decíamos que aquí yace el hombre boca abajo», dijo el viajero retrepándose en su asiento y cruzando las piernas.

«Así es», dijo el oficial, se echó la gorra un poco hacia atrás y se pasó la mano por el rostro acalorado, «¡y ahora escuche! Tanto la cama como el diseñador tienen su propia batería eléctrica; la cama la necesita para sí misma, y el diseñador, para la rastra. En cuanto el hombre está bien atado, la cama es puesta en movimiento. Vibra simultáneamente hacia los lados y de arriba abajo con sacudidas mínimas y muy rápidas. Seguro que ya ha visto aparatos similares en algunos sanatorios, solo que en nuestra cama los movimientos están todos calculados al milímetro, pues tienen que ajustarse con total precisión a los de la rastra. Es a ésta a la que se encomienda la ejecución real de la sentencia.»

«¿Y cuál es la sentencia?», preguntó el viajero. «¿Tampoco lo sabe?», replicó el oficial asombrado, y se mordió los labios. «Disculpe usted si mis explicaciones resultan desordenadas; de verdad le ruego que me disculpe. Las explicaciones solía darlas antes el comandante, pero el nuevo comandante se ha sustraído a ese honroso deber; no obstante, el hecho de que ni siquiera ponga al corriente de la forma que revisten nuestras sentencias a un visitante tan ilustre» –el viajero trató de rechazar este homenaje con ambas manos, pero el oficial insistió en la expresión–, «sí, a un visitante tan ilustre, constituye otra novedad que...», tenía una maldición en la punta de la lengua, pero se contuvo y dijo simplemente: «A mí no me informaron, de modo que no soy culpable. Y, sin embargo, soy el más capacitado para explicar de qué manera se ejecutan nuestras sentencias, porque llevo aquí» –se golpeó el bolsillo del pecho– «los dibujos correspondientes salidos de la mano del anterior comandante».

«¿De la mano del propio comandante?», preguntó el viajero. «¿Acaso lo reunía todo en su persona? ¿Era a la vez soldado, juez, constructor, químico y dibujante?»

«Así es», dijo el oficial, asintiendo con una mirada fija y absorta. Luego examinó sus manos; no le parecieron lo suficientemente limpias para tocar los dibujos, de modo que se acercó al cubo y volvió a lavárselas. Sacó a continuación una pequeña carpeta de cuero y dijo: «Nuestra sentencia no parece severa. Al condenado se le escribe en el cuerpo, con la rastra, la orden que ha incumplido. A este condenado, por ejemplo», el oficial señaló al hombre, «se le escribirá en el cuerpo: ¡Honra a tus superiores!».º

El viajero lanzó una fugaz mirada al hombre que, cuando el oficial lo señaló, tenía la cabeza gacha y parecía aguzar al máximo los oídos para enterarse de algo. Pero los movimientos de sus labios gruesos y apretados demostraban a las claras que no podía entender nada. El viajero hubiera querido preguntar varias cosas, pero al ver a ese hombre preguntó simplemente: «¿Conoce su sentencia?».

«No», repuso el oficial, y ya iba a continuar con sus explicaciones, pero el viajero lo interrumpió: «¿No conoce su propia sentencia?». «No», repitió el oficial; luego se detuvo un instante, como exigiendo al viajero que fundamentase con más detalle su pregunta, y dijo a continuación: «Sería inútil comunicársela. Ya la conocerá en su propio cuerpo». El viajero estaba dispuesto a enmudecer cuando sintió que el condenado dirigía su mirada hacia él; parecía preguntarle si aprobaba el procedimiento descrito. Por eso el viajero, que ya se había retrepado en su silla, volvió a inclinarse hacia delante y preguntó: «Pero sí sabrá que ha sido condenado, ¿verdad?». «Tampoco», dijo el oficial, y sonrió al viajero como si aún esperase de él otras preguntas extrañas. «Entonces tampoco sabrá cómo fue asumida su defensa», dijo el viajero pasándose la mano por la frente. «No ha tenido ninguna oportunidad de defenderse», dijo el oficial apartando la mirada, como si hablara consigo mismo y no quisiera avergonzar al viajero con la explicación de cosas para él tan evidentes. «Pero debería haber tenido la oportunidad de defenderse», replicó el viajero levantándose de su asiento.

El oficial advirtió que corría el peligro de ver largo tiempo interrumpida su descripción del aparato; por eso se acercó al viajero, lo tomó por el brazo, señaló con la mano al condenado, que esta vez, viendo la atención ostensiblemente centrada en él, se cuadró –el soldado también estiró la cadena–, y dijo: «Las cosas se desarrollan como sigue. Yo he sido nombrado juez aquí, en la colonia penitenciaria; pese a mi juventud. Pues también asesoraba al anterior comandante en todos los asuntos penales y soy quien mejor conoce el aparato. El principio por el cual me rijo es: la culpa está siempre fuera de duda.° Los otros tribunales no pueden regirse por este principio, pues tienen varios miembros y otros tribunales superiores por encima de ellos. Éste no es aquí el caso, o al menos no lo era con el anterior comandante. El nuevo ya ha dado muestras de querer inmiscuirse en mi trabajo, pero hasta ahora he logrado mantenerlo a raya y espero seguir lográndolo. Usted quería que le explicase este caso; es muy sencillo, como todos. Un capitán ha presentado esta mañana la denuncia de que este hombre, que le ha sido asignado como asistente y duerme ante su puerta, se había dormido durante el servicio. Su deber era levantarse cada vez que sonase la hora y saludar militarmente ante la puerta del capitán. Una obligación nada difícil, sin duda, y sí muy necesaria, pues debe mantenerse siempre alerta tanto para la vigilancia como para el servicio. Anoche el capitán quiso comprobar si el asistente cumplía con su obligación. Cuando dieron las dos abrió la puerta y lo encontró durmiendo acurrucado. Cogió la fusta y le dio con ella en la cara. Pero en vez de levantarse y pedir perdón, el hombre aferró a su superior por las piernas, lo zarandeó y dijo: «¡Tira ese látigo o te comeré vivo!». Éstos son los hechos. El capitán vino a verme hace una hora, yo tomé nota de su denuncia y pronuncié acto seguido la sentencia. Luego hice encadenar al hombre. Todo fue muy sencillo. Si primero lo hubiera mandado llamar para interrogarlo, solo habría originado confusión. Él habría mentido, y de haber logrado yo refutar sus mentiras, él las habría sustituido por otras, y así sucesivamente. El caso es que ahora lo tengo en mis manos y no pienso soltarlo. ¿Está todo claro? Pero el tiempo pasa, la ejecución debería empezar ya y aún no he terminado de explicarle cómo funciona el aparato». Instó al viajero a que se sentara en la silla, volvió a acercarse al aparato y empezó: «Como puede usted ver, la forma de la rastra se corresponde con la del cuerpo humano; ésta es la rastra para el tronco, y éstas son las rastras para las piernas. A la cabeza solo se le ha destinado este pequeño punzón. ¿Le resulta claro?». Y se inclinó amablemente hacia el viajero, dispuesto a dar explicaciones mucho más amplias y detalladas.

El viajero observó la rastra con el ceño fruncido. Las informaciones sobre el procedimiento judicial no lo habían satisfecho; si bien tuvo que admitir que, ciertamente, se trataba de una colonia penitenciaria, que ahí era preciso tomar medidas especiales y que por lo tanto había que proceder hasta el final conforme a la regla militar. Por lo demás, cabía depositar cierta esperanza en el nuevo comandante, quien, por lo visto, tenía pensado introducir, aunque lentamente, un nuevo procedimiento que la limitada cabeza de ese oficial era incapaz de comprender. Siguiendo el curso de sus pensamientos, el viajero preguntó: «¿Y el comandante asistirá a la ejecución?». «No es seguro», dijo el oficial, penosamente afectado por esa pregunta tan directa, y su expresión amable se descompuso: «Por eso mismo debemos darnos prisa. Yo mismo me veo obligado, mal que me pese, a abreviar mis explicaciones. Aunque quizá mañana, cuando el aparato esté de nuevo limpio –su único fallo es que se ensucia mucho–, pueda explayarme con más detalle. De momento voy solo a lo esencial. Cuando el hombre está echado en la cama y ésta empieza a vibrar, la rastra va descendiendo hasta el cuerpo. Ella misma se regula automáticamente para rozar apenas el cuerpo con las agujas; en cuanto lo consigue, este cable de acero se tensa hasta convertirse en una barra. Y entonces comienza el juego. Alguien que no esté avisado no advertirá desde fuera diferencia alguna entre las penas. La rastra parece trabajar uniformemente. Mientras vibra va clavando sus agujas en el cuerpo, que a su vez vibra movido por la cama. Para permitir a todo el mundo controlar la ejecución de la sentencia, la rastra se hizo de cristal. Fijar en ella las agujas ocasionó algunas dificultades técnicas, pero después de muchos intentos lo conseguimos. No hemos escatimado ningún esfuerzo. Y ahora cualquiera puede ver, a través del cristal, cómo se va grabando la inscripción en el cuerpo. ¿No desea acercarse y observar las agujas?».

El viajero se levantó lentamente, se acercó y se inclinó sobre la rastra. «Como usted ve», dijo el oficial, «hay dos tipos de agujas dispuestas de muchas maneras. Cada aguja larga tiene a su lado una corta. La larga escribe mientras la corta va echando agua para lavar la sangre y mantener siempre claro lo escrito. El agua ensangrentada es conducida luego por pequeños canales hasta desembocar finalmente en este canal principal, cuyo tubo de desagüe va a dar a la fosa.» Y el oficial señaló con el dedo el camino exacto que debía seguir el agua ensangrentada. Cuando, a fin de dar una idea lo más gráfica posible del procedimiento, hizo un cuenco con las manos como para recoger el líquido en la boca del tubo de desagüe, el viajero alzó la cabeza y, tanteando con la mano hacia atrás, intentó volver a su silla. Entonces vio con horror que el condenado, al igual que él, también había aceptado la invitación del oficial para ver de cerca la rastra. Había arrastrado un poco al soñoliento soldado tirando de la cadena y se había inclinado asimismo sobre el cristal. Se veía cómo buscaba con ojos inseguros aquello que acababan de observar los dos señores, pero no lo conseguía porque le faltaba la explicación. Se inclinaba de aquí para allá, recorriendo una y otra vez el cristal con la mirada. El viajero quiso hacerlo retroceder, pues lo que hacía era probablemente punible, pero el oficial lo retuvo con una mano, cogió con la otra un terrón del talud y se lo arrojó al soldado. Éste alzó de golpe la mirada, vio lo que se había atrevido a hacer el condenado, dejó caer el fusil, apoyó firmemente los pies hundiendo los tacones en el suelo, tiró hacia atrás del condenado, haciéndolo caer al suelo, y lo miró luego retorcerse y hacer resonar sus cadenas. «¡Levántalo!», gritó el oficial viendo que el condenado distraía demasiado al viajero. Éste se había inclinado por encima de la rastra sin preocuparse gran cosa de ella, atento solo a lo que le ocurría al condenado. «¡Trátalo con cuidado!», volvió a gritar el oficial. Luego rodeó el aparato, agarró personalmente por las axilas al condenado, que se resbalaba continuamente, y lo puso en pie con ayuda del soldado.

«Ahora ya lo sé todo», dijo el viajero cuando el oficial volvió a acercársele. «Excepto lo más importante», replicó éste, y tomando al viajero por el brazo, señaló hacia arriba: «Allí, en el diseñador, está el engranaje que gobierna el movimiento de la rastra, y ese engranaje es regulado según el dibujo que corresponda a la sentencia. Yo aún sigo utilizando los dibujos del anterior comandante. Aquí los tengo» –y sacó unas cuantas hojas de la carpeta de cuero–, «aunque lamento no poder dejárselos, pues son lo más preciado que poseo. Tome asiento, que se los mostraré desde aquí y usted podrá verlo todo perfectamente». Le enseñó la primera hoja. Al viajero le habría gustado decir algo elogioso, pero solo vio unas líneas laberínticas que se entrecruzaban repetidas veces y cubrían el papel tan densamente que solo con gran esfuerzo podían distinguirse los intersticios blancos que las separaban. «Lea usted», dijo el oficial. «No puedo», dijo el viajero. «Sin embargo, está claro», replicó el oficial. «Es muy artístico», dijo el viajero con actitud evasiva, «pero no puedo descifrarlo.» «Sí», dijo el oficial, se rió y volvió a guardar la carpeta, «no es precisamente una escritura caligráfica para escolares. Hay que pasarse un buen rato leyendo. Seguro que también usted acabaría entendiéndola. Por supuesto que no puede ser una inscripción sencilla; no debe matar de inmediato, sino al cabo de unas doce horas, por término medio. Se calcula que el momento crítico llega a la sexta hora. Son, pues, muchos, muchos los ornamentos que deben rodear la inscripción propiamente dicha; la verdadera inscripción solo ocupa una estrecha franja en torno al cuerpo, el resto se destina a los ornamentos. ¿Podrá apreciar ahora el trabajo de la rastra y de todo el aparato? ¡Fíjese usted!» Subió de un salto a la escalera, giró una rueda, gritó hacia abajo: «¡Atención, hágase a un lado!», y todo se puso en marcha. Aquello habría sido estupendo de no haber chirriado la rueda. Como si esa molesta rueda lo hubiera sorprendido, el oficial la amenazó con el puño, estiró luego los brazos hacia el viajero, disculpándose, y bajó a toda prisa para observar desde abajo el funcionamiento del aparato. Algo que solo él advertía no andaba del todo bien; volvió a subir, metió ambas manos en el interior del diseñador, se deslizó después, para llegar más rápidamente abajo, por una de las barras, en vez de utilizar la escalera, y esforzándose al máximo para hacerse entender pese al ruido, gritó al oído del viajero: «¿Comprende usted el proceso? La rastra empieza a escribir; cuando termina el primer esbozo de la inscripción sobre la espalda del hombre, la capa de guata rueda y hace girar lentamente el cuerpo hacia un lado para ofrecer más espacio a la rastra. Entretanto, las zonas ya heridas por la escritura entran en contacto con la guata, que gracias a su preparación especial detiene al punto la hemorragia y prepara la piel para una nueva incisión más profunda. Luego, mientras el cuerpo sigue girando, las púas que hay al borde de la rastra arrancan el algodón de las heridas, lo arrojan a la fosa, y la rastra puede seguir trabajando. De ese modo sigue escribiendo a una profundidad cada vez mayor durante las doce horas. Las primeras seis las vive el condenado casi como antes, solo padece dolores. A las dos horas se le retira el tapón de fieltro, porque ya no tiene fuerzas para gritar. En esta escudilla que se calienta eléctricamente, aquí, en la cabecera de la cama, se pone una papilla de arroz de la que el hombre, si le apetece, puede comer lo que consiga sacar con la lengua. Ninguno deja escapar la oportunidad. Al menos yo no sé de ninguno, y tengo mucha experiencia. Solo a partir de la sexta hora pierde el condenado las ganas de comer. En ese momento yo suelo arrodillarme aquí a observar el fenómeno. El hombre raramente se traga el último bocado, solo le da vueltas en la boca y lo escupe luego en la fosa. Yo tengo que agacharme para que no me caiga en la cara. Pero ¡qué tranquilo se queda el hombre hacia la sexta hora! Hasta el más necio acaba comprendiendo. Todo empieza en los ojos, y desde ahí se va extendiendo. Una visión que podría tentarlo a uno a meterse también bajo la rastra. Ya no ocurre nada más, el hombre empieza simplemente a descifrar la inscripción, aguza la boca como si estuviera a la escucha. Ya ha visto usted que no es fácil descifrar la escritura con los ojos; pero nuestro hombre la descifra con sus heridas. Es, sin duda, mucho trabajo; necesita seis horas para conseguirlo. Finalmente la rastra lo atraviesa por completo y lo arroja a la fosa, donde se estrella contra el agua ensangrentada y la guata. En ese momento se ha cumplido la sentencia, y nosotros, el soldado y yo, lo enterramos».

El viajero había inclinado el oído hacia el oficial y observaba, con las manos en los bolsillos de la chaqueta, el funcionamiento de la máquina. También el condenado la observaba, pero sin comprender nada. Se había agachado un poco para seguir la oscilación de las agujas, cuando el soldado, a una señal del oficial, le cortó por detrás con un cuchillo la camisa y el pantalón, que se le desprendieron del cuerpo. El condenado quiso atraparlos en su caída para cubrir su desnudez, pero el soldado lo levantó en vilo y le sacudió los últimos jirones. El oficial detuvo su máquina, y en medio del silencio que siguió, el hombre fue colocado bajo la rastra. Le quitaron las cadenas, y en su lugar lo ataron con las correas, lo que en un primer momento pareció suponer casi un alivio para el condenado. Luego la rastra bajó un poco más, pues era un hombre delgado. Un estremecimiento recorrió su piel cuando las puntas lo rozaron; mientras el soldado se ocupaba de la mano derecha, él estiró la izquierda sin saber hacia dónde; pero era la dirección en la que se hallaba el viajero. El oficial no paraba de mirar de soslayo al viajero, como intentando leer en su cara qué impresión le producía la ejecución que él, al menos someramente, ya le había explicado.

La correa destinada a la muñeca se rompió; probablemente el soldado la había tensado demasiado. El oficial tendría que ayudar. El soldado le mostró el trozo de correa roto. Entonces el oficial se le acercó y, con la cara vuelta hacia el viajero, dijo: «Son muchas las piezas que integran esta máquina, siempre hay algo que se rompe o se rasga, pero esto no debe incidir negativamente en nuestro enjuiciamiento global. Enseguida conseguiremos un recambio para la correa; utilizaré una cadena, aunque esto hará que la suavidad de las vibraciones del brazo derecho se resienta un poco». Y mientras colocaba la cadena, añadió: «Los recursos para el mantenimiento de la máquina son ahora muy limitados. Bajo el anterior comandante yo podía disponer libremente de unos fondos destinados solo a este fin. Aquí había un almacén donde se guardaban recambios de todo tipo. Confieso que llegué casi a derrocharlos; antes, quiero decir, no ahora, como afirma el nuevo comandante, al que todo le sirve de pretexto para combatir la antigua organización. Ahora es él quien administra personalmente los fondos destinados a la máquina, y si pido una correa nueva, se me exigirá la rota como prueba. La nueva tardará unos diez días en llegar, como mínimo, y además será de mala calidad y no servirá de mucho. Pero cómo he de arreglármelas yo entretanto para que la máquina siga funcionando sin correas, de eso no se preocupa nadie».

El viajero pensó: Siempre es delicado intervenir de forma resuelta en asuntos ajenos. Él no formaba parte de la colonia penitenciaria ni era ciudadano del Estado al que ésta pertenecía. Si intentaba condenar o incluso impedir esa ejecución, podrían decirle: Tú eres extranjero, cállate. A ello no habría podido replicar nada, sino solo añadir que él mismo no comprendía su propia actitud, pues viajaba con la sola intención de observar,° y para nada con la de modificar, pongamos por caso, las organizaciones judiciales de otros países. Pero el hecho es que la situación se presentaba allí muy tentadora. La injusticia del procedimiento° y lo inhumano de la ejecución estaban fuera de toda duda. Nadie podía suponer interés personal alguno por parte del viajero, pues el condenado le era extraño, no era un compatriota, y tampoco inspiraba en absoluto compasión. El mismo viajero poseía recomendaciones de instancias superiores, había sido recibido allí con gran cortesía, y el hecho de que lo hubiesen invitado a esa ejecución parecía incluso indicar que se le pedía su opinión sobre el juicio. Esto era tanto más probable cuanto que el comandante, según acababa él de oír muy a las claras, no era partidario de ese procedimiento y se comportaba casi con hostilidad frente al oficial.

De pronto oyó el viajero un grito de rabia del oficial. No sin esfuerzo, acababa de meter el tapón de fieltro en la boca del condenado, cuando éste, presa de una náusea irresistible, cerró los ojos y vomitó. El oficial lo alzó violentamente, retirándolo del tapón y tratando de volverle la cabeza hacia la fosa; pero era demasiado tarde, el vómito chorreaba ya por la máquina.° «¡Todo esto es culpa del comandante!», gritó el oficial fuera de sí, sacudiendo las barras de latón delanteras, «la máquina me va a quedar inmunda como una pocilga.» Y con manos temblorosas mostró al viajero lo ocurrido. «Como si no me hubiera pasado horas haciéndole comprender al comandante que la víspera de la ejecución no se debe dar de comer nada al condenado. Pero la tendencia indulgente de ahora no es de la misma opinión. Las damas que rodean al comandante atiborran al hombre de golosinas antes de que se lo lleven. ¡Se ha alimentado toda su vida de pescado hediondo y ahora tiene que comer golosinas! Pero eso es algo contra lo que, al fin y al cabo, yo no tendría nada que objetar si al menos consiguiera un nuevo tapón de fieltro, como vengo pidiendo hace tres meses. ¿Cómo puede alguien meterse en la boca sin sentir asco este fieltro que han chupado y mordido más de cien hombres agonizantes?»

El condenado había reclinado la cabeza y parecía tranquilo, el soldado estaba limpiando la máquina con la camisa del condenado. El oficial se dirigió hacia el viajero, que retrocedió un paso como presintiendo algo, pero el oficial lo cogió de la mano y se lo llevó a un lado. «Quisiera decirle unas palabras confidencialmente», dijo, «¿me lo permite?» «Por supuesto», dijo el viajero y se dispuso a escuchar con la mirada baja.

«Este procedimiento y esta ejecución que ahora tiene usted ocasión de admirar no cuentan actualmente en nuestra colonia con ningún partidario declarado. Yo soy su único defensor y, al mismo tiempo, el único defensor de la herencia del antiguo comandante. Ya no puedo pensar en una ulterior ampliación del procedimiento, y consumo todas mis fuerzas en conservar lo existente. Cuando vivía el antiguo comandante, la colonia estaba llena de seguidores suyos; la fuerza persuasiva del antiguo comandante la poseo yo en parte, pero carezco totalmente de su poder; por eso se han ocultado los seguidores: aún quedan muchos, pero ninguno lo admite. Si hoy, día de ejecución, entra usted en la casa de té° con el oído atento, quizá solo escuche declaraciones ambiguas. Son todos partidarios, pero no me sirven absolutamente de nada con los puntos de vista del actual comandante. Y ahora le pregunto: ¿es dable que la obra de toda una vida», y señaló la máquina, «se pierda por culpa de este comandante y de las mujeres por las que se deja influir? ¿Se puede permitir algo así, aunque uno solo esté de visita por unos días en nuestra isla? Pero no hay tiempo que perder, se está fraguando algo contra mi jurisdicción; en la comandancia ya se están celebrando deliberaciones a las que no soy invitado; incluso su visita de hoy me parece indicativa del conjunto de la situación; son cobardes y lo envían a usted, un extranjero, por delante. ¡Qué distinta era una ejecución en otros tiempos!º Ya un día antes el valle entero se llenaba de gente; todos venían para ver; a primera hora de la mañana aparecía el comandante con sus damas; las fanfarrias despertaban a todo el campamento; yo anunciaba solemnemente que todo estaba listo; los asistentes –no podía faltar ningún alto funcionario– se instalaban en torno a la máquina; este montón de sillas de mimbre es un mísero remanente de aquella época. La máquina, recién limpiada, refulgía, casi para cada ejecución usaba yo nuevos recambios. Ante cientos de ojos –la multitud de espectadores, todos de puntillas, llegaba hasta aquellas colinas–, el condenado era colocado bajo la rastra por el comandante en persona. Lo que hoy puede hacer cualquier simple soldado era por entonces tarea mía, como presidente del tribunal, y me honraba. ¡Y entonces empezaba la ejecución! Ninguna nota discordante perturbaba la labor de la máquina. Algunos ya ni miraban, sino que permanecían tumbados en la arena con los ojos cerrados; todos sabían: ahora se hará justicia. En el silencio solo se oían los gemidos del condenado, amortiguados por el fieltro. Hoy en día la máquina ya no puede arrancar al condenado un gemido tan fuerte que el fieltro no consiga apagarlo del todo; pero en aquel entonces las agujas de escribir destilaban un líquido corrosivo que hoy ya no está permitido utilizar. ¡Y al final llegaba la sexta hora! Era imposible atender las solicitudes de todos para que se les permitiese mirar de cerca. Sabiamente, el comandante disponía que se tuviera particular consideración con los niños; yo, de todas formas, gracias a mi profesión podía asistir siempre; a menudo me quedaba allí acuclillado, con dos niños pequeños en mis brazos, a la derecha y a la izquierda. ¡Cómo captábamos todos la expresión de transfiguraciónº de aquel rostro torturado, cómo manteníamos nuestras mejillas al resplandor de esa justicia finalmente conseguida y ya evanescente! ¡Qué tiempos aquellos, camarada!» Por lo visto, el oficial había olvidado a quién tenía delante; había abrazado al viajero y apoyado la cabeza en su hombro. El viajero estaba desconcertadísimo y miraba, impaciente, por encima del oficial. El soldado había acabado con los trabajos de limpieza y acababa de echar la papilla de arroz de una lata en la escudilla. En cuanto lo advirtió el condenado, que ya parecía haberse repuesto del todo, empezó a dar lengüetazos en la papilla. El soldado lo apartaba continuamente, porque la papilla era sin duda para más tarde, si bien no dejaba de resultar incorrecto que el soldado metiese en ella sus manos sucias y se pusiese a comer ante los ávidos ojos del condenado.

El oficial se sobrepuso rápidamente. «No es que haya querido conmoverlo», dijo, «ya sé que en la actualidad es imposible dar una idea de aquellos tiempos. Por lo demás, la máquina sigue funcionando y se basta a sí misma. Se basta a sí misma aunque esté sola en este valle. Y, como siempre, el cadáver termina por caer en la fosa con un movimiento incomprensiblemente suave, aunque, a diferencia de entonces, ahora ya no se apiñen cientos de personas como moscas alrededor de ella. Por entonces tuvimos que instalar una sólida barandilla en torno a la fosa, pero ya la quitamos hace tiempo.»

El viajero quiso sustraer su rostro a la mirada del oficial y dejó errar la suya en derredor, sin ningún objetivo. El oficial creyó que estaba contemplando la desolación del valle, por lo que le cogió las manos, se puso frente a él para captar su mirada y le preguntó: «¿Se da usted cuenta de la ignominia?».

Pero el viajero guardó silencio. El oficial lo dejó por un momento; permaneció callado, con las piernas abiertas y las manos en las caderas, mirando el suelo. Luego lanzó una sonrisa alentadora al viajero y dijo: «Yo estaba ayer cerca de usted cuando el comandante lo invitó. Escuché cómo lo hacía. Conozco al comandante. Enseguida comprendí qué se proponía con la invitación. Aunque su poder sea lo suficientemente grande como para permitirle tomar medidas contra mí, aún no se atreve a hacerlo, pero sí quiere someterme al juicio de un extranjero de renombre como usted. Lo tiene todo calculado; hace apenas dos días que está usted en la isla, no conocía al antiguo comandante ni sus ideas, y se halla inmerso en formas de pensar europeas; quizá sea usted un adversario encarnizado de la pena de muerte en general y de este tipo de ejecuciones mecánicas en particular; por lo demás, puede ver cómo la ejecución se lleva a cabo sin participación pública, tristemente, en una máquina ya un tanto estropeada; tomando todo esto en consideración, ¿no sería fácilmente posible (así piensa el comandante) que juzgase usted incorrecto mi procedimiento? Y si fuera así (sigo hablando desde la perspectiva del comandante), no lo pasaría en silencio, pues usted confía, a buen seguro, en sus bien probadas convicciones. Cierto es que ha visto muchas peculiaridades de muchos pueblos y ha aprendido a respetarlas, y por eso probablemente no se pronunciará contra este procedimiento con todo el rigor con que tal vez lo haría en su país. Pero al comandante no le hace falta tanto. Le basta con una palabra fugaz y simplemente incauta. No tiene por qué reflejar en absoluto lo que usted piense, siempre que, en apariencia, responda a los deseos del comandante. Estoy seguro de que lo interrogará con gran astucia. Sus mujeres estarán sentadas alrededor y aguzarán el oído; usted quizá diga: "En mi país los procedimientos judiciales son diferentes", o "En mi país se interroga al acusado antes de condenarlo", o "En mi país se le lee la sentencia al condenado", o "En mi país hay otros castigos además de la pena de muerte", o "En mi país había torturas en la Edad Media". Todas éstas son observaciones que a usted pueden parecerle tan correctas como naturales, observaciones inocuas, que no afectan para nada a mi procedimiento. Pero ¿cómo las recibirá el comandante? Ya veo al bueno del comandante apartando al punto su silla y precipitándose al balcón, veo a sus damas siguiéndolo en tropel, oigo su voz –las damas la llaman voz de trueno– que dice: "Un gran investigador de Occidente, encargado de examinar los procedimientos judiciales en todos los países, acaba de decir que nuestro procedimiento, basado en la antigua usanza, es inhumano. Tras escuchar el juicio de semejante personalidad ya no me es posible, claro está, seguir tolerando este procedimiento. Ordeno, por tanto, que a partir del día de hoy... etc.". Usted quiere intervenir, usted no ha dicho lo que él proclama, no ha calificado mi procedimiento de inhumano, muy al contrario, su profundo discernimiento le permite considerarlo como el más humano y acorde con la dignidad humana, y admirar también esta máquina..., pero es demasiado tarde; no logra ni asomarse al balcón, que ya está lleno de damas; quiere que adviertan su presencia; quiere gritar, pero una mano femenina le tapa la boca, y yo y la obra del anterior comandante estamos perdidos».

El viajero tuvo que reprimir una sonrisa; así de fácil era, pues, la tarea que él había considerado tan difícil. Dijo en tono evasivo: «Usted sobrevalora mi influencia; el comandante ha leído mi carta de recomendación, sabe que yo no soy ningún experto en procedimientos judiciales. Si yo expresara una opinión, sería la opinión de un particular, en nada más importante que la de cualquier otro y, en todo caso, mucho menos importante que la opinión del comandante, quien, según tengo entendido, posee amplísimos derechos en esta colonia penitenciaria. Si su opinión sobre este procedimiento es tan definitiva como usted cree, me temo que a éste le ha llegado su fin sin que haya sido necesaria mi modesta colaboración».

¿Había entendido ya el oficial? No, seguía sin entender. Movió vivamente la cabeza, volvió un instante la mirada hacia el condenado y el soldado, que dieron un respingo y dejaron de lado el arroz, se acercó mucho al viajero y, sin mirarle a la cara, sino a un punto indeterminado de su chaqueta, dijo en voz más baja que antes: «Usted no conoce al comandante; frente a él y a todos nosotros la actitud de usted resulta en cierto modo –y perdone la expresión– ingenua, y no está en condiciones, créame, de valorar adecuadamente su influencia. Me sentí de veras dichoso cuando oí que usted iba a presenciar la ejecución en solitario. Así lo dispuso el comandante apuntando contra mis intereses, pero ahora yo vuelvo la situación en mi favor. Sin verse distraído por insinuaciones falsas o miradas despectivas –que hubieran resultado imposibles de evitar si la asistencia de público a la ejecución hubiera sido mayor–, ha escuchado usted mis explicaciones, ha visto la máquina y ahora mismo está a punto de presenciar la ejecución. Seguro que ya se ha formado un juicio firme; si aún le quedaran pequeñas inseguridades, el espectáculo de la ejecución las acabará disipando. Y ahora quisiera pedirle un favor: ¡ayúdeme contra el comandante!».

El viajero no lo dejó seguir hablando. «¿Cómo podría hacerlo?», exclamó. «Es totalmente imposible. Puedo serle tan escasamente útil como perjudicial.»

«Sí que puede», dijo el oficial. Con cierto temor, el viajero vio que cerraba los puños. «Sí que puede», repitió el oficial en tono aún más vehemente. «Tengo un plan que no puede fracasar. Usted cree que su influencia no basta. Yo sé que es suficiente. Pero aun suponiendo que tuviera usted razón, ¿no habría que intentarlo todo para mantener este procedimiento, incluso lo que posiblemente sea insuficiente? Escuche, pues, mi plan. Para realizarlo es preciso, ante todo, que hoy sea usted lo más reservado posible al enjuiciar el procedimiento. Si no lo interrogan directamente, no deberá usted manifestarse, y si lo hace, que sus declaraciones sean breves e imprecisas; deberá notarse que le cuesta hablar del asunto, que está usted enojado, y que si lo hicieran hablar, prorrumpiría en maldiciones. No le estoy pidiendo que mienta, no, en absoluto; solo deberá contestar brevemente, por ejemplo: "Sí, he asistido a la ejecución", o bien "Sí, he escuchado todas las explicaciones". Solamente eso, nada más. En cuanto al enojo que se le notará a usted, hay motivos más que suficientes para justificarlo, aunque no en el sentido que se imagina el comandante. Por supuesto que él lo entenderá todo mal y lo interpretará a su manera. En eso se basa mi plan. Mañana se celebrará en la comandancia una gran reunión de todos los altos funcionarios administrativos bajo la presidencia del comandante. Éste ha sabido convertir estas reuniones en un espectáculo. A tal propósito se hizo construir una galería que siempre está llena de espectadores. Yo me veo obligado a participar en las deliberaciones, aunque me estremezco de asco. En cualquier caso, seguro que lo invitarán a la reunión, y si usted se comporta hoy conforme a mi plan, la invitación se convertirá en una súplica insistente. Ahora bien, si por alguna razón inimaginable no fuese usted invitado, tendría que reclamar usted la invitación, y no cabe duda de que la recibirá. Mañana se sentará usted, pues, con las damas en el palco del comandante. Él verificará su presencia mirando varias veces hacia lo alto. Tras deliberar sobre una serie de temas indiferentes y ridículos, pensados solo para los espectadores –por lo general se trata de construcciones portuarias, ¡siempre construcciones portuarias!–, pasará a discutirse nuestro procedimiento judicial. Si esto no ocurriera o se retrasara más de la cuenta debido al comandante, yo me encargaré de que ocurra. Me pondré en pie y leeré el parte de la ejecución de hoy. Muy lentamente, únicamente daré el parte. Aunque no sea lo más habitual allí, lo haré de todos modos. El comandante me lo agradecerá, como siempre, con una sonrisa amable y, no pudiendo contenerse ya más tiempo, aprovechará la ocasión. "Se acaba de leer", dirá poco más o menos, "el parte de la ejecución. Solo me gustaría añadir que el gran investigador cuya visita, como todos ustedes saben, honra de forma extraordinaria nuestra colonia, ha presenciado esa ejecución. También nuestra sesión de hoy se halla particularmente realzada por su presencia. De modo que querría aprovechar para preguntarle ahora a este gran investigador qué juicio le merece esta ejecución a la antigua usanza y el procedimiento que la precede." Aprobación unánime, aplausos por todos lados, naturalmente, los míos los más ruidosos. El comandante se inclinará ante usted y dirá: "Se lo pregunto, pues, en nombre de todos". Entonces usted avanzará hasta la balaustrada y apoyará las manos donde todos puedan verlas, de lo contrario las damas se las cogerían y se pondrían a jugar con sus dedos. Y por fin se oirán sus palabras. No sé cómo podré soportar tantas horas de tensión hasta ese momento. En su discurso no deberá usted emplear cortapisas de ningún tipo, haga ruido con la verdad, inclínese por encima de la balaustrada, ruja usted, claro que sí, rújale al comandante su opinión, su inquebrantable opinión. Aunque quizá no quiera hacerlo, quizá esto no se avenga con su carácter y en su país la gente se comporte de otro modo en situaciones semejantes; de acuerdo, no pasa nada, eso también será más que suficiente, en ese caso ni se levante, limítese a decir unas cuantas palabras, susúrrelas de modo que solo las oigan los funcionarios que estén debajo de usted, eso bastará, no tendrá que mencionar para nada la falta de participación del público en la ejecución, ni la rueda que chirría, ni la correa rota, ni el fieltro asqueroso, no, de todo lo demás me encargaré yo, y créame, si mi discurso no echa de la sala al comandante, lo obligará a caer de rodillas y a confesar: "¡Anterior comandante, ante ti me inclino!". Tal es mi plan; ¿quiere ayudarme a realizarlo? Pues claro que quiere, es más, tiene que hacerlo.» Y el oficial tomó al viajero por ambos brazos y lo miró a la cara, respirando con dificultad. Había gritado con tal fuerza las últimas frases que hasta el soldado y el condenado prestaron atención; aunque no podían entender nada, dejaron de comer y miraron en dirección al viajero mientras masticaban.

Para el viajero, la respuesta que tenía que dar fue, desde el primer momento, indudable; había acumulado demasiadas experiencias en su vida como para poder vacilar en este punto; era profundamente honrado y no tenía miedo alguno. Titubeó, sin embargo, un instante a la vista del soldado y del condenado, pero al final dijo, como era su deber: «No». El oficial parpadeó varias veces, pero no desvió la mirada. «¿Quiere usted una explicación?», preguntó el viajero. El oficial asintió en silencio. «Soy un adversario declarado de este procedimiento», dijo entonces el viajero, «y ya antes de que se confiase usted a mí –por supuesto que bajo ninguna circunstancia abusaré de esta confianza–, me había preguntado si tenía derecho a intervenir en contra del procedimiento, y si mi intervención podría tener alguna perspectiva de éxito, por mínima que fuese. Tenía claro a quién debía dirigirme primero: al comandante, obviamente. Usted me lo ha aclarado más todavía, aun sin haber intervenido en mi decisión; por el contrario, su sincera convicción me conmueve, aunque no logra alterarla.»

El oficial guardó silencio, se volvió hacia la máquina, cogió una de las barras de latón, e inclinándose un poco hacia atrás, alzó la mirada hacia el diseñador, como verificando que todo estuviese en orden. El soldado y el condenado parecían haberse hecho amigos; el condenado hizo señas al soldado, pese a lo mucho que esto le costaba, estando como estaba tan firmemente atado; el soldado se inclinó hacia él; el condenado le susurró algo al oído y el soldado asintió.

El viajero se acercó al oficial y le dijo: «Usted todavía no sabe lo que pienso hacer. Voy a expresarle al comandante mi opinión sobre el procedimiento, pero no en una reunión, sino a solas; no voy a quedarme aquí tanto tiempo como para que puedan invitarme a una reunión; me iré mañana a primera hora, o por lo menos me embarcaré».

No parecía que el oficial lo hubiera escuchado. «De modo que el procedimiento no lo ha convencido», dijo para sí, y sonrió como sonríe un anciano ante las tonterías de un niño, reservándose para sí sus propias reflexiones.

«Pues entonces ha llegado la hora», dijo por último y miró de pronto al viajero con un par de ojos relucientes en los que se leía cierto desafío, una especie de llamamiento a participar en algo.

«¿La hora de qué?», preguntó inquieto el viajero, pero no recibió respuesta.

«Eres libre», dijo el oficial al condenado en su lengua. Éste no se lo creyó al principio. «Sí, eres libre», repitió el oficial. Por primera vez la cara del condenado cobró realmente vida. ¿Sería verdad? ¿No sería un capricho pasajero del oficial? ¿Le habría conseguido el viajero extranjero un indulto? ¿Qué había pasado? Su cara parecía hacerse todas esas preguntas. Mas no por mucho tiempo. Fuera lo que fuese, él quería, si le estaba permitido, ser libre de verdad, y empezó a removerse hasta donde se lo permitía la rastra.

«Vas a romperme las correas», gritó el oficial, «¡estáte quieto! Ahora mismo las desatamos.» Y se puso manos a la obra con el soldado, al que hizo una señal. El condenado se rió para sus adentros, sin decir palabra, y tan pronto volvía la cara a la izquierda, hacia el oficial, como a la derecha, hacia el soldado, sin olvidar tampoco al viajero.

«¡Sácalo!», ordenó el oficial al soldado. Hubo que hacerlo con cierto cuidado debido a la rastra. El condenado ya se había hecho unos pequeños rasguños en la espalda a causa de su impaciencia.

Pero a partir de ese momento el oficial apenas se preocupó de él. Se dirigió hacia el viajero, volvió a sacar la pequeña carpeta de cuero, la hojeó, encontró finalmente la hoja que buscaba y se la mostró al viajero. «Lea usted», dijo. «No puedo», respondió el viajero, «ya le dije que no puedo leer estas hojas.» «Observe la hoja con detenimiento», dijo el oficial poniéndose junto al viajero para leer con él. Pero viendo que eso tampoco servía, fue señalando el papel con el dedo meñique colocado a gran altura, como si en ningún caso debiera rozar la hoja, a fin de facilitarle al viajero la lectura. Éste hizo esfuerzos para complacer al oficial al menos en eso, pero le resultó imposible. Entonces el oficial empezó a deletrear la inscripción y después volvió a leerla entera. «Pone "Sé justo"», dijo. «Ahora sí podrá leerla.» El viajero se inclinó tanto sobre el papel que el oficial, por miedo a que lo rozase, lo alejó todavía más; el viajero no dijo nada, pero era evidente que aún seguía sin poder leerlo. «Pone "Sé justo"», repitió el oficial. «Puede que sí», dijo el viajero, «creo que eso es lo que pone.» «Bueno», dijo el oficial, satisfecho al menos en parte, y subió a la escalera con la hoja, la puso con gran cuidado dentro del diseñador y pareció que redistribuía por completo el engranaje; fue un trabajo muy laborioso, debían de ser ruedecillas francamente minúsculas, a ratos la cabeza del oficial desaparecía por completo en el diseñador, tal era la minuciosidad con que tuvo que revisar el engranaje.

Desde abajo, el viajero seguía este trabajo sin perderse un solo detalle, el cuello se le puso rígido y los ojos empezaron a dolerle debido a la luz que inundaba el cielo. El soldado y el condenado se ocupaban el uno del otro. Con la punta de la bayoneta sacó el soldado la camisa y el pantalón del condenado, que ya estaban en la fosa. La camisa estaba atrozmente sucia, y el condenado la lavó en el cubo de agua. Luego, cuando se hubo puesto la camisa y el pantalón, tanto el soldado como el condenado no pudieron evitar reírse ruidosamente, pues ambas prendas estaban rasgadas en dos por detrás.º Quizá el condenado se creía en la obligación de entretener al soldado y, con sus ropas desgarradas, empezó a dar vueltas en círculo alrededor de éste, que, acuclillado en el suelo, se golpeaba las rodillas riendo. De todas formas, ambos se contenían por consideración a los caballeros presentes.

Cuando el oficial hubo terminado arriba, revisó una vez más, sonriendo, el conjunto del mecanismo y todas sus partes, cerró la tapa del diseñador, que hasta entonces había permanecido abierta, bajó, miró la fosa y luego al condenado, advirtió satisfecho que éste había sacado su ropa, se dirigió al cubo para lavarse las manos, descubrió demasiado tarde la repugnante suciedad del líquido, se puso triste al no poder lavarse las manos, las hundió finalmente en la arena –este sustituto no le pareció suficiente, pero tuvo que resignarse–, se irguió y empezó a desabrocharse el uniforme. Al hacerlo le cayeron en las manos los dos pañuelos de mujer que se había introducido en el cuello duro. «Aquí tienes tus pañuelos», dijo, y se los tiró al condenado. Y al viajero le dijo en tono aclaratorio: «Regalos de las señoras».

Pese a la evidente prisa con que se quitó la guerrera y se desvistió luego del todo, fue tratando cada prenda con sumo cuidado, incluso alisó expresamente las trencillas de plata de su guerrera con los dedos y agitó una borla hasta dejarla en su lugar. Poco se avenía, sin embargo, con este esmero el hecho de que, en cuanto terminaba de acomodar una prenda, la arrojaba a la fosa con un gesto de enfado. Lo último que le quedó fue su espadín con la correa portadora. Lo desenvainó, lo rompió y, juntando luego todo, los trozos del espadín, la vaina y la correa, los arrojó con tal violencia que resonaron al entrechocar en el fondo de la fosa.

Y ahí se quedó, desnudo. El viajero se mordió los labios sin decir palabra. Sabía lo que iba a ocurrir, pero no tenía derecho a impedirle nada al oficial. Si el procedimiento judicial que el oficial tanto apreciaba se hallaba de verdad tan próximo a su abolición –posiblemente debido a la intervención del viajero, a la cual éste, a su vez, se sentía obligado–, la actuación del oficial era ahora perfectamente correcta; en su lugar, el viajero no habría actuado de otro modo.

El soldado y el condenado no entendieron nada al principio, ni siquiera habían mirado. El condenado estaba muy contento de haber recuperado los pañuelos, pero la alegría no le duró mucho tiempo, pues el soldado se los arrebató de un manotazo veloz e impredecible. El condenado intentó entonces sacarle los pañuelos de detrás del cinturón, donde se los había guardado, pero el soldado se mantenía alerta. Así empezaron a pelearse medio en broma. Solo prestaron atención cuando el oficial estaba ya completamente desnudo. Sobre todo el condenado parecía afectado por el presentimiento de un cambio brusco e importante. Lo que le había ocurrido a él, le ocurría ahora al oficial. Y tal vez las cosas se llevasen entonces hasta el final. Era probable que el viajero extranjero hubiese dado la orden. Se trataba, pues, de una venganza. Pese a no haber padecido él mismo hasta el final, iba a ser vengado hasta el final. Una sonrisa amplia y silenciosa se dibujó en su rostro y ya no desapareció.

Entretanto, el oficial se había vuelto hacia la máquina. Si antes ya había quedado claro que la comprendía bien, ahora resultaba casi portentoso ver cómo la manejaba y ella obedecía. Le bastó con acercar su mano a la rastra para que ésta subiera y bajara varias veces hasta alcanzar la posición adecuada para recibirlo; apenas tocó el borde de la cama, ésta empezó a vibrar; el tapón de fieltro se fue aproximando a su boca, pudo verse cómo el oficial se resistía al principio a ponérselo, pero la vacilación no duró sino un momento, enseguida se resignó y lo aceptó. Todo estaba listo, solo las correas seguían colgando a los lados, aunque eran por lo visto inútiles, el oficial no tenía por qué estar atado. Pero en ese momento el condenado vio las correas sueltas, y en su opinión la ejecución no sería perfecta si no se sujetaban firmemente las correas, de modo que le hizo una señal enérgica al soldado y ambos se acercaron dispuestos a atar al oficial. Éste ya había estirado un pie para accionar la manivela que debía poner el diseñador en marcha, cuando vio llegar a los dos hombres y, retirando el pie, se dejó atar. Pero ahora ya no podía alcanzar la manivela; ni el soldado ni el condenado la encontrarían, y el viajero estaba decidido a no moverse. No fue necesario; en cuanto ataron las correas, la máquina comenzó a trabajar; la cama vibraba, las agujas bailaban sobre la piel, la rastra subía y bajaba. El viajero ya llevaba un rato mirando fijamente la escena cuando recordó que una de las ruedas dentadas del diseñador debería haber chirriado; pero el silencio era total, no se oía el más leve zumbido.

Gracias a lo silencioso de este trabajo, la máquina dejó de ocupar el centro de atención. El viajero miró en dirección al soldado y al condenado. Éste era el que más animación mostraba, todo en la máquina le interesaba, tan pronto se inclinaba como volvía a incorporarse, manteniendo siempre el índice extendido para mostrar algo al soldado. Aquello empezó a resultarle penoso al viajero. Estaba decidido a quedarse allí hasta el final, pero no habría soportado mucho tiempo la visión de esos dos. «Marchaos a casa», dijo. Quizá el soldado habría estado dispuesto a hacerlo, pero el condenado recibió la orden casi como un castigo. Con las manos juntas suplicó que lo dejasen allí, y cuando el viajero, moviendo la cabeza, se negó a ceder, cayó incluso de rodillas. Viendo que era inútil dar órdenes, el viajero quiso acercarse y echarlos a los dos. Pero en ese momento oyó un ruido arriba, en el diseñador. Alzó la mirada. ¿Estaría fallando por fin la dichosa rueda dentada? No, era otra cosa. La tapa del diseñador empezó a levantarse lentamente y al final se abrió del todo. Los dientes de una rueda asomaron y fueron subiendo, pronto apareció la rueda entera, era como si una fuerza enorme comprimiese el diseñador y ya no quedase sitio para esa rueda. Ésta se desplazó hasta el borde del diseñador, cayó al suelo, rodó un trecho por la arena, de canto, y quedó luego tendida. Pero arriba ya asomaba una segunda, y tras ella muchas otras, grandes, pequeñas, apenas diferenciables; con todas ocurría lo mismo, uno hubiera pensado que el diseñador ya debía de haberse vaciado, pero de pronto surgía un nuevo grupo, particularmente numeroso, de ruedas que subían, caían al suelo, rodaban por la arena y quedaban tendidas. Ante ese espectáculo, el condenado olvidó por completo la orden del viajero, las ruedas dentadas lo tenían fascinado, intentaba todo el rato atrapar alguna e incitaba al soldado a que lo ayudase, pero al final retiraba la mano aterrado, pues cada rueda era inmediatamente seguida por otra que, al comenzar a rodar, lo asustaba.

El viajero estaba muy intranquilo; la máquina se estaba descomponiendo a ojos vistas; su funcionamiento silencioso era una ilusión; tenía la sensación de que ahora debería ocuparse del oficial, ya que éste no podía valerse por sí mismo. Pero como la caída de las ruedas dentadas había absorbido toda su atención, se le había olvidado vigilar el resto de la máquina. Y cuando la última rueda hubo caído del diseñador, él se inclinó sobre la rastra y se llevó una nueva sorpresa, peor aún que la anterior. La rastra no escribía, solo pinchaba, y la cama no hacía girar el cuerpo, sino que se limitaba a elevarlo, vibrando, para incrustarlo en las agujas. El viajero quiso intervenir, detenerlo todo a ser posible, aquello no era una tortura como la que pretendía el oficial, sino un asesinato puro y simple. Estiró las manos. Pero ya la rastra se elevaba hacia un lado con el cuerpo atravesado, como normalmente lo hacía solo en la duodécima hora. La sangre manaba en cientos de chorros, no mezclada con agua, pues también habían fallado esta vez los tubitos del agua. Y ahora falló incluso lo último: el cuerpo no se desprendía de las largas agujas, seguía desangrándose, pero colgaba encima de la fosa sin caer en ella. La rastra quería ya volver a su anterior posición, pero como si ella misma notara que aún no se había liberado de su carga, permaneció encima de la fosa. «¡Ayudadme!», gritó el viajero al soldado y al condenado, y cogió al oficial por los pies. Quería sujetarlos mientras, desde el otro lado, los otros dos agarraban al oficial por la cabeza y lo desprendían así lentamente de las agujas. Pero ninguno de los dos se decidía a acudir; el condenado le volvió incluso la espalda, por lo que el viajero tuvo que acercarse a ellos y empujarlos hasta la cabeza del oficial. Y entonces, casi contra su voluntad, miró el rostro del cadáver. Estaba tal y como había sido en vida; no podía descubrirse signo alguno de la prometida redención;º aquello que todos los demás habían encontrado en la máquina, el oficial no lo había encontrado; sus labios estaban firmemente apretados, los ojos, abiertos, tenían la expresión de la vida, la mirada era tranquila y convencida, la punta del gran punzón de hierro le atravesaba la frente.

Cuando el viajero, con el soldado y el condenado detrás de él, llegó a las primeras casas de la colonia, el soldado le señaló una y dijo: «Ésa es la casa de té».

En la planta baja de una casa había una sala profunda, baja, una especie de caverna con las paredes y el techo ennegrecidos por el humo. La parte que daba a la calle estaba abierta en toda su anchura. Pese a que la casa de té se distinguía poco de las demás casas de la colonia, todas muy deterioradas con excepción de los edificios palaciegos de la comandancia, despertó, sin embargo, la impresión de un recuerdo histórico en el viajero, que sintió el poder de los tiempos pasados. Se acercó, seguido por sus acompañantes, y avanzó por entre las mesas desocupadas que había en la calle frente a la casa de té, respirando el aire fresco y enrarecido que salía del interior. «El viejo está enterrado aquí», dijo el soldado, «el capellán le negó un lugar en el cementerio. Durante un tiempo no se supo muy bien dónde enterrarlo, y al final lo trajeron aquí. Seguro que el oficial no le contó nada de esto, porque es lo que más vergüenza le daba, naturalmente. Varias veces intentó incluso desenterrar al viejo, de noche, pero siempre lo echaban fuera.» «¿Dónde está la tumba?», preguntó el viajero, que no daba crédito al soldado. Enseguida el soldado y el condenado echaron a andar delante de él y, con las manos extendidas, le señalaron el lugar donde debía de encontrarse la tumba. Condujeron al viajero hasta la pared del fondo, donde había unas cuantas mesas con gente sentada alrededor. Probablemente eran trabajadores portuarios, hombres fornidos con barbas negras, cortas y lustrosas. Ninguno llevaba chaqueta, tenían las camisas destrozadas, era gente pobre y humillada. Cuando el viajero se acercó, algunos se levantaron y, pegados a la pared, se quedaron mirándolo de hito en hito. «Es un extranjero», susurraban en torno al viajero, «quiere ver la tumba.» Empujaron a un lado una de las mesas, bajo la cual había, en efecto, una losa sepulcral. Era una lápida sencilla, lo suficientemente plana como para poder ser escondida debajo de una mesa. Tenía una inscripción grabada en letras muy pequeñas; el viajero tuvo que arrodillarse para leerla. Decía así: «Aquí yace el antiguo comandante. Sus partidarios, a los que ahora no se les permite llevar nombre alguno, le cavaron esta tumba y pusieron la losa. Existe una profecía según la cual el comandante resucitará después de un número determinado de años y, desde esta casa, conducirá a sus partidarios a la reconquista de la colonia. ¡Creed y esperad!». Cuando el viajero terminó de leer y se levantó, vio que los hombres estaban de pie a su alrededor y sonreían, como si hubieran leído la inscripción junto con él, la hubieran encontrado ridícula y lo invitaran a que compartiera su opinión. El viajero fingió no darse cuenta, repartió unas cuantas monedas entre ellos, esperó a que volvieran a empujar la mesa sobre la tumba, abandonó la casa de té y se encaminó al puerto.

El soldado y el condenado habían encontrado en la casa de té a algunos conocidos que los retuvieron. Pero hubieron de separarse pronto de ellos, pues el viajero aún se hallaba en la mitad de la larga escalera que llevaba hacia el embarcadero cuando ya corrían detrás de él. Probablemente querían obligarlo, en el último momento, a que los llevara consigo. Mientras el viajero negociaba con un barquero el precio del trayecto hasta el vapor, los dos bajaron la escalera corriendo y en silencio, pues no se atrevían a gritar. Pero cuando llegaron abajo, el viajero ya estaba en la barca y el barquero acababa de soltar las amarras. Aún habrían podido saltar dentro, pero el viajero levantó del suelo de la embarcación una pesada cuerda con nudos, los amenazó con ella y evitó así que saltaran.

Un médico rural
Relatos breves
(1919)

A mi padre

El nuevo abogado

Tenemos un nuevo abogado, el doctor Bucéfalo. Poco en su aspecto exterior recuerda la época en que aún era el corcel de Alejandro de Macedonia.º De todas formas, quien esté familiarizado con las circunstancias notará algo. Hace poco vi en la escalinata a un simple ujier que, con la mirada experta del pequeño cliente habitual de las carreras de caballos, observaba admirativamente al abogado cuando éste, levantando muy alto los muslos, subía escalón por escalón haciendo resonar el mármol bajo sus pasos.

En líneas generales, el colegio de abogados aprueba la admisión de Bucéfalo. Con asombrosa perspicacia dicen que, dado el ordenamiento actual de la sociedad, Bucéfalo se encuentra en una situación difícil, y por ello, así como por su importancia dentro de la historia universal, merece, en cualquier caso, ser bien acogido. Hoy en día –esto nadie puede negarlo– no hay ningún Alejandro Magno. Más de uno sabe asesinar, es cierto; tampoco escasea la habilidad para alcanzar al amigo con la lanza por encima de la mesa del festín, y para muchos Macedonia es demasiado estrecha, de suerte que maldicen a Filipo, el padre; pero nadie, eso sí, nadie puede acaudillar un ejército hasta la India. Ya entonces las puertas de la India eran inalcanzables, pero la espada del rey indicaba la dirección a seguir. Hoy las puertas han sido trasladadas a un lugar totalmente distinto, más lejano y más elevado; nadie señala la dirección a seguir; muchos llevan espadas, pero solo para blandirlas, y la mirada que pretende seguirlas se extravía.

Por eso quizá lo mejor sea, en definitiva, como ha hecho Bucéfalo, enfrascarse en los códigos. Libre, sin que los muslos del jinete opriman sus ijares, a la tranquila luz de una lámpara, lejos del fragor de la batalla de Alejandro, lee y pasa las páginas de nuestros viejos libros.

Un médico rural°

Me hallaba en un gran aprieto: tenía que hacer un viaje urgente; un enfermo grave me esperaba en una aldea a diez millas de distancia; una fuerte tempestad de nieve llenaba el amplio espacio que mediaba entre él y yo; disponía de un coche ligero de grandes ruedas, exactamente el idóneo para nuestras carreteras comarcales; enfundado en mi abrigo de piel, con el maletín de instrumentos en la mano, me hallaba, listo ya para partir, en el patio; pero el caballo faltaba, el caballo. El mío había muerto la noche anterior debido al esfuerzo excesivo desplegado aquel gélido invierno; mi criada recorría ahora la aldea para conseguir un caballo prestado; pero no había esperanzas, yo lo sabía, y cada vez más agobiado por la nieve, cada vez más inmovilizado, aguardaba allí inútilmente. En el portón apareció la muchacha, sola, y agitó la linterna; claro está, ¿quién iba a prestar su caballo a esa hora para semejante viaje? Volví a atravesar el patio; no veía salida alguna; distraído, atormentado, golpeé con el pie la desvencijada puerta de la pocilga, que no se utilizaba desde hacía años. Se abrió y tableteó girando en sus goznes. Escapó una vaharada de calor y cierto olor a caballo. Una débil linterna de establo oscilaba dentro, colgada de una cuerda. Un hombre acurrucado en el pequeño cobertizo mostró su rostro despejado, de ojos azules. «¿Quiere que enganche los caballos?», preguntó saliendo a gatas. Yo no supe qué decir y me incliné para ver qué más había en el establo. La criada estaba de pie a mi lado. «Uno nunca sabe qué cosas tiene en su propia casa», dijo, y los dos nos reímos. «¡Hola, hermano; hola, hermana!», dijo el mozo de cuadra, y dos caballos, dos poderosos animales de potentes flancos, agachando como camellos las bien formadas cabezas, con las patas muy pegadas al cuerpo, salieron uno tras otro impulsados por la sola fuerza de las ondulaciones de su tronco a través del vano de la puerta, que llenaron por completo. Y en el acto se irguieron sobre sus largas patas, exhalando un vapor denso de sus cuerpos. «Ayúdalo», dije, y la dócil muchacha se apresuró a alcanzar al mozo el atelaje del coche. Pero en cuanto llega a su lado, el mozo la abraza y pega su cara a la de ella. La joven lanza un grito y busca refugio a mi lado; en la mejilla tiene dos hileras de dientes marcadas en rojo. «¡Animal!», grito yo enfurecido, «¿quieres látigo?», pero enseguida recuerdo que es un extraño, que no sé de dónde viene y que me está prestando su ayuda espontáneamente cuando todos los demás me fallan. Como si leyera mis pensamientos, no me toma a mal la amenaza, sino que, sin dejar de ocuparse de los caballos, se vuelve una sola vez hacia mí. «Suba», dice luego, y, en efecto, todo está listo. Me doy cuenta de que nunca he viajado con un tiro tan hermoso y me subo muy contento. «Pero yo conduciré, tú no conoces el camino», digo. «Por supuesto», dice él, «yo no iré con usted, me quedaré con Rosa.» «No», grita Rosa y se precipita hacia la casa con presentimiento cierto de la ineluctabilidad de su destino; oigo tintinear la cadena de la puerta, que ella echa; oigo el clic de la cerradura; veo cómo además va apagando todas las luces del vestíbulo y las habitaciones para hacerse ilocalizable. «Tú vienes conmigo», le digo al mozo, «o renuncio al viaje, por muy urgente que sea. No pienso pagarlo dejándote la muchacha a cambio.» «¡Arre!», dice él dando una palmada; el coche es arrastrado como un tronco en la corriente; aún oigo cómo la puerta de mi casa cede y se astilla bajo la embestida del mozo, luego mis ojos y oídos se llenan de un zumbido que invade uniformemente todos mis sentidos. Pero esto también dura solo un instante, pues como si el patio de mi enfermo se abriese justo ante el portón de mi patio, ya estoy ahí; quietos se quedan los caballos; la nevada ha cesado; luz de luna alrededor; los padres del enfermo salen precipitadamente de la casa; la hermana los sigue; me bajan casi en volandas del coche; no saco nada en claro de sus confusos parlamentos; en la habitación del enfermo el aire es casi irrespirable; la estufa descuidada humea; voy a abrir la ventana; pero antes quiero ver al enfermo. Enjuto, sin fiebre, ni frío ni caliente, vacíos los ojos, sin camisa, el joven se incorpora bajo el edredón de plumas, se abraza a mi cuello y me susurra al oído: «Doctor, déjeme morir». Miro a mi alrededor; nadie lo ha oído; los padres, mudos e inclinados hacia delante, aguardan mi dictamen; la hermana ha acercado una silla para mi maletín. Abro el maletín y hurgo entre mis instrumentos; desde la cama, el joven no para de tender las manos hacia mí para recordarme su petición; yo cojo unas pinzas, las examino a la luz de la vela y vuelvo a guardarlas. «Sí», pienso blasfemando, «los dioses ayudan en casos semejantes, envían el caballo que falta, dada la prisa añaden incluso un segundo caballo, y, por si fuera poco, conceden también un mozo de cuadra.» Solo entonces vuelvo a pensar en Rosa. ¿Qué hacer? ¿Cómo salvarla? ¿Cómo sacarla de debajo de ese mozo de cuadra estando a diez millas de ella, con unos caballos indómitos enganchados a mi coche? Y ahora esos caballos, que de algún modo han aflojado las riendas, de golpe abren desde fuera, no sé cómo, las ventanas, mete cada uno la cabeza por una, y observan al enfermo, impertérritos ante el griterío de la familia. «Regresaré ahora mismo», pienso, como si los caballos me invitasen a viajar, pero permito que la hermana, que me cree aturdido por el calor, me quite el abrigo de piel. Me preparan una copa de ron, el viejo me da palmaditas en el hombro, como si el ofrecimiento de su tesoro justificara esa familiaridad. Yo niego con la cabeza; las pocas luces del anciano hacen que me sienta mal; solo por esa razón rechazo la bebida. La madre está junto a la cama y me atrae hacia allí; yo obedezco, y mientras uno de los caballos lanza un fuerte relincho hacia el techo de la habitación, pego la cabeza al pecho del muchacho, que se estremece bajo mi barba mojada. Se confirma lo que ya sabía: el muchacho está sano, con la irrigación sanguínea algo mala, saturado de café por su solícita madre, pero sano, y lo mejor sería sacarlo de la cama de un empujón. Como no aspiro a reformar el género humano, lo dejo ahí echado. He sido contratado por la autoridad del distrito y cumplo con mi deber hasta el límite, hasta un extremo casi excesivo. Aunque mal pagado, soy generoso y trato de ayudar a los pobres. Todavía he de ocuparme de Rosa, y puede que el joven tenga razón y también yo quiera morir. ¿Qué hago aquí, en este invierno interminable? Mi caballo reventó, y en el pueblo no hay nadie que me preste el suyo. He de sacar mi tiro de la pocilga; si por casualidad no fueran caballos, tendría que enganchar cerdos. Así es. Y con la cabeza hago una señal a la familia. No saben nada de todo esto, y si lo supieran, no se lo creerían. Escribir recetas es fácil, pero entenderse con la gente es en general difícil. Pues bien, mi visita ha llegado a su fin; una vez más, me han vuelto a molestar inútilmente, ya estoy acostumbrado, con ayuda de mi campanilla de noche el distrito entero me martiriza, pero el que esta vez haya debido, además, sacrificar a Rosa, esa hermosa muchacha que ha vivido años en mi casa sin que yo le prestara casi atención..., es un sacrificio demasiado grande, y de algún modo tendré que emplear toda suerte de argucias para de momento asimilarlo, para no arremeter contra esta familia, que ni con la mejor buena voluntad podrá devolverme a Rosa. Pero cuando cierro el maletín y hago un gesto para que me alcancen mi abrigo de piel mientras la familia sigue reunida, el padre olisqueando la copa de ron que tiene en la mano, la madre bañada en lágrimas y mordiéndose los labios, probablemente decepcionada por mí –¿qué espera en el fondo la gente?–, y la hermana agitando una toalla ensangrentada, de algún modo estoy dispuesto a admitir, si fuera necesario, que el joven acaso esté enfermo. Me acerco a él, me sonríe –¡ah!, ahora relinchan los dos caballos; en las altas esferas deben de haber decretado, sin duda, que el ruido facilita el reconocimiento médico–, y me doy cuenta, ahora sí, de que el muchacho está enfermo. En su costado derecho, en la zona de la cadera, se ha abierto una herida grande como la palma de una mano. Rosada, con muchos matices, oscura en lo más profundo, más clara hacia los bordes, suavemente granulada, con la sangre distribuida irregularmente, abierta como una mina en pleno día. Tal es su aspecto a distancia. De cerca aparece una nueva complicación. ¿Quién podría mirarla sin dejar escapar un silbido? Unos gusanos del largo y grosor de mi dedo meñique, rosados de por sí y salpicados además de sangre, se retuercen en el interior de la herida, buscando la luz con sus cabecitas blancas y un sinnúmero de patitas. Pobre muchacho, ya nada puede hacerse. He descubierto tu gran herida; esta flor en tu costado acabará contigo. La familia está feliz, me ve en acción; la hermana se lo dice a la madre, la madre al padre, el padre a algunos invitados que, manteniendo el equilibrio con los brazos extendidos, entran de puntillas por el claro de luna de la puerta abierta. «¿Me salvarás?», susurra el joven sollozando, totalmente deslumbrado por la vida de su herida. Así son las gentes de mi comarca. Exigen siempre lo imposible al médico. Han perdido la antigua fe; el cura se queda en casa y deshilacha una tras otra las casullas; pero el médico ha de conseguirlo todo con su tierna mano quirúrgica. Bueno, como queráis: no soy yo quien se ha ofrecido; si me utilizáis con fines sagrados, también lo consentiré; ¡qué más querría yo, viejo médico rural al que han arrebatado su criada! Y entonces vienen la familia y los ancianos del pueblo y me desvisten; un coro escolar con el maestro a la cabeza se instala ante la casa y canta una melodía sumamente sencilla con la siguiente letra:

> ¡Desnudadlo y curará,
> y si no cura, matadlo!
> Solo es un médico, un médico nada más.

Ya estoy desvestido, y con los dedos en la barba y la cabeza gacha, observo muy tranquilo a la gente. Estoy completamente sereno, con pleno dominio de la situación, y así permanezco, pero de nada me sirve, pues ahora me cogen por la cabeza y los pies y me llevan a la cama. Me acuestan contra la pared, al costado de la herida. Luego salen todos de la habitación; la puerta se cierra; el canto enmudece; unas nubes cubren la luna; la ropa de cama me envuelve cálidamente; como sombras oscilan las cabezas de los caballos en el vano de las ventanas. «¿Sabes?», oigo que me dicen al oído, «tengo poca confianza en ti. A ti también te han arrojado aquí desde algún sitio, no has venido por tu propio pie. En vez de ayudarme, estrechas todavía más mi lecho de muerte. Me encantaría arrancarte los ojos.» «Así es», digo yo, «es una ignominia. Pero resulta que soy médico. ¿Qué puedo hacer? Créeme, yo tampoco lo tengo fácil.» «¿Y quieres que me conforme con esta disculpa? ¡Ah, me temo que sí! Siempre debo conformarme. Con una hermosa herida vine al mundo: ésa fue toda mi dote.» «Joven amigo», digo yo, «tu fallo es no tener visión de conjunto. Yo, que he estado en habitaciones de enfermos en varias leguas a la redonda, te digo: tu herida no es tan mala. Te la hicieron con dos golpes de azadón en ángulo agudo. Muchos ofrecen el costado y apenas si oyen el azadón en el monte, y menos aún cuando se les acerca.» «¿Es realmente así o me engañas en el delirio de la fiebre?» «Así es realmente, acepta la palabra de honor de un médico oficial.» Y guardando silencio la aceptó. Pero ya era hora de pensar en mi salvación. Los caballos aún seguían fielmente en sus puestos. En un instante recogí la ropa, el abrigo de piel y el maletín; no quise perder tiempo vistiéndome; si los caballos corrían tanto como en el viaje de ida, saltaría en cierto modo de esta cama a la mía. Obediente, uno de los caballos se apartó de la ventana; arrojé el fardo al carruaje; el abrigo de piel voló demasiado lejos, quedó sujeto a un gancho solo por una de las mangas. Suficiente. Monté de un salto a uno de los caballos: las riendas sueltas, un caballo apenas enganchado al otro, el carruaje detrás dando tumbos y, por último, el abrigo de piel arrastrándose sobre la nieve. «¡Arre!», dije, pero no hubo galope; lentamente, como ancianos, echamos a andar por el desierto de nieve; largo rato resonó tras de nosotros el nuevo pero errado canto de los niños:

> ¡Alegraos, pacientes,
> os han metido al médico en la cama!

A este paso nunca llegaré a casa; mi floreciente consulta está perdida; un sucesor me roba, pero en vano, pues no puede sustituirme; en mi casa, el repugnante mozo de cuadra hace estragos; Rosa es su víctima; no quiero ni pensarlo. Desnudo, expuesto a la helada de esta época aciaga, con un carruaje terrenal y unos caballos no terrenales, vago por los campos, yo, un hombre viejo. Mi abrigo de piel cuelga detrás del carruaje, pero no puedo alcanzarlo y nadie entre la turba movediza de los pacientes mueve un dedo. ¡Engañado! ¡Engañado! Una vez que se ha seguido la falsa llamada de la campanilla nocturna... ya nada puede hacerse.

En la galería

Si una artista ecuestre frágil y tísica fuera obligada durante meses, sin interrupción, por un director despiadado que blandiera el látigo ante un público incansable, a dar vueltas sobre un caballo vacilante en la pista de un circo, vibrando sobre el caballo, lanzando besos, cimbreando la cintura, y si esta actuación se prolongara bajo el estruendo incesante de la orquesta y los ventiladores hacia un futuro gris que no parara nunca de abrirse, acompañada por oleadas de aplausos que se extinguieran y volvieran a elevarse, producidos por manos que en realidad son martinetes de vapor..., tal vez entonces algún joven espectador de la galería° bajaría muy deprisa la larga escalera atravesando todo el graderío, se precipitaría en la pista del circo y gritaría ¡alto! entre las fanfarrias de la orquesta siempre dispuesta a acompañar.

Pero como no es así, como una hermosa dama, blanca y roja, entra etérea a través de los cortinajes que descorren ante ella unos altivos criados en librea, como el director, buscando fervorosamente sus ojos, le echa su aliento en posición animal, la sube con cuidado al caballo tordo, como si fuera su nieta predilecta a punto de emprender un peligroso viaje, no logra decidirse a dar la señal con el látigo y al final, dominándose a sí mismo, la da con un restallido, echa a correr junto al caballo con la boca abierta, sigue los saltos de la amazona con mirada penetrante, apenas puede comprender su habilidad, intenta prevenirla con exclamaciones en inglés, exhorta furioso a los palafreneros que sostienen los aros a prestar una atención extremada, antes del gran salto mortal suplica a la orquesta, con los brazos en alto, que guarde silencio, y por último baja a la pequeña del tembloroso caballo, la besa en ambas mejillas y no considera suficiente ningún homenaje del público, mientras ella misma, sostenida por él, irguiéndose de puntillas, rodeada de polvo, con los brazos estirados y la cabecita echada hacia atrás, quiere compartir su dicha con todo el circo...; como esto es así, el espectador de la galería apoya el rostro en la barandilla y, hundiéndose en la marcha final como en un profundo sueño, rompe a llorar sin saberlo.º

Un viejo folio°

Es como si se hubieran descuidado muchas cosas en la defensa de nuestra patria. Hasta ahora no nos hemos preocupado de ello, limitándonos a hacer nuestro trabajo; pero los acontecimientos de los últimos tiempos nos inquietan.

Tengo un taller de zapatería en la plaza, frente al palacio imperial. En cuanto abro mi tienda con las primeras luces del alba, veo ya los accesos de todas las calles que desembocan aquí ocupados por gente armada. Pero no son nuestros soldados, sino, por lo visto, nómadas del norte. De algún modo para mí incomprensible han conseguido penetrar en la capital que, no obstante, se halla muy alejada de las fronteras. En cualquier caso ahí están; y parecen ser más cada mañana.

Conforme a su naturaleza, acampan al aire libre, pues aborrecen las casas. Se dedican a afilar las espadas, a aguzar las flechas, a hacer ejercicios ecuestres. Han convertido esta plaza tranquila, mantenida siempre escrupulosamente limpia, en una auténtica pocilga. A veces intentamos salir de nuestros negocios y eliminar al menos la basura más conspicua, pero esto ocurre cada vez más raramente, pues el esfuerzo resulta inútil y, además, corremos peligro de acabar bajo los caballos salvajes o ser heridos por las fustas.

Hablar no se puede con los nómadas. No conocen nuestra lengua y apenas tienen una propia. Entre ellos se entienden como los grajos.° Todo el tiempo se oye ese graznido de los grajos. Nuestra forma de vida y nuestras instituciones les son tan inconcebibles como indiferentes. Por eso también se muestran reacios a cualquier intento de entenderse por señas. Ya puedes dislocarte las mandíbulas o torcerte manos y muñecas, no te entienden ni te entenderán jamás. Muchas veces hacen muecas, ponen los ojos en blanco y echan espuma por la boca, pero con ello no quieren decir nada ni tampoco asustar; lo hacen porque es su modo de ser. Toman lo que necesitan. No puede decirse que empleen la violencia. Antes de que ellos actúen uno se hace a un lado y les entrega todo.

También de mis provisiones se han llevado más de una buena pieza. Aunque no puedo quejarme si veo, por ejemplo, cómo le va al carnicero de enfrente. Nada más llegarle la mercancía, todo le es arrebatado y devorado por los nómadas. Sus caballos también comen carne; a menudo se ve a un jinete tumbado junto a su caballo y los dos se alimentan del mismo trozo de carne, cada uno por un extremo. El carnicero tiene miedo y no se atreve a poner fin a los suministros de carne. Nosotros nos hacemos cargo, reunimos dinero y lo ayudamos. Si los nómadas se quedaran sin carne, quién sabe lo que se les ocurriría hacer; de todas formas, quién sabe qué puede ocurrírseles aun teniendo carne cada día.

Hace poco, el carnicero pensó que al menos podría ahorrarse el esfuerzo de la matanza, y por la mañana trajo un buey vivo. Que no se le ocurra volver a hacerlo. Me estuve una hora larga en la parte de atrás de mi taller, tumbado en el suelo, cubierto con todas mis ropas, mantas y almohadas con tal de no oír los mugidos del buey, al que los nómadas atacaban por todas partes para arrancarle trozos de carne caliente a dentelladas. La calma ya reinaba hacía rato cuando me atreví a salir; como bebedores alrededor de un barril de vino yacían allí, exhaustos, en torno a los restos del buey.

Precisamente en esa ocasión creí ver al emperador en persona° asomado a una de las ventanas del palacio; normalmente nunca se llega hasta los aposentos exteriores, vive siempre en el jardín más recóndito; pero en aquella ocasión estaba –al menos así me lo pareció– de pie ante una de las ventanas y miraba con la cabeza gacha lo que ocurría frente a su castillo.

«¿En qué acabará todo esto?», nos preguntamos todos.

«¿Cuánto tiempo aguantaremos esta carga y este suplicio? El palacio imperial ha atraído a los nómadas, pero no sabe cómo expulsarlos. El portón permanece cerrado; la guardia, que antes solía entrar y salir marchando solemnemente, se mantiene ahora tras las ventanas enrejadas. La salvación de la patria nos ha sido encomendada a nosotros, artesanos y comerciantes, pero no estamos a la altura de semejante misión ni nos hemos jactado nunca de poder cumplirla. Es un malentendido y será nuestra perdición.»

Ante la Ley°

Ante la Ley hay un guardián. Hasta ese guardián llega un hombre del campo y le pide ser admitido en la Ley. Pero el guardián dice que por ahora no le puede permitir la entrada. El hombre se queda pensando y pregunta si le permitirán entrar más tarde. «Es posible», dice el guardián, «pero ahora no.» Viendo que la puerta de acceso a la Ley está abierta como siempre y el guardián se hace a un lado, el hombre se inclina para mirar al interior a través de la puerta. Cuando el guardián lo advierte, se echa a reír y dice: «Si tanto te atrae, intenta entrar pese a mi prohibición. Pero ten presente que yo soy poderoso. Y solo soy el guardián de menor rango. Entre sala y sala hay más guardianes, cada cual más poderoso que el anterior. Ya el aspecto del tercero no puedo soportarlo ni yo mismo». Con semejantes dificultades no había contado el hombre del campo; la Ley ha de ser accesible siempre y a todos, piensa, pero cuando observa con más detenimiento al guardián envuelto en su abrigo de pieles, con su gran nariz puntiaguda, su larga barba tártara, rala y negra, decide que es mejor esperar hasta conseguir el permiso de entrada. El guardián le acerca un taburete y le permite sentarse al lado de la puerta. Allí se queda sentado días y años. Hace muchos intentos por ser admitido, y cansa al guardián con sus ruegos. El guardián lo somete con frecuencia a pequeños interrogatorios, le pregunta sobre su país y muchas otras cosas, pero son preguntas hechas con indiferencia, como las que hacen los grandes señores, y al final le repite una y otra vez que aún no puede dejarlo entrar. El hombre, que se había provisto de muchas cosas para su viaje, lo utiliza todo, por valioso que sea, para sobornar al guardián. Éste le acepta todo, pero al hacerlo dice: «Lo acepto solo para que no creas que no lo intentaste todo». Durante esos largos años el hombre observa al guardián casi ininterrumpidamente. Se le olvidan los otros guardianes y este primero le parece el único obstáculo para entrar en la Ley. Durante los primeros años maldice el lamentable azar en voz alta y sin miramientos; más tarde, a medida que envejece, ya solo farfullando para sus adentros. Se comporta como un niño y como al estudiar al guardián durante tantos años ha llegado a conocer incluso a las pulgas del cuello de su abrigo de piel, también pide a las pulgas que lo ayuden y hagan cambiar de opinión al guardián. Por último se le debilita la vista y ya no sabe si la oscuridad reina de verdad a su alrededor o solo son sus ojos que lo engañan. Pero entonces advierte en medio de la oscuridad un resplandor que, inextinguible, sale por la puerta de la Ley. Le queda poco tiempo de vida. Antes de su muerte se le acumulan en la cabeza todas las experiencias vividas aquel tiempo hasta concretarse en una pregunta que todavía no le había hecho al guardián. Le indica por señas que se acerque, pues ya no puede incorporar su rígido cuerpo. El guardián tiene que inclinarse profundamente hacia él, porque la diferencia de tamaño entre ambos ha variado muy en detrimento del hombre. «¿Qué más quieres saber ahora?», pregunta el guardián, «eres insaciable.» «Todos aspiran a entrar en la Ley», dice el hombre, «¿cómo es que en tantos años nadie más que yo ha solicitado entrar?» El guardián advierte que el hombre se aproxima ya a su fin y, para llegar aún a su desfalleciente oído, le ruge: «Nadie más podía conseguir aquí el permiso, pues esta entrada solo estaba destinada a ti. Ahora me iré y la cerraré».

Chacales y árabes°

Habíamos acampado en el oasis. Los compañeros dormían. Un árabe alto y blanco pasó junto a mí; venía de dar de comer a los camellos e iba a acostarse.

Me tumbé de espaldas sobre la hierba; quería dormir; no podía; el aullido lastimero de un chacal en la lejanía; volví a incorporarme. Y lo que había estado tan lejos estuvo de pronto cerca. Un hervidero de chacales a mi alrededor; ojos de oro mate que refulgían y se apagaban; cuerpos delgados moviéndose ágil y acompasadamente, como bajo un látigo.

Uno de ellos se acercó por detrás, se estrechó contra mí bajo mi brazo, como si necesitara mi calor, luego se plantó frente a mí y me habló, mirándome casi de hito en hito:

«Soy el chacal más viejo en varias leguas a la redonda. Me alegro de poder aún saludarte aquí. Casi había perdido la esperanza, pues llevamos una eternidad esperándote; mi madre te esperó, y su madre y todas las madres anteriores hasta llegar a la madre de todos los chacales. ¡Créelo!».

«Me extraña», dije y olvidé encender el montón de leña preparado para alejar con su humo a los chacales, «me extraña mucho oír eso. Solo por azar he venido desde el remoto norte y estaré de viaje poco tiempo. ¿Qué es lo que deseáis, chacales?»

Y como animados por estas palabras, acaso demasiado amables, estrecharon el círculo a mi alrededor; todos respiraban entrecortadamente y jadeando.

«Sabemos», empezó el más viejo, «que vienes del norte, y en esto se basa precisamente nuestra esperanza. Allí tienen discernimiento, cosa imposible de encontrar aquí entre los árabes. Sabes, de su fría altivez no se puede arrancar una sola chispa de discernimiento. Matan animales para comérselos y menosprecian la carroña.»

«No hables tan alto», dije, «hay árabes durmiendo cerca.»

«Eres de verdad un extranjero», dijo el chacal, «de lo contrario sabrías que jamás en la historia del mundo un chacal le ha temido a un árabe. ¿Por qué habríamos de temerlos? ¿No es acaso desgracia suficiente el que vivamos relegados entre semejante pueblo?»

«Puede ser, puede ser», dije, «no me tomo la libertad de opinar sobre cosas que me resultan tan lejanas; parece ser un conflicto muy antiguo; debe de llevarse en la sangre y quizá solo termine con sangre.»

«Eres muy listo», dijo el viejo chacal; y todos respiraron aún más deprisa, con los pulmones agitados pese a estar quietos; un olor amargo, a ratos solo soportable apretando los dientes, emanaba de sus fauces abiertas. «Eres muy listo; lo que dices se corresponde con nuestra antigua doctrina. Los dejaremos sin sangre y se acabará el conflicto.»

«¡Oh!», dije con más violencia de la que hubiera querido, «se defenderán, os matarán en manada con sus escopetas.»

«Nos malinterpretas a la usanza humana», dijo, «que por lo visto tampoco se pierde en el remoto norte. No los mataremos. El Nilo no tendría agua suficiente para purificarnos. Y es que nosotros huimos ante la simple visión de sus cuerpos vivos, en busca de un aire más puro, al desierto, que por eso es nuestra patria.»

Y todos los chacales que había en derredor, a los que entretanto se habían sumado muchos más venidos de lejos, hundieron las cabezas entre las patas delanteras y se las limpiaron con las zarpas; era como si quisieran ocultar una repugnancia tan terrible que de buena gana habría yo huido de su círculo dando un gran salto.

«¿Y qué pensáis hacer entonces?», pregunté intentando levantarme; pero no pude; dos cachorros me habían aferrado por detrás la chaqueta y la camisa con los dientes; tuve que permanecer sentado. «Te sostienen la cola», dijo el chacal viejo en tono serio y aclaratorio, «una señal de respeto.» «¡Que me suelten!», grité volviéndome ora al viejo, ora a los jóvenes. «Por supuesto que lo harán», dijo el viejo, «si tú lo pides. Pero tardarán un ratito, pues siguiendo la costumbre han mordido con fuerza y solo pueden separar los colmillos lentamente. Entretanto, escucha nuestro ruego.» «Vuestro comportamiento no me predispone mucho a ello», dije. «No nos hagas expiar nuestra torpeza», dijo recurriendo por primera vez al tono lastimero de su voz natural, «somos animales pobres, solo tenemos nuestros dientes; para todo lo que queremos hacer, lo bueno y lo malo, únicamente contamos con los dientes.» «¿Y qué es lo que quieres?», pregunté, solo levemente apaciguado.

«Señor», exclamó, y todos los chacales lanzaron un aullido: en la más remota lontananza me pareció una melodía. «Señor, debes poner fin a esta disputa que ha escindido al mundo. Tal y como eres tú describieron nuestros antepasados a aquel que lo haría. Queremos que los árabes nos dejen en paz; aire respirable; que el horizonte visible quede limpio de ellos; no oír los lamentos del carnero que el árabe sacrifica; que todos los animales revienten en paz; que podamos bebernos su sangre y dejar sus huesos mondos sin ser molestados. Limpieza, solo limpieza queremos», y todos rompieron a llorar y sollozar, «¿cómo puedes soportar tú este mundo, tú, noble corazón y dulces entrañas? Inmundicia es su blancura; inmundicia es su negrura; un espanto son sus barbas; entran ganas de escupir al verles el rabillo del ojo; y cuando levantan el brazo, en su axila se abre el infierno. Por eso, ¡oh, señor!, por eso, ¡oh, caro señor!, con ayuda de tus omnipotentes manos, con ayuda de tus omnipotentes manos ¡córtales el gaznate con estas tijeras!» Y obedeciendo a una señal de su cabeza se acercó un chacal en uno de cuyos colmillos llevaba unas pequeñas tijeras de coser cubiertas de óxido viejo.

«¡Ah, por fin las tijeras; ahora sí que se acabó!», exclamó el guía árabe de nuestra caravana que, con el viento en contra, se había deslizado hasta nosotros y blandía ahora su gigantesco látigo.

Todos se dispersaron en un santiamén, pero a cierta distancia se detuvieron, pegados unos contra otros, un montón de animales tan rígidos y apiñados que parecían un estrecho redil rodeado de fuegos fatuos.

«¿De modo que tú también, señor, has visto y oído este espectáculo?», dijo el árabe y se rió tan alegremente como se lo permitía el carácter reservado de su raza. «¿Tú también sabes lo que quieren esos animales?», pregunté. «Por supuesto, señor», dijo él, «es de todos sabido; mientras haya árabes, estas tijeras recorrerán el desierto y seguirán recorriéndolo con nosotros hasta el final de los tiempos. A todo europeo les son ofrecidas para la gran obra; cualquier europeo les parece ser precisamente el elegido. Una absurda esperanza la de estos animales; locos, son auténticos locos. Por eso los queremos; son nuestros perros; más hermosos que los vuestros. Fíjate, esta noche murió un camello y lo he hecho traer aquí.»

Se acercaron cuatro cargadores y arrojaron a nuestros pies el pesado cadáver. No bien estuvo allí tendido, los chacales elevaron sus voces. Como si una cuerda tirase irresistiblemente de cada uno de ellos, se fueron acercando a trompicones, rozando el suelo con el vientre. Habían olvidado a los árabes, habían olvidado su odio, hechizados por la presencia de ese cadáver que exhalaba un vaho intenso y lo borraba todo. Uno ya se le había prendido al cuello y al primer mordisco encontró la yugular. Como una bomba pequeña y furibunda, dispuesta a extinguir un devastador incendio de manera tan obstinada como infructuosa, cada músculo de su cuerpo se estiraba y contraía sin moverse del sitio. Y pronto se amontonaron todos sobre el cadáver, entregados a la misma tarea.

Entonces el guía abatió con fuerza el cortante látigo a diestro y siniestro sobre ellos. Levantaron las cabezas entre embriagados e impotentes; vieron a los árabes de pie ante ellos; empezaron a sentir el látigo sobre sus hocicos; se retiraron de un salto y retrocedieron un trecho. Pero la sangre del camello ya había formado charcos y humeaba, y el cuerpo presentaba amplios desgarrones en varios sitios. No pudieron resistirlo; ya estaban ahí otra vez; de nuevo alzó el guía su látigo; yo le sujeté el brazo.

«Tienes razón, señor», me dijo, «dejémoslos con su tarea; además, es hora de partir. Ya los has visto. Curiosos animales, ¿verdad? ¡Y cómo nos detestan!»

Una visita a la mina

Hoy han estado abajo, con nosotros, los ingenieros de mayor rango. La dirección ha debido de encargar que se excaven nuevas galerías y por eso han bajado los ingenieros, para efectuar las primeras mediciones. ¡Qué jóvenes son y, al mismo tiempo, qué distintos! Todos han crecido en libertad, y su personalidad claramente definida se muestra ya sin trabas en los años mozos.

Uno de pelo negro, vivaz, deja que sus ojos lo recorran todo.

Un segundo, provisto de una libreta de apuntes, va tomando notas al caminar, mira a su alrededor, compara, anota.

Un tercero, con las manos en los bolsillos de la chaqueta, de suerte que todo él parece tenso, avanza muy erguido; conserva su dignidad; solo al mordisquearse continuamente los labios revela su impaciente juventud, imposible de reprimir.

Un cuarto da al tercero explicaciones que éste no le pide; más pequeño que él, mientras camina a su lado como si quisiera tentarlo, parece recitarle, con el dedo índice siempre en el aire, una letanía sobre todo lo que hay que ver aquí.

Un quinto, acaso el de mayor rango, no tolera compañía alguna; tan pronto está delante como detrás; el grupo adapta su paso al de él; es pálido y débil; la responsabilidad le ha ahondado los ojos; a ratos se oprime la frente con la mano cuando reflexiona.

El sexto y el séptimo andan un poco encorvados, las cabezas muy próximas, cogidos del brazo, conversando familiarmente; si esto no fuera a todas luces nuestra mina de carbón y nuestro lugar de trabajo en la galería más profunda, podría pensarse que estos señores huesudos, sin barba, de nariz bulbosa, son jóvenes religiosos. Uno de ellos se ríe para sus adentros, en general con un ronroneo gatuno; el otro, igualmente sonriente, lleva la palabra y marca algo parecido a un compás con su mano libre. ¡Qué seguros tienen que estar esos dos señores de su posición! ¡Qué méritos han de haber hecho ya, pese a su juventud, en nuestra mina, para que aquí, en una inspección tan importante y bajo la mirada de su jefe, puedan ocuparse tan imperturbablemente de cosas personales, o al menos de asuntos que nada tienen que ver con la misión actual! ¿O será acaso posible que, pese a todas sus risas y su falta de atención, se den perfecta cuenta de lo que hace falta? Uno apenas se atreve a pronunciar un juicio concreto sobre esa clase de señores.

Por otro lado, no cabe la menor duda de que el octavo, por ejemplo, se halla incomparablemente más entregado a su tarea que éstos, e incluso que todos los otros señores. Ha de ir tocando y golpeteándolo todo con un martillito que a cada rato se saca del bolsillo y vuelve a guardarse en él. A veces se arrodilla en la mugre pese a llevar un traje elegante y golpea el suelo, haciendo luego otro tanto, ya sin detenerse, con las paredes o el techo por encima de su cabeza. En una ocasión se tumbó en el suelo y permaneció un rato inmóvil; nosotros ya pensábamos que había ocurrido una desgracia, pero de pronto se incorporó con un leve estremecimiento de su esbelto cuerpo. Solo se trataba de una nueva exploración. Creemos conocer nuestra mina y sus piedras, pero lo que aquel ingeniero explora aquí una y otra vez de esa manera nos resulta incomprensible.

Un noveno avanza empujando una especie de cochecito de niño en el que lleva instrumentos de medición, unas herramientas sumamente costosas, muy envueltas en una guata suavísima. Quien debería empujar aquel carrito es, en realidad, el ordenanza, pero no se lo confían; han tenido que contratar a un ingeniero y, por lo que se ve, éste lo hace con gusto. Es sin duda el más joven, y acaso no entienda aún todos los instrumentos, pero su mirada reposa permanentemente sobre ellos, por lo que a veces casi corre el riesgo de golpear el carrito contra alguna pared.

Pero hay otro ingeniero que avanza junto al carrito y se lo impide. Por lo visto, éste conoce a fondo los instrumentos y parece ser su verdadero custodio. De rato en rato, sin detener el carrito, saca alguna de las piezas, mira a través de ella, la enrosca o desenrosca, la sacude y golpea, se la lleva al oído y escucha con atención; por último, y mientras el que empuja el cochecito se detiene, las más veces vuelve a colocar en él con gran cuidado el minúsculo objeto, apenas visible desde lejos. Un poco autoritario es este ingeniero, aunque solo en nombre de los instrumentos. A diez pasos por delante del carrito tenemos que apartarnos a una simple señal de su dedo, hecha sin decir palabra, incluso allí donde no haya lugar para apartarse.

Detrás de estos dos señores avanza el desocupado ordenanza. Los señores, como es lógico dado su enorme saber, han depuesto hace ya tiempo toda arrogancia; el ordenanza, en cambio, parece haberla acumulado en su persona. Con una mano a la espalda y la otra delante, apoyada sobre sus botones dorados o acariciando el fino paño de su librea, saluda a menudo inclinando la cabeza a derecha e izquierda, como si lo hubiéramos saludado y él nos respondiera, o como si supusiera que lo hemos saludado pero no pudiera comprobarlo desde su altura. Por supuesto que no lo saludamos, pero al verlo casi podría creerse que ser ordenanza de la dirección de la mina es algo extraordinario. Cierto es que nos reímos a sus espaldas, pero como ni el estampido de un trueno podría animarlo a volverse, sigue siendo algo incomprensible a nuestro juicio.

Hoy no se trabajará mucho más; la interrupción ha sido demasiado larga; una visita semejante arrambla con todas las intenciones de trabajar. Resulta excesivamente tentador seguir a esos señores con la mirada hasta la oscuridad de la galería de prueba en la que han desaparecido todos. Además, nuestro turno terminará pronto; ya no asistiremos al retorno de los señores.º

La aldea más cercana

Mi abuelo solía decir: «La vida es asombrosamente breve. Ahora, en el recuerdo, se me condensa tanto que apenas logro comprender, por ejemplo, cómo un joven puede decidirse a cabalgar hasta la aldea más cercana sin temer que –dejando aparte cualquier calamidad– ni aun el transcurso de una vida feliz y corriente alcance ni de lejos para semejante cabalgata».

Un mensaje imperial[o]

El emperador –eso dicen– te ha enviado a ti, un individuo, un lamentable súbdito, una sombra diminuta refugiada ante el sol imperial en la más lejana de las lejanías, precisamente a ti te ha enviado el emperador un mensaje desde su lecho de muerte. Hizo arrodillar al mensajero junto al lecho y le susurró el mensaje al oído; tanto le importaba, que se lo hizo repetir al oído. Con un gesto de la cabeza corroboró la exactitud de lo dicho. Y ante todos los espectadores de su muerte –se han derribado todas las paredes que impedían la vista, y los grandes del reino se hallan reunidos en círculo en las anchas escalinatas que serpentean hacia lo alto–, ante todos ellos despidió al mensajero. Éste se puso en camino de inmediato; un hombre fuerte, infatigable; extendiendo ora un brazo, ora el otro, se abre paso entre la multitud; si encuentra resistencia se señala el pecho, donde lleva el signo del sol; avanza con más facilidad que ningún otro. Pero es tan grande la multitud; sus aposentos no acaban nunca. Si ante él tuviese el campo abierto, cómo volaría, y pronto oirías el espléndido golpeteo de sus puños contra tu puerta. Pero en vez de eso, ¡qué inútilmente se esfuerza! Aún se está abriendo camino por las estancias del palacio más recónditas; nunca las dejará atrás; y aunque lo consiguiera, no se habría ganado nada; tendría que seguir luchando escaleras abajo; y aunque lo consiguiera, no se habría ganado nada; tendría que atravesar los patios; y después de los patios, el segundo palacio circundante; y otra vez escaleras y patios; y otra vez un palacio; y así a lo largo de milenios; y si al final se precipitara fuera por el portón exterior –aunque eso jamás podrá ocurrir, jamás–, solo tendría delante la capital, sede de la corte, el centro del mundo, repleta hasta los topes de sus propios desechos. Nadie logra penetrar allí, y menos aún con el mensaje de un muerto... Pero tú, sentado al pie de tu ventana, sueñas con él cuando cae la tarde.

La preocupación del padre de familia°

Unos dicen que la palabra *Odradek* proviene del eslavo e intentan, basándose en ello, documentar su formación. Otros, en cambio, opinan que procede del alemán y solo recibió influencia del eslavo. No obstante, la imprecisión de ambas interpretaciones permite deducir con razón que ninguna es cierta, sobre todo porque con ninguna de las dos puede encontrarse un sentido a la palabra.

Claro está que nadie se entregaría a semejantes estudios si no existiera de verdad un ser llamado Odradek. A primera vista se asemeja a un carrete de hilo plano y en forma de estrella, y, de hecho, también parece que estuviera recubierto de hilo; aunque a decir verdad solo podría tratarse de trozos de hilo viejos y rotos, de los más diversos tipos y colores, anudados entre sí, pero también inextricablemente entreverados. Pero no es tan solo un carrete, sino que del centro de la estrella surge una pequeña varilla transversal a la cual se une otra en ángulo recto. Con ayuda de esta última varilla a uno de los lados, y de una de las puntas de la estrella al otro, el conjunto puede mantenerse erguido como sobre dos patas.

Uno sentiría la tentación de creer que este artilugio pudo tener en otro tiempo una forma funcional y ahora está simplemente roto. Mas no parece ser éste el caso; por lo menos no hay nada que lo demuestre; en ningún punto se ven añadidos ni fracturas que apunten a algo semejante; el conjunto parece, es verdad, carente de sentido, pero también perfecto en su género. Más detalles no se pueden decir sobre el particular, pues Odradek posee una movilidad extraordinaria y no se deja atrapar.

Se instala por turno en el desván, en la caja de la escalera, en los pasillos o en el vestíbulo. A veces no se deja ver durante meses; seguro que se ha trasladado a otras casas; aunque acaba volviendo infaliblemente a la nuestra. Algunas veces, cuando uno va a salir y se lo encuentra abajo, apoyado en la barandilla de la escalera, siente ganas de hablarle. Claro está que no le hace preguntas difíciles, sino que lo trata –sus minúsculas dimensiones invitan a hacerlo– como a un niño. «¿Cómo te llamas?», le pregunta uno. «Odradek», dice. «¿Y dónde vives?» «Domicilio indeterminado», dice, y se ríe; pero es solo una risa como la que puede producir alguien sin pulmones. Suena más o menos como un crujir de hojas caídas. Y así suele concluir la conversación. Además, ni siquiera estas respuestas pueden obtenerse siempre; a menudo permanece mudo largo tiempo, como la madera de la que parece estar hecho.

En vano me pregunto qué sucederá con él. ¿Podrá morir? Todo lo que muere ha tenido antes una especie de objetivo, una especie de actividad que lo ha desgastado; esto no puede aplicarse a Odradek. ¿Seguirá, pues, rodando en un futuro escaleras abajo con su cola de hilos sueltos a los pies de mis hijos y de los hijos de mis hijos? Es evidente que no hace daño a nadie; pero la idea de que pueda sobrevivirme me resulta casi dolorosa.

Once hijos°

Tengo once hijos.

El primero tiene muy poca presencia, pero es serio y listo; pese a ello, y aunque como hijo lo quiero igual que a todos los demás, no lo tengo en gran estima. Su forma de pensar me parece demasiado simple. No mira a la derecha ni a la izquierda, ni tampoco a lo lejos; está siempre dando vueltas, o, mejor dicho, girando en su estrecho círculo de ideas.

El segundo es hermoso, esbelto, bien plantado; resulta fascinante verlo con el florete en posición de guardia. Él también es listo, pero además experimentado; ha visto muchas cosas, y por eso parece que hasta la naturaleza del propio país le hablara más familiarmente que a los que nunca han salido fuera. Sin embargo, este privilegio no se debe tan solo, y ni siquiera en primer lugar, al hecho de haber viajado; se cuenta más bien entre los inimitables atributos de este hijo, reconocidos, por ejemplo, por todo el que pretende imitar su salto de trampolín al agua, que incluye múltiples volteretas en el aire y, no obstante, es dominado con fogosa maestría. Hasta el extremo del trampolín llegan el valor y las ganas del imitador, que, una vez allí, se sienta de pronto en vez de saltar, y alza los brazos como disculpándose... Y pese a todo (pues en realidad debería sentirme feliz de semejante hijo), mi relación con él no deja de tener sus lados turbios. Su ojo izquierdo es un poco más pequeño que el derecho y parpadea mucho; tan solo un defecto mínimo, sin duda, que vuelve su rostro incluso más audaz de lo que normalmente hubiera sido, y nadie, frente a la inaccesible perfección de su persona, señalaría con actitud reprobatoria ese ojo más pequeño y parpadeante. Yo, su padre, lo hago. Claro que no es este defecto físico lo que me duele, sino una pequeña irregularidad de su espíritu que, de algún modo, se corresponde con él, cierto veneno que recorre su sangre, cierta incapacidad para realizar plenamente unos talentos naturales que yo soy el único en ver. Eso mismo es, por otro lado, lo que hace de él mi verdadero hijo, pues este defecto suyo es a la vez el defecto de toda nuestra familia, solo que resulta más acusado en este hijo.

El tercer hijo es asimismo hermoso, pero no es el tipo de belleza que me gusta. Es la belleza del cantante: la boca arqueada; el ojo soñador; la cabeza que necesita un cortinaje detrás para hacerse valer; el pecho desmedidamente abombado; las manos que se alzan con facilidad y vuelven a caer con excesiva facilidad; las piernas que se mueven con afectación porque no son capaces de aguantar. Y, además, el tono de su voz no es pletórico; engaña un instante; hace que el conocedor aguce el oído, pero se agota al poco rato... Pese a que, en general, todo invita a hacer gala de este hijo, prefiero mantenerlo escondido; él mismo tampoco intenta imponerse, mas no porque conozca sus defectos, sino por inocencia. También se siente extraño en nuestra época; como si perteneciera a mi familia, pero además a otra, a la que hubiera perdido para siempre; suele estar desanimado y nada consigue alegrarlo.

Mi cuarto hijo es quizá el más sociable de todos. Un verdadero hijo de su tiempo, se hace comprender por todo el mundo, se mueve en un terreno común a todos, y el que menos se siente tentado a saludarlo con una inclinación de la cabeza. Tal vez debido a este reconocimiento general su personalidad haya adquirido cierta ligereza, sus movimientos tengan cierta libertad y sus juicios cierta desenvoltura. Uno querría repetir a menudo algunos de sus dichos, aunque solo algunos, pues en su conjunto él mismo padece de una ligereza demasiado grande. Es como alguien que pega un salto digno de admiración, surca el aire como una golondrina, pero luego acaba miserablemente hundido en el polvo, una nada. Tales pensamientos me amargan la visión de este hijo.

El quinto hijo es bueno y cariñoso; prometía mucho menos de lo que ha cumplido; era tan insignificante que uno se sentía francamente solo en su presencia; no obstante, ha logrado adquirir cierto prestigio. Si me preguntasen cómo, apenas podría dar una respuesta. Quizá sea la inocencia la que con más facilidad se abre paso entre la furia de los elementos de este mundo, y él es inocente. Quizá demasiado inocente. Amable con todo el mundo. Quizá demasiado amable. Confieso que no me siento bien cuando alguien lo elogia delante de mí. Elogiar a alguien tan manifiestamente digno de elogio como mi hijo supone ser demasiado pródigo en el elogio.

Mi sexto hijo parece, al menos a primera vista, el más caviloso de todos. Un melancólico y, sin embargo, un parlanchín. De ahí que sea un hueso duro de roer. Si lleva las de perder, se sume en una invencible tristeza; si en cambio consigue imponerse, entonces no para de charlar. No le niego, sin embargo, cierto apasionamiento abnegado; en pleno día suele debatirse entre sus pensamientos como en sueños. Sin estar enfermo –más bien goza de muy buena salud–, a veces se tambalea, sobre todo al crepúsculo; pero no necesita ayuda, no se cae. Quizá el culpable de este fenómeno sea su desarrollo físico, es demasiado alto para su edad. Eso lo afea en líneas generales, pese a ciertos detalles que llaman la atención por su belleza, en los pies y las manos, por ejemplo. Fea es también, además, su frente, de algún modo atrofiada tanto en la piel como en la forma de los huesos.

El séptimo hijo me pertenece quizá más que todos los demás. El mundo no sabe apreciarlo; no entiende su peculiar forma de ingenio. No es que yo lo sobrevalore; ya sé que es bastante insignificante; si el mundo no tuviera otro fallo que el de no saber apreciarlo, seguiría siendo impecable. Pero dentro de la familia no me gustaría pasarme sin este hijo. Aporta inquietud a la vez que respeto por la tradición, y conjuga ambas cosas –al menos es la sensación que me da– en un todo incontestable. Claro que es quien menos sabe qué hacer con ese todo; no pondrá en marcha la rueda del futuro; pero este temperamento suyo es tan estimulante, tan esperanzador; me gustaría que tuviese hijos, y que éstos, a su vez, tuviesen hijos. Por desgracia, este deseo no parece que vaya a realizarse. Con una autocomplacencia que me resulta tan comprensible como indeseable, y que además se halla en abierta contradicción con el juicio de su entorno, él va por ahí en solitario, no hace mayor caso de las chicas y, sin embargo, jamás perderá su buen humor.

Mi octavo hijo es el objeto de mis pesares, y la verdad es que desconozco el motivo. Me mira como a un extraño, pese a que yo me siento paternalmente unido a él. El tiempo ha arreglado muchas cosas, pero antes me echaba a veces a temblar con solo pensar en él. Sigue su propio camino; ha roto todos los vínculos conmigo; y seguro que con su cabeza dura, con su pequeño cuerpo atlético –de jovencito solo tenía débiles las piernas, algo que quizá se haya compensado entretanto–, saldrá adelante donde le plazca. Muchas veces he tenido ganas de llamarlo, de preguntarle cómo le iban las cosas, por qué se aislaba tanto de su padre y cuáles eran, en el fondo, sus intenciones; pero ahora está tan lejos y ha pasado tanto tiempo que vale más dejarlo todo como está. He oído decir que es el único de mis hijos que lleva barba cerrada, lo cual seguro que no resulta nada atractivo en un hombre tan bajo.

Mi noveno hijo es muy elegante y tiene esa mirada dulce que gusta a las mujeres. Tan dulce que en ocasiones puede seducirme incluso a mí, que sé que basta con una simple esponja mojada para borrar todo ese esplendor ultraterreno. Lo curioso de este muchacho es, sin embargo, que no tiene la menor intención de seducir; le bastaría con pasarse toda la vida tumbado en el sofá y prodigar su mirada por el techo de la habitación o, mucho mejor aún, dejarla reposar bajo los párpados. Cuando está en esa posición, que es su preferida, habla con gusto y no lo hace nada mal, con concisión y expresividad, aunque dentro de estrechos límites; si los rebasa –cosa inevitable dada su estrechez–, su discurso se vuelve totalmente vacío. Uno le indicaría por señas que no siguiera si tuviera alguna esperanza de que esa mirada soñolienta pudiese notarlo.

Mi décimo hijo pasa por tener un carácter insincero. No quiero desmentir ni tampoco confirmar totalmente este defecto. Una cosa es segura: quien lo ve acercarse con esa solemnidad que está muy por encima de su edad, con su levita siempre bien abotonada y su sombrero negro, viejo, pero escrupulosamente cepillado, con el rostro inmóvil, la barbilla algo prominente, los párpados que se arquean, pesados, sobre los ojos, y los dos dedos que a veces se lleva a la boca, quien lo ve así piensa: «Éste es un hipócrita redomado». ¡Pero hay que oírlo hablar! Juicioso; circunspecto; parco en palabras; abortando preguntas con maligna vivacidad; en una asombrosa, evidente y jovial armonía con el universo; una armonía que forzosamente hace tensar el cuello y alzar la cabeza. Con su palabra ha atraído a muchos que se creían muy listos y por este motivo, según ellos, se sentían repelidos por su aspecto físico. Aunque también hay otros a los que su aspecto físico deja indiferentes, pero que encuentran su palabra hipócrita. Yo, como padre, no quiero pronunciarme al respecto, pero debo confesar que estos últimos enjuiciadores son, en cualquier caso, más dignos de atención que los primeros.

Mi undécimo hijo es tierno, sin duda el más débil de mis hijos; pero su debilidad engaña; y aunque a veces puede ser fuerte y decidido, la debilidad es, de algún modo, determinante incluso en esos casos. No es, sin embargo, una debilidad humillante, sino algo que solo parece debilidad en esta nuestra tierra. ¿No es también una debilidad la disponibilidad a alzar el vuelo, por ejemplo, ya que es vacilación, incertidumbre y aleteo? Algo similar se evidencia en mi hijo. Claro que al padre no le hacen gracia semejantes atributos; tienden manifiestamente a la destrucción de la familia. A veces me mira como queriendo decirme: «Te llevaré conmigo, padre». Yo pienso entonces: «Eres el último en quien confiaría». Y su mirada parece replicar: «Pues ya es mucho que sea el último».

Éstos son mis once hijos.

Un fratricidio

Se ha demostrado que el crimen ocurrió de la siguiente manera:

Schmar, el asesino, se apostó sobre las nueve de una noche de luna clara en aquella esquina por la que Wese, la víctima, tenía que doblar desde la calle donde quedaba su despacho hacia la calle en la cual vivía.

Frío aire nocturno, que haría estremecer a cualquiera. Pero Schmar solo llevaba puesto un ligero traje azul; la americana estaba, además, desabrochada. No sentía frío; y no paraba de moverse todo el tiempo. Empuñaba con firmeza el arma del crimen, mitad bayoneta, mitad cuchillo de cocina, totalmente desenfundada. Observó el cuchillo a la luz de la luna; la hoja lanzó un destello; no fue suficiente para Schmar; la restregó contra los adoquines del pavimento hasta que soltó chispas; quizá se arrepintió, y para reparar el daño, la frotó contra la suela de su bota como el arco de un violín, mientras él, apoyado en una sola pierna e inclinado hacia delante, prestaba oído al mismo tiempo al sonido del cuchillo contra la bota y a la fatídica calle lateral.

¿Por qué toleró todo eso el rentista Pallas, que lo observaba todo muy de cerca, desde su ventana en el segundo piso? ¡Vaya usted a indagar la naturaleza humana! Con la bata ceñida al ancho cuerpo y el cuello levantado, meneando la cabeza, miraba hacia abajo.

Y cinco casas más allá, en diagonal con respecto a él, la señora Wese, con un abrigo de piel de zorro sobre el camisón, buscaba con la mirada a su marido, que ese día tardaba más de lo habitual.

Por fin suena la campanilla de la puerta del despacho de Wese, demasiado fuerte para ser la campanilla de una puerta, y el eco recorre la ciudad, sube hasta el cielo, y Wese, el diligente trabajador nocturno, aún invisible desde esa calle, anunciado solo por el tintineo de la campanilla, sale de la casa; el pavimento empieza a contar sus pausados pasos.

Pallas se asoma un poco más; no quiere perderse nada. La señora Wese, tranquilizada por la campanilla, cierra su ventana con un ruido chillón. Pero Schmar se arrodilla; como en ese instante solo tiene cara y manos al descubierto, las aprieta contra las piedras; donde todo se congela, Schmar está al rojo.

En el límite mismo que separa ambas calles se detiene Wese, solo el bastón se apoya en la calle opuesta. Un capricho. El cielo nocturno lo ha seducido, el azul oscuro y el dorado. Ajeno a todo contempla el cielo, ajeno a todo se alisa el pelo levantando un poco el sombrero; nada se mueve allá arriba para anunciarle el futuro inminente; todo sigue en su absurdo e inescrutable lugar. En principio es muy razonable que Wese siga caminando, pero va directo al cuchillo de Schmar.

«¡Wese!», grita Schmar poniéndose de puntillas con el brazo en alto y bajando violentamente el cuchillo, «¡Wese! ¡En vano te espera Julia!» Y a la derecha en el cuello, y a la izquierda en el cuello, y muy hondo en el vientre clava su arma Schmar. Cuando las rajan, las ratas de agua hacen un ruido semejante al de Wese.

«¡Hecho!», dice Schmar y arroja el cuchillo, ese lastre superfluo y ensangrentado, contra la fachada más próxima. «¡Oh beatitud del crimen! ¡Qué alivio, cómo nos da alas ver manar sangre ajena! Wese, vieja sombra nocturna, amigo, compañero de tabernas, hete aquí rezumando sangre en el oscuro pavimento de la calle. ¿Por qué no eres simplemente una vejiga llena de sangre para poder sentarme encima y hacerte desaparecer por completo? No todo se cumple, no todos los sueños florecen, tus pesados restos yacen aquí, ya indiferentes a cualquier puntapié. ¿De qué sirve la pregunta muda que así formulas?»

Pallas, tragándose todo el veneno revuelto en su cuerpo, aparece entre los dos batientes de la puerta de su casa, que se abre de golpe. «¡Schmar! ¡Schmar! Lo he visto todo, nada se me ha escapado.» Pallas y Schmar se examinan mutuamente. Pallas queda satisfecho, Schmar no sabe qué pensar.

Flanqueada por un gentío, la señora Wese acude a toda prisa con el rostro envejecido por el horror. El abrigo de piel se abre, ella se arroja sobre Wese, el cuerpo envuelto en el camisón le pertenece a él, el abrigo de piel que se cierra sobre la pareja como el césped de una tumba pertenece a la multitud.

Schmar hace esfuerzos por reprimir la última náusea apretando los dientes, con la boca pegada al hombro del policía que se lo lleva a paso ligero.

Un sueño

Josef K. soñó:º
Era un día hermoso y K. quería dar un paseo. Pero apenas había dado dos pasos cuando se encontró en el cementerio. Había allí senderos trazados con gran artificio, tortuosos y nada prácticos, pero él se deslizó por uno de ellos como sobre un torrente impetuoso, manteniendo un imperturbable equilibrio. Ya a lo lejos divisó un túmulo recién excavado junto al cual quiso detenerse. Ese túmulo ejercía sobre K. una especie de fascinación y todas las prisas le parecieron pocas para llegar hasta él. Solo a ratos apenas lograba verlo; se lo ocultaban unas banderas que flameaban y se entrechocaban con gran fuerza; no se veía a los abanderados, pero al parecer reinaba allí un gran júbilo.

Teniendo aún la mirada puesta en la lejanía, vio de pronto el mismo túmulo junto a él, a la vera del camino, ya casi a su espalda. Saltó de inmediato al césped, y como el camino seguía fluyendo vertiginosamente bajo sus pies cuando dio el salto, se tambaleó y cayó de rodillas justo delante del túmulo. Detrás de la tumba, dos hombres sostenían en el aire una losa sepulcral; en cuanto apareció K. lanzaron la losa a tierra, donde quedó como incrustada. Acto seguido salió de entre unos arbustos un tercer hombre, en quien K. reconoció al punto a un artista. Solo llevaba puestos unos pantalones y una camisa mal abotonada; le cubría la cabeza una gorra de terciopelo,º y en la mano tenía un lápiz corriente con el que, mientras se acercaba, iba trazando figuras en el aire.

Con este lápiz inició su trabajo en la parte superior de la lápida; ésta era muy alta y el hombre no tuvo que agacharse, pero sí inclinarse hacia delante, pues el túmulo, que él no quería pisar, lo separaba de la losa. Se puso, pues, de puntillas y se apoyó con la mano izquierda sobre la superficie de la losa. Haciendo una maniobra particularmente hábil logró dibujar letras doradas con su lápiz corriente; escribió: «Aquí yace». Cada letra iba apareciendo nítida y hermosa, grabada muy hondo y con oro puro. Cuando hubo escrito estas dos palabras, se volvió hacia K.; éste, ansioso por ver cómo seguiría el epitafio, apenas se preocupaba del hombre y solo miraba la losa. Y, de hecho, el hombre se dispuso a seguir escribiendo, mas no pudo, algo se lo impedía, dejó caer el lápiz y se volvió de nuevo hacia K. Entonces K. también miró al artista y advirtió que estaba muy desconcertado, pero no podía decir el motivo. Su anterior vivacidad había desaparecido por completo. K. también se sintió desconcertado; intercambiaron miradas desvalidas; había allí un penoso malentendido que ninguno de los dos podía deshacer. A destiempo empezó a sonar entonces una pequeña campana desde la capilla mortuoria, pero el artista agitó la mano levantada y el tañido cesó. Al poco rato comenzó de nuevo, esta vez muy quedamente e interrumpiéndose enseguida, sin necesidad de que se lo indicaran; fue como si solo hubiera querido probar su sonido. K. estaba desconsolado por la situación del artista, rompió a llorar y sollozó un buen rato con la cara entre las manos. El artista esperó a que K. se calmara, y luego, al no encontrar otra salida, decidió seguir escribiendo pese a todo. El primer trazo breve que hizo fue un gran alivio para K., aunque por lo visto el artista solo consiguió hacerlo tras superar una enorme resistencia; la escritura tampoco era ya tan bonita, sobre todo parecía que le faltaba oro, el trazo iba avanzando pálido e incierto, pero la letra le quedó al final muy grande. Era una J, y ya estaba casi terminada cuando el artista, furioso, dio una patada contra el túmulo haciendo volar la tierra alrededor. Y K. lo comprendió por fin; ya no había tiempo para pedirle disculpas; con todos los dedos excavó la tierra, que casi no opuso resistencia; todo parecía preparado; solo por disimular habían colocado una fina capa de tierra; inmediatamente debajo se abrió un gran hoyo de paredes escarpadas en el que K. se hundió, vuelto de espaldas por una suave corriente. Pero mientras él, abajo, con la cabeza aún erguida sobre la nuca, era acogido ya por la impenetrable profundidad, arriba su nombre se inscribía velozmente en la losa, entre enormes arabescos.

Fascinado por esta visión, se despertó.

Un informe para una academia°

Ilustrísimos señores académicos:
Es para mí un honor que me hayan ustedes invitado a presentar a esta academia un informe sobre mi anterior vida de simio.

En este sentido no puedo, por desgracia, atender a su invitación. Casi cinco años me separan de mi existencia simiesca, un período quizá breve si se mide por el calendario, pero infinitamente largo para recorrerlo al galope, como lo he hecho yo, acompañado a trechos por magníficas personas, consejos, aplausos y música orquestal, pero en el fondo solo, pues todo el acompañamiento se mantenía —para seguir con la imagen— lejos de la barrera. Esta proeza habría sido imposible de haber querido yo aferrarme obstinadamente a mis orígenes, a mis recuerdos de juventud. La renuncia a toda obstinación fue justamente el mandamiento supremo que me impuse; yo, mono libre, me sometí a ese yugo. Pero, a cambio, el acceso a los recuerdos se me fue cerrando cada vez más. Al principio, de haberlo querido los hombres, aún habría podido regresar a través del gran portón que forma el cielo sobre la tierra, pero a medida que mi fustigada evolución progresaba, el portón se volvía cada vez más bajo y más estrecho; me fui sintiendo mejor y más anclado en el mundo de los hombres; el vendaval que desde mi pasado soplaba sobre mí se ha ido calmando; hoy es solo una corriente de aire que me refresca los talones; y ese agujero remoto por el cual ese aire llega y por el que yo mismo llegué un día se ha vuelto tan pequeño que, aunque tuviera la fuerza y la voluntad suficientes para regresar hasta él, me acabaría arrancando la piel del cuerpo al atravesarlo. Hablando con franqueza –y por más que me guste elegir imágenes para estas cosas–, hablando con toda franqueza: su condición simiesca, señores míos, en la medida en que ustedes puedan tener algo semejante en su pasado, no les puede resultar más lejana que a mí la mía. Pese a lo cual cosquillea en el talón a todo el que camina aquí en la tierra: al pequeño chimpancé tanto como al gran Aquiles.

En un sentido muy restringido, sin embargo, quizá pueda responder a su invitación, y lo haré incluso con sumo agrado. Lo primero que aprendí fue a estrechar la mano; el apretón de manos es un signo de franqueza; que a ese primer apretón de manos se sume además, ahora que estoy en el cenit de mi carrera, mi palabra sincera. Nada esencialmente nuevo puede ésta aportar a esta academia, y ha de quedar muy por debajo de lo que de mí se espera y de lo que yo pueda, aun con la mejor voluntad, decir. De todas formas, servirá para mostrar las pautas a partir de las cuales alguien que fue mono penetró en el mundo de los hombres y acabó estableciéndose en él. Sepan, con todo, que no podría contar siquiera las nimiedades que vienen a continuación si no estuviese totalmente seguro de mí mismo, y si mi posición en todos los grandes teatros de variedades del mundo civilizado no se hubiera consolidado hasta hacerse inconmovible.

Provengo de la Costa de Oro. Por lo que respecta a las circunstancias de mi captura, dependo de informes ajenos. Una expedición de caza de la empresa Hagenbeck[o] –con cuyo jefe, por cierto, he vaciado más de una botella de buen vino tinto desde entonces– se hallaba al acecho entre los matorrales de la orilla cuando, un atardecer, bajé al abrevadero en medio de una manada. Dispararon; yo fui el único herido; recibí dos disparos.

Uno en la mejilla; fue leve, pero me dejó una gran cicatriz roja y sin pelos que me ha valido el repelente nombre de Rotpeter,° totalmente inapropiado y que se diría inventado por un mono, como si solo por la mancha roja en la mejilla me distinguiera yo de aquel mono amaestrado llamado Peter, que sucumbió hace poco y era más o menos conocido. Todo esto sea dicho de paso.

El segundo disparo me alcanzó debajo de la cadera. Fue grave, y es el culpable de que aún cojee un poco. Recientemente leí un artículo de uno de esos diez mil mentecatos que se explayan sobre mí en los periódicos: mi naturaleza simiesca, decía, aún no ha sido reprimida del todo; la prueba de ello es que, cuando recibo visitas, me quito muy a gusto los pantalones para mostrar el sitio por donde entró la bala. Al tipo ese deberían arrancarle a tiros, y uno por uno, los deditos de la mano con la que escribe. Yo puedo quitarme los pantalones delante de quien me dé la gana; no encontrarán allí sino un pelaje bien cuidado y la cicatriz producto de un –elijamos aquí la palabra adecuada para el fin adecuado, sin que dé lugar a malentendidos–... la cicatriz producto de un disparo infamante. Todo es claro y evidente; no hay nada que ocultar; cuando se trata de la verdad, cualquier espíritu noble deja de lado los modales más refinados. Si, en cambio, fuera el escritorzuelo ese el que se quitara los pantalones al recibir visitas, la cosa sería muy distinta, y quiero considerar como un signo de sensatez el que no lo haga. ¡Pero que él también me deje en paz con sus remilgos!

Después de esos disparos me desperté –y aquí empiezan poco a poco mis propios recuerdos– en una jaula, en el entrepuente del vapor de la empresa Hagenbeck. No era una jaula con rejas a los cuatro costados; más bien eran solo tres rejas sujetas a un cajón, que formaba la cuarta pared. El conjunto era demasiado bajo para estar de pie, y demasiado estrecho para sentarse. De ahí que me estuviera acuclillado, con las rodillas dobladas y siempre temblorosas; y como al principio probablemente no quería ver a nadie y solo me apetecía estar en la oscuridad, me instalé mirando al cajón, mientras, por detrás, los barrotes se me incrustaban en la carne. Se considera ventajosa esa forma de encerrar a los animales salvajes en la fase inicial de su cautiverio, y hoy, después de mi experiencia, no puedo negar que desde una perspectiva humana esto es, efectivamente, cierto.

Pero entonces no pensaba así. Por vez primera en mi vida me hallaba en una situación sin salida, o al menos no veía ninguna frente a mí; frente a mí tenía el cajón con sus tablas firmemente ensambladas. Cierto es que entre las tablas había una rendija que lo atravesaba de un extremo a otro y que yo saludé, nada más descubrirla, con el feliz aullido de la insensatez; pero esa rendija no bastaba ni de lejos para pasar por ella la cola, y ni con toda mi fuerza de mono me fue posible ensancharla.

Debí de haber sido insólitamente silencioso, según me dijeron más tarde, de lo cual dedujeron que, o bien me moriría muy pronto, o bien, en caso de que lograra sobrevivir al primer período crítico, sería muy fácil de amaestrar. Sobreviví a aquel período. Sollozar en sordina, buscar penosamente pulgas, lamer cansinamente un coco, golpetear la pared del cajón con la cabeza y sacar la lengua cuando alguien se me acercaba: tales fueron las primeras ocupaciones de mi nueva vida. En todas ellas, sin embargo, una única sensación: no hay salida. Claro que hoy solo puedo reproducir con palabras humanas lo que entonces sentía como mono y, por consiguiente, lo estoy tergiversando, pero aunque ya no pueda recuperar la antigua verdad simiesca, ésta se sitúa al menos en la dirección de mi relato, no cabe la menor duda.

Había tenido muchas salidas hasta entonces y de pronto no tenía ni una sola. Estaba atascado. Si me hubieran clavado, mi libertad de movimiento no se habría visto mermada por ello. ¿Y eso por qué? Por mucho que te rasques la piel entre los dedos de los pies hasta sangrar, no encontrarás el motivo. Aprieta la espalda contra los barrotes de la jaula hasta que se te parta casi en dos: no encontrarás el motivo. No tenía salida, pero debía conseguirme una, pues sin ella no podía vivir. Todo el tiempo pegado a la pared de ese cajón..., habría reventado irremisiblemente. Pero los monos de Hagenbeck han de estar pegados a la pared del cajón..., y fue así como dejé de ser mono. Un razonamiento claro y hermoso, que en cierto modo debí de tramar con la barriga, pues los monos piensan con la barriga.

Temo que no se comprenda exactamente lo que yo entiendo por salida. Utilizo la palabra en su acepción más llana y corriente. A propósito evito hablar de libertad. No me refiero a esa gran sensación de libertad hacia todos lados. Como mono quizá la conociera, y he conocido seres humanos que la deseaban ardientemente. En lo que a mí respecta, sin embargo, no he exigido libertad ni entonces ni ahora. A propósito: los hombres se engañan muy a menudo con la libertad. Y así como ésta se cuenta entre los sentimientos más sublimes, el engaño correspondiente también figura entre los más sublimes. Antes de salir a escena, en los teatros de variedades, he visto muchas veces a alguna pareja de artistas ejercitarse arriba, junto al techo, en los trapecios. Se lanzaban al aire, se balanceaban, saltaban, volaban uno a los brazos del otro, o uno de ellos sujetaba al otro por el pelo con los dientes. «¡Esto también es libertad humana!», pensaba yo, «movimiento libre y soberano.» ¡Oh escarnio de la sacrosanta naturaleza! Ningún edificio aguantaría en pie las carcajadas de los simios ante semejante visión.

No, no quería libertad. Solamente una salida;º a la derecha, a la izquierda, a cualquier lado; no planteaba otras exigencias; aunque la salida solo fuera una ilusión; la exigencia era pequeña, la ilusión no había de ser mucho mayor. ¡Avanzar, avanzar! ¡Nada de quedarse inmóvil con los brazos en alto, pegado a la pared de un cajón!

Hoy lo veo claro: sin esa gran calma interior jamás habría logrado evadirme. Y, de hecho, quizá deba todo cuanto he llegado a ser a la calma que se apoderó de mí tras esos primeros días allí, en el barco. Aunque esa calma se la debía, a su vez, a la gente del barco.

Eran buenas personas, pese a todo. Aún hoy recuerdo con agrado el sonido de sus pesados pasos, que entonces resonaban en mi duermevela. Tenían la costumbre de emprenderlo todo con una lentitud extrema. Si alguno quería frotarse los ojos, levantaba la mano como una pesa. Sus bromas eran soeces, pero entrañables. En sus risas se mezclaba siempre una tos que, si bien sonaba peligrosa, no significaba nada. Siempre tenían en la boca algo que escupir y les era indiferente hacia dónde escupían. Todo el tiempo se quejaban de que mis pulgas les saltaban encima, aunque nunca llegaron a enfadarse seriamente conmigo por eso; sabían muy bien que las pulgas medraban en mi pelaje y que son saltarinas, y eso les bastaba. A veces unos cuantos se sentaban en semicírculo a mi alrededor, cuando no estaban de servicio; casi no hablaban, sino que se arrullaban unos a otros; fumaban sus pipas tumbados sobre los cajones; al menor movimiento mío se daban una palmada en las rodillas, y de vez en cuando alguno cogía una varita y me hacía cosquillas donde me gustaba. Si hoy en día me invitaran a hacer un viaje en aquel barco, seguro que rechazaría la invitación; pero no es menos cierto que no son solo recuerdos desagradables los que podría evocar del tiempo que pasé allí en el entrepuente.

La calma que me procuró la compañía de esa gente me hizo descartar, ante todo, cualquier intento de fuga. Desde mi perspectiva actual creo haber barruntado, como mínimo, la necesidad de encontrar una salida si quería seguir viviendo, pero también el hecho de que esa salida no la encontraría en la fuga. No sabría decir si la fuga era posible, aunque creo que sí; para un mono debería ser siempre posible evadirse. Con mis dientes actuales he de tener cuidado hasta para cascar una simple nuez, pero entonces seguro que habría logrado, con el tiempo, abrir a mordiscos la cerradura de la jaula. No lo hice. ¿Qué habría ganado con ello? Nada más asomar la cabeza me habrían vuelto a capturar para encerrarme en una jaula todavía peor; o bien hubiera podido refugiarme sin ser visto donde otros animales, por ejemplo donde las boas gigantes que tenía enfrente, y exhalar el último suspiro abrazado por ellas; o bien, después de haber logrado deslizarme hasta cubierta y saltar por la borda, me habría mecido un ratito en el océano y me habría ahogado. Actos desesperados. No calculaba de manera tan humana, pero bajo el influjo de mi entorno me comportaba como si fuera así.

No calculaba, pero sí observaba con toda calma. Veía a esos hombres ir de un lado para otro, siempre las mismas caras, los mismos movimientos, a menudo me parecían ser uno solo. Ese hombre o esos hombres se movían, pues, sin ser molestados. Un gran objetivo se abrió paso dentro de mí. Nadie me prometió que si me volvía como ellos se alzaría la reja. No se hacen promesas a cambio de cosas que, al parecer, son imposibles de cumplir. Pero si llegan a cumplirse, las promesas surgen justamente allí donde antes las habíamos buscado en vano. Ahora bien, esos hombres no tenían en sí nada que me atrajera particularmente. De haber sido partidario de esa libertad a la que me he referido, seguro que habría preferido el océano a la salida que se me ofrecía en la turbia mirada de aquellos hombres. En cualquier caso, hacía ya tiempo que venía observándolos, aun antes de pensar en esas cosas, y solo las observaciones acumuladas acabaron impulsándome en la dirección que adopté.

¡Era tan fácil imitarlos! A escupir aprendí ya en los primeros días. Luego empezamos a escupirnos a la cara unos a otros; la única diferencia era que después yo me la lamía hasta dejarla limpia, y ellos no. Pronto comencé a fumar en pipa como un viejo; y si alguna vez metía el pulgar en la cazoleta, todo el entrepuente estallaba en gritos de júbilo; eso sí, durante mucho tiempo no entendí qué diferencia había entre una pipa vacía y una llena.

Lo más dificultoso fue para mí la botella de aguardiente. El olor me repugnaba; hacía todos los esfuerzos posibles, pero pasaron semanas antes de que lograra vencer mi asco. Curiosamente, ellos se tomaban esas resistencias internas más en serio que cualquier otra cosa en mí. Ya no distingo a aquella gente en mi recuerdo, pero había uno que venía una y otra vez, solo o con amigos, de día, de noche, a las horas más diversas; se instalaba delante de mí con la botella y me daba lecciones. No me comprendía, quería descifrar el enigma de mi existencia. Descorchaba poco a poco la botella y luego me miraba para verificar si había comprendido; confieso que lo observaba siempre con una atención fogosa y precipitada; ningún maestro de hombres encontrará en toda la redondez de la Tierra un aprendiz de hombre semejante; una vez descorchada la botella, se la llevaba a la boca; yo la sigo con mi mirada; él asiente satisfecho y la posa sobre los labios; yo, fascinado con mi comprensión gradual, empiezo a rascarme aquí y allá a lo largo y ancho, chillando; él se alegra, se pega el cuello de la botella a la boca y bebe un trago; yo, impaciente y desesperado por imitarlo, me ensucio en mi jaula, lo que vuelve a causarle una gran satisfacción; y entonces, alejando de sí la botella y elevándola otra vez con gesto enfático, la vacía de un trago inclinándose hacia atrás en un ademán exageradamente didáctico. Yo, extenuado por la intensidad de mi deseo, ya no puedo seguirlo y me cuelgo débilmente de los barrotes, mientras él concluye la clase teórica frotándose la barriga y sonriendo con malicia.

Solo entonces empieza la clase práctica. ¿Acaso no estoy ya demasiado exhausto por la teoría? Pues sí, demasiado exhausto. Es parte de mi destino. Pese a ello aferro como mejor puedo la botella que me tienden; la descorcho temblando; el éxito me infunde poco a poco nuevas fuerzas; levanto la botella, casi no se me distingue ya de mi modelo; me la pego a la boca y... y la tiro con asco, sí, con asco; aunque está vacía y solo guarda el olor, la tiro al suelo con asco, para gran pesar de mi maestro y para mayor pesar mío. El que después de tirar la botella no olvide frotarme la barriga como es debido y sonreír con malicia no me reconcilia con él ni conmigo mismo.

Muy a menudo transcurría así la clase. Y en honor a mi maestro he de decir que nunca se enfadaba conmigo; cierto es que a veces me acercaba la pipa encendida al pelaje hasta que empezaba a chamuscármelo en algún punto al que yo llegaba solo con dificultad, pero él mismo lo apagaba luego con su mano gigantesca y bondadosa; no se enfadaba conmigo, era consciente de que ambos luchábamos desde el mismo bando contra la naturaleza simiesca y de que yo llevaba la peor parte.

Sea como fuere, qué triunfo tanto para él como para mí cuando una noche, en presencia de un gran círculo de espectadores –tal vez fuera una fiesta, sonaba un gramófono, un oficial se paseaba entre los tripulantes–, cuando esa noche cogí, sin que se dieran cuenta, una botella de aguardiente que alguien había dejado por descuido delante de mi jaula, la descorché como es debido ante la creciente atención del público, me la llevé a la boca y, sin titubear ni hacer muecas, como un bebedor experto, haciendo girar los ojos, palpitante el gaznate, la vacié hasta la última gota; ya no como un desesperado, sino como un artista tiré luego la botella; cierto es que se me olvidó frotarme la barriga, pero, en cambio, dado que no podía evitarlo, dado que algo me impulsaba a hacerlo, dada la embriaguez que aturdía mis sentidos, exclamé sin más ni más: «¡Hola!», emitiendo sonidos humanos y penetrando de un salto en la comunidad de los hombres, al tiempo que sentía su eco –«¡Escuchad! ¡Habla!»– como un beso por todo mi cuerpo empapado en sudor.

Repito: no me atraía la idea de imitar a los hombres; los imitaba porque buscaba una salida, por ninguna otra razón. Tampoco es que consiguiera mucho con aquel triunfo. La voz volvió a fallarme enseguida; no la recuperé sino al cabo de unos meses; la aversión hacia la botella de aguardiente se intensificó más todavía. Pero mi dirección me había sido dada de una vez para siempre.

Cuando, en Hamburgo, fui entregado a mi primer amaestrador, no tardé en advertir las dos posibilidades que se me abrían: el parque zoológico o el teatro de variedades. No lo dudé. Me dije: «Intenta con todas tus fuerzas entrar en el teatro de variedades; ésa es la salida; el parque zoológico es solo una nueva jaula enrejada; si entras allí, estás perdido».

Y aprendí, caballeros. ¡Ah!, cuando hay que aprender, se aprende; uno aprende cuando quiere hallar una salida, y aprende sin miramientos. Uno mismo se vigila con el látigo, desgarrándose a la menor resistencia. Mi naturaleza simiesca se precipitó rodando y huyendo con furia fuera de mí, de suerte que mi primer maestro estuvo a punto de volverse él mismo simiesco y tuvo que abandonar muy pronto las clases para ser internado en un manicomio. Por suerte volvió a salir poco después.

Consumí, no obstante, a muchos maestros, incluso a varios al mismo tiempo. Cuando me sentí más seguro de mis capacidades, cuando la opinión pública ya seguía mis progresos y mi futuro empezó a resplandecer, yo mismo recibía a mis maestros, los hacía sentar en cinco habitaciones contiguas y aprendía con todos a la vez, saltando continuamente de una habitación a otra.

¡Qué progresos! ¡Esa irrupción concurrente de los rayos del saber en el cerebro que despierta! No lo niego: aquello me hacía feliz. Pero confieso asimismo que tampoco lo sobreestimaba, ni entonces ni, menos aún, ahora. Gracias a un esfuerzo que hasta ahora no se ha repetido en el mundo, he llegado a adquirir el grado de cultura media de un europeo. Esto quizá no sea nada en sí mismo, pero es algo en la medida en que me ayudó a salir de la jaula y me proporcionó esta salida peculiar, esta salida humana. Existe en nuestra lengua una expresión excelente: irse a leva y a monte; eso es lo que he hecho, me he ido a leva y a monte. No tenía otra salida, partiendo siempre del supuesto de que no era posible elegir la libertad.

Si echo una ojeada retrospectiva a mi evolución y a lo que ha sido su objetivo hasta ahora, no me quejo ni me declaro satisfecho. Las manos en los bolsillos del pantalón, la botella de vino sobre la mesa, estoy entre tumbado y sentado en una mecedora y miro por la ventana. Si viene una visita, la recibo como es debido. Mi empresario está en el recibidor; cuando toco el timbre, viene y escucha lo que tengo que decirle. Por la noche casi siempre hay función, y mis éxitos son difícilmente superables. Cuando vuelvo a casa a una hora avanzada, después de un banquete, de una reunión científica o de alguna agradable tertulia, me espera una pequeña chimpancé semiamaestrada con la que paso un rato entrañable a la usanza simiesca. De día no quiero verla, pues tiene en la mirada esa locura propia del animal confuso y amaestrado; yo soy el único que me doy cuenta y no puedo soportarlo.

En general puedo decir que he conseguido lo que quería conseguir. Y no se diga que no ha valido la pena. Además, no quiero ningún juicio humano, solo quiero difundir conocimientos y me limito a informar; también a ustedes, ilustrísimos señores académicos, me he limitado a informarles.

Un artista del hambre
Cuatro historias
(1924)

Primer sufrimiento

Un trapecista –como es sabido, este arte que se practica en las alturas, bajo las cúpulas de los grandes teatros de variedades, es uno de los más difíciles entre todos los accesibles al ser humano–, primero por un simple afán de perfeccionamiento, luego por una costumbre que acabó siendo tiránica, había organizado su vida de manera tal que, mientras trabajaba en la misma empresa, permanecía día y noche en el trapecio. Todas sus necesidades, por lo demás modestísimas, eran atendidas por criados que se turnaban la vigilancia desde abajo, y que en recipientes expresamente fabricados hacían subir y bajar todo cuanto se necesitaba arriba. Este tipo de vida no entrañaba dificultades especiales para la gente de su entorno; solo resultaba un poco molesto el hecho –imposible de disimular– de que durante los otros números del programa él permaneciese en lo alto; y aunque en esos momentos se quedaba por lo general inmóvil, siempre había alguna mirada que se extraviaba de vez en cuando desde el público hasta dar con él. Los directores, sin embargo, se lo perdonaban porque era un artista extraordinario e insustituible. Se daban cuenta, además, de que, claro está, no vivía así por capricho y de que, en efecto, solo de ese modo podía entrenar continuamente y preservar la perfección de su arte.

Pero la vida allá arriba era por otro lado saludable, y cuando en la estación cálida se abrían las ventanas laterales en toda la redondez de la cúpula y junto con el aire fresco penetraba, poderoso, el sol en la penumbra del lugar, aquello era incluso hermoso. Cierto es que sus contactos humanos eran limitados, solo de vez en cuando trepaba hasta él algún compañero acróbata por la escalera de cuerda y, sentándose ambos en el trapecio, apoyados a derecha e izquierda en las cuerdas de sustentación, charlaban; o bien venían albañiles a reparar el techo e intercambiaban unas cuantas palabras con él por alguna ventana abierta; o bien un bombero inspeccionaba la iluminación de emergencia en la galería superior y le gritaba unas palabras respetuosas, aunque poco inteligibles. El resto del tiempo lo rodeaba el silencio; a veces, algún empleado que se perdía por la tarde en el teatro vacío alzaba, pensativo, la mirada hacia esas alturas que casi se sustraían a la vista, donde el trapecista, sin saber que alguien lo estaba observando, practicaba su arte o descansaba.

Así habría podido vivir tranquilamente el trapecista de no haber sido por los inevitables viajes de un lugar a otro, que le resultaban en extremo molestos. Cierto es que el empresario cuidaba de que al artista se le ahorrase cualquier prolongación innecesaria de sus sufrimientos: para desplazarse en las ciudades utilizaban automóviles de carreras con los cuales, a ser posible de noche o en las primeras horas de la madrugada, se lanzaban por las calles desiertas a la máxima velocidad, aunque siempre con excesiva lentitud para el trapecista; en el tren reservaban un compartimiento entero donde el artista se pasaba el viaje arriba, en la rejilla para el equipaje, un sucedáneo lamentable, sin duda, pero en cierto modo equivalente a su forma de vida habitual; en el teatro que iba a ser escenario de la próxima representación instalaban el trapecio en su lugar ya mucho antes de la llegada del trapecista, también se dejaban abiertas de par en par todas las puertas que daban a la sala y libres todos los pasillos. Pero los momentos más hermosos en la vida del empresario eran siempre aquellos en los que el artista ponía el pie en la escalera de cuerda y al instante estaba otra vez colgado arriba, por fin, en su trapecio.

Por mucho éxito que el empresario hubiera cosechado en tantos de esos viajes, cada nuevo desplazamiento le resultaba penoso, pues, al margen de todo lo demás, los viajes tenían efectos destructivos en los nervios del trapecista.

Y así, un día en que viajaban nuevamente juntos –el artista soñando en la rejilla para el equipaje, el empresario frente a él, apoyado en una esquina de la ventanilla, leyendo un libro–, el trapecista se dirigió a él en voz baja. El empresario se puso enseguida a su servicio. El trapecista dijo, mordiéndose los labios, que para sus prácticas necesitaría tener siempre, a partir de entonces, dos trapecios en vez de uno, dos trapecios frente a frente. El empresario se declaró de acuerdo en el acto. Pero el trapecista, como queriendo hacer ver que la aprobación del empresario tenía en este caso tan poca importancia como la que hubiera tenido su desacuerdo, dijo que nunca más y bajo ningún concepto trabajaría con un solo trapecio. Pareció estremecerse ante la idea de que aquello pudiera ocurrir alguna vez. El empresario corroboró de nuevo, titubeante y observándolo, su total acuerdo: dos trapecios eran mejor que uno, dijo, y esa nueva disposición presentaba además la ventaja de diversificar el espectáculo. Pero el trapecista rompió de pronto a llorar. Profundamente asustado, el empresario se incorporó de un salto y le preguntó qué pasaba, y al no obtener respuesta, se subió al asiento, acarició al artista y pegó su cara contra la suya, que quedó bañada por las lágrimas del otro. Sin embargo, solo después de muchas preguntas y palabras cariñosas dijo el trapecista entre sollozos: «Con una sola barra en las manos... ¿cómo podría yo vivir?». Y al empresario le resultó entonces más fácil consolarlo; prometió telegrafiar ya desde la próxima estación al lugar de la siguiente representación por lo del segundo trapecio; se reprochó haber hecho trabajar al trapecista tanto tiempo en un solo trapecio, agradeciéndole y alabándole el haberle hecho ver al fin aquel error. Así logró el empresario tranquilizar poco a poco al trapecista y pudo regresar a su rincón. Él mismo, sin embargo, no estaba tranquilo; con gran preocupación observaba a hurtadillas al artista por encima del libro. Si pensamientos como éstos empezaban ahora a torturarlo, ¿podrían alguna vez cesar del todo? ¿No acabarían amenazando su existencia? Y el empresario creyó ver en verdad cómo ahora, en el sueño aparentemente plácido en que había concluido el llanto, empezaban a dibujarse las primeras arrugas en la frente lisa e infantil del trapecista.

Una mujercita

Es una mujer pequeña; aunque bastante delgada por naturaleza, lleva un corsé ajustadísimo; siempre la veo con el mismo vestido, de una tela gris amarillenta, como de color madera, adornado con unas cuantas borlas o colgantes en forma de botón, del mismo color; va siempre sin sombrero, con sus cabellos de un rubio opaco alisados y nada desordenados, aunque sí muy sueltos. Pese a ir encorsetada, se mueve con gran agilidad e incluso exagera la soltura de sus movimientos, le gusta apoyar las manos en las caderas y girar a un lado el torso con un ademán sorprendentemente rápido. Solo puedo describir la impresión que su mano me produce diciendo que aún no he visto otra mano cuyos dedos estén tan nítidamente deslindados unos de otros como los de la suya; no obstante, no presenta ninguna peculiaridad anatómica, es una mano perfectamente normal.º

Esta mujercita está muy descontenta conmigo, siempre tiene algo que reprocharme, siempre soy injusto con ella, la irrito a cada paso; si se pudiera dividir la vida en trozos minúsculos y juzgar cada trocito por separado, seguro que cada trocito de mi vida sería un motivo de disgusto para ella. Muchas veces me he preguntado por qué la irrito tanto; puede ser que todo en mí contradiga su gusto por la belleza, su sentido de la justicia, sus hábitos, sus tradiciones, sus esperanzas; hay naturalezas que pueden ser incompatibles hasta este extremo, pero ¿por qué eso la hace sufrir tanto? No hay entre nosotros ningún tipo de relación que la obligue a sufrir por mi causa. Bastaría con que se decidiera a verme como alguien totalmente extraño, pues de hecho lo soy y tampoco me opondría a una decisión semejante, sino que la aprobaría muy gustoso; bastaría con que se decidiera a olvidar mi existencia, que yo no le he impuesto ni le impondría nunca, y todo el sufrimiento se le acabaría. Al decir esto prescindo por completo de mí mismo y del hecho de que su conducta también me resulta, claro está, penosa, y prescindo porque me doy perfecta cuenta de que esta desazón mía no es nada en comparación con su sufrimiento. De todas formas, soy muy consciente de que no es una pena amorosa; no le importa en absoluto mejorarme de verdad, sobre todo porque nada de lo que me reprocha es de naturaleza tal que pueda impedirme progresar. Pero tampoco le preocupa que progrese, lo único que la preocupa es su interés personal, es decir, vengarse de la tortura que le causo e impedir la que podría infligirle en el futuro. Ya intenté una vez hacerle ver cuál era el mejor modo de poner fin a esa irritación continua, pero le produje una conmoción tan grande que jamás repetiré el intento.

Yo también tengo, si se quiere, mi parte de responsabilidad en este asunto, pues por muy ajena que me resulte la mujercita, y aunque la única relación existente entre nosotros sea la irritación que le produzco, o, mejor dicho, la que ella deja que le produzca, no debería serme indiferente ver cómo esa irritación la hace sufrir también físicamente. De vez en cuando, y con mayor frecuencia en los últimos tiempos, me llegan noticias de que suele despertarse pálida, insomne, torturada por dolores de cabeza y casi incapaz de trabajar; esto preocupa mucho a sus familiares, que intentan adivinar las causas de su estado y hasta ahora siguen sin encontrarlas. Solo yo las conozco: es la antigua y siempre renovada irritación. Cierto es que no comparto las preocupaciones de sus familiares; ella es fuerte y tenaz; y quien es capaz de irritarse hasta ese punto, probablemente también pueda superar las consecuencias de su irritación; tengo incluso la sospecha de que finge –al menos en parte– estar indispuesta solo para dirigir sobre mí las sospechas de la gente. Es demasiado orgullosa para confesar abiertamente hasta qué punto la torturo con mi existencia; apelar a otros por mi causa es algo que ella sentiría como una degradación de sí misma; solo por aversión se ocupa de mi persona, por una aversión que nunca cesa y la espolea continuamente; comentar en público este asunto impuro sería demasiado para su pudor. Pero no sería menos excesivo pasar totalmente en silencio un asunto que no deja de oprimirla un solo instante. Y así, con su astucia femenina, intenta una vía intermedia; en silencio, solo mediante los signos exteriores de un sufrimiento secreto quiere llevar el caso ante el tribunal de la opinión pública. Quizá espere incluso que, cuando la opinión pública haya centrado en mi persona todas sus miradas, surja una irritación pública generalizada contra mí que, gracias a sus grandes poderes, me condene definitivamente y con mayor energía y rapidez de lo que podría hacerlo su irritación personal, relativamente débil; a continuación ella respiraría aliviada y me volvería la espalda. Pues bien, si éstas son de verdad sus esperanzas, se equivoca. La opinión pública no asumirá su papel; la opinión pública jamás encontrará tantas cosas que reprocharme, aunque me mire con la más potente de sus lupas. No soy una persona tan inútil como ella cree; no quiero vanagloriarme, y menos aún en estas circunstancias; pero aunque no logre destacar por ninguna aptitud particular, tampoco llamaría la atención por lo contrario; solo para ella, para sus ojos de una blancura casi incandescente soy así, y no logrará convencer a nadie más. ¿Podría, pues, sentirme totalmente tranquilo a este respecto? No, claro que no; pues cuando de verdad se sepa que la pongo enferma con mi comportamiento –y algunos observadores atentos, precisamente los que difunden las noticias con mayor celo, están ya a punto de notarlo, o al menos aparentan haberlo notado–, y la gente venga y me pregunte por qué atormento a la pobre mujercita con mi carácter incorregible, si acaso pretendo llevarla a la tumba, y cuándo tendré por fin el buen tino y la simple compasión humana para acabar con todo eso; cuando la gente me haga estas preguntas, será difícil responderles. ¿Tendré que admitir acaso que no creo mucho en los síntomas de esa enfermedad y dar así la penosa impresión de que, para liberarme de mi culpa, inculpo a otros y lo hago de forma tan indelicada? ¿Y podría acaso decir con toda franqueza que, aunque creyera en la existencia de una enfermedad real, no sentiría la menor compasión, pues la mujer me resulta completamente extraña y la relación que hay entre nosotros es una simple invención suya y solo existe por su parte? No digo que no me creyeran; más bien ni me creerían ni dejarían de creerme; ni siquiera llegarían a hablar del asunto; simplemente tomarían nota de la respuesta que he dado a propósito de una mujer débil y enferma, y eso no me favorecería mucho. Con esta respuesta, igual que con cualquier otra, me vería abocado a chocar contra la incapacidad de la gente para impedir que surja, en un caso como éste, la sospecha de una relación amorosa, pese a la total y absoluta evidencia de que tal relación no existe y de que, si existiera, partiría más bien de mí, que de hecho sería capaz de admirar a esa mujercita por la contundencia de su juicio y la inexorabilidad de sus conclusiones si, precisamente, yo no me viera todo el tiempo castigado por estas cualidades suyas. En ella no existe, sin embargo, la menor traza de una disposición amistosa hacia mí; en esto es sincera y veraz; y en ello reposa mi última esperanza; pues aunque hacer creer en una relación semejante pudiera convenir a sus planes de guerra, jamás se olvidaría de sí misma hasta el punto de hacer algo parecido. Pese a lo cual, la opinión pública, totalmente obtusa en este aspecto, seguirá manteniéndose en sus trece y decidirá siempre en contra de mí.

En realidad solo me restaría, pues, cambiar a tiempo, antes de que la gente intervenga, no ya para acabar con la irritación de la mujercita, lo cual es impensable, pero sí para atenuarla un poco. Y, de hecho, me he preguntado muchas veces si mi estado actual me satisface al punto de no querer modificarlo en absoluto, y si no sería posible efectuar ciertos cambios en mi persona, aunque no lo haga por estar convencido de su necesidad, sino solo para apaciguar a la mujer. Lo he intentado honestamente, no sin fatigas ni cuidados, incluso me apetecía, casi me divertía; se produjeron algunos cambios aislados y perfectamente visibles, no tuve que hacérselos notar a la mujer, ella nota todas esas cosas antes que yo, nota ya la expresión de la intención en mi comportamiento; mas no me fue concedido éxito alguno. ¿Cómo hubiera sido posible, por otro lado? Su descontento hacia mi persona es, como me doy cuenta ahora, una cuestión de principio; nada puede suprimirlo, ni siquiera mi propia supresión; sus accesos de rabia ante la noticia de mi eventual suicidio, por ejemplo, serían ilimitados. Lo que no logro imaginarme es que ella, esa mujer tan perspicaz, no se dé cuenta tan bien como yo de todo esto, tanto de la inutilidad de sus esfuerzos como de mi inocencia, de mi incapacidad para responder, ni siquiera con la mejor de las voluntades, a sus exigencias. Seguro que se da cuenta, pero como toda buena naturaleza combativa lo olvida en el apasionamiento del combate, y mi desdichada manera de ser –no puedo elegir otra porque me fue dada así– me induce siempre a querer susurrar una suave amonestación a quien se haya salido de sus casillas. Así nunca llegaremos a entendernos, desde luego. Y todo el tiempo seguiré viendo, al salir de casa con la alegría de las primeras horas de la mañana, esa cara amargada por mi culpa, ese mohín de disgusto en los labios, esa mirada escrutadora que conoce ya el resultado antes del escrutinio, que me recorre entero y a la cual, por muy fugaz que sea, nada logra escapar, esa sonrisa de amargura engastada en las mejillas juveniles de muchacha, esa mirada lastimera dirigida hacia el cielo, esas manos plantadas en las caderas para afianzarse, y luego la palidez y los temblores de la indignación.

Hace poco –y por primera vez, como me confesé asombrado a mí mismo en esa ocasión–, hice unas cuantas alusiones a este asunto a un buen amigo, muy de pasada, en tono ligero, unas pocas palabras, rebajando la importancia del conjunto –pese a lo escasa que ésta es para mí de puertas afuera– incluso un poco por debajo de la verdad. Cosa extraña: mi amigo no hizo oídos de mercader, sino que incluso añadió importancia al asunto, no cambió de tema e insistió en discutirlo. Más extraño todavía fue que, pese a ello, subestimara el asunto en un punto decisivo, pues me aconsejó seriamente hacer un pequeño viaje. Imposible imaginar consejo más absurdo; cierto es que la situación no es complicada, cualquiera puede comprenderla si la observa de cerca, pero tampoco es tan simple como para que mi partida pueda arreglar todo o, al menos, lo más importante. Al contrario, más bien debo guardarme de irme lejos; y si algún plan he de seguir, que sea en todo caso el de mantener el asunto dentro de sus estrechos límites actuales, que aún no incluyen al mundo exterior, es decir, quedarme tranquilamente donde estoy y no permitir ningún cambio grande o llamativo derivado de este asunto, lo cual supone no hablar con nadie acerca de él, y no porque se trate de un secreto peligroso, sino porque es un asuntillo meramente personal y, como tal, fácil de sobrellevar, y porque además debe seguir siéndolo. En este sentido no fueron del todo inútiles los comentarios de mi amigo, no me aportaron nada nuevo pero me reafirmaron en mi postura inicial.

Como lo demuestra, en general, una reflexión más rigurosa, los cambios que esta situación parece haber sufrido con el paso del tiempo no son modificaciones del asunto en sí mismo, sino solo la evolución de la idea que yo me he hecho de él, en la medida en que esta idea se ha vuelto, en parte, más serena y viril, acercándose al núcleo esencial, y en parte ha generado también, bajo el influjo inevitable de los continuos sobresaltos, por leves que éstos sean, cierta ansiedad.

Me siento más tranquilo con respecto a este asunto porque creo darme cuenta de que un desenlace, por muy inminente que parezca a veces, es de momento impensable; tendemos fácilmente, sobre todo en los años mozos, a sobreestimar demasiado el ritmo en el que se producen los desenlaces; cuando alguna vez mi pequeña juez, debilitada a fuerza de verme, se derrumbaba de costado en su silla, aferrándose al respaldo con una mano y acomodándose el corsé con la otra, mientras por sus mejillas rodaban lágrimas de rabia y desesperación, yo siempre pensaba que el desenlace estaría al caer y me vería enseguida llamado a dar explicaciones. Sin embargo, ni sombra de desenlace ha habido, ni tampoco sombra de explicaciones; las mujeres se sienten fácilmente indispuestas, el mundo no tiene tiempo para ocuparse de todos los casos. ¿Y qué ha ocurrido de verdad en todos estos años? Nada, excepto que estos incidentes se han repetido con más intensidad unas veces, otras con menos, y que su número global es ahora mayor. Y que en los alrededores merodea gente a la que le gustaría intervenir si encontrase la oportunidad de hacerlo; pero no la encuentran, hasta ahora solo han confiado en su olfato, y si bien éste basta para mantener ampliamente ocupado a su poseedor, no sirve para otras cosas. En el fondo siempre ha sido así, siempre ha habido esos gandules inútiles que suelen apostarse en las esquinas, esos movedores de aire que excusan su proximidad con alguna triquiñuela, de preferencia alegando algún parentesco, siempre espiando, guiados por su olfato; pero el resultado de todo esto es uno solo: siguen allí. La única diferencia es que gradualmente empecé a conocerlos, a distinguir sus caras; antes creía que vendrían poco a poco y de todas partes, que las proporciones del asunto aumentarían y provocarían por sí mismas el desenlace; hoy creo saber, en cambio, que todo esto ha existido desde siempre y tiene muy poco o nada que ver con que el desenlace se produzca. Y el propio desenlace, ¿por qué lo nombro así, con una palabra tan altisonante? Si alguna vez –seguro que no mañana, ni pasado mañana, y probablemente nunca– la opinión pública llegara a ocuparse de este asunto –para el cual, como no me cansaré de repetirlo, es incompetente–, no saldré tal vez indemne del proceso, pero sin duda se tendrá en cuenta que no soy un desconocido para la opinión pública, que he vivido desde siempre iluminado por ella, inspirando y mereciendo confianza, y que por eso esta mujer pequeña y enfermiza, llegada tardíamente a mi vida –y a la que alguien que no fuera yo, dicho sea de paso, quizá habría identificado hace tiempo con una lapa y habría aplastado bajo su bota, sin hacer el menor ruido–, que esta mujer solo habría podido añadir, en el peor de los casos, una pequeña y fea rúbrica al diploma con el que la opinión pública ha reconocido en mí hace tiempo a uno de sus más respetables miembros. Éste es el estado actual de la cuestión, poco apto, pues, para inquietarme.

Que con el paso de los años me haya vuelto un poco ansioso no tiene nada que ver con el significado real del asunto; la idea de irritar todo el tiempo a alguien resulta simplemente insoportable; aunque se advierta la total falta de fundamento de la irritación uno se pone nervioso, empieza –digamos que en el plano puramente físico– a acechar posibles desenlaces, aunque racionalmente no crea mucho en su llegada. En parte se trata solo de un síntoma de senilidad; la juventud lo viste todo de bellos ropajes; los detalles desagradables se pierden en la inagotable fuente de vitalidad de la juventud; ya puede uno tener de joven una mirada algo acechante, nadie se lo toma a mal, nadie lo advierte, ni siquiera uno mismo; pero lo que de eso queda en la vejez son restos: todos son necesarios, ninguno se renueva, todo se halla bajo observación, y la mirada acechante de un hombre mayor es con toda evidencia una mirada acechante, y no resulta difícil percibirla. Aunque tampoco en este caso se trata de un empeoramiento real y objetivo.

Se mire por donde se mire, siempre resultará evidente –e insisto en ello– que, por poco que mantenga este pequeño asunto discretamente tapado con la mano, podré seguir llevando en paz, por mucho tiempo y sin que nadie me moleste, la vida que he llevado hasta ahora, pese a todos los furores de esta mujer.

Un artista del hambre

En los últimos años ha remitido mucho el interés por los artistas del hambre. Así como antes era muy rentable organizar por cuenta propia grandes espectáculos de este tipo, hoy en día es totalmente imposible. Eran otros tiempos. Por entonces toda la ciudad se entretenía con el artista del hambre; el interés aumentaba con cada día de ayuno; todos querían ver al artista como mínimo una vez al día; al final hubo incluso abonados que se pasaban días enteros sentados frente a la pequeña jaula; también se organizaban visitas nocturnas con luz de antorchas, para aumentar el efecto; cuando hacía buen tiempo sacaban la jaula al aire libre y el artista del hambre era mostrado sobre todo a los niños; mientras que para los adultos no solía ser más que una diversión en la que participaban porque estaba de moda, los niños miraban asombrados, con la boca abierta y cogidos de la mano por precaución, cómo ese hombre pálido, envuelto en una malla negra por la cual asomaban sus prominentes costillas, desdeñando incluso una silla, permanecía sentado entre la paja dispersa por el suelo y, asintiendo cortésmente con la cabeza o esbozando una sonrisa forzada, respondía a las preguntas o sacaba el brazo por entre los barrotes para dejar palpar su delgadez; luego volvía a ensimismarse y no se preocupaba por nadie, ni siquiera por las campanadas del reloj –tan importantes para él–, que era el único mueble dentro de la jaula, sino que se quedaba mirando al vacío con los ojos casi cerrados y de vez en cuando sorbía unas gotas de agua de un vasito minúsculo para humedecerse los labios.

Además de los espectadores que se renovaban, también había guardianes fijos elegidos por el público, en general carniceros, curiosamente, que de tres en tres tenían la misión de observar día y noche al artista del hambre para que no ingiriera alimentos por alguna vía secreta. Pero esto era una simple formalidad, adoptada para tranquilizar a las masas, pues los iniciados sabían muy bien que, durante el período de ayuno, el artista del hambre jamás, en ninguna circunstancia, ni siquiera bajo coacción, hubiera comido nada, por mínimo que fuese; el honor de su arte se lo prohibía. Claro que no todos los guardianes podían comprender eso, a veces se formaban grupos nocturnos que ejercían su vigilancia con muy poco rigor, se sentaban adrede en un rincón alejado y se dedicaban a jugar a las cartas, con la intención manifiesta de consentir al artista del hambre un pequeño refrigerio que, según ellos, podía sacar de entre sus provisiones secretas. Nada atormentaba tanto al artista del hambre como esos guardianes; lo ponían melancólico; le dificultaban terriblemente el ayuno; a veces lograba superar su debilidad y, mientras las fuerzas se lo permitían, cantaba durante esa vigilia para hacer ver a aquella gente lo injustas que eran sus sospechas. Mas de poco le servía, pues entonces se admiraban de su habilidad para comer incluso cantando. Mucho más le gustaban los guardianes que se sentaban muy pegados a los barrotes y, no contentos con la turbia iluminación nocturna de la sala, lo alumbraban con unas linternas de bolsillo eléctricas que el empresario ponía a su disposición. La luz cegadora no lo molestaba en absoluto, dormir no podía, de todas formas, pero sí adormilarse un poco, con cualquier iluminación y a cualquier hora, incluso con la sala repleta de gente y ruido. Estaba muy dispuesto a pasar toda la noche en vela con esos guardianes; estaba dispuesto a bromear con ellos, a contarles historias sobre su vida errante y escuchar a su vez las que ellos quisieran contarle, todo eso para mantenerlos despiertos, para poder mostrarles una y otra vez que no tenía nada comestible en su jaula y que ayunaba como ninguno de ellos habría podido hacerlo. Pero el momento de mayor felicidad le llegaba con la mañana, cuando, por cuenta suya, les servían un copioso desayuno sobre el que ellos se abalanzaban con el apetito propio de hombres sanos que han pasado una noche de fatigosa vigilia. Había, por cierto, gente que pretendía ver en este desayuno un intento indebido de influir sobre los guardianes, pero aquello era ir demasiado lejos, y cuando se les preguntaba a esas personas si estaban dispuestas a hacerse cargo de la guardia nocturna solo por mor del asunto, sin desayuno, escurrían el bulto, aunque seguían manteniendo sus sospechas.

Esto, de todos modos, formaba parte de los recelos ya inseparables de la práctica del ayuno. Nadie, de hecho, era capaz de pasarse todos esos días y noches vigilando sin cesar al artista del hambre, de modo que nadie podía saber por experiencia propia si el ayuno era mantenido sin fallos ni interrupciones; solo el artista del hambre en persona podía saberlo, solo él podía ser al mismo tiempo el espectador plenamente satisfecho de su propio ayuno. Sin embargo, y por otro motivo, nunca estaba satisfecho; quizá no fuera el ayuno el causante de su delgadez excesiva –hasta el punto de que muchos se veían obligados, muy a su pesar, a renunciar al espectáculo porque no podían soportar su aspecto–, sino que se había adelgazado tanto solo por insatisfacción consigo mismo. Y es que solamente él sabía –solo él y ningún otro iniciado– lo fácil que era ayunar. Era la cosa más fácil del mundo. Tampoco lo ocultaba, pero no le creían, en el mejor de los casos lo consideraban modesto, aunque las más veces lo veían como un ser ávido de publicidad o incluso un farsante al que el ayuno le resultaba fácil porque sabía hacérselo fácil, y que encima tenía la desfachatez de confesarlo a medias. Tenía que aguantar todo eso, y hasta se había acostumbrado a ello con el correr de los años, pero por dentro lo seguía corroyendo esa insatisfacción, y nunca –esto hay que reconocérselo–, nunca había abandonado voluntariamente la jaula tras un período de ayuno. El empresario había fijado en cuarenta días el límite máximo de ayuno; pasado ese plazo nunca lo dejaba ayunar, ni siquiera en las grandes ciudades, y tenía sus razones. La experiencia enseñaba que durante unos cuarenta días se podía espolear cada vez más el interés de una ciudad incrementando gradualmente la publicidad, pero que luego el público fallaba y podía comprobarse una sensible disminución de la afluencia; por supuesto que había pequeñas diferencias a este respecto según las ciudades y los países, pero como regla se fijaba un período máximo de cuarenta días. Y al cuadragésimo día se abría la puerta de la jaula enguirnaldada de flores, un público entusiasmado llenaba el anfiteatro, una banda militar empezaba a tocar, dos médicos entraban en la jaula para proceder a las mediciones necesarias del artista del hambre, mediante un altavoz se anunciaban los resultados a la sala, y por último venían dos señoras jóvenes, felices de haber sido elegidas por sorteo para ayudar al artista a salir de la jaula, bajar unos cuantos escalones y llegar hasta una mesita donde le habían servido una comida de enfermo cuidadosamente elegida. Y en ese momento el artista del hambre se resistía siempre. Cierto es que aún ponía espontáneamente sus esqueléticos brazos en las manos que las señoras, inclinadas sobre él, le tendían dispuestas a ayudarlo, pero se negaba a levantarse. ¿Por qué parar justamente ahora, después de cuarenta días? Él hubiera podido resistir mucho más, un tiempo ilimitado; ¿por qué parar precisamente ahora, cuando estaba en el mejor momento del ayuno o, mejor dicho, ni siquiera había llegado a él? ¿Por qué querían arrebatarle la gloria de seguir ayunando, de convertirse no solo en el artista del hambre más grande de todos los tiempos —cosa que probablemente ya era—, sino de superarse a sí mismo hasta lo inconcebible, pues no sentía límite alguno para su capacidad de ayunar? ¿Por qué esa multitud que pretendía admirarlo tanto tenía tan poca paciencia con él? ¿Por qué no quería aguantar si él aguantaba seguir ayunando? Además él estaba cansado, se sentía a gusto sentado entre la paja, y de pronto tenía que incorporarse cuan largo era y llegarse hasta esa comida; solo de pensar en ella le asaltaba una sensación de náuseas que reprimía con gran dificultad por consideración a las señoras. Y alzaba la mirada hacia los ojos de esas damas al parecer tan amables, pero en verdad tan crueles, y balanceaba la cabeza excesivamente pesada para el débil cuello. Pero entonces ocurría lo de siempre. El empresario se acercaba y, mudo —el fragor de la música no permitía hablar—, alzaba los brazos sobre el artista del hambre, como invitando al cielo a contemplar allí su obra, sobre la paja, a ese mártir digno de compasión que ciertamente era el artista, solo que en un sentido muy distinto; luego cogía al artista del hambre por la delgada cintura con una precaución exagerada, como queriendo hacer creer que tenía que vérselas con algo sumamente frágil, y lo entregaba —no sin antes sacudirlo un poco a escondidas, de suerte que los brazos y el tronco del artista oscilaban sin control de un lado para otro— a las señoras, ya mortalmente pálidas a esas alturas. Y entonces el artista del hambre lo aguantaba todo; la cabeza le caía sobre el pecho como si se hubiera enrollado y quedado allí por alguna razón inexplicable; el cuerpo estaba ahuecado; las piernas, a impulsos del instinto de autoconservación, se apretaban firmemente a la altura de las rodillas, pero rascaban el suelo como si no fuese el verdadero y ellas lo estuviesen buscando; y todo el peso del cuerpo, aunque mínimo, recaía sobre una de las damas que, buscando ayuda, con el aliento entrecortado —no se había imaginado así esa función honorífica–, estiraba al máximo el cuello para preservar al menos su cara del contacto con el artista del hambre, pero luego, al no conseguirlo, y viendo que su compañera, más afortunada, no acudía en su ayuda sino que se contentaba con llevar ante ella, temblando, la mano del artista, aquel manojito de huesos,° estallaba en llanto entre las carcajadas de satisfacción de la sala y tenía que ser relevada por un criado ya dispuesto hacía tiempo. Luego venía la comida, y el empresario hacía engullir unos cuantos bocados al artista del hambre durante un duermevela similar al desmayo, en medio de una divertida charla destinada a desviar la atención del público y evitar que éste pensara en el estado del artista; en honor del público se hacía acto seguido un brindis supuestamente susurrado al empresario por el artista del hambre; la orquesta corroboraba todo con un gran toque de honor, la gente se desperdigaba, y nadie tenía derecho a sentirse descontento con lo ocurrido, nadie excepto el artista del hambre, solo él, siempre.

Así vivió muchos años, con breves períodos de descanso regulares, en medio de un aparente esplendor, respetado por el mundo, aunque presa casi siempre de un humor melancólico y cada vez más sombrío porque nadie era capaz de tomárselo en serio. Además, ¿cómo consolarlo? ¿Qué podía aún desear? Si alguna vez aparecía una persona bondadosa que lo compadecía e intentaba explicarle que su tristeza se debía probablemente al hambre, podía ocurrir, sobre todo en una fase de ayuno avanzado, que el artista del hambre respondiera con un acceso de rabia y, para horror de todos, empezara a sacudir los barrotes de la jaula como un animal. Pero en estos casos el empresario tenía un castigo que le gustaba aplicar. Disculpaba al artista ante el público asistente admitiendo que solo la irritabilidad provocada por el ayuno –algo no muy fácil de comprender por personas bien alimentadas– hacía perdonable el comportamiento del artista del hambre; en ese contexto pasaba luego a hablar de la afirmación del artista, merecedora igualmente de una explicación, de que podría ayunar mucho más tiempo del que ayunaba; elogiaba la noble aspiración, la buena voluntad y la gran abnegación que esta afirmación sin duda contenía; pero luego intentaba refutarla mostrando simple y llanamente fotografías que eran puestas en venta al mismo tiempo, pues en ellas se veía al artista del hambre en el cuadragésimo día de ayuno, en su cama, casi liquidado por la consunción. Esta distorsión de la verdad que, aunque bien conocida por el artista, lograba enervarlo siempre de nuevo, era demasiado para él. ¡Se presentaba como causa algo que era consecuencia de la interrupción anticipada del ayuno! Luchar contra esa incomprensión, contra ese mundo de incomprensión era imposible. Una y otra vez, pegado a los barrotes, había escuchado ansiosamente y de buena fe al empresario, pero en cuanto aparecían las fotografías soltaba los barrotes, se dejaba caer sobre la paja, suspirando, y el público tranquilizado podía acercarse de nuevo y observarlo.

Cuando los testigos de esas escenas las recordaban años más tarde, no se comprendían muchas veces a sí mismos. Pues mientras tanto se había producido el cambio ya mencionado; ocurrió casi de improviso; puede que hubiera razones más profundas, pero ¿a quién le importaba descubrirlas? En cualquier caso, el mimado artista del hambre se vio un buen día abandonado por la multitud ávida de diversiones, que prefería acudir en masa a otros espectáculos. El empresario recorrió una vez más media Europa con él para ver si en un lugar u otro volvía a repuntar el antiguo interés; todo fue en vano; como obedeciendo a un acuerdo secreto se había creado en todas partes una auténtica aversión contra el espectáculo del ayuno. Es evidente que en realidad ese fenómeno no podía haberse producido tan de improviso, y se empezaron a recordar entonces, con cierto retraso, una serie de presagios que, en el momento de la embriaguez del triunfo, no habían sido suficientemente atendidos ni evitados; pero ya era demasiado tarde para remediar aquello. Si bien era cierto que los buenos tiempos del ayuno volverían algún día, esto no era ningún consuelo para los vivos. ¿Qué podía hacer el artista del hambre? Él, que había sido aclamado por miles de personas, no podía exhibirse en las barracas de ferias pequeñas, y para ejercer otra profesión no solo era demasiado viejo, sino que, sobre todo, vivía entregado al ayuno con un fanatismo excesivo. Despidió, pues, al empresario, compañero de una carrera sin igual, y se hizo contratar por un gran circo; para no herir su propia susceptibilidad prefirió no mirar las condiciones del contrato.

Con su infinidad de personas, animales y aparatos que se equilibran y complementan sin cesar unos a otros, un gran circo puede utilizar a quien sea y en cualquier momento, incluso a un artista del hambre, siempre que sus pretensiones sean relativamente modestas, se entiende; además, en este caso concreto, no fue solo el artista del hambre mismo el contratado, sino también su antiguo y célebre nombre; sí, ni siquiera podía decirse, dada la especificidad de un arte cuyo ejercicio no disminuye con la edad, que un artista envejecido, que no se hallaba ya en el apogeo de sus capacidades, quisiera refugiarse en un tranquilo puesto circense; todo lo contrario, el artista del hambre aseguraba, y esto era perfectamente creíble, que seguía ayunando igual de bien que antes, sí, llegó incluso a afirmar que, si lo dejaban actuar según su voluntad –cosa que le prometieron sin chistar–, esta vez despertaría realmente un justificado asombro en el mundo, afirmación esta que, teniendo en cuenta el cambio operado en los gustos del público, que el artista olvidaba fácilmente en su entusiasmo, solo provocaba una sonrisa entre la gente del oficio.

Pero, en el fondo, el artista del hambre no perdió de vista la realidad de la situación y consideró natural que no lo pusieran con su jaula en el centro de la pista, como número extraordinario, sino fuera, en un lugar de muy fácil acceso por lo demás, cerca de los establos. Grandes carteles de distintos colores enmarcaban la jaula, anunciando lo que podía verse en ella. Cuando, en las pausas del espectáculo, el público se agolpaba en los establos para ver a los animales, era casi inevitable que pasara junto al artista y se detuviera un momento ante él; quizá se habrían quedado más tiempo si, en el estrecho pasillo, los que venían detrás y no entendían esa parada en el camino hacia los ansiados establos no hubieran impedido una contemplación más tranquila y prolongada. Éste era también el motivo por el que el artista del hambre temblaba al pensar en esas horas de visita, que por otra parte deseaba como la meta de su vida, claro está. En los primeros tiempos apenas si podía esperar los entreactos; fascinado, aguardaba a la multitud que irrumpía, hasta que muy pronto se convenció –ni siquiera el autoengaño más pertinaz y casi consciente pudo hacer frente a las experiencias– de que la intención principal de esa gente era una y otra vez, sin excepción, visitar los establos. Y esa visión a distancia seguía siendo la más hermosa. Pues en cuanto se hallaban cerca de él, al punto quedaba abrumado por el griterío y los insultos de las facciones que no paraban de formarse todo el tiempo: la de aquellos que querían verlo cómodamente –pronto se convirtió en la más penosa para él– no por comprensión, sino por capricho y testarudez, y la de quienes solo querían ir directamente a los establos. En cuanto pasaba la gran turba llegaban los rezagados, pero éstos, a los que ya nada impedía detenerse allí el tiempo que quisieran, pasaban de largo a grandes zancadas, casi sin mirar de reojo, para llegar a tiempo de ver a los animales. Y no era muy frecuente el caso afortunado de que un padre de familia llegase con sus hijos, señalase al artista del hambre con el dedo, explicase en detalle de qué se trataba, les hablase de años pasados, en los que había asistido a exhibiciones similares, aunque incomparablemente más grandiosas,° y los niños, debido a su insuficiente preparación en la escuela y en la vida –¿qué podían saber sobre el ayuno?–, seguían sin entender lo que ocurría; pero en el brillo de sus ojos escrutadores dejaban traslucir algo de los nuevos tiempos venideros, más clementes. Tal vez, se decía a veces el artista del hambre, todo iría un poco mejor si no lo hubieran instalado tan cerca de los establos. Elegir le resultaba así demasiado fácil a la gente, por no mencionar que las emanaciones de los establos, la inquietud nocturna de los animales, el transporte de los trozos de carne cruda para las fieras y los rugidos de éstas al comer lo vejaban mucho y lo oprimían permanentemente. Sin embargo, no se atrevía a comunicarlo a la dirección; después de todo, debía a los animales la multitud de visitantes, entre los que de vez en cuando también podía haber uno que viniera a verlo, y quién sabe dónde lo esconderían si quisiera recordarles su existencia y, de paso, que en el fondo no era sino un obstáculo en el camino a los establos.

Un pequeño obstáculo, de todas formas, un obstáculo cada vez más pequeño. La gente se fue acostumbrando a la extravagancia de que un artista del hambre quisiera reclamar la atención en los tiempos actuales, y ese acostumbrarse acabó pronunciando sobre él la sentencia definitiva. Por más que ayunara como mejor podía –y lo hacía–, ya nada era capaz de salvarlo, la gente pasaba de largo ante su jaula. ¡Cómo explicar a alguien el arte del ayuno! A quien no lo siente no hay forma de hacérselo entender. Los hermosos carteles se volvieron sucios e ilegibles, los arrancaron, y a nadie se le ocurrió sustituirlos; la tablilla con el número de días de ayuno transcurridos, que en los primeros tiempos se renovaba cuidadosamente cada día, llevaba ya mucho tiempo siendo la misma, pues al cabo de las primeras semanas el propio personal se había hartado incluso de ese trabajo mínimo; y el artista del hambre siguió, pues, ayunando como había soñado tiempo atrás, y lograba hacerlo sin esfuerzo, exactamente tal y como lo previera entonces, pero nadie contaba ya los días; nadie, ni siquiera el mismo artista del hambre, sabía cuán grande era ya el trabajo realizado; y su corazón se llenó de tristeza. Y cuando alguna vez, en aquel tiempo, un ocioso se detenía ante la jaula, se burlaba del antiguo número y hablaba de estafa, era ésta la mentira más estúpida que hubieran podido inventar la indiferencia y la maldad innata, pues no era el artista del hambre quien engañaba –él trabajaba honestamente–, sino que el mundo lo engañaba escamoteándole su recompensa.

Pero pasaron muchos días y también esto llegó a su fin. Un vigilante reparó un día en la jaula y preguntó a los criados por qué tenían allí, sin usar y con paja podrida en su interior, esa jaula perfectamente aprovechable; nadie lo sabía, hasta que uno de ellos se acordó del artista del hambre al ver la tablilla. Removieron la paja con unas varas y encontraron en ella al artista. «¿Todavía ayunas?», preguntó el vigilante, «¿cuándo piensas dejarlo definitivamente?» «Perdonadme todos», susurró el artista del hambre; solo el vigilante, que tenía la oreja pegada a los barrotes, pudo oírlo. «Claro que sí», dijo el vigilante y se llevó el índice a la sien para sugerir al personal el estado mental del artista, «te perdonamos.» «Siempre he querido que admiraseis mi capacidad de ayuno», dijo el artista del hambre. «Y la admiramos», dijo el vigilante en tono condescendiente. «Pero no deberíais admirarla», dijo el artista. «Pues entonces no la admiraremos», dijo el vigilante, «¿por qué no deberíamos admirarla?» «Porque tengo que ayunar, no puedo evitarlo», dijo el artista. «¡Vaya, vaya!», dijo el vigilante, «¿y por qué no puedes evitarlo?» «Porque», dijo el artista del hambre alzando un poco la cabecita, con los labios estirados como para dar un beso y hablando al oído mismo del vigilante, de modo que no se perdiera nada, «porque no he podido encontrar ninguna comida que me gustara. De haberla encontrado, créeme que no habría hecho ningún alarde y me habría hartado como tú y todo el mundo.» Éstas fueron sus últimas palabras, pero en sus ojos quebrantados persistía aún la convicción firme, aunque ya no orgullosa, de que seguiría ayunando.

«¡Y ahora, limpiad todo esto!», dijo el vigilante, y enterraron al artista del hambre junto con la paja. Luego metieron en la jaula a una joven pantera. E incluso para la sensibilidad más embotada fue un alivio ver a aquella fiera revolcarse y dar vueltas en una jaula tanto tiempo vacía. No le faltaba nada. La comida que le gustaba se la traían los guardianes sin pensárselo mucho; ni siquiera parecía echar de menos la libertad; aquel cuerpo noble, provisto de todo lo necesario hasta casi reventar, parecía llevar consigo la libertad; ésta parecía ocultarse en algún punto de su dentadura; y la alegría de vivir surgía con tanta intensidad de sus fauces que a los espectadores les costaba hacerle frente. Pero se dominaban, se agolpaban en torno a la jaula y luego no querían moverse del sitio.

Josefina la cantante
o El pueblo de los ratones°

Nuestra cantante se llama Josefina. Quien no la haya oído, no conoce el poder del canto. No hay nadie a quien su canto no arrebate, lo cual se ha de estimar tanto más cuanto que nuestra raza, en general, no ama la música. Una paz silenciosa es para nosotros la música preferida; nuestra vida es difícil, y aunque hemos intentado sacudirnos de encima todas las preocupaciones cotidianas, ya no podemos elevarnos hasta cosas tan alejadas de nuestra vida habitual como la música. Pero no lo lamentamos mucho; ni siquiera llegamos a tanto; consideramos como nuestra máxima virtud cierta astucia práctica de la que, por cierto, estamos muy necesitados, y con la sonrisa propia de esa astucia solemos consolarnos de todo, aunque alguna vez –lo cual, sin embargo, no ocurre– lleguemos a aspirar a la felicidad que tal vez emane de la música. Josefina es la única excepción; ella ama la música y sabe también transmitirla; es la única; con su partida desaparecerá la música –quién sabe por cuánto tiempo– de nuestras vidas.

A menudo he reflexionado sobre lo que realmente ocurre con esa música. Si somos de todo punto amusicales, ¿cómo es que entendemos el canto de Josefina o, dado que ella niega nuestra comprensión, creemos al menos entenderlo? La respuesta más sencilla sería que la belleza de ese canto es tan grande que ni el espíritu más obtuso puede resistirse a ella; pero esta respuesta no es satisfactoria. Si de verdad fuera así, al oír ese canto deberíamos tener ante todo y siempre la sensación de algo extraordinario, la sensación de que desde esa garganta resuena algo que jamás habíamos oído antes y que tampoco somos capaces de oír, algo que solo Josefina y nadie más nos capacita para oír. Pero precisamente esto no es, a mi entender, cierto, yo no lo siento ni he notado nada similar en otros. En círculos íntimos nos confesamos sin tapujos que, como canto, el de Josefina no tiene nada excepcional.

Aunque ¿será realmente un canto? Pese a no ser nada musicales tenemos tradiciones de canto; en los tiempos antiguos de nuestro pueblo existía el canto; hay leyendas que hablan de ello, y hasta se han conservado canciones que, por cierto, ya nadie puede cantar. Tenemos, pues, cierta idea de lo que es el canto, y la verdad es que esta idea no se corresponde con el arte de Josefina. ¿Será realmente un canto? ¿No será solo un silbido? Y es que silbar sabemos todos, es la habilidad propiamente dicha de nuestro pueblo o, mejor dicho, no es una habilidad, sino una manifestación vital característica. Todos silbamos, pero a nadie se le ocurre presentar eso como un arte; silbamos sin prestar atención, e incluso sin darnos cuenta, y hay entre nosotros muchos que no saben que silbar forma parte de nuestras peculiaridades. Si fuera, pues, cierto que Josefina no canta, sino que solo silba y quizá, como al menos a mí me lo parece, a duras penas supera los límites del silbido habitual –acaso sus fuerzas ni siquiera basten del todo para emitir ese silbido habitual, mientras que un terraplenador normal puede hacerlo sin esfuerzo durante todo el día, al tiempo que realiza su trabajo–, si todo esto fuera cierto, el supuesto talento artístico de Josefina quedaría en entredicho, aunque entonces habría mucha mayor razón para resolver el enigma de su enorme influencia.

Pero no es un simple silbido lo que ella emite. Si uno se coloca a bastante distancia y presta oídos o, mejor dicho, se somete a una prueba en este sentido, es decir, si Josefina canta, por ejemplo, entre otras voces y uno se impone la tarea de reconocer su voz, con toda seguridad no percibirá sino un silbido común y corriente, un tanto llamativo a lo sumo por su delicadeza o su debilidad. Pero si se para frente a ella, entonces deja de ser un simple silbido; para comprender su arte es necesario no solo oírla, sino también verla. Aunque no se tratara sino de nuestro silbido cotidiano, se da aquí, de entrada, la peculiaridad de alguien que se reviste de solemnidad para no hacer ni más ni menos que algo habitual. Cascar una nuez no es ciertamente un arte, por eso nadie se atrevería a convocar un público y, para entretenerlo, ponerse a cascar nueces frente a él. Pero si lo hace y consigue su propósito, es evidente que no puede tratarse del simple hecho de cascar nueces. O más bien se trata, en efecto, de cascar nueces, pero resulta entonces que, puesto que lo dominábamos sin dificultad, habíamos desatendido por completo este arte del que este nuevo cascanueces nos muestra de pronto su esencia propiamente dicha; para lo cual hasta podría ser de utilidad que fuera un poco menos hábil en cascar nueces que la mayoría de nosotros.

Tal vez ocurra algo semejante con el canto de Josefina; admiramos en ella lo que no admiramos para nada en nosotros mismos; por lo demás, en este último punto ella está totalmente de acuerdo con nosotros. Yo estaba presente un día en que alguien, como sucede con frecuencia, le llamó la atención sobre el hábito de silbar de nuestro pueblo, y aunque lo hizo con total discreción, para Josefina ya fue demasiado. Nunca había visto yo una sonrisa tan insolente y altanera como la que enarboló en aquel momento; ella, que por fuera es la quintaesencia de la delicadeza, de una delicadeza llamativa incluso en un pueblo tan rico en este tipo de figuras femeninas como el nuestro, llegó a parecer en ese instante francamente vulgar; dada su gran sensibilidad, debió de advertirlo enseguida y se dominó. En cualquier caso, niega cualquier relación entre su arte y el hábito de silbar. Por quienes opinan lo contrario solo siente desprecio y, probablemente, un odio inconfesado. Esto no es vanidad común y corriente, pues quienes mantienen esta opinión, de la que yo mismo participo a medias, sin duda no la admiran menos que la multitud; pero es que Josefina no quiere ser solo admirada, sino admirada exactamente del modo prescrito por ella, la simple admiración no le interesa. Y cuando uno está sentado frente a ella lo comprende; la oposición solo se practica desde lejos; cuando uno está sentado frente a ella se da cuenta: lo que ella silba allí no es un silbido.

Como silbar forma parte de nuestros hábitos maquinales, podría pensarse que entre el auditorio de Josefina también se silba; su arte nos hace sentir bien, y cuando nos sentimos bien, silbamos; pero su auditorio no silba, guarda un silencio absoluto; como si fuésemos todos partícipes de esa anhelada paz de la que al menos nuestro propio silbar nos aleja, callamos. ¿Será su canto lo que nos fascina? ¿No será más bien el solemne silencio que envuelve su débil vocecilla? Ocurrió en cierta ocasión que, mientras Josefina cantaba, una chiquilla tonta se puso a silbar también con total inocencia. Era exactamente lo mismo que nos hacía oír Josefina; allí delante su silbido aún tímido pese a toda la práctica, y aquí, entre el público, el distraído silbar infantil; hubiera sido imposible establecer la diferencia; no obstante, enseguida silenciamos a la intrusa con nuestros siseos y silbidos, aunque no hubiera sido necesario, pues seguro que ella misma se habría escondido de miedo y de vergüenza mientras Josefina entonaba su triunfal silbido totalmente fuera de sí, con los brazos extendidos y el cuello alargado al máximo.

Siempre ocurre así, por lo demás: cualquier nadería, cualquier azar, cualquier renitencia, un crujido en el parquet, un rechinar de dientes, un fallo en la iluminación le da ocasión para realzar el efecto de su canto; porque, según ella, canta ante oídos sordos; el entusiasmo y los aplausos no escasean, pero a una comprensión real, tal como ella la entiende, ha aprendido a renunciar hace ya tiempo. De ahí que todas las interrupciones le vengan muy a propósito; todo cuanto desde fuera se oponga a la pureza de su canto y sea vencido en un combate ligero, o incluso sin combate, mediante la simple confrontación, puede contribuir a despertar a la multitud, a enseñarle, si no comprensión, al menos un respeto instintivo.

Pero si las pequeñas cosas le son tan útiles, ¡cuánto más lo son las grandes! Nuestra vida es muy agitada, cada día trae sorpresas, angustias, esperanzas, temores, y uno solo no podría soportar todo eso si no tuviera siempre, día y noche, el apoyo de sus compañeros; pero aun así resulta con frecuencia muy difícil; a veces son miles los hombros que tiemblan bajo una carga destinada, en realidad, tan solo a uno. Y entonces Josefina piensa que ha llegado su hora. Ya está ahí de pie la tierna criatura, vibrando angustiosamente por debajo del pecho; es como si hubiera concentrado toda su energía en el canto, como si todo cuanto en ella no sirviera directamente al canto se hubiese quedado sin fuerza, sin ninguna posibilidad de vida, como si la hubieran despojado, abandonado, encomendado solo a la protección de unos buenos espíritus, como si un soplo de aire frío pudiese, al pasar, matarla, mientras ella, totalmente fuera de sí misma, permanece inmersa en su canto. Pero precisamente al ver aquello nosotros, sus presuntos adversarios, solemos decirnos: «No puede ni silbar; qué esfuerzo tan terrible ha de hacer para arrancarse como sea no ya un canto –no hablemos de canto–, sino el silbido habitual en nuestro país». Así nos lo parece, aunque, como ya hemos dicho, ésta es una impresión sin duda inevitable pero fugaz y rápidamente evanescente. Pronto nos sumergimos también nosotros en el sentimiento de la multitud que, enardecida, cuerpo contra cuerpo, escucha conteniendo el aliento.

Y para reunir en torno a sí misma a esa multitud de nuestro pueblo casi siempre en movimiento, que corre de aquí para allá en función de objetivos no siempre muy claros, Josefina no tiene en general más que echar hacia atrás la cabecita y, con la boca semiabierta y los ojos dirigidos hacia lo alto, adoptar esa postura que revela su intención de cantar. Puede hacer esto donde quiera, no tiene por qué ser un lugar visible desde lejos, cualquier rincón oculto, elegido conforme al capricho casual del momento, es igualmente aprovechable. La noticia de que quiere cantar se propaga enseguida, y pronto empieza a acudir gente en procesiones. Cierto es que a veces surgen obstáculos, Josefina canta preferentemente en tiempos turbulentos; múltiples preocupaciones y necesidades nos obligan a seguir entonces caminos muy diversos, y ni con la mejor de las intenciones podemos congregarnos tan velozmente como lo desearía Josefina, que en tales casos permanece un buen rato en su actitud solemne, sin un número suficiente de oyentes, hasta que de pronto monta en cólera, empieza a patear el suelo, maldice de manera nada apropiada para una muchacha e incluso muerde. Pero ni siquiera este comportamiento empaña su buen nombre; en vez de moderar un poco sus exageradas pretensiones, nos esforzamos por satisfacerlas; se envían mensajeros a que traigan oyentes; se le oculta lo que está ocurriendo; en los caminos de los alrededores se ven luego centinelas que, por señas, invitan a darse prisa a los que se aproximan; y todo esto dura hasta que finalmente se congrega un número aceptable de espectadores.

¿Qué impulsa al pueblo a preocuparse tanto por Josefina? Una pregunta no más fácil de contestar que la referida a su canto, con la cual guarda relación. Se la podría eliminar y unir las dos por completo si fuera posible afirmar que el pueblo se ha rendido incondicionalmente ante Josefina debido a su canto. Pero no es precisamente el caso; una rendición incondicional es algo que apenas conoce nuestro pueblo; este pueblo que ama por encima de todo la astucia –inofensiva, eso sí–, el bisbiseo infantil, la murmuración –inocente, eso sí–, que solo mueve los labios, un pueblo semejante no puede entregarse incondicionalmente; esto también lo siente Josefina, y es lo que combate con todo el esfuerzo de su débil garganta.

Cierto es que no conviene llevar demasiado lejos estos juicios generales; el pueblo está sin duda entregado a Josefina, solo que no incondicionalmente. No sería capaz, por ejemplo, de reírse de ella. Bien podemos confesárnoslo: muchas cosas invitan a reír en Josefina; y la risa en sí misma es algo que tenemos siempre muy a mano; pese a todas las miserias de nuestra vida, una risa discreta siempre es, en cierto modo, algo natural entre nosotros; pero de Josefina no nos reímos. A veces tengo la impresión de que el pueblo concibe su relación con Josefina como si este ser frágil, necesitado de protección y en cierto modo distinguido –distinguido por el canto, en su opinión–, le hubiera sido confiado y tuviera que cuidar de él; los motivos no están claros para nadie, solo el hecho parece seguro. Y por supuesto que no nos reímos de aquello que nos han confiado; hacerlo sería faltar al decoro; la peor maldad que los más malvados de nosotros pueden hacerle a Josefina es decir a veces: «Cuando vemos a Josefina se nos pasan las ganas de reír».

Así pues, el pueblo cuida de Josefina a la manera de un padre que adopta a un niño que le tiende la manita, no se sabe muy bien si pidiendo o exigiendo. Podría pensarse que nuestro pueblo es incapaz de cumplir con esos deberes paternales, pero en realidad los desempeña, al menos en este caso, de forma ejemplar; ningún individuo sería capaz por sí solo de hacer aquello que, en este sentido, es capaz de hacer el pueblo en su conjunto. Cierto es que la diferencia entre el pueblo y un individuo aislado es inmensa; basta con que atraiga a su protegido al calor de su proximidad para que esté suficientemente a salvo. Pero con Josefina no nos atrevemos a hablar de esas cosas. «Vuestra protección no vale un silbido», dice entonces. «Sí, sí, tú y tus silbidos», pensamos nosotros. Por lo demás, no hay un auténtico rechazo en su rebelión, es más bien la manera de ser y agradecer de un niño, y el papel del padre es no hacerle caso.

Pero hay otra cosa más difícil de explicar en esta relación entre el pueblo y Josefina. Y es que Josefina piensa lo contrario: cree que es ella la que protege al pueblo. Supuestamente, su canto sería el que nos salva de una mala situación política o económica; ni más ni menos que eso es capaz de conseguir; y si no conjura la desgracia, al menos nos da fuerzas para soportarla. No lo expresa de este modo, ni de ningún otro, en general habla poco, guarda silencio entre los charlatanes, pero el fulgor de sus ojos lo proclama y es posible leerlo en su boca cerrada; entre nosotros muy pocos son capaces de mantener la boca cerrada, y ella puede. Ante cualquier mala noticia –y hay días en que éstas se suceden atropelladamente una tras otra, incluidas las falsas y las que solo son ciertas a medias–, se levanta en el acto, cuando por lo general tiende a postrarse en el suelo, cansada; se levanta y estira el cuello intentando abarcar su rebaño con la mirada, como el pastor antes de la tormenta. Cierto es que también los niños plantean exigencias similares a su manera salvaje e incontrolada, pero en el caso de Josefina éstas no son infundadas como en ellos. Claro está que ella no nos salva ni nos da fuerzas; es fácil hacerse pasar por salvador de este pueblo acostumbrado al sufrimiento, sacrificado, decidido, que conoce bien la muerte y solo en apariencia es miedoso en la atmósfera de temeridad en la que vive permanentemente, que es además tan fecundo como osado...; es fácil, digo, hacerse pasar a posteriori por salvador de este pueblo que siempre se ha salvado de algún modo a sí mismo, aun a costa de sacrificios ante los cuales el estudioso de la historia –en general descuidamos por completo la investigación histórica– se queda helado de terror. Y, no obstante, es verdad que justamente en situaciones de emergencia prestamos más que nunca oído a la voz de Josefina. Las amenazas que planean sobre nosotros nos vuelven más silenciosos, más modestos, más dóciles al autoritarismo de la cantante; muy a gusto nos reunimos y apiñamos, sobre todo porque ello obedece a una motivación situada completamente al margen de la torturante cuestión principal; es como si juntos apuráramos a toda prisa –sí, la prisa es necesaria, Josefina lo olvida con demasiada frecuencia– el cáliz de la paz antes del combate. No es tanto un recital de canto como una asamblea popular, y una asamblea en la que, aparte del pequeño silbido que llega de enfrente, el silencio es absoluto; demasiado serio es el momento como para desperdiciarlo charlando.

Difícilmente podría satisfacer a Josefina una relación semejante. A pesar del malestar nervioso que se apodera de ella por causa de su situación nunca del todo esclarecida, son muchas las cosas que no ve, ofuscada como está por su presunción, y sin grandes esfuerzos podría verse inducida a pasar por alto muchas más; por este motivo, es decir, en beneficio del interés general, hay un ejército de aduladores siempre activo; y es que ella no consentiría cantar como de paso, inadvertida, en el rincón de alguna asamblea popular, por mucho que no sería desdeñable lo que con ello lograría.

Pero tampoco necesita hacerlo, pues su arte no pasa inadvertido. Aunque en el fondo estemos ocupados en cosas muy distintas y el silencio reine no solo por amor al canto y haya más de uno que no alce la mirada, sino que hunda la cara en el abrigo de pieles del vecino, y Josefina parezca así esforzarse en vano allá arriba, algo de su silbido –esto es innegable– se abre paso inevitablemente hasta nosotros.

Ese silbido, que se eleva allí donde a todos los demás se les impone silencio, llega casi como un mensaje del pueblo al individuo; el tenue silbido de Josefina en medio de las arduas decisiones es casi como la miserable existencia de nuestro pueblo entre el tumulto de un mundo hostil. Josefina se impone; esa nulidad de voz, ese rendimiento nulo se impone y se abre camino hasta nosotros, y es reconfortante pensar en ello. En momentos así seguro que no soportaríamos a un verdadero artista del canto —si llegase a haber alguno entre nosotros— y rechazaríamos de modo unánime la insensatez de semejante exhibición. Ojalá Josefina no llegue a saber nunca que el hecho de que la escuchemos es una prueba en contra de su canto. Algo ha de sospechar sin duda, si no, ¿por qué negaría tan apasionadamente que la escuchamos? Pero continúa cantando y pasa por alto esta sospecha silbando.

Siempre habría, no obstante, un consuelo para ella, y es que en cierto modo la escuchamos de verdad, probablemente de forma similar a como se escucha a un artista del canto; Josefina consigue efectos que un artista del canto intentaría en vano conseguir entre nosotros y que se deben precisamente a la insuficiencia de sus recursos. Es probable que esto guarde relación sobre todo con nuestro modo de vida.

Nuestro pueblo no conoce la juventud, apenas tiene una brevísima infancia. Cierto es que regularmente aparecen reivindicaciones en favor de los niños, exigiendo que se les garantice una libertad y un respeto especiales, su derecho a un poco de despreocupación, a un poco de insensatez y de retozo, a un poco de juego; hay que reconocer este derecho y velar por su cumplimiento; estas reivindicaciones surgen y casi todo el mundo las aprueba, no hay nada que merezca más ser aprobado, pero tampoco hay nada menos fácil de conceder en la realidad de nuestra vida; se aprueban las reivindicaciones, se hacen intentos en este sentido, pero todo vuelve pronto a ser como antes. Nuestra vida es tal que en cuanto un niño empieza a dar sus primeros pasos y puede distinguir un poco el mundo que lo rodea, ya tiene que cuidar de sí mismo como un adulto; los territorios en los que por razones económicas tenemos que vivir dispersos son demasiado extensos, nuestros enemigos demasiado numerosos, los peligros que nos amenazan por todas partes demasiado imprevisibles: no podemos mantener a nuestros hijos alejados de la lucha por la vida; si lo hiciéramos, ello supondría su final prematuro. A estas tristes razones se suma, es verdad, una de mayor gravedad: la fecundidad de nuestra especie. Cada generación –y todas son numerosas– desplaza velozmente a la anterior, los niños no tienen tiempo de ser niños. Puede que otros pueblos cuiden solícitamente de sus niños, puede que construyan escuelas para los pequeños, puede que de ellas salgan a diario multitud de críos, el futuro del pueblo; el caso es que, por bastante tiempo, día tras día, los niños que de allí salen continúan siendo los mismos. Nosotros no tenemos escuelas, pero de nuestro pueblo van surgiendo a intervalos brevísimos las incalculables bandadas de nuestros niños, siseando o piando felices hasta tanto no sepan silbar, revolcándose o rodando por efecto del ímpetu hasta tanto no puedan andar, arrastrándolo todo torpemente con su masa hasta tanto no puedan ver, ¡nuestros niños! Y no son, como en aquellas escuelas, los mismos niños, no, son siempre otros, siempre nuevos, sin final, sin interrupción; un niño deja de serlo apenas aparece, pero nuevos rostros infantiles vienen ya a agolparse detrás de él, indiferenciables en su número y su prisa, rosados de felicidad. Cierto es que por muy hermoso que esto sea, y por mucho que otros nos lo envidien con toda razón, no podemos dar a nuestros hijos una verdadera infancia. Y esto tiene sus consecuencias. Cierto infantilismo inextinguido e inextirpable impregna a nuestro pueblo; en franca contradicción con nuestra mejor parte, esa infalible inteligencia práctica, a veces actuamos con una necedad total, tan neciamente como actúan los niños, de modo absurdo, disipador, generoso, irreflexivo, y todo esto a menudo por el placer de gastar una pequeña broma. Y aunque nuestra alegría ya no pueda tener en esos casos toda la fuerza de la alegría infantil, algo de ésta sigue latiendo en su interior, de todas formas. Y Josefina ha sabido aprovechar desde siempre este infantilismo de nuestro pueblo.

Pero éste no es solo infantil, también es, en cierto modo, prematuramente viejo; entre nosotros, la infancia y la vejez son distintas de las de los demás. No tenemos juventud, de inmediato pasamos a ser adultos y continuamos siéndolo durante demasiado tiempo, y cierta lasitud desesperanzada atraviesa entonces, dejando una ancha huella, la esencia en general tenaz y cargada de esperanzas de nuestro pueblo. Con ello también guarda relación, sin duda, nuestra falta de sensibilidad musical; somos demasiado viejos para la música, su entusiasmo y su impulso se avienen mal con nuestra pesadez, y la apartamos de nosotros con gesto cansino; nos hemos refugiado en el silbar; unos cuantos silbidos de vez en cuando: eso es lo que nos conviene. Quién sabe si entre nosotros no hay talentos musicales; el caso es que si los hubiera, el carácter de nuestros compatriotas los reprimiría antes ya de que se desarrollasen. Josefina, en cambio, puede silbar o cantar –o como quiera llamarlo– a su antojo: es algo que no nos molesta, que se corresponde con nuestra manera de ser, que toleramos bien; si hubiera en ello algo de música, estaría reducida a su mínima expresión; se conserva cierta tradición musical, pero sin que ello nos cause el menor incordio.

Josefina, sin embargo, aporta aún más cosas a un pueblo con las características del nuestro. En sus conciertos, sobre todo en tiempos difíciles, solamente los muy jóvenes se interesan por la cantante en cuanto tal, solo ellos observan asombrados cómo Josefina frunce los labios y expele el aire por entre sus preciosos incisivos, languidece de admiración por los sonidos que ella misma produce y utiliza esa languidez para estimularse a conseguir logros nuevos, que le resultan cada vez más incomprensibles, mientras la verdadera multitud –esto se nota a las claras– se repliega sobre sí misma. Aquí, en las exiguas pausas entre un combate y otro, el pueblo sueña; es como si a cada cual se le relajaran los miembros, como si al individuo desasosegado le permitieran estirarse y alargarse a su gusto en la gran cama cálida del pueblo. Y en esos sueños resuena de vez en cuando el silbido de Josefina; ella lo llama cristalino, nosotros lo llamamos entrecortado; en cualquier caso, allí está en el lugar que le corresponde como no lo estaría en ningún otro, como raras veces encuentra la música el momento que la está aguardando. Hay en ello algo de nuestra pobre y breve infancia, algo de la felicidad perdida y nunca más recuperable, pero también algo de la vida activa de hoy, de su lozanía pequeña e incomprensible, aunque existente e imposible de exterminar. Y la verdad es que todo esto no es dicho en tono grandilocuente sino con una voz suave, susurrante, confidencial, a veces un poco ronca. Por supuesto que es un silbido. ¿Por qué no habría de serlo? El silbido es la lengua de nuestro pueblo, solo que más de uno se pasa la vida silbando y no lo sabe; aquí, en cambio, el silbido es liberado de las ataduras de la vida cotidiana y también nos libera a nosotros por un tiempo breve. Lo cierto es que no desearíamos perdernos estas audiciones.

Pero de ahí a pretender, como lo hace Josefina, que en períodos semejantes ella nos da nuevas fuerzas, etcétera, etcétera, hay un buen trecho. Para la gente normal y corriente, se entiende, no para los aduladores de la cantante. «¿Cómo podría ser de otro modo?», dicen éstos con una osadía francamente ingenua, «¿cómo se explicaría, si no, sobre todo en situaciones de peligro inminente, la enorme afluencia que a veces hasta ha llegado a impedir una defensa suficiente y oportuna contra ese mismo peligro?» Esto último es, por desgracia, cierto, mas no figura entre los títulos de gloria de Josefina, sobre todo si añadimos que cuando esas multitudes eran disueltas inesperadamente por el enemigo y algunos de los nuestros tenían que dejar allí sus vidas, Josefina, que era la causante de todo y quizá había atraído al enemigo con sus silbidos, ocupaba siempre el lugar más seguro y, protegida por sus seguidores, era la primera en desaparecer en silencio y a toda prisa. También esto, en el fondo, lo saben todos, pese a lo cual vuelven a acudir en tropel cada vez que Josefina decide ponerse a cantar donde y cuando le plazca. De ello podría deducirse que la cantante está casi fuera de la ley, que puede hacer lo que quiera aunque ponga en peligro a la comunidad, y que se lo perdonan todo. Si así fuera, las pretensiones de Josefina serían perfectamente comprensibles, y en cierto modo se podría ver en esa libertad que el pueblo le estaría concediendo, en ese regalo extraordinario y no otorgado a nadie más, en abierta contradicción con las leyes, una confesión de que, tal y como ella afirma, el pueblo no entiende a Josefina, de que admira impotente su arte, no se siente digno de ella, procura compensar el pesar que le causa mediante prestaciones francamente desesperadas y, así como el arte de la cantante se halla fuera de su capacidad de comprensión, pone también la persona y los deseos de Josefina fuera del ámbito de su competencia. Ahora bien, esto no es en absoluto cierto, acaso en el plano individual el pueblo capitule con demasiada prisa ante Josefina, pero así como no capitula incondicionalmente ante nadie, tampoco lo hará ante ella.

Hace ya mucho tiempo –tal vez desde el inicio de su carrera artística– que Josefina viene luchando por verse liberada de cualquier tipo de trabajo en consideración a su canto; habría que eximirla, pues, de las preocupaciones por ganarse el pan cotidiano y de todo lo relacionado con nuestra lucha por la existencia para endosárselo, probablemente, al conjunto de la comunidad. Un entusiasta apresurado –y también los ha habido– podría deducir, ya a partir de la singularidad de esta exigencia, así como de la mente capaz de imaginarla, una íntima legitimación. Pero nuestro pueblo saca otras conclusiones y rechaza serenamente la exigencia. Tampoco se esfuerza mucho por refutar la fundamentación de la demanda. Josefina alega, por ejemplo, que el esfuerzo inherente al trabajo le perjudica la voz, y que si bien aquél es escaso en comparación con el trabajo que exige el canto, le quita la posibilidad de descansar debidamente después de cantar y reunir así fuerzas para seguir cantando; que se queda completamente agotada y, en estas circunstancias, nunca consigue un rendimiento máximo. El pueblo la escucha y no le hace caso. A este pueblo tan fácil de conmover no hay a veces manera de conmoverlo. El rechazo es en ocasiones tan duro que hasta Josefina se queda perpleja, parece someterse, trabaja como es debido y canta como mejor puede, pero todo eso solo durante un tiempo, luego reanuda la lucha con nuevas fuerzas, que para esto parecen ser ilimitadas.

Ahora bien, es evidente que Josefina no aspira de verdad a lo que literalmente exige. Es sensata, no rehúye el trabajo –la aversión al trabajo es desconocida entre nosotros–, y aun cuando aprobaran su reivindicación seguiría viviendo, sin duda, igual que antes, el trabajo no sería ningún obstáculo para su canto, y éste tampoco sería, por eso mismo, más hermoso; lo que ella pretende solo es, pues, el reconocimiento público, inequívoco y duradero de su arte, un reconocimiento que se eleve muy por encima de todo lo conocido hasta ahora. Pero mientras casi todo lo demás le parece alcanzable, esto se le resiste obstinadamente. Quizá desde el primer momento debió dirigir su ataque en otra dirección, quizá ella misma advierta ahora el error cometido, pero ya no puede echarse atrás, retroceder supondría ser infiel a sí misma, y ahora tiene que mantenerse firme o caer con esta exigencia.

Si, como dice, tuviera realmente enemigos, éstos podrían contemplar divertidos su lucha sin tener que mover un solo dedo. Pero no tiene enemigos, y aunque más de uno le haga objeciones de vez en cuando, esa lucha no divierte a nadie. Siquiera por el simple hecho de que el pueblo se muestra aquí en su fría actitud de juez, algo que normalmente es muy raro de ver entre nosotros. Y aunque haya quien apruebe en este caso una actitud semejante, la sola idea de que alguna vez el pueblo pueda comportarse de manera similar contra él excluye cualquier alegría. Pues tanto en la exigencia como en el rechazo, lo importante no es la cosa en sí misma, sino el hecho de que el pueblo pueda cerrarse tan impenetrablemente contra cualquier compatriota, con una impenetrabilidad tanto mayor cuanto que, en general, cuida de ese mismo compatriota paternalmente y, más que paternalmente, con humildad.

Si en vez del pueblo se hubiese tratado aquí de un individuo, podría creerse que este hombre viene cediendo todo el tiempo ante Josefina impulsado por el ardiente y continuo deseo de poner fin en algún momento a esta docilidad; que ha cedido a un grado sobrehumano en la firme creencia de que, pese a todo, las concesiones acabarían encontrando su justo límite; que incluso ha cedido más de lo necesario solo para acelerar el proceso, solo para mimar a Josefina y despertar en ella deseos siempre renovados hasta que de verdad llegase a formular una última exigencia; él entonces pronunciaría el rechazo definitivo, brevemente, pues lo tendría preparado hacía tiempo. Ahora bien, resulta que las cosas no son en absoluto así, el pueblo no necesita esas artimañas; además, su veneración por Josefina es sincera y probada, en tanto que la exigencia de ésta es tan desmedida que cualquier niño inocente podría predecir su desenlace; pese a lo cual, es posible que en la idea que Josefina tiene del asunto también desempeñen un papel estas especulaciones, añadiendo amargura al dolor del rechazo.

Pero aun si ella misma se abandona a estas especulaciones, no deja por eso que la aparten de su lucha. En los últimos tiempos ésta incluso se ha intensificado; si hasta la fecha había luchado solo con palabras, ahora empieza a utilizar otros medios, en su opinión más efectivos, aunque en la nuestra más peligrosos para ella misma.

Algunos creen que Josefina se ha vuelto tan insistente porque siente que está envejeciendo, que la voz se le debilita y, por tanto, le parece que ya va siendo hora de librar la última batalla por su reconocimiento. Yo no lo creo. Josefina no sería Josefina si esto fuera cierto. Para ella no existen el envejecimiento ni las debilidades de la voz. Cuando exige algo, no lo hace impulsada por factores externos, sino por una lógica interna. Intenta alcanzar el más alto galardón no porque en ese momento éste cuelgue a menos altura, sino porque es el más alto; lo colgaría incluso más arriba si estuviera en su poder hacerlo.

Este menosprecio hacia las dificultades externas no le impide, sin embargo, utilizar los medios más indignos. Su derecho está, para ella, fuera de toda duda; ¿qué importa, pues, cómo lo consiga? Sobre todo porque en este mundo, tal y como se le presenta, precisamente los medios dignos están condenados al fracaso. Quizá por eso haya desplazado la lucha por sus derechos del ámbito del canto a otro que le resulta menos caro. Sus seguidores han hecho circular declaraciones suyas según las cuales se siente perfectamente capaz de cantar de forma tal que su canto sea un auténtico placer para todas las capas sociales del pueblo, incluida la oposición más recóndita, y un auténtico placer no en el sentido del pueblo, que afirma haber experimentado desde siempre ese placer en el canto de Josefina, sino un placer en el sentido de las exigencias de la cantante. Ésta añade, sin embargo, que como no puede falsear lo elevado ni adular lo vulgar, hay que dejar las cosas tal como están. Algo muy distinto es, en cambio, su lucha por la exención del trabajo; aunque también es una lucha por su canto, en este caso no combate directamente con la preciosa arma del canto, por lo que cualquier medio que emplee resulta válido.

Así, por ejemplo, se difundió el rumor de que Josefina tenía la intención de abreviar las coloraturas si no le hacían ciertas concesiones. Yo no sé nada de coloraturas y nunca he percibido en su canto nada parecido. Pero Josefina quiere abreviar las coloraturas, no eliminarlas de momento, sino solo abreviarlas. Y al parecer ha llevado a cabo su amenaza, aunque yo no advertí ninguna diferencia con respecto a sus actuaciones anteriores. El pueblo entero escuchó atentamente como siempre, sin pronunciarse sobre las coloraturas, y el tratamiento dado a la exigencia de Josefina tampoco sufrió cambio alguno. Por lo demás, es innegable que a veces tiene nuestra cantante, tanto en su figura como en su pensamiento, algo francamente encantador. Así, por ejemplo, después de aquella actuación –como si su decisión sobre las coloraturas hubiera sido demasiado dura o brusca de cara al pueblo–, anunció que en fecha próxima volvería a cantar completas las coloraturas. Pero tras el concierto siguiente cambió otra vez de idea; dijo que las grandes coloraturas se habían acabado definitivamente y que no volverían hasta que no se tomase una decisión que ella juzgara favorable a tal fin. Ahora bien, el pueblo hizo caso omiso de todas estas explicaciones, decisiones y cambios de decisiones, del mismo modo que un adulto absorto en sus pensamientos no presta atención a la cháchara de un niño, benévolo en el fondo, pero inaccesible.

Josefina, sin embargo, no cede. Así, por ejemplo, afirmó hace poco que se había lesionado un pie trabajando y ello le creaba dificultades para cantar de pie, pero como solo podía cantar de pie, tenía que abreviar sus cantos. A pesar de que cojea y se apoya en sus acompañantes, nadie cree en una lesión de verdad. Incluso admitiendo la peculiar sensibilidad de su cuerpecito, nosotros somos un pueblo trabajador y Josefina forma parte de él; si tuviéramos que cojear por el menor rasguño, el pueblo entero no pararía de cojear. Por mucho que ella se haga llevar como una inválida, por mucho que se muestre en ese estado lamentable con más frecuencia que antes, el pueblo escucha su canto agradecido y fascinado como en otros tiempos, y no protesta demasiado por la abreviación de las canciones.

Ya que no puede renquear todo el tiempo, se inventa otras cosas, aparenta cansancio, mal humor, debilidad. Y es así como ahora, además del concierto, también tenemos espectáculo. Vemos cómo detrás de Josefina sus seguidores le ruegan y suplican que cante. A ella le gustaría, pero no puede. La consuelan, la halagan, la llevan casi en volandas hasta el lugar previamente escogido donde ha de cantar. Por último ella cede entre lágrimas indescifrables, pero cuando con un esfuerzo de voluntad a todas luces supremo quiere empezar a cantar, exhausta, con los brazos no estirados como antes sino colgando sin vida a ambos lados del cuerpo —uno tiene entonces la impresión de que son quizá un poco cortos—, cuando se dispone a empezar, aquello falla una vez más, un meneo involuntario de la cabeza así lo indica y Josefina se derrumba ante nuestros ojos. Cierto es que después vuelve a animarse y canta, creo que de forma no muy distinta a la habitual; quien tenga oído para percibir matices muy delicados acaso advierta una excitación un tanto excepcional que, sin embargo, redunda en beneficio del canto. Al final está incluso menos cansada que antes y, con firme andar —si así pueden llamarse sus pasitos furtivos y silenciosos—, se aleja rechazando cualquier ayuda de sus seguidores y examinando con mirada fría a la multitud que le abre camino respetuosamente.

Así estaban las cosas hace poco, pero la última novedad es que en una ocasión en que se esperaba que cantase, Josefina desapareció. No solo sus seguidores la buscan, muchos se lanzan en su búsqueda, pero es inútil. Josefina ha desaparecido, no quiere cantar, ni siquiera quiere que se lo pidan, esta vez nos ha abandonado por completo.

Es curioso lo mal que calcula las cosas esta astuta criatura, tan mal que podría creerse que no calcula en absoluto, sino que simplemente se deja arrastrar por su destino, que en nuestro mundo solo puede ser muy triste. Ella misma se sustrae al canto, ella misma destruye el poder que había adquirido sobre los espíritus. ¿Cómo pudo adquirirlo conociendo tan poco a esos espíritus? Se esconde y no canta, pero el pueblo, tranquilo, sin mostrarse decepcionado, imperioso –una masa que reposa en sí misma y, aunque las apariencias lo contradigan, solo puede dar, nunca recibir regalos, tampoco de la cantante–, ese pueblo prosigue su camino.

Lo de Josefina tiene que ir cuesta abajo. Pronto llegará el momento en que su último silbido resuene y enmudezca. Ella es un pequeño episodio en la historia eterna de nuestro pueblo, y el pueblo sabrá superar su pérdida. No nos resultará nada fácil; ¿cómo podremos convocar asambleas en medio de un mutismo total? Aunque ¿no eran éstas ya mudas con Josefina? Su silbido real, ¿era acaso mucho más fuerte y vivaz que el recuerdo que de él tendremos? ¿Era ya en vida de ella algo más que un simple recuerdo? ¿No será más bien que el pueblo, en su sabiduría, colocó tan alto el canto de Josefina para evitar así que se perdiera?

Tal vez nuestra privación no llegue a ser muy grande, pero el caso es que Josefina, redimida de los padecimientos terrenales –que en su opinión están, sin embargo, hechos para los elegidos–, se acabará perdiendo feliz entre la ingente multitud de los héroes de nuestro pueblo y, como no cultivamos la historia, será pronto olvidada en una redención cada vez más grande, al igual que todos sus hermanos.

Textos solo publicados en diarios o revistas

Un breviario para damas
(1909)°

Cuando uno se lanza al mundo respirando hondo, como el nadador al río desde un trampolín elevado –confundido al instante y luego a ratos por una serie de contragolpes como un niño entrañable–, pero se adentra en el aire de la lejanía teniendo siempre olas hermosas al lado, es posible que, como sucede en este libro, deje vagar la mirada sin rumbo fijo y con un objetivo secreto por sobre el agua que lo lleva y que puede beber y se ha vuelto ilimitada para la cabeza que reposa en su superficie.

Ahora bien, si uno se cierra a esta primera impresión, advertirá hasta el convencimiento que el autor ha trabajado aquí con una energía literalmente insatisfecha, que da a los movimientos de su incesante espíritu –son demasiado rápidos para que lleguen a revelar cierta cohesión– unas aristas de miedo.

Y esto ante una materia que, en el convulsivo desarrollo al que está sometida, recuerda las tentaciones que, espoleadas por el griterío de invisibles animales del desierto, reanimaban en otros tiempos a los eremitas. Sin embargo, esta tentación no se despliega ante el autor como un pequeño cuerpo de *ballet* en un escenario remoto, sino que está cerca de él, lo comprime por todos lados hasta acabar enredándolo en ella, y antes de que la dama se lo dijera, él ya había escrito: «Pero es preciso amar para poder rendirse con gracia», dijo Annie D., una hermosa rubia sueca.

Qué visión ésta en la que el autor nos parece tan implicado en su trabajo, llevado por una naturaleza similar a esas nubes de piedra que alguna vez, en el barroco, elevaban a grupos de santos abrazados en medio de un viento tormentoso. El cielo sobre el que el libro debe abrirse en la mitad y hacia el final, para salvar a través de él la antigua región, es firme y, además, transparente.

Nadie insiste, por supuesto, en que las damas para las que el autor ha escrito vean realmente aquello. Es más que suficiente si, obligadas ya por el primer párrafo, como debe ser, sienten que en sus manos tienen un devocionario, y uno particularmente fiel. Pues la confesión, que así se llama, acontece en un mueble insólito, sobre el suelo de un espacio insólito y en una media luz que solo vuelve verdadero a medias lo que hay alrededor y arriba y abajo con futuro y pasado, de suerte que todos los síes y los noes, los preguntados y los contestados, tienen que ser falsos a medias, sobre todo si son totalmente sinceros. Pero ¡cómo podría uno olvidar aquí algún detalle importante en la iluminación habitual de medianoche y durante una conversación en voz baja (porque hace calor), cerca de la cama!

La editorial Hans von Weber ha publicado *Die Puderquaste*, de Franz Blei.

Conversación con el orante
(1909)°

Hubo un tiempo en el que iba cada día a una iglesia,° pues una chica de la que me había enamorado rezaba allí arrodillada media hora por las tardes y yo podía así observarla con toda tranquilidad.

Un día en que la chica no apareció y yo, indignado, me puse a observar a los que estaban rezando, me llamó la atención un joven que se había tumbado en el suelo con toda su magra figura. De rato en rato concentraba toda la fuerza de su cuerpo en el cráneo y lo golpeaba sollozando contra las palmas de sus manos, abiertas sobre las losas.

En la iglesia solo había unas cuantas viejas que, ladeándolas, volvían a cada rato sus cabecitas cubiertas para echarle un vistazo al orante. Esta curiosidad atenta parecía hacerlo feliz, pues antes de iniciar cada uno de sus píos arrebatos dejaba vagar la mirada para ver si el número de quienes lo miraban era elevado. Aquello me pareció irrespetuoso y decidí abordarlo cuando saliera de la iglesia para preguntarle por qué rezaba de ese modo. Sí, estaba indignado porque mi chica no había venido.

Solo al cabo de una hora se levantó, se santiguó muy cuidadosamente y se dirigió a trompicones hacia la pila de agua bendita. Yo me interpuse entre la pila y la puerta, resuelto a no dejarlo pasar sin que se explicase. Torcí la boca, como hago siempre que me dispongo a hablar con decisión. Di un paso adelante con la pierna derecha y me apoyé en ella, dejando que la izquierda reposara negligentemente sobre la punta del pie, posición que también me da firmeza.

Ahora bien, es posible que el hombre ya me hubiera mirado de soslayo cuando se salpicó la cara con agua bendita, puede que ya antes hubiese reparado en mí con cierta preocupación, pues de pronto echó a correr inesperadamente hacia la puerta. La puerta vidriera se cerró de golpe. Y cuando salí tras él poco después ya no lo vi, pues por allí había varias callejuelas estrechas y mucho movimiento.

Los días siguientes él no apareció, pero sí lo hizo mi chica. Llevaba puesto un vestido negro con encajes transparentes en los hombros –debajo se veía la medialuna del escote de la blusa–, desde cuyo borde inferior caía la seda formando un cuello bien cortado. La chica hizo que me olvidara del joven, y ya no me preocupé de él luego, cuando volvió a acudir regularmente para rezar según su costumbre. Siempre pasaba a toda prisa a mi lado, eso sí, volviendo la cabeza. O quizá ello se debiera a que yo solo podía imaginármelo en movimiento, de suerte que aunque estuviera inmóvil me daba la impresión de deslizarse.

Una vez me demoré en mi habitación. No obstante, fui a la iglesia. Ya no encontré allí a la chica y me disponía a volver a casa cuando de pronto vi otra vez al joven tumbado en el suelo. Recordé entonces el antiguo incidente y me entró curiosidad.

De puntillas me deslicé hasta el portal, di una moneda al mendigo ciego sentado ahí y me instalé a su lado tras la hoja abierta de la puerta, donde permanecí quizá una hora con una expresión de astucia en la cara. Me sentía a gusto allí y decidí volver con más frecuencia. Pero a la segunda hora me pareció absurdo quedarme en un lugar así por el orante. Pese a lo cual dejé, airado ya, que las arañas se pasearan por mi ropa una tercera hora, mientras los últimos fieles salían de la penumbra de la iglesia respirando ruidosamente.

También él salió. Caminaba con cautela y sus pies tanteaban levemente el suelo antes de pisarlo.

Me levanté, di un largo paso adelante y agarré al joven por el cuello con una mano. «Buenas tardes», dije y, sin soltarlo, lo empujé escaleras abajo en dirección a la plaza iluminada.

Cuando llegamos abajo, me dijo con una voz totalmente insegura: «Buenas tardes, queridísimo señor, no se enfade usted conmigo, su más rendido servidor».

«Sí», dije yo, «me gustaría preguntarle varias cosas, caballero; la vez pasada se me escapó usted, pero ahora dudo mucho que lo consiga.»

«Es usted una persona compasiva, señor, y seguro que me dejará ir a casa. La verdad es que soy digno de lástima.»

«No», grité entre el ruido de un tranvía que pasaba, «no lo dejaré irse. Éstas son precisamente las historias que me gustan. Es usted una captura afortunada, de la cual me felicito.»

Y él replicó: «¡Ay, Dios! Tiene usted un corazón impulsivo y una cabeza cuadrada. Me llama una captura afortunada, ¡qué dichoso ha de sentirse! Mi desdicha, sin embargo, es una desdicha vacilante, que se tambalea sobre un vértice muy fino y, si la tocan, cae sobre el que pregunta. Buenas noches, caballero».

«Bueno», dije yo reteniéndolo por la mano derecha, «si no me contesta, me pondré a gritar aquí en plena calle. Y todas las dependientas que ahora salen de las tiendas, y todos sus novios, que se alegran de verlas, acudirán en tropel, pues pensarán que se ha desplomado el caballo de algún coche de alquiler o que ha ocurrido algo por el estilo. Y entonces yo lo señalaré en presencia de la gente.»

Llorando, empezó a besarme ambas manos alternativamente. «Le diré lo que quiere saber, pero por favor vámonos a esa calleja lateral.» Yo asentí y allí nos dirigimos.

Pero él no se conformó con la oscuridad de la calleja, en la que solo había varias farolas amarillas bastante alejadas unas de otras, sino que me llevó hasta el zaguán de techo bajo de una casa antigua, debajo mismo de una lamparilla rezumante que colgaba frente a la escalera de madera.

Allí sacó su pañuelo con aire importante y, extendiéndolo sobre un peldaño, dijo: «Tome asiento, mi estimado señor, así podrá preguntar mejor; yo me quedaré en pie, así responderé mejor. Pero no me torture».

Yo me senté y lo miré entornando los ojos al tiempo que decía: «¡Es usted un demente redomado, eso es lo que es! ¡Hay que ver cómo se comporta en la iglesia! ¡Qué indignante es todo aquello y qué desagradable para quienes lo observan! ¿Cómo podría alguien rezar con recogimiento si tiene que mirarlo?».

El joven había pegado el cuerpo a la pared y solo podía mover libremente la cabeza. «No se enfade, ¿para qué va usted a enfadarse por cosas que no le incumben? Cuando soy yo el que actúa con torpeza, me indigno, pero cuando solo es otro el que se porta mal, me alegro. Por eso no se enfade si le digo que la finalidad de mi vida es que la gente me mire.»

«¡Pero qué dice!», exclamé en voz demasiado alta para la escasa altura del zaguán, aunque luego temí bajar el tono, «¡qué cosas dice, verdaderamente! Ya me lo suponía, sí, desde que lo vi por vez primera supuse en qué estado se encontraba. Tengo experiencia y no bromeo cuando digo que se trata de un mareo en tierra firme, y uno de naturaleza tal que hasta ha olvidado usted el verdadero nombre de las cosas y ahora derrama a toda prisa sobre ellas nombres fortuitos. ¡Deprisa, sí, muy deprisa! Pero en cuanto se aleja de ellas, se le vuelven a olvidar los nombres. El álamo de los campos, que usted denominó la "Torre de Babel" porque no sabía o no quería saber que era un álamo, se balancea otra vez sin nombre y ha tenido que llamarlo "Noé en estado de ebriedad".»

Me quedé un poco desconcertado cuando dijo: «Me alegro de no haber entendido lo que acaba de decir».

Al punto repliqué irritado: «El hecho de que se alegre demuestra que lo ha entendido».

«Cierto es que lo he demostrado, señor mío, pero usted también ha hablado de manera muy curiosa.»

Puse las manos sobre un peldaño más alto, me apoyé de espaldas y dije desde esa posición casi inexpugnable, último recurso de los luchadores: «Tiene usted un modo muy divertido de salvarse, y consiste en suponer que los demás comparten el estado en que se encuentra».

Esto le dio ánimos. Entrelazó las manos para dar unidad a su cuerpo y dijo, tras superar una leve resistencia: «No, no hago esto con todos, por ejemplo no con usted, porque no puedo. Pero me alegraría si pudiera hacerlo, pues ya no me haría falta la atención de la gente en la iglesia. ¿Y sabe por qué la necesito?».

Esta pregunta me dejó confuso. Era cierto que no lo sabía y creo que tampoco quería saberlo. Tampoco había querido ir tan lejos, me dije en aquel momento, pero el hombre me había obligado a escucharlo. Y ahora me habría bastado con menear la cabeza para hacerle ver que no lo sabía, pero me fue imposible ordenar movimiento alguno a mi cabeza.

El hombre que tenía frente a mí sonrió. Luego se agachó flexionando las rodillas y me contó con un gesto de somnolencia: «Nunca ha habido un momento en el que estuviera convencido de mi vida por mí mismo. Aprehendo las cosas de mi entorno solo en representaciones tan frágiles que siempre creo que han vivido en algún momento y que ahora se están desvaneciendo. Siempre, querido señor, me entran ganas de ver las cosas tal y como se presentarían antes de mostrárseme. Sin duda están ahí, hermosas y tranquilas. Y así debe de ser, pues a menudo oigo a la gente hablar de ellas en estos términos».

Como yo guardé silencio y solo manifestaba mi desasosiego mediante contracciones involuntarias de la cara, me preguntó: «¿No cree que la gente habla así?».

Pensé que debía asentir con la cabeza, pero no pude.

«¿De verdad que no lo cree? Pues escúcheme; un día, cuando era niño, abrí los ojos después de una breve siesta y oí, totalmente adormilado todavía, que mi madre preguntaba desde el balcón, en un tono de voz natural: "¿Qué hace ahí con este calor, querida mía?". Y una mujer le respondió desde el jardín: "Estoy merendando entre el verdor". Dijeron todo eso sin pensar y no demasiado claramente, como si todo el mundo se lo hubiera esperado.»

Creyéndome interrogado, metí la mano en el bolsillo trasero del pantalón y fingí buscar algo. Pero no buscaba nada, solo quería cambiar de postura para poner de manifiesto mi participación en el diálogo. Y dije que ese incidente era muy extraño y no lo entendía en absoluto. También añadí que no creía en su veracidad y que debía de ser una invención cuya finalidad concreta se me escapaba. Luego cerré los ojos, porque me dolían.

«¡Oh, qué bien que comparta usted mi opinión! Y ha sido un gesto desinteresado de su parte abordarme para decírmelo.

»¿Verdad que sí? ¿Por qué habría de avergonzarme –o por qué habríamos de avergonzarnos– de no caminar erguido y con aplomo, de no golpear el adoquinado con mi bastón ni rozar la ropa de la gente que pasa haciendo ruido a mi lado? ¿No debería más bien quejarme obstinadamente y con razón de avanzar a saltitos, pegado a las casas como una sombra de hombros angulosos que, a ratos, desaparece en el cristal de los escaparates?

»¡Y no vea qué días paso! ¿Por qué está todo tan mal construido que a veces hay casas altas que se derrumban sin que pueda descubrirse una causa aparente? En esos casos trepo por los escombros y pregunto a todo el que me sale al encuentro: "¿Cómo ha podido ocurrir algo así? ¡En nuestra ciudad, una casa nueva, hoy es ya la quinta, imagínese!". Pero ninguno puede contestarme.

»A menudo hay gente que se derrumba en la calle y se

queda allí muerta. Los comerciantes abren entonces sus puertas, de las que cuelga la mercadería, acuden con paso ágil, meten al muerto en una de las casas, salen luego con una sonrisa que les ilumina boca y ojos y dicen: "¡Buenos días!...; el cielo está descolorido...; he vendido muchos pañuelos de cabeza...; sí, la guerra". Yo entro de un salto en la casa y, tras alzar tímidamente la mano varias veces con un dedo doblado, llamo por último a la ventanilla del portero. "Buen hombre", le digo con voz amable, "acaban de traerle un muerto. Muéstremelo, se lo ruego." Y cuando él niega con la cabeza como si estuviera indeciso, le digo en tono resuelto: "Buen hombre, soy de la policía secreta, muéstreme ahora mismo al muerto". "¿Un muerto?", pregunta entonces casi ofendido. "No, aquí no tenemos ningún muerto. Esta es una casa decente." Yo saludo y me voy.

»Pero después, cuando me toca atravesar una gran plaza, se me olvida todo. La dificultad de semejante tarea me confunde y suelo decirme: "Si construyen plazas tan grandes solo por arrogancia,º ¿por qué no construyen también una balaustrada de piedra que permita atravesar la plaza? Hoy sopla viento del sudoeste. El aire de la plaza está agitado. La aguja de la torre del ayuntamiento describe pequeños círculos. ¿Por qué no se calma un poco esta barahúnda? Los cristales de las ventanas chirrían todos y los postes de las farolas se doblan como bambúes. El manto de la Virgen María flamea sobre la columna, y el viento tempestuoso tira de él. ¿No lo ve nadie? Los caballeros y las damas que deberían caminar sobre los adoquines avanzan flotando. Cuando el viento toma aliento se detienen, intercambian unas cuantas palabras y se saludan con una inclinación; pero si el viento vuelve a soplar con fuerza, no pueden resistirse a él y todos levantan los pies al mismo tiempo. Cierto es que han de sujetarse firmemente el sombrero, pero hay un brillo alegre en sus miradas, como si hiciera buen tiempo. Solo yo tengo miedo.»

Maltratado como estaba, le dije: «La historia que ha contado usted antes sobre su señora madre y la dama del jardín no me parece en absoluto extraña. Y es que no solo he escuchado y vivido muchas historias similares, sino que hasta he participado en unas cuantas. Es lo más natural del mundo. ¿Cree usted que de haber estado en el balcón no habría yo podido decir lo mismo y responder lo mismo desde el jardín? Un incidente por demás sencillo».

Pareció muy contento cuando le dije esto. Me comentó que yo iba muy bien vestido y que le gustaba mucho mi corbata. ¡Y qué cutis tan fino el mío! Y que las confesiones son más claras que nunca cuando las revocamos.

Conversación con el borracho
(1909)

Cuando salí del portal a pasos breves fui asaltado por el cielo con luna, estrellas y gran bóveda, y por la plaza mayor con ayuntamiento, columna de la Virgen e iglesia.

Pasé con toda calma de la sombra a la luz de la luna, me desabotoné el sobretodo y me calenté; luego hice enmudecer los zumbidos de la noche alzando las manos y me puse a reflexionar:

«¿Por qué actuáis como si fuerais reales? ¿Queréis hacerme creer que soy irreal estando aquí de pie, extrañamente, sobre el adoquinado verde? Pero si ya hace mucho tiempo que fuiste real, cielo, y tú, plaza mayor, jamás has sido real.

»Es cierto que todavía me superáis, aunque solo cuando os dejo en paz.

»Gracias a Dios, Luna, que ya no eres Luna, aunque quizá sea indolente por mi parte seguir llamándote Luna a ti, a la que denominan Luna. ¿Por qué pierdes tu arrogancia cuando te llamo "Olvidado farol de papel de extraño color"? ¿Y por qué prácticamente te retiras cuando te llamo "Columna de la Virgen", y ya tampoco advierto tu actitud amenazadora, Columna de la Virgen, cuando te llamo "Luna que arrojas una luz amarillenta"?

»Realmente parece que no os sienta bien que uno medite sobre vosotras; perdéis ánimo y salud.

»¡Dios mío, qué beneficioso ha de ser que el meditador aprenda del borracho!

»¿Por qué este súbito silencio? Creo que ya no hay viento. Y las casitas, que a menudo ruedan por la plaza como sobre ruedecillas, están firmemente plantadas en tierra, inmóviles, inmóviles, ya ni se ve la delgada raya negra que normalmente las separa del suelo».

Y eché a correr. Di tres vueltas a la gran plaza corriendo sin dificultad, y al no encontrarme con ningún borracho seguí corriendo hacia la Karlsgasse° sin aminorar la velocidad ni sentir cansancio. A mi lado, mi sombra avanzaba a ratos más pequeña que yo en la pared, como por un camino hondo entre el muro y la calzada.

Al pasar frente al cuartel de bomberos oí un ruido procedente de la pequeña avenida de circunvalación, y cuando doblé para entrar en ella vi a un borracho de pie junto a la verja de la fuente: tenía los brazos extendidos horizontalmente y pateaba el suelo con ambos pies, embutidos en sendos zuecos de madera.

Primero me detuve para que mi respiración se calmase, luego me dirigí hacia él, me quité la chistera y me presenté:

«Buenas noches, noble caballero, tengo veintitrés años, pero aún sigo sin nombre.° Usted, sin embargo, seguro que viene con nombres sorprendentes y cantables desde la gran ciudad de París. Lo envuelve el olor totalmente antinatural de la resbaladiza corte de Francia.

»Seguro que con sus ojos pintados ha visto usted a esas grandes damas que están ya en la terraza alta y luminosa, girando con ironía su esbelto talle, cuando el extremo de las coloreadas colas de sus trajes, extendidas sobre la escalinata, aún se halla en la arena del jardín. ¿Verdad que hay criados de atrevidos fraques grises y calzones blancos que trepan por largas pértigas, distribuidas por todas partes, con las piernas pegadas a la pértiga y el torso inclinado a menudo hacia atrás o a los lados, pues con ayuda de cuerdas tienen que levantar del suelo y tensar en lo alto unos gigantescos toldos grises porque la gran dama desea una mañana brumosa?». Como el tipo eructó, dije casi asustado: «¿Es verdad, señor, que viene usted de nuestro París, de ese París borrascoso, ay, de aquel tiempo de granizo apasionante?». Como volviera a eructar, dije perplejo: «Sé que me ha tocado en suerte un gran honor».

Y con dedos veloces me abotoné el sobretodo antes de añadir con fervor y timidez:

«Ya sé que no me considera digno de una respuesta, pero si no lo hubiese interrogado hoy, me vería condenado a llevar una vida desolada.

»Le ruego que me diga, elegante caballero, si es verdad lo que me han contado. ¿Hay en París personas que solo consisten en vestidos adornados y casas que no tienen sino portales? ¿Y es verdad que en los días de verano el cielo sobre la ciudad es huidizamente azul, embellecido solo por nubecillas blancas y compactas que tienen todas forma de corazón? ¿Y hay allí un museo de figuras de cera muy visitado, en el que no se ven más que postes con los nombres de los héroes, criminales y amantes más célebres grabados en letreritos?

»¡Y encima esta noticia! ¡Esta noticia mendaz a todas luces!

»¿Verdad que las calles de París se ramifican súbitamente y son inquietas? ¿Verdad que sí? No siempre está todo en orden, ¡cómo iba a ser posible! Cuando hay un accidente, la gente se agolpa afluyendo desde las calles laterales a ese paso de gran ciudad que apenas roza el pavimento; todos tienen curiosidad, pero también miedo a desilusionarse; respiran muy deprisa y estiran sus cabecitas hacia delante. Aunque si se rozan unos a otros, hacen una profunda reverencia y se piden disculpas: "Lo siento de veras... ha sido sin querer... con el gentío que hay... ha sido una torpeza de mi parte... lo reconozco. Mi nombre es... mi nombre es Jerôme Faroche, soy especiero en la rue du Cabotin... permítame invitarlo a comer mañana... mi esposa también se alegrará mucho". Así hablan mientras la calle está ensordecida y el humo de las chimeneas cae entre las casas. Pero es así. Y también es posible que en el animado bulevar de un barrio de postín se detengan dos carruajes. Los criados abren las portezuelas con aire serio. Ocho nobles perros siberianos bajan ágilmente y se persiguen ladrando y saltando por encima de la calzada. Y alguien dice entonces que son jóvenes pisaverdes parisienses disfrazados».

El hombre había casi cerrado los ojos. Cuando callé, se metió ambas manos en la boca y tiró de la mandíbula inferior. Su traje estaba completamente sucio. Quizá lo habían expulsado de alguna taberna y aún no tenía las cosas muy claras.

Tal vez era esa breve y tranquila pausa entre el día y la noche, durante la cual, y sin que lo esperemos, la cabeza nos cuelga de la nuca y todo, sin que lo notemos, permanece quieto y en silencio porque no lo observamos, y después desaparece. Mientras, nosotros nos quedamos solos con el cuerpo doblado y luego miramos alrededor, pero ya no vemos nada ni sentimos resistencia alguna en el aire, aunque interiormente nos aferramos al recuerdo de que, a cierta distancia, hay casas con techos y, por suerte, chimeneas angulosas por las que la oscuridad se desliza dentro de las casas, atravesando las buhardillas hasta llegar a las distintas habitaciones. Y es una suerte que mañana sea un día en el que, por increíble que parezca, podremos verlo todo.

En aquel momento alzó el borracho las cejas de manera tal que entre ellas y los ojos surgió un resplandor; acto seguido dijo entrecortadamente: «Pues resulta que... sí, que tengo sueño, por lo que me iré a dormir... Resulta que tengo un cuñado en la plaza de San Wenceslao... y ahí voy, porque yo vivo ahí, porque ahí tengo mi cama...Y ahora me voy... Lo único que no sé es cómo se llama ni dónde vive... creo que se me ha olvidado... pero no importa, pues ni siquiera sé si tengo un cuñado... Y ahora sí que me voy... ¿Cree usted que lo encontraré?».

Le contesté sin vacilar: «Seguro que sí. Pero usted viene del extranjero y, por algún azar, su servidumbre no lo acompaña. Permítame que lo guíe».

No respondió. Y entonces le ofrecí mi brazo para que se colgase de él.

Los aeroplanos en Brescia
(1909)

Hemos llegado. Frente al aeródromo aún se extiende una gran plaza con sospechosas casitas de madera en las que esperábamos hallar letreros que no fuesen: Garage, Grand Buffet International, etcétera. Unos mendigos monstruosos que se han puesto gordos en sus cochecitos° nos tienden los brazos en el camino; con la prisa uno se siente tentado a saltar por encima de ellos. Adelantamos a mucha gente y muchos nos adelantan. Miramos al aire, pues de eso se trata aquí. ¡Gracias a Dios que aún no vuela nadie! No nos hacemos a un lado y tampoco nos atropellan. En medio y detrás de los miles de carruajes se mueve la caballería italiana, que también les sale al paso. El orden y los accidentes parecen igualmente imposibles.

Una vez, en Brescia° –ya estaba anocheciendo–, queríamos ir rápidamente a una calle que, según nosotros, quedaba bastante lejos. Un cochero nos pide tres liras, nosotros le ofrecemos dos. El hombre renuncia a llevarnos y, solo por amistad, nos describe la distancia francamente aterradora que nos separa de esa calle. Empezamos a avergonzarnos de nuestra oferta. De acuerdo, tres liras. Subimos, el coche da tres vueltas por unas callejuelas y ya estamos donde queríamos ir. Otto, más enérgico que nosotros dos, declara que no tiene la menor intención de pagar tres liras por un trayecto que ha durado un minuto. Una lira era más que suficiente. Hela aquí. Ya ha oscurecido, la calleja está vacía, el cochero es fuerte. Enseguida monta en cólera, como si la discusión durase ya una hora: ¿Cómo?... Eso era una estafa... ¿Qué nos habíamos creído?... Lo acordado eran tres liras y había que pagarlas... O soltábamos las tres liras o nos llevaríamos una sorpresa. Otto: «¡La tarifa o la policía!». ¿La tarifa? No había tarifa alguna. ¿Dónde podría haber una tarifa para eso? Habíamos acordado una cantidad por el trayecto nocturno, pero si le dábamos dos liras, nos dejaría ir. Otto, en un tono que da miedo: «¡La tarifa o la policía!». Unos gritos más y una búsqueda, luego aparece una lista de tarifas en la que lo único que se ve es mugre. Nos ponemos de acuerdo, pues, en una lira con cincuenta céntimos, y el cochero sigue su camino por la callejuela, tan estrecha que no puede girar; no solo está furioso, sino también melancólico, según me parece. Pues nuestro comportamiento no ha sido, por desgracia, el correcto; no hay que comportarse así en Italia, en otro lugar tal vez, aquí no. Aunque, ¿cómo pensar en todo eso con tanta prisa? No hay de qué quejarse, es imposible volverse italiano en una breve semana de vuelos de exhibición.

Pero no dejamos que el arrepentimiento nos quite la alegría en el campo de aviación, ello solo daría origen a un nuevo arrepentimiento, por lo que, más que entrar caminando, entramos saltando en el aeródromo, animados todos nuestros miembros por ese entusiasmo que a veces se apodera bruscamente de nosotros, uno a uno, bajo este sol.

Pasamos frente a los hangares, que con sus cortinas corridas evocan escenarios cerrados de cómicos ambulantes. En sus frontones aparecen los nombres de los aviadores cuyos aparatos están allí guardados, y encima las banderas tricolores de su país de origen. Leemos los nombres de Cobianchi, Cagno, Calderara, Rougier, Curtiss, Moncher (un tridentino que lleva los colores italianos y confía más en ellos que en los nuestros), Anzani, Club de Aviadores Romanos. ¿Y Blériot?, preguntamos. Blériot, en el que habíamos pensado todo el tiempo, ¿dónde está Blériot?

En el espacio cercado que se abre ante su hangar, Rougier, un hombre bajito de nariz llamativa, va de un lado para otro en mangas de camisa. Realiza una actividad intensa y no muy clara, lanza los brazos hacia delante agitando mucho las manos, se palpa el cuerpo entero al caminar, envía a sus operarios tras la cortina del hangar, los vuelve a llamar, se dirige él mismo hacia allí empujando a todo el mundo, mientras su mujer, que lleva un vestido blanco ajustado y un sombrerito negro bien calado sobre el cabello, las piernas delicadamente separadas dentro de su corta falda, mira al calor vacío, una mujer de negocios con todas las preocupaciones del negocio en su pequeña cabeza.

Ante el hangar vecino está sentado Curtiss, totalmente solo. A través de las cortinas ligeramente entreabiertas puede verse su aparato; es más grande de lo que se dice. En el momento en que pasamos, Curtiss sostiene el *New York Herald* a la altura de sus ojos y lee una línea en lo alto de una página; media hora más tarde volvemos a pasar y va ya por el centro de la página; al cabo de otra media hora ha terminado de leerla y empieza una nueva. Por lo visto hoy no quiere volar.

Nos volvemos y contemplamos el ancho campo. Es tan grande que todo lo que hay en él parece abandonado: el poste de la meta muy cerca de nosotros, el mástil de señalización en la lejanía, la catapulta de salida en algún lugar de la derecha, y un automóvil del comité que describe un arco sobre el campo con una banderita amarilla ondeando al viento, se detiene en medio de su propio polvo y vuelve a partir.

Se ha instalado aquí un desierto artificial en un país casi tropical, y la alta nobleza de Italia, las grandes damas de París y varios miles de personas más se han reunido para mirar este desierto soleado entornando los ojos. Nada en este lugar distrae la mirada como en otros escenarios deportivos. Faltan las preciosas vallas de los concursos hípicos, los dibujos blancos de las pistas de tenis, el césped fresco de los campos de fútbol, el pétreo ir y venir de los autódromos y los velódromos. Solo dos o tres veces por la tarde se ve una variopinta columna de caballería atravesar al trote la llanura. Los cascos de los caballos son invisibles entre la polvareda, la simétrica luz del sol no se altera hasta las cinco de la tarde. Y para que nada estorbe la visión de esta llanura tampoco hay música alguna: solo el silbido de las multitudes en los asientos baratos procura satisfacer las necesidades del oído y la impaciencia. De todas formas, vista desde las tribunas caras que hay detrás de nosotros, esta multitud debe de acabar confundiéndose sin distinción con la llanura vacía.

A cierta altura de la barandilla de madera se ha agolpado un gran gentío. «¡Qué pequeño!», exclama un grupo de franceses casi como suspirando. ¿Qué ha ocurrido? Nos abrimos paso. De pronto descubrimos en el campo, muy cerca, un pequeño aeroplano de color amarillento que están preparando para despegar. Y entonces vemos también el hangar de Blériot, y al lado el de su discípulo Leblanc: los han construido dentro del propio campo. Apoyado en una de las dos alas del aparato, Blériot, al que reconocemos de inmediato, la cabeza bien plantada en el cuello, vigila muy de cerca a sus mecánicos, que están trabajando en el motor.

Un operario coge una de las aletas de la hélice para ponerla en marcha, tira de ella, se produce una sacudida, se oye algo parecido a la respiración de un hombre robusto dormido; pero la hélice no sigue moviéndose. Lo intentan otra vez, lo intentan diez veces, unas veces la hélice se detiene enseguida, otras se aviene a dar unas cuantas vueltas. Es debido al motor. Reanudan los trabajos, los espectadores se cansan más que quienes participan de cerca. Lubrican el motor por todas partes; aflojan y ajustan tornillos ocultos; un hombre entra en el hangar y saca una pieza de recambio; pero no encaja; vuelve corriendo y, acuclillado en el suelo del hangar, la martillea sujetándola entre sus piernas. Blériot le deja su puesto a un mecánico, el mecánico se lo deja a Leblanc. Ora este hombre, ora aquel tiran de la hélice. Pero el motor es inmisericorde, es como un escolar que siempre recibe ayuda, toda la clase le sopla, pero no, no puede, se atasca una y otra vez, se planta siempre en el mismo sitio y no avanza. Blériot se queda un ratito inmóvil en su asiento; sus seis colaboradores lo rodean sin moverse; todos parecen estar soñando.

Los espectadores pueden tomar aire y mirar a su alrededor. La joven señora Blériot pasa junto a nosotros con su cara maternal, seguida de dos niños. Cuando su marido no puede volar, se siente incómoda, y cuando vuela, tiene miedo; además, su hermoso vestido es quizá demasiado grueso para esta temperatura.

Vuelven a girar la hélice, quizá mejor que antes, o quizá no; el motor se pone en marcha con mucho ruido, como si fuera otro; cuatro hombres retienen el aparato por detrás, y en medio de la calma chicha reinante, la corriente de aire generada por la hélice pasa en ráfagas a través de las chaquetas de trabajo de los hombres. No se oye una sola palabra, tan solo el ruido de la hélice parece imperar, y ocho manos sueltan el aparato, que echa a andar por sobre los terrones como un individuo torpe sobre un parquet.

Se hacen muchos intentos semejantes y todos acaban de forma imprevisible. Cada uno hace que el público acabe subiéndose a los sillones de mimbre, en los que es posible mantenerse en equilibrio estirando los brazos y mostrar a la vez esperanza, miedo y alegría. En las pausas, sin embargo, los miembros de la nobleza italiana desfilan a lo largo de las tribunas. Se saludan, se inclinan, se reconocen, hay abrazos, algunos suben y bajan las graderías de las tribunas. Se señalan mutuamente a la *principessa* Laetitia Savoia Bonaparte, a la *principessa* Borghese, una dama entrada en años cuyo rostro tiene el color amarillo oscuro de las uvas, a la *contessa* Morosini. Marcello Borghese está con todas las damas y con ninguna; de lejos parece tener un rostro inteligible, pero de cerca sus mejillas se cierran sobre las comisuras de los labios dándole un aire totalmente enigmático. Gabriele d'Annunzio,º pequeño y enclenque, bailotea con aparente timidez ante el *conte* Oldofredi, uno de los personajes más importantes del comité. Desde la tribuna mira, por encima de la barandilla, la vigorosa cara de Puccini,º con una nariz que podríamos llamar de bebedor.

Pero uno solo percibe a estos personajes si los busca; en general solo ve, quitando valor a todo el resto, a las esbeltas damas de la moda actual. Prefieren andar a estar sentadas, sus vestidos se avienen mal con el sentarse. Todas las caras, veladas a la usanza asiática, se mantienen en una leve penumbra. El vestido, suelto por la parte de arriba, confiere, visto desde atrás, cierto aire vacilante a toda la figura; una sensación confusa, de inquietud, surge cuando esas damas aparecen tambaleantes. El corpiño, hundido a bastante profundidad, apenas si resulta perceptible; la cintura parece más ancha que de costumbre porque todo es angosto; estas mujeres quieren ser abrazadas más profundamente.

Hasta entonces solo se había mostrado el aparato de Leblanc. Pero ahora le toca el turno al aparato con el que Blériot sobrevoló el Canal; nadie lo ha dicho, todos lo saben. Una larga pausa y Blériot ya está en el aire, su torso erguido es visible por encima de las alas, sus piernas cuelgan formando parte de la máquina. El sol ha declinado y a través del dosel de las tribunas ilumina las alas suspendidas. Todas las miradas se elevan enfervorizadas hacia el aviador, en ningún corazón hay cabida para otro. Describe un pequeño círculo y se muestra luego casi en la vertical encima de nosotros. Y todos, alargando el cuello, vemos cómo el monoplano da tumbos, es controlado por Blériot e incluso remonta. ¿Qué está ocurriendo? Allá arriba, a veinte metros por encima del suelo, un hombre prisionero en una armazón de madera se defiende contra un peligro invisible y voluntariamente asumido. Nosotros, en cambio, seguimos abajo como personajes rechazados e insustanciales, y observamos a ese hombre.

Todo transcurre bien. El mástil de señalización indica al mismo tiempo que el viento es más favorable y que Curtiss intentará llevarse el Gran Premio de Brescia. ¿Se lanza o qué? Apenas se ha puesto la gente de acuerdo cuando ya retumba el motor de Curtiss; apenas se dirigen a él las miradas cuando ya se aleja de nosotros, ya vuela sobre la llanura que se va expandiendo ante él, hacia los bosques que solo entonces parecen emerger en la lejanía. Vuela un buen rato sobre aquellos bosques, desaparece, seguimos viendo los bosques, a él ya no. Detrás de unas casas, Dios sabe dónde, reaparece a la misma altura que antes y se dirige hacia nosotros: cuando sube, vemos las superficies inferiores del biplano inclinarse oscuras; cuando baja, las superficies superiores refulgen bajo el sol. Da la vuelta en torno al mástil de señalización e, indiferente al bullicio de las aclamaciones, emprende otra vez rumbo hacia el lugar del que acaba de venir, haciéndose de nuevo pequeño y solitario. Da un total de cinco vueltas, vuela 50 kilómetros en 49'24" y gana así el Gran Premio de Brescia, 30.000 liras. Es una hazaña perfecta, pero las hazañas perfectas no pueden valorarse, al final cada cual se cree capaz de realizar hazañas perfectas, para las que no parece necesario valor alguno. Y mientras Curtiss trabaja en solitario por encima de los bosques, mientras su mujer, de todos conocida, se inquieta por él, la multitud casi lo ha olvidado. Por todas partes solo se oyen quejas de que Calderara no pueda volar (su aparato se ha estropeado), de que Rougier lleve ya dos días arreglando su *Voisin* sin ponerlo en marcha, y de que *Zodiac*, el dirigible italiano, no haya llegado todavía. Sobre el accidente de Calderara circulan rumores tan gloriosos que podría creerse que el amor de su país lo acabará elevando por los aires con más seguridad que su máquina Wright.

Aún no ha terminado Curtiss su vuelo cuando en tres hangares ya empiezan a funcionar los motores, como impulsados por el entusiasmo. El viento y el polvo colisionan desde direcciones opuestas. Dos ojos no bastan. Uno se revuelve en su silla, vacila, se aferra a alguien, pide disculpas, el otro vacila a su vez, lo arrastra a uno y le da las gracias. Se inicia la tarde precoz del otoño italiano; en el aeródromo ya no todo puede distinguirse claramente.

Justo cuando Curtiss pasa a nuestro lado después de su vuelo triunfal y, sin mirar, se quita la gorra sonriendo ligeramente, Blériot inicia el breve vuelo circular que todos confiaban en que efectuaría. No se sabe si aplauden a Curtiss o a Blériot o ya a Rougier, cuyo aparato enorme y pesado acaba de alzar el vuelo. Instalado entre sus palancas, Rougier parece un señor sentado a un escritorio al que se puede acceder por detrás subiendo una escalerilla. Asciende describiendo pequeños círculos, sobrevuela a Blériot, convirtiéndolo en espectador, y no para de subir.

Si queremos conseguir un coche, va siendo hora de que nos pongamos en marcha; mucha gente pasa ya junto a nosotros. Se sabe que este vuelo es un simple entrenamiento, y como pronto van a dar las siete, no será registrado oficialmente. En el antepatio del aeródromo los chóferes y criados están de pie sobre sus asientos y señalan a Rougier; frente al aeródromo, los cocheros, de pie sobre una multitud de coches dispersos aquí y allá, señalan a Rougier; tres trenes, repletos hasta los topes, no se mueven debido a Rougier. Por suerte conseguimos un coche, el cochero se acuclilla ante nosotros (no tiene pescante), y nos ponemos en marcha convertidos de nuevo en existencias independientes. Max comenta con toda razón que se podría, y debería, organizar algo parecido también en Praga. No tendría por qué ser un concurso, dice, aunque tampoco estaría de más; invitar a un aviador sería sin duda muy fácil y ninguno de los participantes se arrepentiría. La cosa sería así de simple: Wright iba a volar ahora en Berlín, en fecha próxima Blériot volaría en Viena, y Latham en Berlín. Solo habría, pues, que animarlos a dar un pequeño rodeo. Nosotros dos no respondemos nada, primero porque estamos cansados y luego porque no tenemos nada que objetar. El camino describe una curva y Rougier aparece tan alto que uno tiene la impresión de que muy pronto su posición solo podrá determinarse a partir de las estrellas que no tardarán en aparecer en el cielo, ya teñido de penumbra. No paramos de volvernos; Rougier sigue ascendiendo, pero nosotros nos adentramos definitivamente en la *campagna*.

Una novela de juventud
(1910)°

Felix Sternheim, *Die Geschichte des jungen Oswald*,
Hans von Weber, Múnich, 1910

Lo quiera o no, es un libro para hacer felices a los jóvenes. Quizá cuando empiece a leer esta novela epistolar el lector deba volverse a la fuerza un poco ingenuo, pues un lector no podrá medrar si ya al primer impulso se le hace inclinar la cabeza sobre la invariable corriente de un sentimiento. Y quizá esta ingenuidad del lector sea la causa de que, ya al principio, las debilidades del autor se le aparezcan con una claridad meridiana: un vocabulario pobre, rodeado por la sombra de Werther, doloroso para los oídos con sus «dulce» y «encantador» siempre repetidos; una fascinación recurrente cuya plenitud nunca es abandonada, pero que al depender a menudo solo de las palabras, recorre sin vida las páginas de la obra.

No obstante, a medida que se va familiarizando, el lector pasa a ocupar una posición resguardada cuyo suelo tiembla ya al unísono con el suelo de la historia, y entonces no resulta difícil advertir que la forma epistolar de la novela casi necesita más al autor que éste a ella. La forma epistolar permite describir un cambio rápido a partir de un estado permanente, sin que el cambio rápido pierda su rapidez; permite dar a conocer un estado permanente mediante un grito repentino y que la permanencia siga existiendo. Permite retrasar el desarrollo de la acción sin perjuicio alguno, pues mientras el hombre cuya justificada fogosidad nos emociona escribe sus cartas, todos los poderes lo respetan, las cortinas están corridas, y con el cuerpo entero en reposo él va deslizando uniformemente su mano sobre el papel de carta. Escribe de noche, en duermevela, y cuanto más abre los ojos, antes se le cierran. Escribe dos cartas seguidas a distintos destinatarios, y la segunda con una cabeza que solo piensa en la primera. Escribe cartas por la tarde, de noche y por la mañana, y por encima del rostro nocturno ya irreconocible, el rostro matinal aún mira con comprensión a los ojos del rostro vespertino. Las palabras «Amada, amadísima Margarita» asoman ocultas entre dos frases largas, las rechazan mediante la sorpresa y obtienen libertad absoluta.

Y entonces lo abandonamos todo, la fama, la poesía, la música, y nos perdemos tal como somos en ese país estival donde los campos y las praderas «son surcados por estrechos y oscuros canales, como en las tierras de Holanda»; donde, rodeado de muchachas adultas, niños pequeños y una mujer astuta, Oswald se enamora de Margarita al tictac de breves frases pronunciadas. Esta Margarita vive en el pasaje más profundo de la novela, y hacia ella nos precipitamos sin parar desde todas partes. A ratos hasta perdemos de vista a Oswald; a ella no, e incluso entre las risas más estruendosas de su pequeño círculo la vemos como a través de un matorral. No obstante, en cuanto la vemos, en cuanto vemos su figura sencilla, estamos ya tan cerca de ella que no podemos seguir viéndola; en cuanto la sentimos próxima, ya estamos alejados de ella y la vemos muy pequeña, en lontananza. «Apoyó su cabecita sobre la balaustrada de abedul, de modo que la luna iluminó su rostro a medias.»

La admiración por ese verano en el corazón... ¿quién se atrevería a expresarla o, mejor aún, quién osaría argumentar que, a partir de entonces, el libro empieza a aniquilarse sin rodeos junto con el héroe, el amor, la felicidad y todas las cosas buenas, mientras solo triunfa la poesía del héroe, un asunto que no resulta dudoso gracias únicamente a su falta de interés? Y es así como el lector, cuanto más se acerca el final, más intensamente desea volver a aquel verano inicial, y por último, en vez de seguir al héroe hasta el peñón del suicidio, regresa feliz a aquel verano y desearía permanecer en él para siempre.

Una revista extinta
(1910)°

La revista *Hyperion* ha concluido su labor en parte forzada a ello, en parte por decisión propia, y sus doce blancos números, grandes como losas de piedra, han visto llegado ahora su fin. Directamente ya solo los evocan los almanaques *Hyperion* de 1910 y 1911, que el público se disputa como si de las amenas reliquias de un incómodo difunto se tratara. El director responsable ha sido Franz Blei, este hombre digno de admiración al que la pluralidad de sus talentos no cesa de impulsar hacia una literatura más densa, en la que sin embargo no logra librarse y perseverar, sino que con transformada energía acaba desertando hacia la fundación de revistas. El editor ha sido Hans von Weber, cuya editorial se vio en un principio totalmente ensombrecida por *Hyperion*, pero que ahora, sin ocultarse en ninguna calleja lateral de la literatura ni refulgir tampoco con programas generales, se ha convertido en una de las más enérgicas entre las grandes editoriales alemanas.

El propósito de los fundadores de *Hyperion* era llenar ese vacío en el mundo de las revistas literarias que *Pan* fue la primera en reconocer y luego trató de colmar *Insel*, y que desde entonces seguía, por lo visto, por llenar. Aquí empieza ya el error de *Hyperion*, aunque ninguna revista literaria ha errado nunca con más nobleza. En su tiempo, *Pan* aportó a Alemania el beneficio de un temor al unificar y reforzar unas con otras las fuerzas esenciales, bien que aún no reconocidas, del momento. Allí donde le faltaba esa necesidad extrema, *Insel* se agenció lisonjeramente otra, aunque de inferior categoría. *Hyperion* no tenía ninguna. Su misión era dar a quienes viven en las fronteras de la literatura una representación amplia y viva; pero estos no se la merecían, y en el fondo tampoco deseaban tenerla. Quienes por su naturaleza se mantienen alejados de la colectividad no pueden, sin sufrir cierto menoscabo, aparecer regularmente en una revista donde, entre los demás trabajos, tienen que sentirse expuestos a una especie de luz de candilejas y parecen más extraños de lo que son; y no necesitan defensa alguna, pues la incomprensión no puede afectarlos y el amor los encuentra por doquier. Tampoco necesitan ningún refuerzo exterior, pues si quieren seguir siendo veraces, solo podrán alimentarse de sí mismos, de modo que no se les puede ayudar sin antes perjudicarlos. Si a *Hyperion* le fallaron, pues, las posibilidades de representar, de mostrar, de defender y de reforzar propias de otras revistas, tampoco pudieron evitarse ciertos penosos inconvenientes: una conjunción literaria como la que se había dado cita en *Hyperion* atrae poderosamente la mendacidad y no deja capacidad para defenderse; en cambio, allí donde lo mejor del arte y la literatura en general halló cabida en *Hyperion* no siempre hubo una consonancia perfecta ni, en cualquier caso, un beneficio especial que no pudiera conseguirse en otro sitio. Todos estos reparos no lograron, sin embargo, empañar el disfrute de la revista durante estos dos años, pues ya la fascinación del intento lo hacía olvidar todo. La propia *Hyperion* se vio, sin embargo, profundamente afectada por dichos reparos, aunque su recuerdo no podrá desaparecer ya por el hecho de que entre las generaciones venideras no surgirá nadie que tenga la voluntad, la energía, la capacidad de sacrificio ni la apasionada ofuscación necesarias para reiniciar una empresa semejante; por ello la inolvidada revista empieza a verse libre ya de cualquier tipo de hostilidad, y dentro de diez o veinte años pasará a convertirse simplemente en un tesoro bibliográfico.

Primer capítulo del libro «Richard y Samuel»,º de Max Brod y Franz Kafka
(1912)

Bajo el título *Richard y Samuel · Un breve viaje por las regiones de Europa central* se incluirán en un tomito los diarios de viaje paralelos de dos amigos de carácter muy dispar.

Samuel es un joven con mucho mundo, que aspira seriamente a procurarse conocimientos a gran escala y a formarse un juicio correcto sobre todas las cuestiones de la vida y del arte, sin por ello volverse nunca prosaico ni, menos aún, pedante. Richard no tiene una esfera de intereses definida, se deja llevar por sentimientos enigmáticos y todavía más por su debilidad, aunque dentro del estrecho y aleatorio círculo en el que vive demuestra poseer tanta intensidad e ingenua independencia que en ningún momento cae en comportamientos ridículos o extravagantes. En cuanto a sus profesiones, Samuel es secretario de una sociedad de amigos de las artes, y Richard, empleado de banco. Richard tiene fortuna y solo trabaja porque se considera incapaz de soportar días libres; Samuel tiene que vivir de su trabajo (que desempeña por lo demás con gran éxito y en el que es muy apreciado).

Aunque son compañeros de colegio, el viaje aquí descrito es la primera ocasión en que ambos pasan juntos una temporada larga. Se aprecian mutuamente, aunque no logran comprenderse el uno al otro. Sienten de muchas maneras la atracción y el rechazo. Aquí se describe cómo esta relación se va animando hasta convertirse en una fervorosa intimidad, para luego, tras varios incidentes en el peligroso suelo de Milán y de París, calmarse y consolidarse en una mutua comprensión varonil. El viaje concluye cuando los dos amigos deciden unir sus capacidades con miras a emprender una nueva y original tarea artística.

Presentar los numerosos matices inherentes a las relaciones de amistad entre dos hombres y, gracias a una doble luz contradictoria, mostrar al mismo tiempo los países recorridos con esa frescura y significación que injustamente suelen reservarse solo a las regiones exóticas: tal es el propósito de este libro.

El primer viaje largo en ferrocarril (Praga-Zúrich)

Samuel. Partida el 26.VIII.1911, a las 13 y 2 minutos.

Richard. Al ver a Samuel, que hace una breve anotación en su minúscula y familiar agenda de bolsillo, se me vuelve a ocurrir la vieja y hermosa idea de que cada uno lleve un diario de este viaje. Se lo digo. Al principio se niega, luego acepta y justifica ambas actitudes, que yo solo entiendo superficialmente; de todas formas no importa, siempre y cuando los dos llevemos nuestros diarios. – Y ya vuelve a reírse de mi cuaderno de notas que, encuadernado en tela de lino negra, nuevo, muy grande y cuadrado, se asemeja más bien a un cuaderno escolar. Preveo que será difícil y en cualquier caso molesto llevar este cuaderno en el bolsillo durante todo el viaje. Por lo demás, puedo comprarme uno más práctico en Zúrich, junto con él. También tiene una estilográfica. Ya se la iré pidiendo a ratos.

Samuel. En una estación, frente a nuestra ventanilla, un vagón lleno de campesinas. Una de ellas duerme en el regazo de otra que ríe. Al despertar, aún medio dormida, nos hace un gesto obsceno: «Ven». Como si se mofara de nosotros porque no podemos ir hasta ella. En el compartimiento contiguo, una mujer morena, heroica, totalmente inmóvil. Con la cabeza muy echada hacia atrás, mira a lo largo y ancho de la ventanilla. Sibila délfica.

Richard. Pero lo que no me gusta es el saludo complaciente que ha dirigido a las campesinas, un saludo casi obsequioso, que simula una falsa familiaridad. Ahora el tren se pone en marcha y Samuel se queda solo agitando su gorra con un esbozo de sonrisa demasiado amplio. ¿No estaré exagerando? Me lee su primer comentario, que me produce una gran impresión. Debí haber prestado más atención a las campesinas. – El revisor pregunta, de forma muy poco inteligible, además, como dirigiéndose a personas que hubiesen hecho este trayecto a menudo, si alguien desea pedir café en Pilsen. Cuando hay pedidos, pega a la ventanilla del compartimiento un papelito verde por cada taza, como hacían antes en Misdroy, cuando aún no había embarcadero y el vapor todavía lejano indicaba con banderolas el número de botes que se necesitaban para el desembarco. Samuel no conoce Misdroy. Lástima que no haya ido nunca con él. Era un sitio muy hermoso por entonces. Esta vez también será estupendo. El viaje es demasiado rápido, se acaba demasiado pronto. ¡Con las ganas que tengo ahora de hacer viajes largos! Qué comparación tan anticuada la mía, pues ya hace cinco años que hay una pasarela para desembarcar en Misdroy. – El café en el andén de Pilsen. No es obligatorio tomarlo aunque uno tenga el papelito, y también lo sirven sin él.

Samuel. Desde el andén vemos a una joven desconocida que mira por la ventanilla de nuestro compartimiento y que luego resultará llamarse Dora Lippert.º Guapa, de nariz ancha, un pequeño escote en su blusa blanca de encaje. Primer incidente que nos une cuando se reanuda el viaje: su gran sombrero envuelto en papel cae suavemente de la red portaequipajes sobre mi cabeza. – Nos enteramos de que es hija de un oficial trasladado a Innsbruck y va a visitar a sus padres, a los que no ha visto desde hace tiempo. Trabaja en una oficina técnica de Pilsen todo el día, tiene muchísimo que hacer, pero le gusta, está muy contenta con su vida. En el despacho la llaman «nuestra benjamina» o «nuestra golondrinita». Es la más joven y está rodeada de hombres. ¡Oh, qué divertida es la oficina! Confunden expresamente los sombreros en el guardarropa, clavan los cruasanes de las diez o con goma arábiga le pegan a una el mango de la pluma a la carpeta. También nosotros tenemos oportunidad de participar en una de esas bromas «espléndidas». Escribe una postal a sus colegas del despacho diciéndoles: «Por desgracia, la predicción se ha cumplido. Me subí a un tren equivocado y ahora me encuentro en Zúrich. Muchos recuerdos». Nos encarga enviar la tarjeta desde Zúrich. Y espera que nosotros, «hombres de bien», no añadamos nada a lo que ha escrito. Por supuesto que en la oficina van a preocuparse, a telegrafiar y sabe Dios cuántas cosas más. – Es wagneriana, no se pierde ninguna representación de las obras de Wagner, «hace poco la Kurz en el papel de Isolda», y justamente está leyendo la correspondencia de Wagner con la Wesendonck, se lleva el libro a Innsbruck, sí, se lo ha prestado un señor, el que le toca las transcripciones para piano. Lamentablemente, ella misma tiene poco talento para tocar el piano, ya nos dimos cuenta cuando nos tarareó algunos *Leitmotive*. – Colecciona papeles de chocolate, con los que luego forma una gran bola de hoja de estaño que lleva ahora consigo. La bola es para una amiga suya, no se sabe con qué destino. Pero también colecciona vitolas de puros, seguro que para alguna bandeja. – El primer revisor bávaro que pasa la mueve a expresar brevemente pero con gran rotundidad sus confusas y muy contradictorias opiniones de hija de oficial sobre el ejército austríaco y los militares en general. Considera blandos no solo a los militares austríacos, sino también a los alemanes y, en general, a todos los militares. ¿Así que no se asoma a la ventana de su oficina cuando pasa una banda militar? Ni pensarlo, pues esos ni siquiera son militares. Sí, su hermana menor es diferente. Le encanta bailar en el casino de oficiales de Innsbruck. Pero a ella no la impresionan los uniformes, y los oficiales es como si no existieran. El señor que le presta las transcripciones para piano es al parecer responsable de eso, al menos en parte, pero también lo es nuestro ir y venir por el andén de la estación de Furth, pues caminar la anima mucho después del viaje en tren y se acaricia las caderas con la palma de las manos. Richard defiende a los militares, y muy seriamente. – Sus expresiones favoritas: «impecable», «con cero coma cinco de aceleración», «poner de patitas en la calle», «pronto», «blando».

Richard. Dora L. tiene las mejillas redondas con mucho vello rubio, pero son tan exangües que habría que presionarlas largo rato con las manos para que apareciese cierta rubicundez. El corsé está mal hecho; por encima del borde superior, sobre el pecho, se forman arrugas en la blusa; no hay que darle importancia.

Me alegro de estar sentado frente a ella y no a su lado, pues no puedo hablar con nadie que esté sentado a mi lado. Samuel, por ejemplo, prefiere sentarse junto a mí; también se sienta muy a gusto junto a Dora. Yo, en cambio, me siento espiado cuando alguien se sienta a mi lado. Después de todo, uno no tiene los ojos preparados para mirar a una persona así de entrada, primero hay que volverlos hacia ella. Cierto es que a ratos, sobre todo cuando el tren se mueve, el hecho de estar sentado frente a Dora y Samuel me excluye de su conversación; imposible tener todas las ventajas a la vez. Sí los he visto, en cambio, quedarse mudos uno junto al otro, solo unos instantes, es verdad, y claro está que no por mi culpa.

Yo la admiro: ¡es tan musical! Samuel parece sonreír más bien con ironía cuando ella le canta algo en voz baja. Tal vez no fuera del todo correcto, pero ¿no merece acaso admiración una joven que, viviendo sola en una gran ciudad, se interesa tan apasionadamente por la música? Incluso ha hecho instalar en su habitación, que es solo alquilada, un piano también alquilado. Es preciso imaginarse aquello: algo tan complicado como es transportar un piano (*fortepiano!*),° que crea problemas incluso a familias enteras, y esa frágil muchacha... ¡Cuánta independencia y determinación hacen falta para ello!

Le pregunto cómo vive. Vive con dos amigas; por la tarde, una de ellas compra la cena en una tienda de comestibles finos, se divierten bastante juntas y se ríen mucho. Que todo esto ocurra bajo una luz de petróleo me parece, cuando lo oigo, extraño, pero prefiero no decírselo. Por lo visto no le importa en absoluto esa mala iluminación, pues con su energía podría obligar a la dueña de la casa a ponerle una mejor, si alguna vez se le antojara.

Como en el curso de la conversación tiene que mostrarnos todo lo que lleva en su bolsito, descubrimos también una botella con un medicamento –un horrible líquido amarillo– en su interior. Solo entonces nos enteramos de que no está del todo sana y tuvo que guardar cama mucho tiempo. Después quedó muy débil. Su jefe le aconsejó entonces (así de atentos son con ella) que solo fuera medio día al despacho. Ahora está mejor, pero tiene que tomar este específico a base de hierro. Yo más bien le aconsejo que lo tire por la ventanilla. Le cuesta poco dar su aprobación (pues aquello tiene un sabor horrendo), mas no se decide a hacerlo de verdad pese a que yo, inclinándome más que nunca hacia ella, le expongo mis opiniones –que precisamente sobre este punto son clarísimas– acerca de la necesidad de un tratamiento natural del organismo humano, y esto con la sincera intención de ayudarla o, al menos, evitarle daños a esa joven mal aconsejada y sentirme así, siquiera por unos instantes, una especie de azar afortunado para ella. – Como no para de reírse, me callo. También me ha fastidiado que Samuel no dejara de mover la cabeza mientras yo hablaba. Lo conozco. Cree en los médicos y considera ridícula la medicina naturista. Lo entiendo muy bien: jamás ha tenido necesidad de un médico y, por consiguiente, tampoco se ha sentado nunca a pensar seriamente y por sí mismo sobre el tema; no puede, por ejemplo, relacionar en absoluto este asqueroso preparado con su persona. – De haber estado yo a solas con la señorita, ya la habría convencido. Pues si no tengo razón en este punto, no la tengo en ninguno.

La causa de su anemia me resultó evidente ya desde el primer momento. La oficina. Como todo, también la vida de oficina se puede juzgar divertida (y así lo siente sinceramente esta joven y se equivoca por completo), pero ¿y la esencia, y las consecuencias perniciosas? Yo sé lo que significa, porque también soy oficinista. Pero ¿cómo imaginarse a una muchacha en una oficina? La falda femenina no está hecha para esos menesteres. ¡Qué tensión debe de experimentar moviéndose de un lado a otro durante horas en una dura silla de madera! Y así de oprimidos deben de quedar esos culetes redondos, al igual que los pechos contra el borde del escritorio. – ¿Exagero? – Una muchacha en una oficina me ha parecido siempre un espectáculo triste.

Samuel ya ha intimado bastante con ella. La ha animado incluso –algo que a mí jamás se me habría ocurrido– a ir con nosotros al vagón restaurante, y en él entramos los tres, entre pasajeros extraños, con un aire de familiaridad francamente increíble. Conviene tener presente que para reforzar la amistad hay que buscar un nuevo entorno. Esta vez hasta me siento junto a ella, bebemos vino, nuestros brazos se rozan y la alegría común de estar de vacaciones nos convierte en una familia de verdad.

Pese a la viva resistencia de Dora, reforzada por un intenso chaparrón, Samuel la ha convencido de que aprovechemos la media hora de parada en Múnich para dar un paseo en automóvil. Mientras él va a buscar uno, ella me dice bajo las arcadas de la estación, al tiempo que me coge del brazo: «Por favor, impida este paseo en coche. No puedo ir con ustedes. Es totalmente imposible. Se lo digo a usted porque me inspira confianza. Con su amigo no se puede hablar. ¡Está loco de remate!». – Subimos al automóvil, todo me resulta bastante penoso, me recuerda mucho a la película *La esclava blanca*,º en la que al salir de una estación, en la oscuridad, la inocente heroína es introducida a la fuerza en un coche y raptada por unos desconocidos. Samuel, en cambio, está de buen humor. Como el gran capote del coche nos quita visibilidad, de todos los edificios solo alcanzamos a ver, haciendo un esfuerzo, el primer piso. Es de noche. Perspectivas de sótano. Samuel, en cambio, saca fantásticas conclusiones sobre la altura de los castillos e iglesias. Como Dora permanece callada en la penumbra de su asiento trasero mientras yo empiezo a temer un estallido, Samuel acaba inquietándose y le pregunta, de manera demasiado convencional para mi gusto: «Espero que no esté enfadada conmigo, señorita. ¿Le he hecho algo?». Ella replica: «Ya que estoy aquí, no quiero aguarle la fiesta. Pero no ha debido obligarme. Cuando digo "no" es porque tengo mis razones. No debería dar este paseo». «¿Por qué?», pregunta él. «No puedo decírselo. Usted mismo debería comprender que no está bien que una joven salga a pasear de noche con dos señores. Y hay algo más. Imagínese que estuviese comprometida...» Adivinamos, cada uno por su cuenta y con silencioso respeto, que esto guarda relación con el caballero wagneriano. En principio no tengo nada que reprocharme, pero intento serenarla. También Samuel, que hasta entonces la había tratado un poco desdeñosamente, parece arrepentirse y ya solo quiere hablar del paseo en coche. Atendiendo a nuestra solicitud, el chófer va diciendo los nombres de los monumentos invisibles. Al rodar sobre el asfalto húmedo los neumáticos hacen el mismo ruido que el aparato del cinematógrafo. Y otra vez pienso en *La esclava blanca*. Esas largas y vacías calles negras, lavadas. Lo más conspicuo son los grandes ventanales sin cortinas del restaurante Las Cuatro Estaciones,º cuyo nombre nos sonaba de algún modo como el más elegante de la ciudad. Reverencia de un camarero de librea ante los clientes sentados a una mesa. Al pasar junto a un monumento tenemos la feliz idea de anunciarlo como el célebre monumento a Wagnerº y Dora muestra cierto interés. Solo nos es dado detenernos algún tiempo junto al monumento a la Libertad,º con sus cantarinas fuentes bajo la lluvia. Un puente sobre el río Isar, apenas adivinado. Hermosas mansiones señoriales a lo largo del Jardín Inglés. Ludwigsstrasse, la iglesia de los Teatinos, la Feldherrnhalle, la cervecería Pschorr. No sé por qué no reconozco nada, pese a haber estado varias veces en Múnich. La puerta de Sendling. La estación, a la que temía no llegar a tiempo (sobre todo por Dora). Y así, según el taxímetro, recorrimos la ciudad en veinte minutos exactos, como un muelle de reloj perfectamente regulado.

Instalamos a nuestra Dora, como si fuéramos sus parientes muniqueses, en el compartimiento de un vagón directo a Innsbruck, donde una dama vestida de negro, más temible que nosotros, le ofrece su protección durante la noche. Solo entonces caigo en la cuenta de que a los dos se nos puede confiar con toda tranquilidad a una muchacha.

Samuel. La historia con Dora ha sido un completo fracaso. Cuanto más progresaba, peor era. Me había propuesto interrumpir el viaje y pasar la noche en Múnich. Hasta la hora de cenar —estación de Ratisbona, más o menos— estaba convencido de que la cosa iría bien. Intenté ponerme de acuerdo con Richard escribiéndole unas palabras en un papelito. Parece no haberlo leído, solo procuraba esconderlo. Me tiene sin cuidado, al fin y al cabo; aquella niñata insípida no me apetecía nada. Pero Richard se puso a hacerle aspavientos, a hablarle en tono ceremonioso y deshacerse en amabilidades. Eso la animó a incrementar sus estúpidos melindres, que acabaron resultando insoportables en el automóvil. A la hora de la despedida se transformó, como era de esperar, en una Margarita alemana y sentimental;º Richard, que por supuesto le cargaba la maleta, se comportó como si ella le hubiera otorgado una dicha inmerecida, mientras yo solo experimentaba una sensación penosa. Para decirlo en dos palabras: las mujeres que viajan solas o que, de algún modo, desean que se las considere independientes, no deben recaer en la coquetería habitual –y quizá ya anticuada hoy en día– con que intentan atraer y rechazar alternativamente para así sacar provecho de la confusión que provocan. Pues uno lo nota y pronto se deja rechazar con más placer del que probablemente ellas hubieran deseado.

Tras entablar esta amistad de viaje no del todo impecable, constituyó un placer muy particular encontrar en la estación un lugar especialmente acondicionado para lavarse las manos y la cara. Nos abren una «cabina»; aunque podríamos imaginarnos condiciones de aseo mucho mejores y solo tenemos el tiempo justo de movernos un poco, cargados con nuestra ropa, en la estrechez que separa los dos lavatorios, a pesar de lo cual estamos de acuerdo en que esta instalación imperial alemana revela cultura. En Praga habría que buscar largo rato en las estaciones antes de encontrar algo parecido.

Volvemos al compartimiento, en el que, para gran sobresalto de Richard, habíamos dejado nuestro equipaje. Richard hace sus consabidos preparativos para dormir, enrollando su manta como almohada y dejando que el *havelock*º cuelgue como un baldaquín en torno a su cara. Me gusta que, al menos cuando se trata de su sueño, no tenga miramientos y apague, por ejemplo, la lámpara sin preguntar nada, aunque sepa que yo no puedo dormir en el tren. Se estira sobre su asiento como si lo asistiese algún derecho especial no válido para los demás viajeros. Y al punto se queda plácidamente dormido. Y pensar que el hombre no para de quejarse de insomnio.

En el compartimiento viajan también dos jóvenes franceses (estudiantes de bachillerato en Ginebra). Uno de ellos, de pelo negro, no para de reírse; ríe de que Richard apenas le deje espacio para sentarse (por lo estirado que está), y ríe también de que, aprovechando un instante en que Richard se levanta y pide a los presentes que no fumen tanto, recupera una parte de su camastro. Estas pequeñas batallas entre gente de lenguas distintas se llevan a cabo en silencio y, por tanto, con gran facilidad, sin disculpas ni reproches. – Para matar las horas nocturnas los franceses se pasan continuamente una caja metálica con bizcochos, lían cigarrillos o salen a cada rato al pasillo, llamándose y volviendo a entrar en el compartimiento. En Lindau (ellos pronuncian «Lendó») se ríen a sus anchas del revisor austríaco, y con sorprendente alboroto, dada la hora. Los revisores de un país extranjero resultan irresistiblemente cómicos, como nos lo pareció el bávaro de Furth con su gran bolsa roja que se bamboleaba muy abajo, en torno a sus piernas. – Durante largo rato se ve el lago de Constanza, de aguas que parecen iluminadas y alisadas por las luces del tren hasta fundirse con las remotas luces de la otra orilla, oscura y brumosa. Me viene a la memoria un viejo poema aprendido en la escuela: *El jinete sobre el lago de Constanza.*° Paso un buen momento intentando reconstruirlo de memoria. – Irrumpen tres suizos. Uno de ellos fuma. Otro, que se queda cuando los dos restantes bajan, parece al principio inexistente, pero cobra forma al amanecer. Ha puesto fin a la discusión entre Richard y el francés moreno sin dar la razón a ninguno y sentándose muy tieso entre ambos el resto de la noche, con su bastón de montaña entre las piernas. Richard demuestra que también puede dormir sentado.

Suiza sorprende por las casas aisladas, que dan la impresión de alzarse particularmente rectas e independientes en todas las pequeñas ciudades y pueblos a lo largo de la línea férrea. No forman calles en St. Gallen. Tal vez sea manifestación del buen individualismo germano, favorecido por las dificultades del terreno. Con sus postigos verde oscuro y mucho verde en el entramado y las barandas, cada casa tiene carácter de mansión. Si pese a ello alberga una empresa, solo una, la familia y el negocio no parecen distinguirse. Esta peculiaridad de instalar empresas en las casas de postín me recuerda mucho la novela *El ayudante* de R. Walser.º

Hoy es domingo 27 de agosto, cinco de la mañana. Las ventanillas aún están todas cerradas, todo el mundo duerme. Persiste la sensación de que, encerrados en este tren, respiramos el único aire malsano que hay a nuestro alrededor, mientras que fuera, el paisaje, que solo puede observarse adecuadamente desde un tren nocturno, bajo una lámpara que arda sin cesar, se va desvelando de manera natural. Las oscuras montañas nos aproximan primero este paisaje bajo la forma de un valle particularmente angosto que se abre entre ellas y nuestro tren, luego la bruma matinal ilumina el campo con una luz blancuzca, como desde una claraboya; las praderas alpinas van surgiendo poco a poco frescas, como si nunca antes las hubieran tocado, jugosamente verdes, cosa que me asombra mucho en este año de sequía, y por fin la hierba empalidece y se transforma lentamente a medida que el sol asciende. – Árboles de gruesas y pesadas ramas espinosas que se derraman a lo largo de todo el tronco hasta llegar al pie.

Formas como éstas se ven con frecuencia en los cuadros de pintores suizos, y hasta ahora yo había creído que eran estilizadas.

Una madre con sus hijos inicia el paseo dominical por el camino limpio. Eso me recuerda a Gottfried Keller,º que fue educado por su madre.

En todos los campos de pastoreo, vallas sumamente cuidadas; algunas construidas con troncos grises afilados como lápices, otras con troncos iguales, pero demediados. Así cortábamos de niños nuestros lápices para sacarles punta. Nunca había visto vallas semejantes. Cada país ofrece, pues, novedades en la vida cotidiana, y hay que guardarse bien de que la alegría que producen esas impresiones nos impida reparar en lo raro.

Richard. Suiza entregada a sí misma en las primeras horas matinales. Samuel me despierta, al parecer para mostrarme un puente que merece ser visto, pero que ya ha quedado atrás antes de que yo alce la mirada; obtiene con ello su primera impresión fuerte de Suiza. Yo la observo primero, durante largo tiempo, pasando de mi penumbra interior a la exterior.

He dormido inusitadamente bien esta noche, como casi siempre en el tren. La verdad es que mis horas de sueño en los trenes constituyen una labor impecable. De entrada me tumbo, la cabeza en último término; a manera de preámbulo pruebo brevemente varias posiciones; aunque me estén mirando desde todas partes, me aíslo de los demás tapándome la cara con el sobretodo o la gorra de viaje, y el bienestar inicial de esa posición recién adoptada me va empujando suavemente hacia el sueño. Al principio la oscuridad significa, por supuesto, una buena ayuda, pero después se vuelve superflua. También la conversación podría continuar como antes, si bien el espectáculo de una persona seriamente dormida es una advertencia que ni un parlanchín sentado a cierta distancia podría pasar por alto. Y es que casi no hay lugar donde los mayores contrastes en el modo de vivir se hallen tan inmediata y sorprendentemente próximos como en el compartimiento de un vagón de ferrocarril, y debido a ese continuo observarse no tardan mucho en ejercer un influjo recíproco. Y aunque un durmiente no induzca enseguida a los demás a seguir su ejemplo, los vuelve más silenciosos, o, muy contra su voluntad, aumenta su ensimismamiento hasta hacerlos fumar, lo que por desgracia ocurrió en este viaje, donde entre el aire saludable de mis discretos sueños tuve que respirar nubes de humo de cigarrillo.

Mi capacidad para dormir bien en los trenes me la explico diciéndome que, normalmente, el nerviosismo derivado del exceso de trabajo no me deja dormir debido al ruido que hace surgir en mí; ruido que, de noche, se ve a tal punto exacerbado por todos los ruidos casuales de la gran casa y de la calle donde vivo, por cualquier coche que se aproxime desde lejos, por cualquier riña de borrachos o cualquier paso oído en la escalera que, la mayor parte de las veces, indignado, echo toda la culpa a esos ruidos exteriores. En el tren, en cambio, la regularidad de los ruidos propios del desplazamiento, ya se trate del sistema de amortiguación del vagón, del roce de las ruedas, del entrechocar de los rieles o de la vibración de toda la estructura de madera, vidrio y hierro, crea un nivel como de calma perfecta en el que, al parecer, puedo dormir como un hombre sano. Esta apariencia cede de inmediato ante el penetrante silbido de la locomotora, por ejemplo, o ante algún cambio de velocidad, o, más probablemente, ante la sensación de entrar en las estaciones, que se prolonga por todo mi sueño como a través de todo el tren, hasta despertarme. Luego oigo anunciar, sin sorprenderme, el nombre de lugares por los que jamás pensé que pasaría, como esta vez Lindau, Constanza y creo que también Romanshorn, y que me procuran menos provecho que si solo hubiera soñado con ellos; de hecho me importunan. Si me despierto durante el viaje, el despertar es más violento porque se produce como contra la naturaleza del dormir en los trenes. Abro los ojos y me vuelvo un instante hacia la ventanilla. No veo gran cosa, y lo que veo lo capto con la indolente memoria del que sueña. Sin embargo, juraría que, en algún lugar de Württemberg –como si hubiera reconocido expresamente una región de Württemberg–, vi a las dos de la mañana a un hombre que se inclinaba sobre la barandilla de la terraza de su casa de campo. Detrás de él, la puerta de su estudio iluminado estaba entreabierta, como si solo hubiera salido a refrescarse un poco las ideas antes de dormir... De noche, en el interior de la estación de Lindau, pero también al entrar y al salir, se oían muchos cantos; y como en un viaje semejante, durante la noche del sábado al domingo, en los trayectos largos, perturbado solo levemente en el sueño, uno acumula mucha vida nocturna, el sueño le parece particularmente profundo, y la agitación exterior particularmente ruidosa. También los revisores, a los que veía pasar todo el tiempo por el cristal empañado de mi ventanilla, y que no querían despertar a nadie, sino cumplir solamente con su deber, lanzaban con voz potente hacia nosotros, en el vacío de las estaciones, una sílaba del nombre del lugar, y más adelante las restantes. Ello incitaba a mis compañeros de viaje a reconstruir el nombre, o bien a incorporarse para leerlo ellos mismos a través de la ventanilla que no paraban de limpiar una y otra vez; mi cabeza, sin embargo, no tardaba en caer de nuevo sobre la madera.

Lo cierto es que, cuando uno puede dormir en los trenes tan bien como yo –Samuel se ha pasado toda la noche sentado con los ojos abiertos, según afirma–, solo debería ser despertado al llegar, para así, en el momento de salir del sueño reparador, no encontrarse con la cara grasienta, el cuerpo sudado, el pelo aplastado por todas partes, la ropa interior y la exterior sucia y sin airear tras haber soportado veinticuatro horas el polvo del ferrocarril, acurrucado en un rincón del compartimiento y teniendo que seguir el viaje en ese estado. Uno maldeciría el sueño si en ese momento tuviera la fuerza necesaria para hacerlo, pero se limita a envidiar en silencio a quienes, como Samuel, acaso hayan dormido solo a ratos, pero a cambio han podido cuidar más de sí mismos, han estado plenamente conscientes durante casi todo el viaje y, reprimiendo un sueño al que en el fondo también hubieran podido entregarse, han mantenido sin interrupción la mente clara. A la mañana siguiente quedé, pues, a merced de Samuel.

Estábamos juntos, de pie, pegados a la ventanilla, yo solo por complacerlo, y mientras él me mostraba lo que se podía ver de Suiza y me contaba lo que me había perdido por dormir, yo asentía con la cabeza y admiraba conforme sus deseos. Es una auténtica suerte que él no advierta esos estados míos o no los juzgue como es debido, pues precisamente en esos momentos se muestra más amable conmigo que cuando de verdad me lo merezco. Aquella vez yo solo pensaba con seriedad en la Lippert. Me resulta muy difícil formarme un juicio exacto sobre gente a la que acabo de conocer brevemente, sobre todo si son mujeres. Y es que mientras voy conociendo a la persona prefiero vigilarme a mí mismo, pues hay mucho que hacer por ese lado, de suerte que solo advierto en ella una parte ridículamente pequeña de aquello que ya había intuido de manera fugaz para enseguida perderlo. En el recuerdo, en cambio, esas personas recién conocidas adoptan al punto formas importantes y dignas de veneración, pues se están allí calladas, solo se preocupan de sus propios asuntos y, al olvidarse por completo de nuestra persona, revelan el desprecio que les produce habernos conocido. Pero había otro motivo que me hacía añorar tanto a Dora, la muchacha más próxima en mi recuerdo. Y es que Samuel no me bastaba aquella mañana. Como amigo mío quería hacer un viaje conmigo, pero eso era poco. Significaba solamente que todos los días que durase aquel viaje tendría a mi lado a un hombre vestido cuyo cuerpo solo podría ver a la hora del baño, sin tener, por lo demás, el menor deseo de verlo. Samuel toleraría, sin duda, que apoyase mi cabeza en su pecho si me entraban ganas de llorar, pero a la vista de su rostro varonil, de su barba apenas agitada por el viento, de sus labios bien apretados –y aquí acabo–, ¿podrían, junto a él, venirme a los ojos las lágrimas liberadoras?

(continuará)

Barullo
(1912)º

Estoy sentado en mi habitación, en el cuartel general del ruido de toda la casa. Oigo golpear todas las puertas, cuyo estrépito solo me ahorra los pasos de quienes se mueven entre ellas, oigo incluso el golpe seco de la puerta del horno en la cocina. Mi padre irrumpe por las puertas de mi habitación y pasa envuelto en una bata que lo sigue a rastras; en la estufa de la habitación contigua alguien rasca las cenizas; Valli pregunta, gritando palabra por palabra a través del vestíbulo, si ya han cepillado el sombrero de mi padre; un siseo que pretende ser mi aliado potencia aún más el estruendo de una voz que responde. Alguien abre el cerrojo de la puerta principal, que hace un ruido como de garganta acatarrada y luego se abre con un canto de voz femenina y se cierra por último con un tirón sordo y viril, que es lo más despiadado de todo. Mi padre se ha marchado, ahora empieza un ruido más tierno, más disperso, más carente de esperanza, dirigido por las voces de los dos canarios. Ya me había preguntado antes, y el canto de los canarios vuelve a recordármelo, si no debería dejar la puerta levemente entreabierta, arrastrarme como una serpiente hasta la habitación contigua y, una vez allí, pedir desde el suelo a mis hermanas y a su criada que se callen.

Desde Matlárháza
(1920)º

En Matlárháza puede verse actualmente una pequeña exposición de cuadros de Anton Holub sobre los montes Tatra que ha despertado y merece una viva atención. Entre las acuarelas nos parecen particularmente meritorias las que con sombría seriedad recrean ambientes vespertinos, mientras que las vistas correspondientes a días soleados no logran superar cierta pesadez telúrica pese a la extrema delicadeza de sus tonos. Lo que más gusta, sin embargo, son los dibujos a pluma. Con su trazo tierno, el encanto de su perspectiva y su bien calculada composición, que tan pronto recuerda el grabado en madera como se decanta hacia el aguafuerte, son trabajos dignos de la máxima admiración. Justamente esas imágenes fieles, y a la vez bastante personales, son más capaces de hacernos descubrir la belleza de nuestras montañas que todo el resto. Nos alegraría que con estas obras se organizara pronto una exposición más grande y accesible asimismo a un público más numeroso.

El jinete del cubo
(1921)°

Consumido el carbón; vacío el cubo; ya sin sentido la pala; exhalando frío la estufa; por toda la habitación el soplo de la helada; frente a la ventana árboles entumecidos por la escarcha; el cielo, un escudo de plata opuesto a quien le pide ayuda. Debo conseguir carbón; no puedo morirme de frío; detrás de mí la estufa inmisericorde, delante de mí un cielo que también lo es; por consiguiente debo cabalgar a buen paso entre los dos y, en el centro, pedirle ayuda al carbonero. Pero éste ya se ha vuelto insensible a mis súplicas habituales; tendré que demostrarle con total precisión que no me queda una sola carbonilla y que él es por tanto para mí el sol en el firmamento. Tendré que ir como el mendigo que, resollando de hambre, quiere morir en el umbral, y al que por eso mismo la cocinera de los señores decide darle el poso del último café; del mismo modo, furioso, pero bajo el anatema del mandamiento «¡No matarás!», el carbonero tendrá que echarme una palada llena en el cubo.

Ya mi aparición ha de ser decisiva; por eso iré montado en el cubo. Como jinete del cubo, la mano en alto aferrada al asa, la más sencilla de las riendas, voy girando al bajar dificultosamente la escalera; pero una vez abajo mi cubo se eleva espléndido, espléndido; no más bellamente se levantan, sacudiéndose bajo la vara de su guía, los camellos que poco antes yacían pegados al suelo. Por la calle helada el trote es armonioso; a menudo me elevo hasta la altura de los primeros pisos; jamás desciendo hasta las puertas de entrada. Y a una altura inusitada planeo frente al sótano abovedado del carbonero, que está escribiendo acuclillado a su mesita, al fondo de todo: para dar salida al calor excesivo ha dejado la puerta abierta.

«¡Carbonero!», exclamo con una voz hueca y quemada por el frío, envuelto en las nubes de humo de mi aliento, «por favor, carbonero, dame un poco de carbón. Mi cubo está ya tan vacío que puedo cabalgar sobre él. Sé bueno. Te pagaré en cuanto pueda.»

El carbonero se lleva la mano al oído. «¿He oído bien?», pregunta por encima del hombro a su mujer, que teje sentada en el banco de la estufa, «¿he oído bien? Un cliente.»

«Yo no oigo nada», dice la mujer respirando tranquilamente sobre las agujas de tejer, con un agradable calor en la espalda.

«¡Sí!», exclamo, «soy yo; un viejo cliente; fiel y devoto; solo temporalmente sin medios.»

«Mujer», dice el carbonero, «allí hay alguien; no puedo equivocarme hasta tal punto; tiene que ser un cliente viejo, muy viejo, para que pueda hablarme tan directamente al corazón.»

«¿Qué te pasa, esposo mío?», dice la mujer y, descansando un instante, oprime la labor contra su pecho, «no hay nadie; la calle está vacía; nuestros clientes están todos bien provistos; podríamos cerrar el negocio unos cuantos días y descansar.»

«Pero si estoy aquí sentado sobre el cubo», exclamo yo, y mis ojos quedan velados por insensibles lágrimas de frío, «levanten la mirada, por favor; enseguida me descubrirán; les pido una palada llena; y si me dan dos, me harán más que feliz. Los demás clientes ya están todos provistos. ¡Ah, si pudiera oír la palada tabletear en el cubo!»

«Voy», dice el carbonero e intenta subir la escalera con sus piernas cortas, pero la mujer ya está a su lado, lo retiene con firmeza por el brazo y dice: «Tú te quedas. Si persistes en tu obstinación, ya subiré yo. Recuerda tus accesos de tos de esta noche. Y es que por un negocio, aunque sea imaginario, olvidas mujer e hijos y sacrificas tus pulmones. Iré yo». «En ese caso dile todas las clases de carbón que tenemos en el almacén; yo te gritaré los precios.» «Bien», dice la mujer, y sube hasta la calle. Por supuesto que me ve enseguida.

«Señora carbonera», exclamo, «mi más cordial saludo; solo una palada de carbón; aquí, en este cubo; yo mismo me la llevaré a casa; una palada del peor que tenga. Por supuesto que se la pagaré íntegra, pero no enseguida, no enseguida.» ¡Qué tañido de campanas son las dos palabras «no enseguida», y cuán perturbadoramente se mezclan con el repique vespertino que llega desde el vecino campanario!

«¿Qué es lo que quiere?», exclama el carbonero. «Nada», le responde la mujer, «aquí no hay nada; no veo nada ni oigo nada; solo están dando las seis y vamos a cerrar. Hace un frío horrible; es probable que mañana tengamos mucho trabajo.»

No ve nada ni oye nada, pero la carbonera se desata la cinta del delantal e intenta ahuyentarme con él. Por desgracia lo consigue. Mi cubo tiene todas las ventajas de una buena cabalgadura; carece, eso sí, de resistencia; es demasiado ligero; un delantal femenino le hace levantar las patas del suelo.

«¡Malvada!», logro aún gritarle, mientras ella, volviéndose hacia la tienda, golpea el aire con la mano, «¡Malvada! Te he pedido una palada del peor carbón y no me la has dado.» Y tras decir esto asciendo hasta las regiones de las montañas heladas y me pierdo de vista para siempre.

Notas

Notas a «Contemplación»

Contemplación (en lengua alemana, *Betrachtung*) es la primera antología de narraciones publicada por Franz Kafka. Una primera edición, parcial, tuvo lugar en la revista-libro bimestral *Hyperion*, cuaderno 1, páginas 91-94, Múnich, 9 de marzo de 1908. Esta primera edición contiene ocho textos sin título, numerados del I al VIII, según se indica líneas más abajo. La segunda edición, también parcial, que contenía solo cinco textos, tuvo lugar en el diario *Bohemia*, año 83, núm. 86 (edición matutina), Praga, 27 de marzo de 1910. Dos años más tarde, Kafka publicó la tercera y definitiva edición de este libro en la editorial de Ernst Rowohlt, Leipzig, 1913 (de hecho apareció hacia el 10 de diciembre de 1912), edición en la que los ocho textos publicados en la revista *Hyperion*, más otros diez que Kafka incorporó, aparecen ya con los siguientes títulos:

[a] *Kinder auf der Landstrasse* (Niños en el camino vecinal)
[b] *Entlarvung eines Bauernfängers* (Desenmascaramiento de un engañabobos)
[c] *Der plötzliche Spaziergang* (El paseo repentino)
[d] *Entschlüsse* (Resoluciones)
[e] *Der Ausflug ins Gebirge* (La excursión a la montaña)
[f] *Das Unglück des Junggesellen* (La desventura del soltero)
[g] *Der Kaufmann* (El tendero)
[h] *Zerstreutes Hinausschaun* (Mirando distraídamente fuera)
[i] *Der Nachhauseweg* (El camino a casa)
[j] *Die Vorüberlaufenden* (Los transeúntes)
[k] *Der Fahrgast* (El pasajero)
[l] *Kleider* (Vestidos)
[m] *Die Abweisung* (El rechazo)
[n] *Zum Nachdenken für Herrenreiter* (Tema de reflexión para jinetes que montan caballos propios)

[ñ] *Das Gassenfenster* (La ventana a la calle)
[o] *Wunsch, Indianer zu werden* (Deseo de convertirse en indio)
[p] *Die Bäume* (Los árboles), y
[q] *Unglücklichsein* (Ser desdichado).

De este conjunto que configura la edición definitiva, la revista *Hyperion* había ofrecido solo los textos siguientes, en este orden: [g], [h], [i], [j], [l], [k], [m] y [q], numerados del I al VIII. La segunda edición de *Contemplación*, publicada en el diario *Bohemia* con el título –en plural– *Betrachtungen*, comprendió solo los cinco textos siguientes: [h], [j], [l], [k] y [n]; con la particularidad de que el texto *Zerstreutes Hinausschaun* (Mirando distraídamente fuera) lleva el título *Am Fenster* (En la ventana), y el texto *Die Vorüberlaufenden* (Los transeúntes) lleva el título *In der Nacht* (En la noche).

La dedicatoria de la tercera edición, *Para M. B.*, remite a Max Brod (Praga, 1884 - Tel Aviv, 1968), amigo y albacea testamentario de Kafka. Siendo ésta la primera publicación de Franz Kafka en forma de libro, es obligado detenerse en la historia de sus respectivas ediciones, parciales y completa. Hacia 1908, el nombre de Franz Kafka debía de resultar conocido al editor de la revista *Hyperion*, Franz Blei, que durante todo el primer año de existencia de la misma la dirigió junto a Carl Sternheim en Múnich. Max Brod había publicado en la revista *Die Gegenwart* (año 36, núm. 6, 9 de febrero de 1907) una crítica del libro de Blei *Der dunkle Weg*, la cual condujo a que naciera entre los dos una sólida amistad; bien pudo ocurrir, así, que Brod presentara a nuestro escritor a Franz Blei durante alguna de las frecuentes visitas de éste a la ciudad de Praga. El caso es que, hacia el verano de 1907, probablemente encargó Blei algunos textos a Kafka, con la intención de publicarlos, como en efecto hizo, en el primer número de la revista *Hyperion*, aunque no en enero-febrero de 1908, como está indicado en la publicación, sino en marzo, como ya se ha dicho.

Por lo que respecta a la segunda edición, en el diario *Bohemia*, sabemos que Kafka había publicado previamente en esta misma revista *Los aeroplanos en Brescia*, en septiembre de 1909, y *Una novela de juventud*, en enero de 1910. La publicación de estos dos textos pudo deberse a una petición del redactor del diario *Bohemia*, Paul Wiegler, a quien Kafka conoció a raíz de una conferencia de aquél en Praga, el 6 de noviembre de 1910. Kafka recabó la opinión de su amigo Max Brod a propósito de la posible publicación de la selección de textos de *Contemplación* en el diario *Bohemia*, según se lee en la carta del autor del 18 de marzo de 1910: «Mañana iré a tu casa a eso de las siete ... (también a causa de *Bohemia*)». Al día siguiente, Brod registra en su *Diario*: «Por la tarde con Kafka, que se siente desgraciado, en compañía de Wiegler» (se cita según *KA*). Fue el propio Wiegler quien insistió en denominar *Betrachtungen* (es decir, *Contemplaciones*, en plural) al conjunto de cinco textos ofrecidos por Kafka al diario *Bohemia*; algo que al parecer disgustó seriamente a Kafka, según se lee en el prólogo que Max Brod escribiera para una edición en paralelo de los dos manuscritos de *Descripción de una lucha* (véase *Beschreibung eines Kampfes. Die Zwei Fassungen. Parallelausgabe nach den Handschriften*, ed. de Ludwig Dietz, Frankfurt am Main, S. Fischer, 1969, p. 150).

De la primera edición de *Betrachtung* en forma de libro (Leipzig, 1913) se imprimieron 800 ejemplares numerados. En otoño de 1915, cuando Kurt Wolff, estrecho colaborador de Ernst Rowohlt, fundó su propia editorial, llevándose consigo a algunos autores publicados antes por la editorial Rowohlt –como es el caso de Kafka–, quedaba todavía un fondo editorial de unos 500 ejemplares. Cuando el autor recibió de manos de Carl Sternheim, en 1915, el importe del Premio Fontane que le había sido otorgado a éste, la editorial de Kurt Wolff aprovechó la ocasión para poner en circulación –con una página de créditos impresa de nuevo, pero sin alteración alguna en el resto del libro– una mal llamada «segunda edición» del libro de Kafka. A pesar del reducido número de ejemplares que Kafka vendió habitualmente de todos sus libros, no puede decirse que esta iniciativa fuese vana, pues nos consta que entre el 1 de julio de 1915 y el 30 de junio de 1916 se habían vendido 258 ejemplares más de *Betrachtung*, otros 102 entre 1916 y 1917, 69 entre 1917 y 1918, y 38 entre 1919 y 1920 (*Deutsches Literaturarchiv*; registros aportados por los editores de *KA*). La edición no consta como agotada hasta el mes de enero de 1925, pocos meses después de la muerte del escritor (así consta en 1925. *Ein Almanach für Kunst und Dichtung aus dem Kurt Wolff Verlag*, Múnich, 1925, página 12 del catálogo, siempre según *KA*).

El carácter insólito de los textos que configuran *Contemplación* hizo que los críticos de la época alinearan a Franz Kafka con los escritores de cuño expresionista, cuando, en realidad, vista ahora la producción del autor en su conjunto, y también a la luz de la prosa expresionista en general, ya puede decirse que este primer libro del autor definía una poética completamente original. Franz Kafka había elaborado, entre 1906 y 1910, una serie dispersa de textos de características muy distintas, a modo de esbozos y ejercicios de estilo, de los que acabaría extrayendo, reelaborados o no, tanto los ocho textos que aparecieron en la revista *Hyperion*, como los cinco aparecidos en *Bohemia*, como el resto de los dieciocho que configuran la edición definitiva de *Contemplación*.

PÁGINA 47, LÍNEA 31. *A ratos apoyaba ambos brazos ... mi pan con mantequilla.* Ya en esta narración, una de las más antiguas de Kafka, aparece el extraño tratamiento de la gestualidad que caracteriza toda la obra narrativa del autor. Algunos comentaristas han sugerido que este modo kafkiano de tratar el gesto de los personajes obedece a la influencia que pudo ejercer el cine mudo sobre el escritor. Otros, sin más, ven en la gestualidad de los personajes de las narraciones y las novelas de Kafka un *estilema* propio de su originalidad.

PÁGINA 54, LÍNEA 4. *El paseo repentino.* Ésta es la primera narración de Kafka de carácter –o inspiración, cuanto menos– autobiográfico. Parecida a ella, por el tema que se trata y también por algunos de sus contenidos, es la narración «La desventura del soltero», perteneciente a este mismo libro. Puede decirse que ambas narraciones anuncian, en cierto modo, el contenido latente de *La condena*, segundo de los libros publicados por Kafka. El autor volvería en múltiples ocasiones al tema de la soltería, tanto en las narraciones como en las novelas.

Kafka escribió la primera versión de este texto en sus diarios, en la entrada correspondiente al 5 de enero de 1912. El texto que se da aquí ofrece notables diferencias con el que allí se encuentra y que reproducimos a continuación: «Cuando, de noche, uno parece definitivamente decidido a quedarse en casa, se ha puesto el batín y, acabada la cena, se sienta a la mesa iluminada para entregarse a algún trabajo o juego después de los cuales suele irse a dormir; cuando fuera hace un tiempo de perros que torna evidente la necesidad de quedarse en casa; cuando uno ya lleva tanto rato sentado a la mesa que irse provocaría por fuerza el estupor general; cuando la escalera ya está a oscuras y cerrado el portón, y a pesar de todo uno se levanta presa de una desazón repentina, se cambia la chaqueta y aparece vestido con ropa de calle, declara tener que salir y lo hace tras una breve despedida, creyendo haber provocado mayor o menor indignación según la rapidez y brusquedad con que cierre la puerta de casa; cuando uno se encuentra luego en la calle y ve que sus miembros responden con peculiar soltura a la inesperada libertad que se les ha concedido; cuando gracias a esta única decisión uno siente condensada en su interior toda la capacidad de tomar decisiones; cuando advierte con más convicción de la habitual que posee más el poder que la necesidad de suscitar y soportar fácilmente los cambios más rápidos, y que abandonado a sí mismo en la razón y el silencio se beneficia de esto de tal modo que le hace crecer; entonces, por esa noche se habrá uno desprendido por completo de su familia, de forma más convincente que viajando lo más lejos posible, y habrá vivido una aventura que, debido al sumo grado de soledad que representa para Europa, solo puede calificarse de rusa. Todo aquello se refuerza todavía más si a esa hora tardía se visita a algún amigo para ver cómo le va».

PÁGINA 57, LÍNEA 4. *La desventura del soltero*. Kafka podría haber tomado como modelo de esta narración a Alfred Löwy, tío suyo por parte de madre (llamado por Kafka el «tío de España» y el «tío de Madrid»), de quien el autor escribiría, en la entrada del 5 de septiembre de 1912 de sus diarios: «Le pregunto: Cómo se concilia que estés descontento, como dijiste hace poco, y que te adaptes a todo, como se ve una y otra vez ... Respondió, tal como lo recuerdo: "En particular estoy descontento; en general, no. Ceno bastante a menudo en una pequeña pensión francesa muy distinguida y cara. Una habitación de matrimonio cuesta, por ejemplo, con pensión completa, cincuenta francos al día. Me siento allí, por ejemplo, entre un secretario de la embajada francesa y un general español de artillería. Frente a mí se sienta un alto funcionario del Ministerio de Marina y conde de no sé qué. Ya los conozco bien a todos, me acomodo en mi sitio saludando hacia todos lados, y dado que estoy de mal humor no digo palabra, salvo el saludo con que vuelvo a despedirme. Luego me encuentro solo en la calle y realmente soy incapaz de ver de qué ha servido esa noche. Me voy a casa y lamento no haberme casado. Naturalmente, todo esto se esfuma enseguida, bien porque lo pienso hasta el final, bien porque los pensamientos se dispersan. Pero regresa ocasionalmente"».

Kafka escribió la primera versión de este texto en sus diarios, en la entrada correspondiente al 14 de noviembre de 1911. El texto que se da aquí ofrece notables diferencias con el que allí se encuentra y que reproducimos a continuación: «Antes de dormirme. Parece duro ser soltero; ya viejo, pedir, guardando a duras penas la dignidad, acogida cuando quiere pasar una velada con gente, llevarse en la propia mano la comida a casa, no poder aguardar ociosamente a nadie con tranquila confianza, hacer regalos a alguien solo con esfuerzo o con fastidio, despedirse delante de la puerta de casa, no subir nunca las escaleras con la propia mujer, estar enfermo y tener el único consuelo de mirar por la ventana, si es que uno puede incorporarse, tener en la habitación solo puertas laterales que dan a viviendas ajenas, percibir la extrañeza de los parientes, con los que solo se puede mantener lazos por medio del matrimonio, primero por el matrimonio de sus padres, luego, cuando el efecto de éste decae, por el de uno mismo, tener que admirar niños ajenos sin poder repetir una y otra vez: "Yo no tengo", tener un invariable sentimiento de vejez porque no hay una familia que crezca con uno, amoldarse en el aspecto y la conducta a uno o dos solteros que uno recuerda de su juventud. Todo esto es verdad, solo que es fácil cometer el error de extender tanto ante sí los sufrimientos futuros que la mirada tenga que ir mucho más allá de ellos y ya no regrese, cuando en realidad, hoy y más tarde, será uno mismo quien esté ahí, con un cuerpo y una cabeza de verdad, también una frente para golpeársela con la mano».

PÁGINA 57, LÍNEA 14. *tan solo puertas laterales que comunican con habitaciones ajenas.* Así se describe también la habitación de Gregor Samsa en *La transformación*. Por lo demás, es propio de la arquitectura civil decimonónica de Praga que las habitaciones de una casa de vecinos posean más de una puerta y se comuniquen entre sí, y a su vez con un pasillo común.

PÁGINA 67, LÍNEA 5. *Tema de reflexión para jinetes que montan caballos propios.* El título de esta narración quizá parecerá extraño al lector español, más aún si observa la relativa brevedad del título original: *Zum Nachdenken der Herrenreiter*. *Herrenreiter* son, literalmente, 'jinetes-señores' o 'jinetes-soberanos', es decir, jinetes que montan un caballo que les pertenece en propiedad.

PÁGINA 69, LÍNEA 12. *sin una ventana a la calle.* A partir de esta prosa, el tema de la «mirada a través de la ventana» será recurrente en toda la obra de Kafka. Klaus Wagenbach opina que este texto podría evocar la mirada del joven Franz Kafka a través de una ventana, cuando éste vivía con sus padres en Zeltnergasse 3, entre 1896 y 1907, esto es, durante la etapa de la carrera universitaria y el año de pasantía en los tribunales, ulterior al doctorado.

PÁGINA 70, LÍNEA 4. *Deseo de convertirse en indio.* El extraño empleo que hace Kafka de los tiempos verbales en esta narración puede parecer incoherente, o hacer pensar que la dejó inacabada. Pero no es así: Kafka emplea deliberadamente la mezcla de tiempos verbales que el traductor preserva, y que solo remotamente tiene que ver con el alemán que se hablaba en la Praga de aquel tiempo.

PÁGINA 72, LÍNEA 4. *Ser desdichado.* La primera versión de este texto se halla en la primera entrada del cuaderno segundo de los *Diarios*, que no lleva fecha pero debe datarse hacia mediados de 1910. Esta versión de los *Diarios* ofrece algunas variantes en la puntuación y se interrumpe en la frase «¿Y piensa usted que yo creo en fantasmas?».

Notas a «La condena»

Al día siguiente de haber escrito *La condena*, Franz Kafka anota en sus diarios, con fecha 23 de septiembre de 1912: «Esta historia, *La condena*, la he escrito de un tirón durante la noche del 22 al 23, entre las diez de la noche y las seis de la mañana. Casi no podía sacar de debajo del escritorio mis piernas, que se me habían quedado dormidas de estar tanto tiempo sentado. La terrible tensión y la alegría a medida que la historia iba desarrollándose delante de mí, a medida que me iba abriendo paso por sus aguas. Varias veces durante esta noche he soportado mi propio peso sobre mis espaldas. Cómo puede uno atreverse a todo, cómo está preparado para todas, para las más extrañas ocurrencias, un gran fuego en el que mueren y resucitan. Cómo empezó a azulear delante de la ventana. Pasó un carro. Dos hombres cruzaron el puente. La última vez que miré el reloj eran las dos. En el momento en que la criada atravesó por vez primera la entrada escribí la última frase. Apagar la lámpara, claridad del día. Ligeros dolores cardíacos. El cansancio que desaparece a mitad de la noche. Mi tembloroso entrar en el cuarto de mis hermanas. Lectura. Antes, desperezarse delante de la criada y decir: "He estado escribiendo hasta ahora". El aspecto de la cama sin tocar, como si la hubiesen traído en ese momento. El corroborado convencimiento de que cuando trabajo en mi novela me encuentro en vergonzosas bajuras de la escritura. Solo así es posible escribir, solo con esa cohesión, con total abertura del cuerpo y del alma. La mañana, en la cama. Los ojos cada vez más claros. Muchos sentimientos acarreados mientras escribía: por ejemplo, la alegría de tener algo bello para la *Arkadia* de Max [Brod]; naturalmente, he pensado en Freud, en un pasaje de *Arnold Beer* [de Max Brod], en otro de Wassermann ... en *Die Riesin* [La giganta], de Werfel, también, naturalmente, en mi "El mundo urbano"».

Recabamos parecida información –además de sugerencias de primer orden para una interpretación de esta historia– en una carta de Kafka a su prometida Felice Bauer (a quien dedicó la narración) del 2 de junio de 1913, es decir, poco después de la publicación del texto en la revista dirigida por Max Brod, y sin duda poco después de haber mandado a Felice un ejemplar: «¿Encuentras en *La condena* algún sentido, quiero decir algún sentido directo, coherente, rastreable? Yo no lo encuentro, y tampoco puedo explicar nada sobre el particular. No obstante, contiene muchas cosas singulares. ¡Fíjate aunque solo sea en los nombres! El relato fue escrito en una época en la que desde luego yo ya te conocía, y en la que el mundo, por obra y gracia de tu existencia, había visto incrementado su valor, pero una época en la que todavía no te había escrito. [De hecho, Kafka envió su primera carta a Felice Bauer el 20 de septiembre de 1912, es decir, solo dos días antes de escribir *La condena*.] Pues bien, fíjate, el nombre de Georg [el protagonista del relato se llama Georg Bendemann] tiene tantas letras como Franz; "Bendemann" se compone de *Bende* y de *Mann* [*Mann* significa 'hombre' en alemán], *Bende* tiene tantas letras como Kafka, y las dos vocales están en idéntico lugar, Mann está ahí sin duda por piedad, para fortalecer al pobre Bende en sus luchas. Frieda [la novia del protagonista de *La condena* se llama Frieda Brandenfeld] tiene tantas letras como Felice, y también la misma inicial; *Paz y Felicidad* [en el original: *Friede* y *Glück*] son algo que se halla muy unido. "Brandenfeld" establece, a través de *Feld* ['campo', en alemán] una relación con *Bauer* [que era el apellido de la novia de Kafka y significa 'campesino'], y tiene idénticas iniciales. Y aún hay algunas cosas más por el estilo; naturalmente no se trata sino de cosas que he descubierto más tarde. Por lo demás, la historia entera fue escrita en una noche, desde las once de la noche hasta las seis de la madrugada. Mi intención, al sentarme a escribir tras un domingo tan desdichado como para echarme a gritar (me había pasado toda la tarde dando vueltas alrededor de los parientes de mi cuñado, que habían venido a visitarnos por primera vez), era describir una guerra, un joven debía ver desde su ventana cómo una muchedumbre avanzaba a lo largo de un puente, pero luego, ya manos a la obra, todo me salió distinto. Una cosa importante antes de terminar: la última palabra de la antepenúltima frase debe ser "caer en el vacío" [*hinabfallen*], y no "caer" [*hinfallen*]».

De esta carta a Felice Bauer puede inferirse que Kafka no era ajeno a los planteamientos hermenéuticos de la tradición de los cabalistas judíos; sobre esta cuestión, que aquí nos limitamos a señalar, se han escrito libros enteros, pero, en términos generales, las interpretaciones cabalísticas de la obra de Kafka acusan una temeridad –frivolidad, a veces– que entorpece gravemente toda actuación hermenéutica alejada de apriorismos y prejuicios. De esta carta se deduce igualmente que *La condena* es –como también dejó escrito el autor en la entrada de los *Diarios* citada más arriba– una narración nacida al amparo de la estrategia literaria de la escritura autobiográfica, como sucede con muchas otras de sus narraciones y esbozos de cuentos y otros textos. Nuestra edición «mayor» (*OC*, vol.III) ya ha dado cuenta, en este sentido, de la enorme cantidad de pasajes «ficcionales», unos más extensos que otros, que se encuentran diseminados en los *Diarios*.

A pesar de todo, es más que probable que Kafka escribiera esta historia pensando solamente, en principio, en satisfacer una petición de su amigo Max Brod, quien, hacia julio de ese mismo 1912, había propuesto a la editorial Ernst Rowohlt la creación de una revista literaria que acabó llamándose *Arkadia*, y de la que no apareció más que un número, que no se había agotado todavía en 1919. Este número único de la revista es el que incluyó la primera edición de *La condena* (Leipzig, Kurt Wolff Verlag, 1913, pp. 53-65).

Cuando esta publicación estaba todavía preparándose, Kurt Wolff tuvo noticia de *La condena* y de la existencia, aunque solo fuera en borrador, de otras dos narraciones, *El fogonero* y *La transformación*, y sugirió a Kafka que las revisara y las diera también a la imprenta. Kafka respondió que ofrecería con gusto al público las tres narraciones, pero reunidas en forma de libro, y propuso el título común de *Die Söhne* (Los hijos); pero esta publicación jamás tuvo lugar en vida de Kafka, y solo muy tardíamente la editorial S. Fischer, heredera de los derechos de edición de la obra del autor, dio a luz un volumen que reunía bajo dicho título las tres narraciones (Franz Kafka, *Die Söhne. Drei Geschichten*, Frankfurt am Main, 1989). Para justificar esta empresa, Kafka adujo lo siguiente en carta a Kurt Wolff: «*El fogonero, La transformación* y *La condena* constituyen una unidad tanto interior como exteriormente; entre ellas hay un nexo evidente y, más que éste, un nexo secreto».

Cuando, en 1915, en un gesto que no pasó inadvertido en los medios literarios de expresión alemana, Carl Sternheim cedió a Kafka el importe del Premio Fontane, que le había sido otorgado a él (véase la nota liminar a *Contemplación*), un colaborador de Kurt Wolff, Georg Heinrich Meyer, sugirió por su parte la publicación conjunta de las tres narraciones mencionadas; pero en esta ocasión Kafka propuso reunir en un volumen *La condena*, *La transformación* y *En la colonia penitenciaria* (en vez de *El fogonero*), y denominar el libro *Strafen* (Castigos) en lugar de *Los hijos*.

Las dos propuestas resultan igualmente sintomáticas, más todavía si tenemos en cuenta la entrada de los *Diarios* citada más arriba («naturalmente, he pensado en Freud...»). Sea como fuere, cuando finalmente apareció en forma de libro (casi de *plaquette*, pues ocupaba 31 páginas en total), la «historia» de *La condena* se editó sin compañía, y así fue por expreso y definitivo deseo de Kafka, que no estaba del todo convencido de poder publicar como libro ningún otro texto. Esta nueva edición de *La condena* (*Das Urteil. Eine Geschichte von Franz Kafka*, Leipzig, Kurt Wolff Verlag, 1916) aparecía tres años después de haber sido publicado el texto en la revista *Arkadia*, y con escasas variaciones, entre ellas un ligero cambio en la dedicatoria: en vez de «Para la señorita Felice B.», el más escueto y misterioso «Para F.» («Tu pequeño relato va a aparecer en breve. He sustituido la anticuada dedicatoria por "Para F." ¿Te parece bien?», le escribía Kafka a su prometida en carta del 22 de septiembre de ese mismo año 1916). *La condena* fue el número 34 de la colección «Der Jüngste Tag» (El Juicio Final), título (el de la colección, asociado al contenido de su texto) que hizo muchísima gracia al escritor.

La tercera edición de *La condena* tuvo lugar en 1919 (pie de imprenta, 1920), en la misma colección «Der jüngste Tag» editada por Kurt Wolff, sin que pueda asegurarse que Kafka interviniera en la corrección de las pruebas e introdujera ninguna de las escasas variantes que en ella se registran. Ésta es la razón por la que la presente edición, siguiendo siempre la lección alemana de *KA*, toma la edición de 1916, supervisada con toda seguridad por Kafka, como base para la traducción al castellano. El texto que se da aquí ofrece ligeras diferencias con el que se encuentra en los Diarios, diferencias que afectan sobre todo a cuestiones de puntuación, disposición de los diálogos, pequeños cambios en el orden de alguna frase y esporádicas variantes léxicas.

Añadamos todavía algunas manifestaciones del propio autor relativas a *La condena*. Con fecha 11 de febrero de 1913 leemos en los diarios del escritor: «Con ocasión de estar corrigiendo las pruebas de imprenta de *La condena* voy a anotar todas las correlaciones que se me han vuelto claras en esta historia, en la medida en que las tenga presentes. Es necesario, ya que, como un auténtico parto, esta historia ha salido de mí cubierta de suciedad y mucosidades y yo soy el único cuya mano es capaz de llegar hasta su cuerpo y tiene ganas de hacerlo: El amigo es el nexo entre el padre y el hijo, su máximo punto en común. Sentado a solas junto a su ventana, Georg hurga con voluptuosidad en ese elemento común, cree tener a su padre dentro de sí y considera que todo está en paz, si se prescinde de una fugaz propensión a la reflexión triste. Ahora bien, el desarrollo de la historia muestra cómo, a partir de ese elemento común, el amigo, el padre va emergiendo como antítesis de Georg, fortalecido en ello por otros vínculos menores que también comparten, a saber, su amor y su apego a la madre, el fiel recuerdo que conserva de ella, y la clientela, que, en efecto, originariamente fue ganada para el negocio por el padre. Georg no tiene nada, el padre expulsa con facilidad a su novia, esta solo vive en la historia por la relación que guarda con el amigo, es decir, con el nexo común, y como aún no ha habido boda, no puede entrar en el círculo de consanguinidad trazado en torno al padre y al hijo. El elemento común se acumula en su totalidad alrededor del padre, Georg solo lo siente como algo ajeno, independizado, nunca protegido suficientemente por él, expuesto a revoluciones rusas, y si la condena que le cierra completamente el acceso a su padre causa en él un efecto tan fuerte es porque no tiene nada más que la mirada dirigida a su padre». En carta de Kafka a Felice Bauer del 10 de junio de 1913 leemos: «*La condena* no tiene explicación. Tal vez algún día te enseñe algunos pasajes de mi diario sobre esta cuestión. La historia está repleta de abstracciones no declaradas. El amigo apenas si es un personaje real, más bien es lo que el padre y Georg tienen en común. La historia es quizá una pesquisa en torno al padre y al hijo, y la cambiante figura del amigo puede que sea el cambio de perspectiva de las relaciones entre padre e hijo. Pero no estoy seguro de eso tampoco». Por fin, cuando Milena Jesenská, que fue amante de Kafka, tradujo al checo esta narración, el autor le escribió: «La traducción de la frase final es muy buena. En ese cuento cada frase, cada palabra, cada música –si se me permite decirlo así– está relacionada con el "temor"; la herida se abría por primera vez, durante una larga noche, y a mi entender la traducción capta perfectamente dicha relación, con esa mano mágica que es la tuya».

PÁGINA 79, LÍNEA 7. *Era una mañana de domingo, en una primavera magnífica*. Cayó en domingo el día 22 de septiembre de 1912, cuando Kafka empezó, a las diez o las once de la noche, a escribir *La condena*; pero no era primavera sino otoño incipiente.

PÁGINA 79, LÍNEA 8. *Georg Bendemann*. Por lo que respecta al sentido que quizá encierren estos dos nombres, véase más arriba la nota liminar a este libro.

PÁGINA 79, LÍNEA 16. *en dirección al río, al puente y a las colinas de la otra orilla*. En junio de 1907, la familia Kafka se había mudado de Zeltnergasse 3 a Niklasstrasse 36, domicilio que ocuparía hasta noviembre de 1913. El edificio, ya derribado, se hallaba casi en la esquina de la Niklasstrasse con el Moldava, de modo que el entonces llamado Niklasbrücke (puente de San Nicolás; hoy Svatopluka Čecha) era la prolongación natural de la calle en la que vivían los Kafka. Según él mismo cuenta en sus diarios, Kafka veía, desde una ventana de su casa, tanto el río y el puente citado como las colinas que se alzan al otro lado del Moldava, con el Belvedere o parque del príncipe Rudolf (hoy Letenské Sady, todavía zona verde).

PÁGINA 82, LÍNEA 9. *se había comprometido hacía un mes con la señorita Frieda Brandenfeld*. Kafka había conocido a Felice Bauer en casa de Max Brod el 13 de agosto de 1912, es decir, cuarenta días antes de redactar *La condena*; pero no se prometería con ella hasta el mes de junio de 1914. Por lo que respecta al sentido que quizá encierre el nombre de Frieda Brandenfeld, y su relación con Felice Bauer, véase más arriba la nota liminar a este libro.

PÁGINA 84, LÍNEA 5. *«Mi padre sigue siendo un gigante»*. Ésta es la idea que Franz Kafka tuvo siempre de su padre, o por lo menos la que dice haber tenido de él cuando era niño y años más tarde, según se lee en la *Carta al padre*: «Pasados algunos años todavía me atormentaba la idea de que aquel hombre enorme, mi padre, el detentador del poder absoluto, pudiera, sin apenas motivo alguno, aparecer en plena noche, arrancarme de la cama y sacarme a la galería, demostrando con ello lo poquísimo que yo le importaba».

PÁGINA 86, LÍNEA 35. *la revolución rusa*. No puede ser otra que la de 1905, que empezó con una huelga en la fábrica Putilov, precisamente en San Petersburgo.

PÁGINA 89, LÍNEA 7. *Georg permanecía en un rincón*. Esta escena se corresponde, en buena medida, con la situación de acoso que vive Gregor Samsa por parte de su padre en *La transformación*.

Notas a «El fogonero»

El fogonero no es propiamente una narración sino un texto que fue concebido, desde el primer momento, como el primer capítulo de una novela que el autor había imaginado muchos años atrás. Algunos comentaristas, como Hartmut Binder, han llegado a sugerir que Kafka albergó desde sus años de colegial la idea de escribir una novela sobre Norteamérica, según parece desprenderse de una anotación del autor del 19 de enero de 1911 en los diarios: «Una vez planeé una novela protagonizada por dos hermanos que se peleaban, y uno de ellos se iba a América, mientras el otro se quedaba en una cárcel europea. Al principio no hacía más que escribir una línea aquí y otra allá, pues aquello me cansaba enseguida. Pero un domingo por la tarde en que estábamos todos de visita en casa de los abuelos y habíamos comido el pan untado con mantequilla, especialmente tierno, que siempre había allí, escribí algo sobre mi cárcel. Es posible que lo hiciera sobre todo por vanidad y que, desplazando el papel sobre el mantel, golpeando la mesa con el lápiz, mirando alrededor por debajo de la lámpara, pretendiese incitar a alguien a quitarme el papel, leerlo y admirarme. Eran unas pocas líneas que fundamentalmente describían el pasillo de la prisión, sobre todo el silencio y el frío; también me compadecía del encarcelado, porque era el hermano bueno. Quizá en algunos momentos era consciente de las deficiencias de mi descripción, pero hasta aquella tarde no había prestado demasiada atención a esos sentimientos, menos aún hallandome entre parientes ... sentado a la mesa redonda en una habitación conocida, y sabiendo muy bien que era joven y que, mucho después de aquel momento de placidez, estaba llamado a hacer grandes cosas. De repente un tío mío, aficionado a la broma, me cogió el papel, que yo sostenía débilmente, lo miró un momento, me lo devolvió, sin siquiera reírse, y se limitó a decir, dirigiéndose al resto de los presentes, que lo seguían con la mirada: "Lo de costumbre"; a mí no me dijo nada. Yo seguí sentado, inclinado como antes sobre mi escrito, cuyo escaso mérito acababa de quedar patente, pero lo cierto es que de un empujón me acababan de expulsar de la sociedad, la sentencia de mi tío resonaba en mi mente con un carácter de verdad inapelable, e incluso en medio del ambiente familiar que me envolvía se me abrieron los ojos a la parte fría de nuestro mundo, que me veía forzado a calentar con un fuego que todavía no había empezado a buscar».

Nada nos permite asegurar que este recuerdo sea la referencia más antigua de que tenemos noticia acerca de la génesis de la novela *El desaparecido* (mal titulada, por Max Brod, *América*). Pero el contenido de las primeras narraciones de Kafka, en especial *La condena* y *La transformación*, permite concluir que, hacia 1912, primer año de enorme fertilidad de nuestro autor, Franz Kafka ya tenía la certeza absoluta de que había empezado a calentar la «parte fría de nuestro mundo», y de que lo hacía con el fuego de la literatura, aquel que todavía «no había empezado a buscar» en los tiempos en que se desarrolla el recuerdo recogido en los diarios en enero de 1911. A estas dos importantes «pruebas de fuego» que son *La condena* y *La transformación* cabría añadir la que significó el primer capítulo de *El desaparecido*, o historia del desembarco de Karl Rossmann en el puerto de Nueva York, como preliminar a sus peripecias por Estados Unidos. En efecto, si *La condena* narra el juicio y el castigo que un padre ejerce sobre un hijo que ha manifestado su deseo de emanciparse sexualmente, y si *La transformación* alegoriza el decidido rechazo, por parte de Kafka, de «la parte fría de nuestro mundo» y su casi voluntario aislamiento en una zona caliente aunque inhóspita, *El fogonero* parece representar una síntesis de ambas cosas, e incluso una resolución del lejano desasosiego narrado en los diarios: Karl Rossmann, un muchacho de dieciséis años, ha sido expulsado de su casa en Europa por haber sido seducido por una criada y haberla dejado embarazada; llegará a Nueva York bajo el signo de una furia que todavía le persigue (la estatua de la Libertad blande una espada, y no una antorcha), pero, gracias a la mediación de un tío bondadoso, iniciará algo así como un peregrinaje por tierras de América, hasta conocer cierta prosperidad y, gracias a ella, cierta redención de su culpa. Pero hay que añadir lo más importante: esta «novela de formación» de Kafka, de factura casi picaresca, solo puede desarrollarse como escritura, y la escritura es, por sí misma, la que da calor, redime y salva. Es difícil entender esos primeros pasos de la obra narrativa de Kafka de otra manera que como una estrategia pulsional en la que conviven la emancipación sexual (o su represión), el distanciamiento del entorno familiar y la génesis de un complejo universo literario.

Más sencilla que esta explicación es la que suele leerse en la mayoría de las exégesis kafkianas, explicación para nada despreciable: Kafka había leído, ya en 1911, algo de Dickens o sobre Dickens, y con posterioridad a la redacción de la novela *El desaparecido* reconoció con meridiana claridad su deuda con el novelista inglés. Así, en la entrada del 8 de octubre de 1917 de los citados *Diarios* (*OC*, vol II) leemos: «*Copperfield*, de Dickens (*El fogonero*, pura imitación de Dickens; la novela proyectada [*El desaparecido*, que por entonces Kafka ya había decidido dejar inacabada], más todavía. Historia de la maleta, el muchacho que hace dichosos a todos y a todos encanta, los trabajos humildes, la amante en la granja, las casas sucias, entre otras cosas, pero sobre todo el método. Como veo ahora, mi intención era escribir una novela de Dickens, únicamente enriquecida con las luces más vivas que he tomado de nuestra época y con las más opacas que saco de mí mismo...». En parecidos términos manifestaría a su acompañante praguense Gustav Janouch, hacia 1920: «Dickens es uno de mis autores preferidos. Es más, durante algún tiempo incluso fue ejemplo de lo que yo intentaba lograr en vano. Su admirado Karl Rossmann es un pariente lejano de David Copperfield y de Oliver Twist» (véase Gustav Janouch, *Conversaciones con Kafka. Notas y recuerdos*, Barcelona, Destino, 1997). Sin lugar a dudas, *El desaparecido*, de la que *El fogonero* iba a ser el primer capítulo, es la novela más dickensiana de Kafka, la más humorística y la más vinculada al método, la forma y el desarrollo argumental que corresponden a toda novela de viaje y de formación, aunque este «proceso de formación» resulte, en realidad, muy discutible (véase a este respecto Jordi Llovet, prólogo a Franz Kafka, *El desaparecido*, Barcelona, Galaxia Gutenberg, 2003).

También sabemos que en febrero de 1912, el año en que escribió este «relato», Kafka participó en una velada literaria en

Praga con el actor y director de teatro yidish Jizchak Löwy, a quien había conocido en octubre de 1911; velada en la que Kafka recitó un poema sobre América, de Morris Rosenfeld, escogido expresamente por nuestro autor, y cuyo contenido guarda cierta relación con el argumento de *El desaparecido*. Hartmut Binder, que ha rastreado todas las huellas, las visibles y aun las invisibles, en la vida y la obra de Kafka, cita un artículo aparecido en el número 6 de la revista checa *Plamen* (1964), en el que se comenta una posible relación de Kafka, a sus veinte años –o sea, en 1903–, con una cocinera empleada en la casa familiar (el título del artículo, en traducción castellana, sería «De los recuerdos de una preceptora en casa de la familia Kafka»); y, volviendo a la misma y espinosa cuestión, llega Binder a decir que Max Brod (íntimo amigo y albacea de Kafka) le habría contado a un tal P. Sedlacek que Kafka fue seducido cuando tenía dieciséis años por una gobernanta de la casa; lo que no se aclara es si la dejó o no embarazada. Es una noticia que no deja de contradecirse con lo que sabemos por una carta de Kafka a Milena Jesenská, a saber, que el autor no tuvo relaciones sexuales hasta 1906, o sea hasta los veintitrés años. En cambio, sí parece cierto, como apuntó Anthony Northey, que un primo de Kafka llamado Robert (que también es mencionado en la *Carta al padre*), tuvo hacia 1895-1896, con tan solo catorce años, una relación con una cocinera de unos cuarenta, y que ésta engendró un hijo de él (véase A. Northey, *El clan de los Kafka*, Barcelona, Tusquets, 1989).

Kafka debió de empezar la redacción de *El fogonero* poco después del 25 de septiembre de 1912, quizá en la noche del 26 al 27 de ese mes, pues el texto de la narración aparece, a inicio de página nueva, en el cuaderno sexto de sus diarios, después de una breve anotación circunstancial del 25 de noviembre de 1912. Max Brod notifica en una entrada de sus propios diarios del 29 de septiembre: «Kafka está en éxtasis, escribe de noche sin parar. Es una novela que transcurre en América»; por consiguiente, el inicio de la redacción ha de ser anterior a esa fecha. El título aparece por primera vez en una carta a Felice Bauer del 11 de noviembre de 1912: «Para que se haga una idea provisional, le diré que la historia que estoy escribiendo, y que, por cierto, está concebida para extenderse hasta el infinito, se titula *El de-*

saparecido, y se desarrolla exclusivamente en Estados Unidos de América. De momento están terminados cinco capítulos, el sexto está casi acabado. Cada capítulo individualmente se titula: I. El fogonero, II. El tío, III. Una villa en las afueras de Nueva York, IV. Camino a Ramsés, V. Hotel Occidental, VI. El caso Robinson. Le he nombrado estos títulos como si de ellos pudiera sacar uno alguna idea, lo cual, por supuesto, no es así, pero en tanto sea posible, quiero que estos títulos queden bajo su custodia. Es el primer trabajo mío de una mayor envergadura, en el que, tras quince años de tormento y de momentos de desesperación, desde hace mes y medio me siento seguro». «El fogonero», primer capítulo de este «trabajo», debió de quedar acabado antes del 2 de octubre de 1912, pues Brod anota bajo esa fecha, en el lugar ya citado: «Kafka, que sigue muy inspirado. Un capítulo acabado».

El 2 de abril del año siguiente, el editor Kurt Wolff se dirigió por carta a Kafka en estos términos: «Le ruego de todo corazón y encarecidamente que me envíe para que pueda leerlo, si es posible inmediatamente, el primer capítulo de su novela, que, como usted y el doctor Brod opinan, podría ser publicado suelto perfectamente» (véase Kurt Wolff, *Briefwechsel eines Verlegers, 1911-1963*, Frankfurt am Main, Heinrich Scheffler, 1966). Kafka sugirió entonces que esta narración se publicara conjuntamente con *La condena* y *La transformación* con el título *Die Söhne* (Los hijos; véase más arriba la nota liminar a *La condena*), pero al editor le pareció que la narración se sostenía sola, y decidió publicarla como tercer volumen de la colección «Der Jüngste Tag»: Franz Kafka, *Der Heizer. Ein Fragment*, Kurt Wolff Verlag, Leipzig, 1913. Esta primera edición del libro debió de aparecer hacia finales de mayo, pues el día 24 de este mes Kafka recibió los ejemplares de autor, según consta en una anotación de sus diarios: «Mi engreimiento porque me parecía tan bueno *El fogonero*. Por la noche se lo leí a mis padres, no hay mejor crítico que yo cuando leo en voz alta en presencia de mi padre, que estuvo escuchando de muy mala gana. Muchos pasajes planos junto a profundidades manifiestamente inaccesibles». La edición lleva un delicado frontispicio añadido por la editorial sin autorización del escritor; se trata de un grabado del transbordador de Brooklyn de 1838, donde no aparece en absoluto la estatua de la Libertad. Kafka se sintió decepcionado y refutado por esta imagen, «pues yo había plasmado la imagen más moderna posible de Nueva York» (véase Klaus Wagenbach, *Franz Kafka. Imágenes de su vida*, Barcelona, Galaxia Gutenberg-Círculo de Lectores, 1998, con las ilustraciones correspondientes). A pesar de que Max Brod le notificó a Wolff, en julio de 1913, que «*El fogonero* va bien», es decir, que se vendía, la narración no se agotó hasta el verano de 1916; la segunda edición apareció en otoño de 1916, con algunas variantes, sin duda de la mano de Kafka. Hubo una tercera edición del relato, aparecida posiblemente en 1918, pero en ésta ya no intervino Kafka. Ésta es la razón de que la presente traducción se base en la segunda edición, última corregida por Kafka, de *El fogonero*. El texto que se da aquí ofrece ligeras diferencias con el que se encuentra en *El desaparecido*, diferencias que, una vez más, afectan sobre todo a cuestiones de puntuación, disposición de los diálogos, pequeños cambios en el orden de alguna frase y ocasionales variantes léxicas. En este caso, abundan, además, las supresiones de palabras o los recortes de frases. Cuando los recortes son de cierta extensión, se indica en las notas, en el lugar correspondiente.

PÁGINA 95, LÍNEA 7. *un joven de dieciséis años*. En el primer borrador de esta narración –incorporado a los diarios, en dos cuadernos distintos, a finales de 1912–, Kafka otorga a Karl Rossmann diecisiete años.

PÁGINA 95, LÍNEA 14. *El brazo con la espada*. Kafka confunde la antorcha de la estatua de la Libertad con una espada. A lo que se ha dicho más arriba solo cabe añadir que Kafka tuvo la oportunidad de corregir este lapsus, si lo era, en la segunda o en la tercera edición del relato, y no lo hizo a pesar de que el lapsus había sido advertido por los amigos del autor y por los críticos.

PÁGINA 96, LÍNEA 4. *su camino a través ... extraviándose por completo*. Ésta parece ser la primera aparición en la obra narrativa de Kafka del tema del laberinto, los caminos que no llevan a ninguna parte, los rodeos y las andanzas inútiles. El tema llegará a su punto culminante, como es sabido, en las otras dos novelas de Kafka: *El proceso* y *El castillo*.

PÁGINA 97, LÍNEA 13. *Butterbaum.* Literalmente, 'árbol que da mantequilla'. Cosas como este apellido inverosímil, entre otras (como, por ejemplo, que Rossmann se preocupe de su paraguas olvidado en el camarote, mientras descuida su maleta en la cubierta), son las que convierten *El fogonero* en una de las muestras más evidentes del humor kafkiano, corroborando además la filiación dickensiana de este texto.

PÁGINA 98, LÍNEA 15. «*Siempre me ha interesado la técnica*». No solo este fragmento, sino *El desaparecido* en su conjunto, constituye uno de los ejemplos más obvios de que Kafka se interesó siempre por los aspectos más aparatosos de la modernidad. Que la acción de la primera novela de Kafka transcurra en Estados Unidos –país que Kafka nunca visitó– parece indicar que el autor deseaba «posicionarse» en uno de los grandes debates de su época, el de la civilización capitalista y el desarrollo de la técnica. En este sentido, Kafka escribiría en el capítulo «El tío», de *El desaparecido*: «La sala de telégrafos no era más pequeña, sino mayor, que la oficina de telégrafos de la ciudad natal de Karl, que éste había recorrido un día de la mano de uno de sus condiscípulos, allí conocido. En la sala de teléfonos, adondequiera que se dirigiese la vista, se abrían y cerraban puertas de cabinas, y los ruidos eran enloquecedores. El tío abrió la primera de esas puertas y se vio, a la chisporroteante luz eléctrica, a un empleado indiferente hacia todos aquellos ruidos, con la cabeza ceñida por una banda de acero que le apretaba los auriculares contra las orejas. Su brazo derecho reposaba sobre una mesita, como si fuera especialmente pesado, y solo sus dedos, que sostenían un lápiz, se estremecían con regularidad y rapidez inhumanas. Era lacónico en las palabras que pronunciaba ante el aparato, y a menudo se veía incluso que tenía alguna objeción que hacer al que hablaba o quería interrogarlo sobre algún detalle, pero las palabras que oía lo disuadían de su intención, bajaba la vista y escribía ... En medio de la sala había un ajetreo constante de personas que se apresuraban de un lado a otro. Nadie saludaba, el saludo había quedado abolido, cada uno seguía los pasos del que lo precedía y miraba al suelo, sobre el que quería avanzar lo más rápidamente posible, o percibía de un vistazo solo palabras o cifras aisladas de los papeles que tenía en la mano y que aleteaban con su carrera».

PÁGINA 106, LÍNEA 17. *«Me permito decir ... sus reclamaciones concretas»*. Apunta aquí ese «lenguaje de abogado» tan característico en Kafka, que no asombraría en exceso si no fuera porque lo utilizan indistintamente personajes tanto de tipología «burocrático-administrativa», por así decirlo –como el gerente o el «hombre de en medio» que aparecen en los capítulos I y III, respectivamente, de *La transformación*–, como otros de escasa edad y sin nada que ver con la abogacía o con las leyes, como Karl Rossmann en esta narración.

PÁGINA 116, LÍNEA 19. *el consejero de Estado*. En esta misma narración, a partir de unas pocas líneas más abajo, y en toda la novela *El desaparecido*, el tío de Karl Rossmann deja de ser «consejero de Estado» para convertirse en «senador».

PÁGINA 116, LÍNEA 25. *«Es cierto que tengo un tío Jakob en América»*. Jakob era el nombre, que no el apellido, de los abuelos materno y paterno de Kafka. Por lo demás, Kafka pudo haberse inspirado, tanto para este relato como para la totalidad de su «novela americana», ya en la figura de su primo Otto Kafka (1879-1939), que emigró a América a los diecisiete o dieciocho años, ya en la del hermano menor de éste, Franz, que emigró a Estados Unidos, a bordo del *Pennsylvania*, en 1909, es decir, a los dieciséis años.

Notas a «En la colonia penitenciaria»

En octubre de 1914, Kafka pidió al Instituto de Seguros en el que trabajaba un permiso de una semana para terminar algunos textos que tenía entre manos. Tuvo vacaciones entre el 5 y el 11 de octubre, pero pidió una prórroga hasta el día 18 de ese mes. Algún tiempo más tarde, el 31 de diciembre del mismo año, escribe en sus diarios: «Desde agosto he trabajado, en general, no poco y no mal, pero ni en el primer aspecto ni en el segundo lo he hecho hasta los límites de mi capacidad ... Terminados solo están: *En la colonia penitenciaria* y un capítulo de *El desaparecido*, ambas durante el permiso de catorce días. No sé por qué hago este recuento, no va conmigo». Podemos asegurar, pues, que la versión primigenia de esta narración fue escrita entre el 5 y el 18 del mes de octubre de 1914. El 20 de noviembre se la leyó a Max Brod, como aclaran los diarios, y unas dos semanas más tarde, con fecha 2 de diciembre de 1914, el autor anota: «Por la tarde, en casa de Werfel, con Max y Pick. Les he leído *En la colonia penitenciaria*, no descontento del todo, exceptuando los errores clarísimos, indelebles».

No existe manuscrito de *En la colonia penitenciaria*, salvo unos pasajes que aparecen en los diarios en torno a la fecha del 17 de agosto de 1917, y que parecen indicar que por aquella fecha Kafka tenía la intención de revisar la primera versión para ofrecer otra, definitiva, a la imprenta. A propósito de la «media concesión» del Premio Fontane a Kafka (véase la nota liminar a *Contemplación*), éste propuso a la editorial de Kurt Wolff que *En la colonia penitenciaria* se publicara, junto con *La condena* y *La transformación*, en un libro que se habría llamado, en esta ocasión, *Strafen* (Castigos); pero Kafka mismo renunció finalmente al proyecto. El autor debió de mandarle el manuscrito de *En la colonia penitenciaria* a Kurt Wolff durante el verano de 1916, y el editor consideró que la narración no era adecuada para la serie «Der Jüngste Tag», donde ya se habían publicado

La condena y *El fogonero*. Sin el texto publicado todavía, Kafka se decidió a ofrecerlo en una lectura pública –muy habituales en la época, y todavía hoy, en Alemania– en la galería Hans Goltz de Múnich, el 10 de noviembre de 1916. La lectura despertó una enorme perplejidad entre el público, y tres damas tuvieron que ser asistidas por desvanecimiento debido al impacto de las escenas más escabrosas de la narración (según Joachim Unseld, *Franz Kafka. Una vida de escritor*, Barcelona, Anagrama, 1989). Kafka siguió con atención la reacción de los escritores alemanes que se hallaban presentes en esta lectura pública, entre ellos, con toda seguridad, Max Pulver, Gottfried Kölwel y Eugen Mondt, y, solo posiblemente, Rainer Maria Rilke. En todo caso, nos consta que este último tuvo conocimiento de la narración de Kafka antes de que se editara; y no pareció disgustarle, sino todo lo contrario, por lo que dice en una carta a Kurt Wolff: «...por favor, notifíqueme muy en particular todo aquello que vaya apareciendo de Franz Kafka. Puedo asegurar que no soy el peor de sus lectores». De esta accidentada lectura pública –la única que Kafka realizó fuera de Praga en toda su vida– se escribieron varias reseñas, como acredita el hecho de que el autor le escriba a Felice Bauer el 7 de diciembre de 1916: «Me preguntas por las críticas de la lectura. Hasta el momento solo he recibido una más del *Münchener-Augsburger Zeitung* [Kafka se refiere a la que apareció el 13 de noviembre en ese lugar; otras dos fueron la del *Münchener Neuesten Nachrichten*, del 11 de noviembre, y la del *Münchener Zeitung*, del 12 de noviembre; una de las dos, forzosamente, tiene que ser la mencionada indirectamente en esta carta]. Es algo más amistosa que la primera, pero dado que está de acuerdo con ésta en lo fundamental, la mayor benevolencia en el tono no hace sino reforzar de hecho el grandioso fracaso de todo el asunto. Ya ni me tomo la molestia de procurarme las otras reseñas». Añadamos que uno de los pocos que, en vida de Kafka, supo apreciar en su medida *En la colonia penitenciaria* fue Kurt Tucholsky, quien, con el seudónimo de «Peter Panter», escribió sobre el texto una larga reseña («*In der Strafkolonie*», *Die Weltbühne,* Berlín, 3 de junio de 1920).

En una carta del 1 de septiembre de 1917, Wolff propuso a Kafka publicar *En la colonia penitenciaria* al mismo tiempo que *Un médico rural*, pero Kafka rechazó la propuesta con estas palabras: «Por lo que respecta a *En la colonia penitenciaria*, creo que hay un malentendido. Nunca he exigido de manera enfática la publicación de este relato. Las dos o tres páginas que preceden el final son artificiales, y su presencia indica un defecto más profundo, hay por alguna parte un gusano que recorre la narración en su totalidad. Su oferta de publicar esta narración en las mismas condiciones que *Un médico rural* es, naturalmente, muy tentadora ... sin embargo, le ruego que no edite la historia, por lo menos por el momento». Un año más tarde, Kurt Wolff hizo una nueva propuesta a Kafka, en el sentido de publicar la narración en la serie «Drugulin-Drucke», que el editor consideraba especialmente adecuada para la narración de Kafka, toda vez que la colección se había especializado en temas fantásticos, incluso de terror. Kafka aceptó esta vez la invitación, y la primera edición del relato apareció a finales de octubre de 1919: Franz Kafka, *In der Strafkolonie*, Leipzig, Kurt Wolff Verlag, 1919; tirada de 1.000 ejemplares. El texto no volvió a publicarse en vida del autor. La presente traducción está basada, pues, en esta edición.

Esta narración, cuarta de las publicaciones en vida de Kafka en forma de libro, es una de las obras del autor que ha suscitado mayor admiración, pero también la que ha generado algunas de las interpretaciones más disparatadas que jamás se hayan escrito. Como ha visto o verá el lector, la narración habla de una colonia de castigo, o colonia penitenciaria (*Strafkolonie*), situada en una isla a la que un viajero acude en misión exploradora desde un exterior no precisado. La máquina de tortura que se narra es en verdad repugnante, posiblemente el aparato más complejo y desagradable de todos cuantos Kafka imaginara. Además de la descripción de la máquina de tortura, la narración cuenta la evolución que se ha producido en esa colonia en los últimos años: el oficial co-protagonista del relato añora unos tiempos pasados, gloriosos, en los que la autoridad del «antiguo comandante» quedaba fuera de toda duda, en que las torturas eran presenciadas por una multitud tan severa cuanto enardecida, y en que la máquina misma cumplía sus funciones a la perfección. En el presente de la narración, el orden político-militar de la colonia parece corrompido, la población ya no acude en masa a las ceremonias expiatorias y la máquina misma se encuentra en un patente estado de deterioro. En medio de esta situación, y como rama argumental secundaria, el oficial le sugiere al viajero que le apoye en una conspiración contra el orden establecido en la colonia, algo a lo que el viajero se niega. El oficial, viendo frustradas sus pretensiones de restaurar un «antiguo régimen» en la colonia, sustituye al condenado en el lecho de tortura, y se autoinmola. El viajero, por fin, tras una visita a una «casa de té» del lugar –visita interesantísima a efectos hermenéuticos–, vuelve a subir a una barca y se aleja de la isla.

Al poseer esta narración algunas escenas verdaderamente escalofriantes y una descripción pausada y meticulosa del aparato torturador, faltó tiempo para que los exegetas de Kafka posteriores al Tercer Reich vieran en esta narración ni más ni menos que una premonición, o una alegoría antes de tiempo, de lo que iba a ser la persecución y exterminio de los judíos de Europa por parte del régimen nazi. No hay en los comentarios de Kafka en torno a esta narración, ni en los de sus amigos, ni en su recepción y crítica inmediatas, nada que nos permita afirmar que fue escrita con expresa voluntad de referirse a la situación de la población judía de Centroeuropa, la cual, dicho sea de paso, era víctima por entonces, como lo fue secularmente, de actitudes antisemitas más que obvias (se hablará de esta cuestión más adelante). Aparte del hecho de que Kafka tenía, gracias a su genio, la tendencia a urdir historias admirables y nunca contadas con anterioridad, tenemos, si acaso, elementos suficientes para pensar que imaginó esta historia sobre el relieve de la lectura de una novela de Octave Mirbeau ambientada en China, *Le Jardin des supplices* (1899; traducción alemana, 1901). En el catálogo de la biblioteca de Kafka que estableció Jürgen Born no consta ni el original francés ni la traducción alemana de esta novela, pero sí constan otras dos obras de Mirbeau, por lo que no es arriesgado suponer, como ya hizo Klaus Wagenbach en su biografía de Kafka, que nuestro autor leyera también esta obra del escritor francés. Quizá no sea del todo concluyente para asentar esta hipótesis –como sugiere Hartmut Binder– el hecho de que Kafka, en una carta escrita desde Marienbad a Felice Bauer a mediados de mayo de 1916, pocos meses antes de la redacción de este relato, expresara: «Pienso que si yo fuera chino y estuviera a punto de volver a mi casa (en el fondo soy chino y vuelvo a casa), no tendría más remedio que arreglármelas como sea y volver aquí otra vez»; pero sí resultan convincentes una serie de coincidencias argumentales, textuales y léxicas entre la obra de Mirbeau y la narración de Kafka, que el crítico y kafkólogo W. Burns analizó en un artículo de 1957 titulado «*In the Penal Colony. Variations on a Theme by Octave Mirbeau*».

En cualquier caso, la posibilidad de que Kafka se hubiera adelantado a su tiempo *también* en ese punto –es decir, en la predicción del holocausto– es algo que no tiene ninguna verosimilitud. En el mejor de los supuestos, como sucede a menudo con muchas parábolas kafkianas, el autor condensó en una sola narración algo que pudo parecerle una característica de su tiempo histórico (no del que llegaría decenios más tarde), y algo propio también de su misma persona. Así, en carta del 11 de octubre de 1916 a Kurt Wolff, el escritor comenta: «Como aclaración sobre este último relato [*En la colonia penitenciaria*], añadiré solamente que no solo el relato es penoso, sino que nuestro tiempo en general y el mío en particular también fue y es muy penoso, y el mío especialmente es incluso más penoso que el general».

En la medida que otras narraciones de Kafka remiten, como quizá lo haga la presente, al tema de la «asimilación», es decir, al tema de la incorporación de los judíos a las formas de vida de las distintas sociedades europeas en las que enraizaron, podrían tenerse en cuenta –eso sí, con absoluta independencia de hechos que todavía estaban por llegar– los casos más recientes de antisemitismo que se produjeron en vida de Kafka, pues algunos de ellos tuvieron un alcance continental. Todavía a finales del siglo XIX, es decir, cuando Kafka ya había nacido, sucedieron en territorio del reino de Bohemia unos hechos que pueden tener, siquiera indirectamente, algo que ver con esta problemática narración. Siguiendo el hilo de uno de los casos más notables de furia antisemita, sucedió que el día primero de abril de 1899, vigilia de Pascua, fue encontrado en el bosque de Brezina, cerca de Polna –una aldea situada en los confines de Bohemia y Moravia–, el cadáver de una niña llamada Ines Hruza. Como había sucedido en otras ocasiones todavía recientes, enseguida se extendió entre la población del lugar el rumor de que la niña había sido víctima de un asesinato ritual por parte de un grupo de judíos: se suponía que los judíos tenían necesidad de sangre cristiana para sus ritos religiosos de la Pascua. El joven Leopold Hilsner, zapatero de profesión, vecino de Polsna, hijo de una pobre viuda judía, fue arrestado al cabo de unos días, puesto a disposición de la justicia y trasladado a los tribunales de Kuttenberg (Kutna Hora, en checo). Hilsner era un individuo perezoso, que vagabundeaba con frecuencia por los bosques y vivía a expensas de su madre, cuyos únicos recursos provenían de las limosnas de sus correligionarios, y, en consecuencia, no era alguien de quien la comunidad judía, y menos todavía la cristiana, pudiera sentirse orgulloso. Ernst Rychnovsky, que publicó este caso, entre otros, en el libro *Masaryk und das Judentum* (Praga, 1931), añadía en su relación: «El carácter particular del caso de Polna y, por consiguiente, del proceso de Kuttenberg, consiste en que fue tratado enteramente bajo el signo del asesinato ritual, cuya existencia había sido sugerida y admitida a priori, a pesar de que las autoridades evitaran siempre llamar las cosas por su nombre. Que la justicia tratara el caso de este crimen como un asesinato ritual suscitó una conmoción considerable, no solo en los alrededores del lugar de los hechos, sino incluso más allá de las fronteras de Bohemia, en todos los países del Imperio, y aun en toda Europa. Que todavía fuera posible, a principios del siglo XX, en un país como Bohemia, que contaba con una población relativamente ilustrada, creer que los judíos utilizaban para fines religiosos sangre de muchachas o de niños cristianos, no podía dejar de tener un eco vasto y duradero. El honor del judaísmo del mundo entero había sido arrojado a la ciénaga y pisoteado por el desarrollo de los procesos verbales y por el veredicto, que condenaba a Hilsner a la pena de muerte».

Masaryk –futuro primer presidente de la República Checa, institución que Kafka llegó a conocer–, en aquel tiempo joven diputado de la fracción llamada «realista» en el Parlamento de Viena y profesor en la Universidad Checa de Praga, intervino en el asunto después de algunas dudas. Revisó las actas judiciales y publicó un breve artículo sobre la cuestión, aún en 1899, y un folleto de unas cien páginas sobre el mismo asunto al año siguiente. Con ello consiguió la revisión de la causa, y a Hilsner se le conmutó la pena de muerte por la de cadena perpetua. Pero el *affaire* no acabó aquí. Una serie de artículos, debates y polémicas en los periódicos de Praga, Berlín y Viena, y otras publicaciones editoriales, permiten seguir el rastro del asunto hasta 1911. Y cuando las aguas apenas volvían a su cauce y la opinión checa parecía haber olvidado aquel escándalo, un nuevo caso, de idénticas características, vino a añadirse a la larga cadena de hitos en la historia del antisemitismo centroeuropeo: Mendl Bejlis, un judío ruso, fue acusado, sin la menor existencia de pruebas, del asesinato del joven Juscinsky, quien, según relata una estudiosa de la cuestión, fue denominado «el mejor y más bello de los jóvenes que jamás vivió en Rusia, un joven a quien la Iglesia bienpensante estuvo a punto, a raíz de su muerte, de llevar a los altares». El proceso de Bejlis tuvo lugar en octubre de 1913, y, tras la absolución del acusado, los periódicos de Praga se hicieron amplio eco de la noticia; incluso llegaron a convocarse asambleas públicas, que contaron con el apoyo de Masaryk, en las que éste y sus cada vez más numerosos partidarios de la República condenaron el progresivo avance de la irracionalidad antisemita.

Pues bien: todos estos hechos coinciden con la juventud de Kafka, y existen pruebas suficientes –en especial en sus diarios– para suponer que el autor no permanecía insensible, aunque sí perplejo, a la cuestión, en su doble calidad de hombre políticamente progresista y miembro de la comunidad judía de Praga. Solo unos meses después del proceso de Bejlis, en octubre de 1914, Kafka escribía *En la colonia penitenciaria*.

Los hechos relatados hasta aquí no constituyen ninguna prueba fehaciente de que Kafka redactara esta narración bajo el influjo de las campañas antisemitas de las que pudo tener noticia; pero sí es cierto que determinados elementos de la narración evocan algunos rasgos distintivos de la cultura judía, entran en la dialéctica de la «asimilación» y remiten al tema del sacrificio expiatorio. Así, por ejemplo, la ley que debería haberse inscrito en el cuerpo del condenado es indirectamente una ley mosaica: «Honrarás a tus superiores»; los lugareños que beben en la casa de té, en la última escena de la narración, presentan un aspecto no menos característico de los judíos centroeuropeos de aquel tiempo; y, por fin, la inscripción en la lápida que se halla debajo de una mesa, en la misma casa de té –«Creed y esperad»–, aparte de todo lo que se dice en la narración acerca del «antiguo comandante», no deja de evocar la síntesis de la figura de Moisés y la de un mesías que debe llegar.

PÁGINA 136, LÍNEA 24. *¡Honra a tus superiores!* La máxima tiene un evidente parecido con el quinto mandamiento del decálogo mosaico. Acerca de esta interpretación, véase la nota liminar.

PÁGINA 137, LÍNEA 28. *la culpa está siempre fuera de duda.* Lo mismo parece desprenderse de la secuencia lógico-argumental de *La condena*. Por la misma razón que en esa narración, también aquí está fuera de duda que el condenado tiene que ser castigado. De ahí que Kafka pensara reunir, en un solo libro, tres narraciones de «castigos» ejemplares y «exentos de duda»: *La condena*, *La transformación* y *En la colonia penitenciaria* (véase la nota liminar a *La condena*).

PÁGINA 144, LÍNEA 34. *pues viajaba con la sola intención de observar.* Actitud muy habitual en los personajes kafkianos, que suelen limitarse a observar sin pretender modificar nada de lo que sucede en su entorno. Es un lugar muy común en la obra de Kafka, y alcanza a la última de sus novelas, *El castillo*, en la que el protagonista, K., que ha sido destinado a una aldea para ejercer como agrimensor (el que se limita a observar, medir y levantar un documento cartográfico), no llega a intervenir en ningún sentido en la máquina administrativa, burocrática y de poder, que entorpece su labor de cabo a cabo de la novela.

PÁGINA 145, LÍNEA 3. *La injusticia del procedimiento.* Véase arriba la documentación aportada en la nota liminar sobre los procesos arbitrarios contra los judíos acusados de prácticas sacrificiales en el reino de Bohemia, en vida de Kafka.

PÁGINA 145, LÍNEA 21. *el vómito chorreaba ya por la máquina.* Como se ha indicado en la nota liminar a esta narración, según algunos testigos presenciales que narraron la anécdota años más tarde, en la lectura pública que Kafka hizo de este relato en la galería de arte moderno Hans Goltz, de Múnich, hasta tres mujeres tuvieron que ser asistidas por desvanecimiento.

PÁGINA 146, LÍNEA 23. *la casa de té.* La palabra *Teehaus*, en el original, muy apropiada para definir los establecimientos orientales en los que se toma té, no está arraigada en la lengua alemana, pues lo más parecido a una «casa de té» sería, en esa lengua, una *Kaffehaus*, 'cafetería', o una *Konditorei*, mezcla de nuestra «cafetería» y «confitería». Aunque resulte algo chocante en el contexto de esta narración de Kafka, conviene conservar la expresión «casa de té» pues, aunque escasos, son suficientes los indicios de que el relato tiene lugar en una isla en Oriente. Así, en la página 149, línea 8, el oficial de la colonia le recrimina al viajero que «se halla inmerso en formas de pensar europeas», y, en la página 150, línea 5, se le denomina «un gran investigador de Occidente». Todo hace suponer, pues, que el oficial habla desde un punto de vista y desde un lugar orientales, en cuyo caso adquiere sentido conservar la traducción «casa de té» por extraña que parezca en la narración, en especial en su última escena, en la que resulta obvio que los clientes de la «casa de té», aunque supuestamente orientales, poseen los rasgos más tópicos de los judíos centroeuropeos. También es posible que Kafka hablara de una «casa de té» en su narración por influjo del cuento de Octave Mirbeau citado en la página 348, *Le Jardin des supplices*, cuya historia se desarrolla sin lugar a dudas en tierras del lejano Oriente.

PÁGINA 124, LÍNEA 1. *¡Qué distinta era una ejecución en otros tiempos!* Compárese este pasaje de Kafka con el siguiente: «J'ai inventé ... des choses véritablement sublimes, d'admirables supplices qui, dans un autre temps et sous une autre dynastie, m'eussent valu la fortune et l'immortalité ... Eh bien, c'est à peine si l'on fait attention à moi ... Aujourd'hui le génie ne compte pour rien» (Octave Mirbeau, *Le Jardin des supplices*, París, 1925, p. 229).

PÁGINA 124, LÍNEA 33. *transfiguración*. En alemán, *Verklärung*. El uso de esta palabra, más la iteración en lo extraordinario de la *hora sexta* de la condena («die sechste Stunde»), permite sugerir que Kafka pudo haber tenido en cuenta la importancia de esa hora –mediodía según el cómputo de las horas en la Palestina del siglo I– en la crucifixión de Cristo: «Desde la hora sexta hubo oscuridad sobre toda la tierra hasta la hora nona. Y alrededor de la hora nona clamó Jesús con fuerte voz: *Eli, Eli! lema sabacthani?*, esto es: "¡Dios mío, Dios mío! ¿por qué me has abandonado?"» (Mateo 27:45-46).

PÁGINA 157, LÍNEA 3. *no pudieron evitar reírse ruidosamente, pues ambas prendas estaban rasgadas en dos por detrás.* Es decir, el condenado enseña el trasero; algo ciertamente cómico, y casi fuera de registro en el contexto narrativo en que nos encontramos. Estas «feroces» muestras de humor en Kafka, mucho más habituales de lo que los lectores suelen sospechar, han sido perfectamente analizadas.

PÁGINA 161, LÍNEA 20. *no podía descubrirse signo alguno de la prometida redención.* Como ya sucede líneas más arriba, de nuevo se reconoce un eco mesiánico en este pasaje.

Notas a «Un médico rural»

Éste es el sexto y –en rigor– último libro publicado en vida por Franz Kafka. A éste le siguió solamente *Un artista del hambre*, publicado a título póstumo pero supervisado todavía por el autor. *Un médico rural* reúne catorce narraciones más o menos breves, escritas –salvo «Un sueño» y «Ante la Ley», que son anteriores– en un período que va del mes de noviembre de 1916 al mes de julio de 1917. Varias de ellas, como se especificará en su momento, fueron también publicadas, previa o posteriormente, en revistas literarias. La primera edición en forma de libro de los relatos que configuran este volumen es: Franz Kafka, *Ein Landarzt. Kleine Erzählungen*, Múnich-Leipzig, Kurt Wolff Verlag, 1919 (aparecido a principios de 1920). Los textos que acabaron formando parte de *Un médico rural* se corresponden, en parte, a tres listas ligeramente distintas y vacilantes. La primera, escrita a finales de febrero de 1917, es la que Kafka escribe en la última página del llamado «Cuaderno en octavo B», que incluye los siguientes ocho textos (entre claudátores, títulos tachados por el autor): «En la galería», [«Espíritu de casta»], «El jinete del cubo», [«Un jinete»], [«Un comerciante»], «Un médico rural», «Sueño», «Ante la Ley», «Un fratricidio», «Chacales y árabes» y «El nuevo abogado». Como se verá, no todos los títulos de esta lista pasaron a formar parte de la edición definitiva –primera en forma de libro– de *Un médico rural*. La segunda de las listas preparatorias de lo que finalmente sería *Un médico rural* es la que Kafka escribe a finales de marzo de 1917 en la penúltima página del llamado «Cuaderno en octavo C», que incluye los siguientes doce textos, sin vacilación alguna: «Un sueño», «Ante la Ley», «Un mensaje imperial», «El breve lapso de tiempo», «Un viejo folio», «Chacales y árabes», «En la galería», «El jinete del cubo», «Un médico rural», «El nuevo abogado», «Un fratricidio» y «Once hijos». Éstas son, con toda probabilidad, las doce «pequeñas piezas» que Kafka dice mandarle el 22 de abril de

1917 a Martin Buber, a requerimiento de éste, para la revista *Der Jude* (El Judío), con la exclusión de «Un sueño» (rechazado previamente por Buber y sustituido luego, en el libro, por «Un informe para una academia»). Que Kafka no abrigaba solo la intención de publicar estos textos en la revista de Buber, sino también en forma de libro, lo demuestra el siguiente pasaje de la carta que adjuntó a los mismos: «Todas estas piezas, y otras, se publicarán más tarde como libro bajo el título común de *Verantwortung* (Responsabilidad)». Cuando Kurt Wolff tuvo noticia de que Kafka había reunido una serie de textos breves con la intención de publicarlos, le rogó al autor, en fecha 3 de julio de 1917, que se los enseñara: «¿Podría usted enviarme, para mi más grande satisfacción, sus nuevos trabajos en una copia escrita a máquina?». Solo cuatro días más tarde Kafka le responde: «Este invierno, que por lo demás ya hace tiempo que pasó, me he encontrado mejor. De cuanto he hecho durante este tiempo, le envío lo que me parece utilizable, trece prosas. Están muy lejos de ser lo que yo desearía que fuesen». Wolff responde a su vez el 20 de julio, en los siguientes términos: «Si, como autor, no le parece haber alcanzado la meta que se había propuesto, eso es algo que le concierne a usted y que puede entenderse desde el punto de vista del autor. Por lo que a mí respecta, encuentro estas prosas breves extraordinariamente bellas y maduras, y me alegraría saber de usted si está de acuerdo con nuestras condiciones editoriales y qué formato editorial le resultaría más satisfactorio para su libro». Kafka responde el 27 de julio: «Si la publicación de esas prosas breves (a las que se añadirían por lo menos dos piezas más, "Ante la Ley", publicada ya en el *Almanaque* que usted dirige, y el "Sueño", que le adjunto) le parece a usted oportuna en estos momentos, yo le doy mi plena conformidad; en cuanto a la presentación del volumen, lo dejo por entero en sus manos; lo que el libro pueda reportarme es algo que en estos momentos no me importa en absoluto». Cuando Kurt Wolff decidió finalmente publicar esas prosas en forma de libro, le pidió a Kafka en carta del 1 de agosto de 1917 que sugiriera un título, a lo que el autor, transcurridas las vacaciones del editor, contestó el 20 de agosto en estos términos: «Como título del nuevo libro propongo *Un médico rural*, con el subtítulo *Relatos breves*». Kafka añadía en esta carta el contenido exacto del volumen, con la ordenación definitiva de los relatos (a excepción de la pasajera exclusión de «El jinete del cubo» durante la corrección de las pruebas compaginadas del libro, que se conservan): «El nuevo abogado», «Un médico rural», «El jinete del cubo», «En la galería», «Un viejo folio», «Ante la Ley», «Chacales y árabes», «Una visita a la mina», «La aldea más cercana», «Un mensaje imperial», «La preocupación del padre de familia», «Once hijos», «Un fratricidio», «Un sueño» y «Un informe para una academia» (correspondencia entre Franz Kafka y Kurt Wolff documentada en *KA*).

La historia editorial de este libro no termina aquí, pues en febrero de 1918, dados los serios apuros que la casa editorial de Kurt Wolff pasaba a causa de la guerra, el editor Erich Reiss, de Berlín, se interesó en publicar textos inéditos de Kafka y le hizo en este sentido una propuesta formal. El autor pensó entonces publicar *Un médico rural* en esa casa editora, y así lo comenta en carta a Max Brod de hacia el 5 de marzo de 1918: «He recibido de la editorial Reiss una invitación muy amable; de Wolff no he sabido más desde que le mandé las últimas pruebas corregidas». Por lo que leemos en otra carta de Kafka al mismo Brod –que exhortó a Wolff a publicar el libro sin demora–, el autor tenía especial interés en que *Un médico rural* se editara cuanto antes, especialmente desde que había decidido, en agosto de 1917, dedicar el libro a su padre: «Desde que decidí dedicar este libro a mi padre, tengo mucho interés en que aparezca ... Por eso desearía, ya que Wolff se esconde de este modo, no responde a mis cartas, no me manda nada, y porque se trata posiblemente de mi último libro [para entonces ya le habían diagnosticado la tuberculosis a Kafka], mandarle el manuscrito a Reiss, que se me ha ofrecido muy amigablemente». A pesar de que Kafka no recibió nuevas pruebas de imprenta hasta cinco meses después de esta carta, el escritor no transfirió su manuscrito ni a Reiss ni al editor Paul Cassirer, que también se mostró interesado en editarlo. El autor dio por fiables las excusas del director editorial de la casa Wolff, Georg Heinrich Meyer, quien adujo que la imprenta que trabajaba para ellos, Poeschel & Trepte, no disponía de suficientes tipos de los que Kafka, o Wolff, habían escogido para *Un médico rural*, es decir, el exquisito tipo Tertia Walbaum.

El libro apareció finalmente a primeros de 1920, a pesar de que el colofón del impresor presenta la fecha «19 de septiembre de 1919». Como muy tarde, el libro tuvo que estar disponible en mayo de 1920, porque Kafka participa a Milena Jesenská, en una carta del 9 de mayo de ese año, que le ha pedido a Kurt Wolff que le envíe *Un médico rural*. Según se lee en las memorias de Kurt Wolff, se tiraron 1.000 ejemplares de *Un médico rural*, de los cuales, el 30 de junio de 1920, solo se habían vendido 86. El libro sobrevivió a la editorial Kurt Wolff; pues, desaparecida ésta, un resto de varios centenares de ejemplares fue adquirido por la editorial Schocken, y la existencia del libro se anunciaba todavía, presumiblemente en su primera edición, en 1935.

Resulta de enorme importancia seguir el hilo de la publicación de todos y cada uno de los relatos incluidos en *Un médico rural*, pues estas peripecias demuestran –dado el carácter de los periódicos y revistas en que se editaron sueltos los distintos relatos, antes o después de que apareciera el libro– la tan discutida adscripción de Franz Kafka a la causa sionista o, cuanto menos, su simpatía por la misma.

«El nuevo abogado» se encuentra en el llamado «Cuaderno en octavo B», que Kafka utilizó, aproximadamente, entre mediados de enero y el 19 de febrero de 1917. La narración pudo ser escrita en torno al 10 de febrero de 1917. En el manuscrito no figura título alguno, pero éste consta en la lista ya citada que Kafka incluye al final del mismo cuaderno. Antes de ser recogida en libro (Franz Kafka, *Ein Landarzt. Kleine Erzählungen*, Múnich-Leipzig, Kurt Wolff Verlag, 1919, en adelante citado simplemente como *Ein Landarzt*), la narración fue publicada hacia mediados de septiembre en la revista *Marsyas. Eine Zweimonatsschrift*, año 1, cuaderno 1, página 81. El texto definitivo ofrece muy ligeras diferencias con el incluido en el «Cuaderno en octavo B», diferencias que afectan sobre todo a cambios de puntuación y en el orden sintáctico.

«Un médico rural» (es decir, la narración que lleva este título), de la que no existe manuscrito, debió de escribirse en un cuaderno en octavo desaparecido, usado por Kafka entre el 14 de diciembre de 1916 y mediados de enero de 1917, o sea, después de haber completado el «Cuaderno en octavo A» y antes de empezar el «Cuaderno en octavo B». En el mismo cuaderno, Kafka también habría escrito, probablemente, «En la galería» y «Un fratricidio». En los tres casos, los respectivos títulos constan por vez primera en la ya mencionada lista de la última página del «Cuaderno en octavo B». Antes de ser recogida en libro (*Ein Landarzt*), «Un médico rural» aparece por primera vez en el almanaque *Die neue Dichtung. Ein Almanach*, Leipzig, Kurt Wolff Verlag, 1918, pp. 17-26. «En la galería» debió de escribirse en el mismo cuaderno desaparecido en el que, como ya se ha dicho, probablemente figurarían también «Un médico rural» y «Un fratricidio». Primera edición: *Ein Landarzt*. Posteriormente, la narración fue publicada en el periódico *Prager Presse*, año 1, núm. 7 (3 de abril de 1921; suplemento dominical).

El manuscrito de «Un viejo folio» se encuentra en el llamado «Cuaderno en octavo C», tres páginas antes de un pasaje que Kafka cita el 29 de marzo de 1917 en la dedicatoria escrita en un libro que le regaló a su hermana Ottla. Esta primera versión manuscrita lleva, añadida al título «Un viejo folio», las palabras «de China», tachadas por el autor. Antes de ser recogida en libro (*Ein Landarzt*), la narración fue publicada en el número de la revista *Marsyas* ya citada. Posteriormente, apareció en la revista *Selbstwehr. Unabhängige jüdische Wochenschrift* (*Selbstwehr*. Semanario Judío Independiente), año 15, núm. 37-38 (30 de septiembre de 1921; suplemento literario). El texto definitivo ofrece muy ligeras diferencias con el incluido en el «Cuaderno en octavo C», diferencias que, una vez más, afectan sobre todo a ligeros cambios de puntuación, más la supresión de dos palabras.

«Ante la Ley» es un pasaje de la novela *El proceso*, pasaje que Kafka debió de escribir con posterioridad al 18 de octubre de 1914, y en cualquier caso antes del 13 de diciembre de ese mismo año, pues en esta fecha el autor informa en sus diarios (entrada del 13 de diciembre de 1914) acerca de la redacción de la «exégesis de la leyenda», es decir, de las páginas que siguen al pasaje «Ante la Ley». Kafka le leyó esta narración a Felice Bauer el 24 de enero de 1915, y a su amigo Max Brod el 27 de febrero del mismo año, según sabemos por un pasaje inédito de los diarios de Brod (citado por *KA*). El título «Ante la Ley» es empleado por vez primera cuando el relato se publica en la revista *Selbstwehr. Unabhängige jüdische Wochenschrift*, año 9, núm. 34 (7 de septiembre de 1915; número especial de Año Nuevo). Se publica nuevamente en el almanaque *Vom jüngsten Tag. Ein Almanach neuer Dichtung*, Leipzig, Kurt Wolff Verlag, 1916, reeditado en

1917, antes de ser recogido en *Ein Landarzt*. La traducción que se da aquí ofrece muy ligeras diferencias con la que se encuentra en *El proceso*, diferencias que afectan sobre todo a cuestiones de puntuación y ocasionales variantes léxicas.

El manuscrito de «Chacales y árabes», sin título, se encuentra en el ya mencionado «Cuaderno en octavo B». En la lista que figura al final de este cuaderno, el relato es titulado «Los chacales», título que Kafka corrige, en el mismo lugar, por el de «Chacales y árabes». El relato pudo ser escrito en los primeros días de febrero de 1917, y fue publicado por primera vez en *Der Jude* (El Judío), año 2, cuaderno del mes de octubre de 1917, junto a «Un informe para una academia», bajo el título común de *Zwei Tiergeschichten* (Dos historias de animales; véase Jordi Llovet, ed.: Franz Kafka, *Bestiario*, Barcelona, Anagrama, 1990, pp. 113-149). Antes de ser recogido en libro (*Ein Landarzt*), aparecería todavía en el diario *Oesterreichische Morgenzeitung*, 1917, núm. 335 (3 de diciembre de 1917) y en el volumen colectivo editado por J. Sandmeier *Neue deutsche Erzähler*, vol. I, Berlín, Furche Verlag, 1918. El texto definitivo ofrece muy ligeras diferencias con el incluido en el «Cuaderno en octavo B», diferencias que afectan sobre todo a cambios de puntuación, a la disposición de los diálogos y a una frase suprimida, que se da en nota en el lugar correspondiente.

No existe el manuscrito de la narración «Una visita a la mina», que Kafka debió de escribir a finales de abril de 1917. La narración no aparece en ninguna de las dos listas preparatorias de *Un médico rural* que el autor elaboró en sus cuadernos, pero sí en una carta a Kurt Wolff del 20 de agosto de 1917, ya citada. Primera edición: *Ein Landarzt*.

Tampoco hay manuscrito de la narración «La aldea más cercana», narración que Kafka ya había escrito, posiblemente, cuando mencionó la existencia de «Ein Reiter» («Un jinete», en la lista escrita en la última página del «Cuaderno en octavo B») y «Die kurze Zeit» («El breve lapso de tiempo», en la lista que se encuentra en el «Cuaderno en octavo C»). Kafka debió de escribir esta narración entre abril de 1917 (pues dice mandársela a Martin Buber en carta del 22 de abril) y julio del mismo año (cuando la menciona por vez primera, con el título «La aldea más cercana», en carta a Kurt Wolff del 20 de agosto). Primera edición: *Ein Landarzt*.

El manuscrito de «Un mensaje imperial» se encuentra en el «Cuaderno en octavo C», usado por Kafka entre finales de febrero y finales de marzo de 1917. Allí forma parte de la narración «Durante la construcción de la muralla china», no publicada en vida del autor. El título del relato consta por vez primera en la lista elaborada por Kafka en el mismo cuaderno. Antes de ser recogido en libro (*Ein Landarzt*), el relato fue publicado en la revista *Selbstwehr. Unabhängige jüdische Wochenschrift*, año 13, núm. 38-39 (24 de septiembre de 1919, número de Año Nuevo).

El título «La preocupación del padre de familia» no figura en ninguna de las dos listas elaboradas por Kafka en sus cuadernos, en vistas a la publicación del libro *Un médico rural*. La narración no debió de figurar tampoco en la selección de relatos que el autor mandó a Martin Buber para la revista *Der Jude*. Malcolm Pasley sugiere que la narración se encuentra en la «órbita» de «El cazador Gracchus», y que, en consecuencia, Kafka debió de escribirla a primeros de abril de 1917. El título de la narración aparece por primera vez en la ya citada carta de Kafka a Kurt Wolff del 20 de agosto de 1917. Antes de ser recogida en libro (*Ein Landarzt*), fue publicada en la revista *Selbstwehr. Unabhängige jüdische Wochenschrift,* año 13, núm. 51-52 (19 de diciembre de 1919, número especial con motivo de la fiesta judía de la Hannukah).

No existe manuscrito de la narración «Once hijos», que aparece citada por vez primera en la lista preparatoria de *Un médico rural* que Kafka incluye en el llamado «Cuaderno en octavo C». Según Malcolm Pasley, la narración podría haber sido escrita entre el 20 y el 24 de marzo de 1917, quizá en hojas sueltas, pues hacia esa fecha Kafka ya había empezado a escribir en el «Cuaderno en octavo D», sin que en éste aparezca el menor rastro de la narración. Malcolm Pasley especula con la idea de que Kafka pensó tal vez publicar «Once hijos» como prólogo a las once narraciones citadas en el llamado «Cuaderno en octavo C», en la última semana de marzo de 1917. Primera edición: *Ein Landarzt*.

Como ya se ha apuntado, Kafka debió de escribir «Un fratricidio» en un cuaderno perdido, situado temporalmente entre el «Cuaderno en octavo A» y el B, es decir, en el período que va de mediados de diciembre de 1916 a mediados de enero de 1917, pues no se encuentra en ninguno de los dos cuadernos citados, si bien Kafka menciona el título de la narración en la lista que aparece al final del «Cuaderno en octavo B». Antes de ser recogida en libro (*Ein Landarzt*), la narración fue publicada en el ya citado número de la revista *Marsyas*, y también en el almanaque *Die neue Dichtung. Ein Almanach*, Leipzig, Kurt Wolff Verlag, 1918 (aquí bajo el título «Der Mord», 'El asesinato'). Posteriormente todavía aparecería recogida en el libro colectivo editado por Max Krell *Die Entfaltung. Novellen an die Zeit*, Berlín, Ernst Rowohlt Verlag, 1921. Dada la precocidad de la iniciativa, tiene interés señalar que Carles Riba tradujo esta narración al catalán con el título «Un fratricidi» y bajo el epígrafe «Literatura expresionista», en la revista *La Mà Trencada. Revista quinzenal de totes les arts*, año 1, núm. 4, Barcelona, 24 de diciembre de 1924, pp. 64-66; ésta sería, en consecuencia, la más temprana traducción de Kafka en España.

El hecho de que el protagonista de la narración titulada «Un sueño» se llame indistintamente Josef K. y K. sugiere que este texto pudo ser escrito por Kafka como borrador, esbozo o pasaje de la novela *El proceso*, aunque sería difícil insertarlo en ningún lugar de esta novela, pues la técnica narrativa de la narración tiene poco que ver con la que Kafka utiliza en ella. De todos modos, por su relativa afinidad con *El proceso*, «Un sueño» pudo haberse escrito entre la fecha de inicio de redacción de esta novela, hacia el 11 de agosto de 1914, y el 21 de junio de 1916, fecha en que Kafka adjunta la narración en una carta a Max Brod. La narración fue incluida en el volumen *Das jüdische Prag. Eine Sammelschrift* (La Praga judía. Una antología), editada por la redacción de *Selbstwehr. Unabhängige jüdische Wochenschrift*, Praga, 1917, y antes de ser recogida en libro (*Ein Landarzt*), se publicaría en el diario *Prager Tagblatt*, año 42, núm. 5 (6 de enero de 1917) y en *Der Almanach der Neuen Jugend aus das Jahr 1917* (El almanaque de la nueva juventud para el año 1917), Berlín, Verlag Neue Jugend.

Un amplio esbozo de «Un informe para una academia» se encuentra en las hojas 27 a 40 del llamado «Cuaderno en octavo D». La parte final de la narración pudo haberse redactado en un cuaderno ulterior, no conservado. Como ya se ha dicho, a mediados de abril de 1917, Martin Buber se dirigió a Kafka pidiéndole algunos textos breves para la revista *Der Jude*. Kafka respondió, el 22 de abril, con el envío de doce prosas breves, entre ellas la algo más larga «Un informe para una academia». Kafka pudo haber escrito esta narración antes del 22 de abril, y casi con toda certeza con posterioridad al 1 de abril de 1917, fecha en que el periódico *Prager Tagblatt* publicó un artículo sobre la actuación de un chimpancé en un teatro de variedades de Praga. Antes de ser recogida en libro (*Ein Landarzt*), la narración fue publicada en *Der Jude*, año 2, noviembre de 1917, como número 2 de una serie de dos narraciones titulada «Dos historias de animales» (véase más arriba el párrafo dedicado a «Chacales y árabes»). Formando parte de la misma serie de dos narraciones, sería reeditada por el periódico *Oesterreichische Morgenzeitung*, núm. 357 (25 de diciembre de 1917).

La presente traducción de todas las narraciones que componen *Un médico rural* parte de la ya citada edición de Kurt Wolff, Múnich-Leipzig, 1919, corregida por Kafka.

PÁGINA 167, LÍNEA 9. *Alejandro de Macedonia.* En el colegio que Kafka frecuentó de niño había, colgada en un aula, una reproducción del famoso mosaico de Alejandro Magno en la batalla del Issos, hallado en Pompeya en 1831. El escritor evoca este mosaico en un aforismo de hacia 1918: «La muerte está ante nosotros, más o menos como puede estarlo una imagen de la batalla de Alejandro en la pared del aula escolar. Lo que cuenta es si con nuestros actos en esta vida somos capaces de oscurecer o incluso borrar esa imagen». Un aforismo del tiempo en que Kafka escribió esta narración, dice: «Sería imaginable que Alejandro Magno, a pesar de los éxitos bélicos de su juventud, a pesar del magnífico ejército que había formado, a pesar de las fuerzas encaminadas a transformar el mundo que sentía en su interior, se hubiese detenido en el Helesponto y no lo hubiese cruzado jamás, no por miedo, ni por indecisión, ni por pusilanimidad, sino por la pesadez de la tierra». Son un misterio las razones por las que Kafka puso a un abogado el nombre del corcel de Alejandro Magno, Bucéfalo. Este motivo kafkiano, recurrente no solo en los aforismos sino también en otros textos y esbozos narrativos del autor, parece tener otras fuentes, además del mosaico citado: Kafka leyó, en 1910, las *Hazañas de Alejandro Magno*, de Mijail Kusmin (véase la entrada del 21 de diciembre de 1910 de los *Diarios*; Max Brod escribió en 1906 una narración protagonizada por Alejandro; el propio Kafka, en 1916, a raíz de la lectura pública de «Un informe para una academia», mantuvo conversaciones en Múnich con Max Pulver, autor de una obra dramática llamada *Alejandro Magno*. Véase, sobre esta narración, la nota correspondiente en Jordi Llovet, ed.: Franz Kafka, *Bestiario*, citado, pp. 117-120.

PÁGINA 169, LÍNEA 4. *Un médico rural*. Kafka apreciaba de un modo especial a un tío suyo por parte de madre, Siegfried Löwy, médico rural en la localidad de Triesch, a quien, de joven, solía visitar durante las vacaciones. El autor pudo inspirarse en la vida de médico de pueblo de este tío suyo para redactar la presente narración. El tema del médico –o el santo– que yace al lado de un enfermo se encuentra en muchos lugares de la tradición literaria, pero Kafka lo leyó, con absoluta certeza, en uno de los *Tres cuentos* de Flaubert, «Légende de saint Julien, l'Hospitalier». Solo cabe apuntar una diferencia entre la manera de tratar el asunto en uno y otro escritor: en el caso de Flaubert, siguiendo la tradición, la compañía del santo consuela y cura al enfermo; en el caso de Kafka, el enfermo sabe de antemano que la presencia del médico resulta vana, como el médico sabe que está aquejado, sin salvación posible, de la misma enfermedad que el paciente.

PÁGINA 176, LÍNEA 18. *algún joven espectador de la galería*. Véase la misma perspectiva narrativa, e idéntica situación, en Robert Walser, *Das bunte Buch*, Leipzig, 1914, pp. 28-34. El libro figuraba en la biblioteca de Kafka, y Robert Walser fue, entre sus contemporáneos, uno de sus escritores preferidos.

PÁGINA 177, LÍNEA 10. *rompe a llorar sin saberlo*. Compárese con el siguiente pasaje de una carta de Kafka a Grete Bloch del 14 de febrero de 1914: «El llorar allá arriba en la galería de la ópera no supone ninguna merma de energías, no crea semejante cosa».

PÁGINA 178, LÍNEA 4. *Un viejo folio.* Esta narración debe considerarse parte aislada –y aislable– de un largo esbozo de narración –de hecho, todo un ciclo de esbozos– titulado por el propio Kafka «Durante la construcción de la muralla china». El texto manuscrito de «Un viejo folio» se encuentra en el llamado «Cuaderno en octavo C», a continuación de este esbozo.

PÁGINA 178, LÍNEA 31. *como los grajos.* En alemán, *wie Dohlen*. *Dohle* es la palabra alemana equivalente a la palabra checa *kavka*. Franz Kafka confesó en más de una ocasión sentirse muy orgulloso de poseer un apellido que evocaba a un animal tan huraño. El padre de Kafka usó un dibujo de este animal como emblema de su establecimiento de complementos de moda.

PÁGINA 179, LÍNEA 33. *creí ver al emperador en persona.* Es decir, al emperador de China; recuérdese que esta narración es vecina de la titulada «Un mensaje imperial», incluida en el mismo libro, y que originalmente quizá estaba destinada a formar parte de una narración más larga titulada por el propio Kafka «Durante la construcción de la muralla china».

PÁGINA 181, LÍNEA 4. *Ante la Ley.* Esta narración es parte del capítulo «En la catedral», de la novela *El proceso*. En la novela, la narración es seguida de una larga interpretación que posee todos los rasgos de la exégesis rabínica. El propio Kafka, en una entrada de los diarios correspondiente al 13 de diciembre de 1914, se refirió a esta continuación de la narración en los siguientes términos: «En vez de trabajar –solo he escrito una página (*exégesis de la leyenda*)–, he leído algunos capítulos ya terminados y encontrado que en parte son buenos».

PÁGINA 173, LÍNEA 4. *Chacales y árabes.* Como se ha dicho ya en la nota liminar, Martin Buber, a instancias de Max Brod, pidió a Kafka alguna colaboración para la revista que él dirigía, *Der Jude*. En respuesta a su solicitud, Kafka mandó a Martin Buber, en abril de 1917, una selección de doce prosas breves, entre las cuales Buber escogió «Chacales y árabes» y «Un informe para una academia». Buber consideró estas dos historias como una «parábola» del conflicto que comportaba la asimilación de los judíos en las sociedades de Centroeuropa, y quizá éste fuera el motivo de que las eligiera para publicarlas. En cualquier caso, en una carta de agradecimiento del 12 de mayo de 1917, Kafka le decía a Martin Buber: «Así que por fin voy a ser publicado en *Der Jude*, algo que siempre había creído imposible. Ruego que no llamen a estas piezas "parábolas", pues en sentido estricto no lo son. Si quiere usted un título general, quizá lo mejor sería "Dos historias de animales"». Heinz Politzer, uno de los pocos exegetas de la obra de Kafka que se ha atrevido a comentar esta narración, postula: «Como los árabes son, por la raza a la que pertenecen, primos hermanos de los judíos, el odio de los chacales podría representar un síntoma del odio que el judío Kafka tiene hacia el judaísmo y, al mismo tiempo, la parodia de este odio: los antisemitas son los chacales» (citado por Claude David, en Franz Kafka, *Oeuvres Complètes*, París, Gallimard, 1976-1989). Otros, en cambio, han convertido a los árabes de esta narración en los representantes del sionismo por oposición a los chacales «asimilacionistas». Acerca de su concepción del nacionalismo, Kafka manifestó a Gustav Janouch: «Tanto la nación como la clase obrera no son más que generalizaciones abstractas, conceptos dogmáticos, apariencias nebulosas que solo se han convertido en algo concreto gracias a una operación lingüística ... Su vida está anclada en el habla, en el mundo interior del habla, pero no en el mundo exterior de las personas. Y, sin embargo, lo único verdadero es el ser humano concreto y real, el prójimo que Dios interpone en nuestro camino y a cuyas actuaciones estamos expuestos directamente» (véase Gustav Janouch, *Conversaciones con Kafka*, citado). Sobre esta narración, véase la nota correspondiente en Jordi Llovet, ed.: Franz Kafka, *Bestiario*, citado, pp. 115 y ss.

PÁGINA 191, LÍNEA 7. *retorno de los señores.* Compárese esta narración con «Once hijos», en la que se procede a una enumeración análoga.

PÁGINA 193, LÍNEA 4. *Un mensaje imperial.* Esta narración está extraída del esbozo de otra más larga titulada por el propio Kafka «Durante la construcción de la muralla china», con la que también guarda relación «Un viejo folio» y que se encuentra en el llamado «Cuaderno en octavo C».

PÁGINA 195, LÍNEA 4. *La preocupación del padre de familia.* Ésta es una de las narraciones de Kafka que más comentarios ha generado. Como el lector observará, el protagonista es un artilugio descrito con bastante precisión, en forma de huso, formado aparentemente por un conjunto de «hilos viejos y rotos, de los más diversos tipos y colores ... inextricablemente entreverados», pero en realidad con un alma maciza, compuesta de una estrella de cuyo centro surge «una pequeña varilla transversal a la cual se une otra en ángulo recto». De hecho, es uno de los pocos engendros kafkianos que no es ni antropomórfico ni zoomórfico, como sucede también con las bolas que aparecen en «Blumfeld». Más que cualquier otra criatura de Kafka, Odradek parece en principio solo un objeto, el ser más objetivo de cuantos imaginó su autor. Aun así, Odradek acaba siendo descrito como una criatura animada, provista de vida eterna. Empieza siendo solamente un nombre (aquí Kafka juega con la pasión filológica de su propia tradición cultural y religiosa, aunque el nombre «Odradek» pueda ser, como dice el texto, eslavo o alemán); luego es un objeto inanimado; es descrito más adelante como una forma semoviente, después como un ser que habla, y al final del relato como una criatura que, como se ha dicho, quizá viva eternamente. Esta progresión de Odradek entre su carácter extremadamente objetual y los atributos de un ser eterno –ahora la dimensión es propiamente de carácter teológico– es lo que confiere al relato su enorme grado de seducción. Lo más extraño como objeto se corresponde, al final de la narración, con lo más desconocido como Ser, es decir, con lo sobrenatural y lo inmortal.

El comentarista Wilhelm Emrich considera este relato «figura de una esfera universal, extendiéndose en la vida y en la muerte, que se contrapone, con su forma objetiva, al mundo empírico de la cotidianidad». Hartmut Binder lo considera una alegoría de la propia personalidad del autor, y señala el enorme parecido entre la existencia de Odradek y el tipo de vida que Kafka creía llevar en casa de sus padres, de la que nunca fue capaz de alejarse por mucho tiempo.

Aunque el narrador sostiene que Odradek no tiene ningún sentido, y que resultaría vano cualquier intento de esclarecer su etimología, muchos comentaristas de la obra de Kafka se han distraído buscando analogías fonéticas entre esta palabra y otras de origen germánico o eslavo, de lo que se han derivado interpretaciones a menudo asombrosas. Max Brod entiende la palabra como próxima a una serie de vocablos de las lenguas eslavas que se encuentran en el campo semántico de 'renegado', 'apóstata', 'rebelde', 'insurrecto', 'tránsfuga' o 'desertor'. Wilhelm Emrich cree que la palabra procede de la voz checa *odraditi*, 'desaconsejar', voz que, al serle añadido el sufijo diminutivo *-ek*, daría algo así como 'un pequeño acto de desaconsejar' o, si se acepta el neologismo, un 'desconsejito' o una 'disuasioncita'. Más verosímil parece la interpretación de Heinz Politzer, quien, a partir de la misma etimología, pero teniendo en cuenta el contexto de la narración, entiende la voz como una fórmula lingüística que vendría a significar: '¡Déjame en paz!', '¡No me marees!', o '¡No me líes!'. Por fin, G. Backenhöler sostiene que la palabra procedería del checo *rad* ('orden', 'reglamento'), con el prefijo *od-* ('fuera de', 'lejos de') y el citado diminutivo *-ek*, todo lo cual daría algo así como 'pequeño ser ajeno al orden', lo cual, en voz castellana procedente del griego, vendría a equivaler, sencillamente, a 'anarquista', o, para ser exactos, 'anarquistito', en diminutivo; ello no deja de resultar adecuado a la persona de Franz Kafka, quien, dicho sea de paso, participó en una reunión de protesta por la ejecución del fundador de la Escuela Libre, el anarquista Francesc Ferrer y Guàrdia, como detalla Klaus Wagenbach en su biografía de Kafka. Como sea, y muy a pesar de los esfuerzos de los intérpretes citados, lo más verosímil y lo más sencillo es suponer que Kafka tomara el nombre de Odradek de una marca de motocicletas que circulaban por las calles de Praga en tiempos de nuestro autor: el modelo Odradek (posible acrónimo de los socios empresarios), patentado en 1903, fabricado por la empresa Laurin und Klement, en Jungbunzlau, y más tarde en los famosos talleres Skoda.

PÁGINA 197, LÍNEA 4. *Once hijos.* Como se ha dicho ya en la nota liminar, Malcolm Pasley pretende que Kafka concibió el presente relato como una especie de inventario crítico de once de las narraciones que configuran *Un médico rural*. «Esos once hijos son simplemente once narraciones en las que estoy trabajando precisamente ahora», le escribe Kafka a Max Brod. Y comenta Unseld: «Este hecho no es nada sorprendente: el escritor había venido asociando durante toda su vida su labor con referencias metafóricas al proceso de la generación humana, es decir a la preñez de la mujer, al parto y al crecimiento de un bebé, y él mismo, como explica Max Brod, estableció una "analogía explícita de su vitalidad literaria con la fecundidad de un padre". No había duda de que Kafka experimentaba el deseo de la paternidad. Lo único que todavía no estaba claro eran las condiciones previas y anejas a tal paternidad –precisamente, uno de sus intentos en tal sentido acababa de fracasar. ¿Estaba el escritor escribiendo aquellos "hijos" que la vida real le negaba? Su plan de publicación de un volumen de relatos con el fragmento "Once hijos" como texto número doce y comentario final de los demás, constituye un argumento en este sentido» (Joachim Unseld, *Franz Kafka. Una vida de escritor*, citado). Se han hecho múltiples intentos de hallar en los perfiles de todos y cada uno de los «once hijos» de la presente narración alguna semejanza con el contenido de los once relatos que Kafka habría incluido en el libro correspondiente; el más esforzado ha sido el ya mencionado de Malcolm Pasley; pero ninguno ha podido demostrar nada, salvo la posibilidad de que Kafka concibiera éstos y todos sus «engendros» narrativos como sucedáneos de los hijos que no tuvo. Por lo demás, Kafka había releído el Antiguo Testamento en junio-julio de 1916, lugar plagado de enumeraciones de hijos que asumen una independencia que asombra a su progenitor, de parecida manera a como Kafka presenta a los suyos en la presente narración. Más no puede afirmarse. La narración puede leerse también, aunque sea *avant-la-lettre*, sobre el trasfondo de la *Carta al padre* que Kafka escribiría dos años más tarde, en 1919.

PÁGINA 206, LÍNEA 7. *Josef K. soñó*. Como se ha indicado más arriba (véase la nota liminar), solo el nombre del personaje, Josef K., sugiere un vínculo, aunque improbable, entre esta narración y la novela *El proceso*. Según se ha dicho, la técnica narrativa utilizada aquí por el autor, además del desarrollo argumental, hace muy difícil insertar este texto en ningún lugar de esa novela. Por lo demás, Kafka esbozaría en los últimos años de su vida otros pasajes con un protagonista llamado K., entre los cuales destaca el titulado «El matrimonio».

PÁGINA 206, LÍNEA 31. *una gorra de terciopelo*. En alemán, *Samtkappe*. Atributo tradicional de la devoción judaica, hasta el punto de convertirse en emblema del movimiento sionista.

PÁGINA 209, LÍNEA 4. *Un informe para una academia*. Como se ha comentado en la nota correspondiente a la narración «Chacales y árabes», ésta y «Un informe para una academia» se publicaron juntas, con el título común «Zwei Tiergeschichten» (Dos historias de animales, propuesto por el propio Kafka), en dos números consecutivos de la revista *Der Jude*, que editaba Martin Buber. El 19 de diciembre de 1917, el mismo año de su publicación en la revista aludida, Elsa Brod dramatizó esta narración en una de las sesiones del Klub jüdischer Frauen und Mädchen (Club de Mujeres y Muchachas Judías) de Praga. En una recensión de esta velada en el semanario *Selbstwehr*, Max Brod calificó la narración como la sátira más genial que jamás se hubiera escrito sobre la asimilación de los judíos. Teniendo en cuenta el momento en que se escribió la narración y las ideas de Kafka acerca del sionismo hacia aquellos años, ésta puede ser considerada una interpretación fidedigna y verosímil. En efecto, mientras escribía la narración, Kafka pudo haber tenido en cuenta la situación de la comunidad judía en la ciudad de Praga a principios de siglo. El estado de precariedad por el que atravesaba la lengua yidish, su progresiva reducción al ámbito familiar o a ciertos círculos artísticos –el dramático, en especial–, el hecho de que el culto en las sinagogas de Praga se hubiera convertido, ya en tiempos de Kafka, en poco más que una costumbre rutinaria o una ocasión para cerrar negocios –como Kafka comenta en su *Carta al padre*, en clara acusación contra su progenitor, comerciante próspero de la ciudad–, así como la evidente y muy extendida asimilación de los universitarios judíos por parte de una burocracia germano-parlante con capital en la ciudad de Viena, son factores más que suficientes para respetar la interpretación de Brod, quien, si por un lado quizá exageró el peso de la religión judía en la obra de Kafka, no deja de poseer el mérito de haber señalado una conexión palpable entre la obra de nuestro autor y diversos aspectos de la cultura judía en la Praga del primer cuarto del siglo XX.

Pero esta narración podría poseer un sentido más general, relativo a la «asimilación» de cualquier individuo por parte de la sociedad adulta, constituida como legalidad y como orden simbólico colectivo. Es decir, cabría entender esta narración no solo desde el punto de vista filogenético de la historia de los judíos en Europa y de su asimilación, sino también desde el punto de vista ontogenético de la evolución personal de Kafka en su medio urbano y social. De hecho, el dilema que presenta el texto entre los conceptos de «salida» (*Ausweg*) y «libertad» (*Freiheit*), se encuentra en muchos textos autobiográficos del autor. Señalemos, por lo menos, la coincidencia textual entre un pasaje de esta obra y otro de una carta a Felice Bauer del 19 de octubre de 1916. En el relato se lee: «A propósito evito hablar de libertad. No me refiero a esa gran sensación de libertad hacia todos lados [*Freiheit nach allen Seiten*] ... No, no quería libertad. Solamente una salida...». En la carta citada aparece esta misma expresión: «yo, que por lo general he carecido de autonomía, siento por ella un ansia infinita, un ansia de independencia, de libertad hacia todos lados [*Freiheit nach allen Seiten*]». Este mismo anhelo es también el que se encuentra explicado, hasta los más pequeños detalles, en la *Carta al padre*, de 1919.

El trasunto argumental de la narración pudo haberle sido sugerido a Kafka por la lectura de dos narraciones de E. T. A. Hoffmann. En la primera de ellas, *Nachricht von den neuesten Schicksalen des Hundes Berganza* (Noticia sobre el más reciente destino del perro Berganza), un hombre que antes ha sido perro narra sus antiguas experiencias junto a su compañero Cipión; ambos animales son réplica evidente de los protagonistas de la obra cervantina *Novela y coloquio que pasó entre Cipión y Berganza*, que Kafka pudo haber leído, aunque el inventario de su biblioteca solo consigna una edición alemana del *Quijote*, con pie de imprenta Múnich, 1912. En la segunda de las novelas de Hoffmann, *Nachricht von einem gebildeten jungen Mann* (Noticia sobre un joven educado), ya no es un perro sino un mono quien alcanza la categoría de ser humano, y desarrolla una exitosa carrera como pianista, algo que se parece bastante a la carrera, en los *music-hall* de Hamburgo, del mono de «Un informe para una academia». De todos modos, como ya se ha dicho en la nota liminar, no hay que descartar que la idea de este relato se la sugiriera a Kafka un artículo sobre la actuación de un chimpancé en un teatro de variedades de Praga aparecido el 1 de abril de 1917 en el periódico *Prager Tagblatt*.

PÁGINA 210, LÍNEA 28. *de la empresa Hagenbeck.* El nombre no es una invención de Kafka, sino uno de los escasos datos tomados por el autor de la realidad para incorporarlos a su obra literaria. En efecto, Carl Hagenbeck (1844-1913) fue un famosísimo criador de animales y director de circo, fundador, en 1907, del Zoológico Stellingen, en Hamburgo, ciudad a la que remite literalmente esta narración en la página 218. Carl Hagenbeck había publicado en Berlín, en 1905 (2ª edición, 1908), uno de sus libros más celebrados, *Von Tieren und Menschen. Erlebnisse und Erfahrungen* (De animales y seres humanos. Vivencias y experiencias).

PÁGINA 211, LÍNEA 1. *Rotpeter.* Es decir, Pedro el Rojo, nombre inventado por Kafka. Hay al menos otros tres textos del autor referidos a este personaje.

PÁGINA 213, LÍNEA 30. *Solamente una salida.* En el extenso esbozo de esta narración que figura en el «Cuaderno en octavo D», se añade aquí: «Si hubiese llegado a algún lugar determinado, no quisiera verme obstaculizado por una pared de cajas o algo similar sino tener una salida».

Notas a «Un artista del hambre»

Con este título se publicó, póstumamente, el último de los libros que Franz Kafka escribió, mandó a un editor y corrigió en vida: *Ein Hungerkünstler. Vier Geschichten*, Berlín, Die Schmiede, 1924. El libro apareció a finales de agosto de 1924, a los tres meses escasos de la muerte del autor. Como se verá en su momento, algunas de las cuatro narraciones que configuran este libro fueron publicadas en diarios y revistas, antes y después de su publicación en forma de libro. La edición definitiva de las cuatro narraciones que incluye el libro es la que acabamos de citar, denominada en adelante, cuando se hable de la historia editorial de los cuatro textos que lo integran, *Ein Hungerkünstler*. La traducción al castellano se ha hecho a partir de esta edición.

En su viaje a Müritz en el Ostsee, a principios de julio de 1923, Kafka se detuvo en Berlín. Es muy posible que, durante esta estancia en Berlín, le fuera mostrado a Kafka el borrador de un contrato editorial con la casa Die Schmiede, con sede en esa ciudad, que, poco tiempo más tarde, le fue enviado en limpio, ya con la firma del editor. Sabemos que Kafka lo encontró en Praga a su vuelta de Müritz, y que lo reenvió, firmado, el 28 de agosto. Hasta entonces, Kafka había publicado casi toda su obra en la editorial Kurt Wolff, pero ya en 1918, mientras esperaba con cierta impaciencia las pruebas de imprenta de *Un médico rural*, el autor había recibido ofertas de otras dos editoriales, sin duda interesadas en la obra de Kafka gracias a la resonancia –limitada pero suficiente para un editor perspicaz– que había adquirido su nombre a raíz de la «media concesión» del prestigioso Premio Fontane (véase la nota liminar a *Contemplación*): se trataba de las casas editoras de Erich Reiss y de Paul Cassirer. Aconsejado por Max Brod, Kafka declinó estas invitaciones, y *Un médico rural*, como ya se ha consignado, fue editado todavía por Kurt Wolff, en un período de ciertas dificultades para este editor. Casi tres años más tarde fue la editorial Ernst Rowohlt (de la que se segregó en su momento la de Kurt

Wolff) la que hizo una oferta a Kafka, pero como entonces el autor no tenía material suficiente –o adecuado, en su opinión– para mandar a la imprenta, este cambio de editorial tampoco se produjo. La situación cambió a lo largo del año 1922; por un lado, debido al hecho de que Kafka escribió en la primavera de ese año algunos textos que le parecieron satisfactorios; por otro lado, debido a que en el mes de julio se jubiló de su trabajo en el Instituto de Seguros, en Praga, en el que había trabajado desde julio de 1908. Esta segunda circunstancia, sumada al ánimo creador en que se encontraba Kafka en la primavera de 1922, fueron determinantes para que el autor decidiera llevar a cabo cuanto antes un propósito hasta entonces frustrado: establecerse en Berlín y ganarse la vida como *freier Schriftsteller* ('escritor que trabaja por cuenta propia'), figura socio-económico-cultural relativamente habitual en Alemania y otros países de Europa, por aquel tiempo. Ésta era una posibilidad que Kafka había considerado desde por lo menos el año 1914, cuando, en la entrada de sus diarios correspondiente al 9 de marzo, había escrito: «Así que he de salir de Austria y, puesto que no tengo talento para los idiomas y solo a duras penas puedo realizar un trabajo físico o comercial, irme a Alemania, al menos al principio, y dentro de Alemania, a Berlín, ciudad donde tengo más posibilidades de mantenerme. Allí el periodismo sería el modo mejor y más fácil de aprovechar mis capacidades de escritor y de encontrar un salario adecuado a mis necesidades. Lo que no puedo decir ahora, ni con la más mínima seguridad, es que, además de eso, vaya a ser capaz de realizar un trabajo inspirado. Pero lo que sí creo saber con certeza es que de esa situación de independencia y libertad en que estaré en Berlín (por muy mísera que sea en lo demás) sacaré el único sentimiento de dicha de que aún soy ahora capaz». Como es lógico suponer, este proyecto requería el apoyo de una serie de periódicos, revistas y editoriales que estuvieran dispuestas a ofrecer a Kafka unos emolumentos satisfactorios. Como durante la citada estancia en Müritz Kafka había conocido a Dora Diamant –la última de sus amantes– y hacía ya tiempo que albergaba la idea de vivir en Berlín, bastó que la editorial Die Schmiede le hiciera una propuesta convincente para que el autor se decidiera, el 24 de septiembre de 1923, a viajar a la capital alemana con la intención de instalarse en una ciudad admirada por él desde siempre, y lugar de residencia, no se olvide, de Felice Bauer, su única prometida formal, por entonces ya casada con otro. La inflación galopante en los meses que siguieron a su llegada a Berlín, unida a lo escaso de su pensión de jubilación y al hecho de que Kafka tenía que mantener también a su compañera Dora Diamant, convirtieron esta estancia en una verdadera pesadilla para el escritor, quien, a pesar de todo, todavía escribió la narración «Una mujercita» y muchos otros textos en cuadernos que se han conservado, aparte de todo cuanto Dora Diamant pudo destruir a petición del propio Kafka –en cualquier caso, escritos de Kafka de otros tiempos– antes de que abandonaran la ciudad. Esta narración –«Una mujercita»–, presumiblemente ya terminada, fue la que Kafka leyó a Max Brod en Berlín, a finales de enero de 1924, durante una visita de éste al autor.

El estado de salud de Kafka empeoró de manera alarmante durante el mes de febrero, hasta el punto de que Siegfried Löwy, tío de Franz Kafka y posible modelo de la narración «Un médico rural», recomendó a su sobrino abandonar Berlín y trasladarse a una instalación sanitaria adecuada. En compañía de Max Brod, que viajó a Berlín para ayudarlo, Kafka regresó a Praga el 17 de marzo. Pocos días antes, el 7 de marzo de 1924, Kafka había firmado con la editorial Die Schmiede un contrato editorial relativo a un «volumen de novelas cortas» que incluía «Un artista del hambre», «Primer sufrimiento» y «Una mujercita». Durante su estancia en Praga, que se prolongó hasta el 5 de abril de 1924, y mientras Kafka investigaba qué sanatorio podía convenirle para una apremiante cura de salud, el autor escribió «Josefina la cantante o El pueblo de los ratones».

El 5 de abril Kafka viajó al sanatorio Wienerwald, cerca de Ortmann, en la Baja Austria. La estancia debió de resultar costosa, pues Kafka –que nunca había pasado apuros económicos, más bien todo lo contrario– insinuó a Max Brod que «Josefina la cantante o El pueblo de los ratones» se incluyera en la edición de *Un artista del hambre* ya contratada, y se estampara también, si era posible, en cualquier otra publicación: «Por favor, Max, vende todo lo que puedas», le dice Kafka a su amigo en carta del 9 de abril de 1924. Al mismo amigo le manifestó sus reservas acerca del título con «disyuntiva» de la narración: «Estos títulos con "o" no son posiblemente muy bonitos, pero esto, en este caso, quizá tenga un sentido particular. Tiene algo de balanza».

Kafka abandonó el sanatorio Wienerwald el 10 de abril, y permaneció, entre ese día y el 19 de abril, en la clínica laringológica del Hospital General de Viena. El 19 de abril pasó al sanatorio privado del doctor Hoffmann, en Kierling, cerca de Klostenburg, lugar en el que murió el 3 de junio de 1924.

En este último sanatorio Kafka recibió, durante el mes de mayo, las primeras pruebas galeradas de su último libro, según se deduce de las notas escritas por el autor en octavillas a causa de la «cura de silencio» que le habían impuesto; octavillas que se conservaron y que Max Brod editó como apéndice a uno de los volúmenes de las obras completas de Kafka dirigidas por él. También Robert Klopstock, amigo del escritor y uno de los médicos que le asistió hasta el último momento, recordó, en un artículo titulado «Con Kafka en Matliary», que el autor recibió unas pruebas de imprenta el 26 de mayo de 1924, y que las reenvió a la editorial al día siguiente, corregidas por él mismo. Como era costumbre en la época, Kafka todavía recibió, al cabo de unos días, el primer pliego del futuro libro, y nos consta que lo corrigió el día 2 de junio, y quizá la misma mañana del 3, es decir, el día de su muerte: «El lunes [2 de junio] y, al parecer, también el martes, lo que apenas puedo creer, trabajó Franz en la corrección del primer pliego de su último libro, *Un artista del hambre*, que le había sido remitido poco antes. Dio indicaciones respecto a un cambio de orden de los cuentos y se mostró disgustado con la editorial, que no había prestado la atención debida a alguna que otra observación suya. Dora [Diamant] comentó un día con toda razón: "Siempre exigió mucho respeto para sí. Si se lo trataba con cortesía, todo estaba muy bien y no daba mayor importancia a las fórmulas. Pero si no se hacía así, quedaba muy afectado". A mediodía se durmió» (véase Max Brod, *Kafka*, Madrid, Alianza, 1974).

El «cambio de orden» a que alude Brod se explica quizá porque la editorial habría puesto en primer lugar la narración «Un artista del hambre», que es la que da título al volumen; este título no gustaba a la casa editora, pero lo conservó a instancias del propio Kafka, y también de Max Brod cuando el autor ya había fallecido. Después de la muerte del autor, Brod se encargó de la corrección del resto de los pliegos, y escribió a la editorial reclamando el envío de otro anticipo: quizá la cantidad que faltaría para completar la cuantía del anticipo pactado por Kafka con su editor en Berlín, que empezó siendo de entre 600 y 800 marcos, cuando se pensó en un tiraje de 2.000 ejemplares, y se incrementó luego en 300 marcos, cuando la previsión del tiraje ascendió a 3.000 ejemplares y Kafka adjuntó una cuarta narración al volumen («Josefina la cantante»), no contratada previamente. El 20 de junio de 1924, Die Schmiede modificó por esta razón el contrato original, estipulando el nuevo orden de las narraciones y posiblemente unos nuevos porcentajes de derechos para los herederos del autor: pero ni poseemos estos documentos ni sabemos si alguien recibió nuevos anticipos a cuenta del nuevo contrato. De hecho, solo nos consta que Max Brod solicitó estos anticipos a la editorial con la intención de aliviar la situación económica de Dora Diamant, que había acompañado a Kafka desde el inicio de su estancia berlinesa hasta el momento de su muerte. Por fin, el 15 de agosto de 1924, los directores editoriales de Die Schmiede enviaron a Brod una carta en los siguientes términos: «*Un artista del hambre* está terminado; en los próximos días recibiremos los primeros ejemplares y enseguida le enviaremos a usted unos cuantos» (véase Joachim Unseld, *Franz Kafka. Una vida de escritor*, citado).

Según una carta del editor de Die Schmiede a Max Brod del 1 de abril de 1925, el 31 de marzo de ese año (al cabo, pues, de siete meses de haberse publicado), se habían vendido 551 ejemplares del último libro de Kafka, sobre el tiraje ya citado de 3.000.

El manuscrito de «Primer sufrimiento», escrito en letra muy pequeña y en líneas apretadas, se encuentra en una hoja suelta que proviene del conocido como «Cuaderno duodécimo». La redacción de este relato debió de ser posterior a la del capítulo cuarto de *El castillo*, en un momento en el que, por lo que sabemos, el autor tenía serias dificultades para continuar su tercera y última novela. Por los datos que encontramos en los diarios, la narración debió de escribirse no antes del 17 de febrero ni después del 4 de abril de 1922. La narración fue publicada por vez primera en la revista *Genius. Zeitschift für werdende und alte Kunst*, año 3, 1921 (así viene indicado en el lugar correspondiente, aunque apareció a finales de enero de 1923). Se publicó de nuevo a finales de ese mismo año en el diario *Prager Presse*, año 3, núm. 352 (25 de diciembre de 1923, edición matutina), dentro de la sección denominada «Dichtung aus der Tschekoslovakei» (Literatura de Checoslovaquia). Antes de ser recogida en libro (*Ein Hungerkünstler*), fue publicada por tercera vez en el *Berliner Börsen-Courier*, año 56, núm. 303 (1 de julio de 1924), con la siguiente nota preliminar: «Nos complace editar a continuación una *Novelle* inédita, característica tanto del recientemente fallecido narrador de Praga como de la moderna prosa postimpresionista, que la editorial Die Schmiede, junto con otras *Novellen* de Kafka, publicará próximamente como libro».

La génesis de «Una mujercita» debe situarse en el período comprendido entre finales de noviembre de 1923 y finales de enero de 1924. La primera fecha es verosímil porque la narración está escrita en un papel que Ottla, la hermana de Kafka, le llevó en una visita a Berlín a finales de noviembre de 1923 –el recado de escribir se había convertido en Berlín en un artículo de lujo a causa de la inflación, y Kafka había escrito por aquellas fechas que no podía abastecerse de nada más que de la comida, a excepción de la mantequilla, que resultaba carísima–; la segunda fecha la proporciona una entrada en los diarios de Max Brod, a través de la cual nos enteramos de que éste visitó al escritor a finales de enero de 1924 y que en esta ocasión «Franz [le] leyó en voz alta: "La señorita". Encantadora». Max Brod viajaría de nuevo a Berlín el 14 de marzo para asistir al estreno de *Jenufa*, de Leos Janácek, en la Ópera del Estado, y, a la vista de cómo se encontraba Kafka, se lo llevó con él de vuelta a Praga el día 17 (véase Max Brod, *Kafka*, citado). Antes de ser recogida en *Ein Hungerkünstler*, la narración fue publicada por el diario *Prager Tagblatt*, el 20 de abril de 1924.

«Un artista del hambre» –es decir, la narración así llamada, que acabó dando título al libro y que, dentro del mismo, aparece en tercer lugar por voluntad del autor– corresponde a un período anterior a la estancia de Kafka y Dora Diamant en Berlín. Kafka debió de escribir la narración simultáneamente a algunos episodios de *El castillo*, probablemente en torno al 23 de mayo, porque escribe en sus diarios, con fecha 25 de mayo: «Anteayer "H.-K."» (es decir, *Hunger-Künstler*). La narración conoció cinco ediciones antes de ser recogida en libro (*Ein Hungerkünstler*): en la revista *Die Neue Rundschau*, año 33, cuaderno 10, octubre de 1922; en el diario *Prager Presse*, el 11 de octubre de 1922; en el diario *Sonntagsblatt der New Yorker Volkszeitung*, 5 de noviembre de 1922; en el suplemento semanal *Vorwärts. Wochenblatt der New Yorker Volkszeitung*, 11 de noviembre de 1922 (para estas dos curiosas publicaciones de Kafka en la prensa en lengua alemana de Nueva York, véase Gregor Ackermann, «Zwei unbekannte Kafkafunde aus dem Jahr 1922», *Juni. Magazin für Kultur & Politik*, núm. 6, 1992, pp. 91 y ss.), y en *Vorbote. Unabhängiges Organ für die Interesse des Proletariats*, 15 de noviembre de 1922.

Como se ha dicho más arriba, ante el ofrecimiento de la editorial Die Schmiede, Kafka había aceptado publicar en esa casa tres narraciones que debieron de quedar concluidas el 7 de marzo de 1924, pues el contrato entre la editorial y Kafka con esa fecha establecía que el libro iba a incluir «Un artista del hambre», «Primer sufrimiento» y «Una mujercita». Como también se ha dicho, cuando Kafka se encontraba en el sanatorio de Wienerwald y se dio cuenta de los enormes gastos que la estancia le iba a ocasionar, pidió a Max Brod, en carta del 9 de abril de 1924, que se cuidara de añadir a estas tres narraciones «Josefina la cantante o El pueblo de los ratones». Otra fuente para la datación exacta de esta narración –la última de cuantas Kafka escribió– es la visita que su amigo y médico Robert Klopstock le hizo en Praga, durante la estancia del autor en casa de sus padres (casa propia no la tenía por entonces, ni la tuvo casi nunca) entre el 18 de marzo y el 5 de abril de 1924. Según Klopstock, por aquellos días se le habían manifestado a Kafka los primeros síntomas de la enfermedad de laringe de la que sería atendido en los sanatorios que visitó en los últimos meses de vida; y en este sentido escribe: «Por estas fechas escribió la historia "Josefina o El pueblo de los ratones"; y una tarde en que había escrito la última página de la historia, me dijo: "Creo que he empezado en el momento oportuno la investigación acerca del piar animal. Precisamente acabo de escribir una historia sobre ello"» (citado por Max Brod). El relato debió de escribirse, pues, entre el 18 de marzo, fecha de la llegada de Kafka a la casa familiar de Praga, y el 5 de abril, fecha en que se trasladó al sanatorio Wienerwald. Antes de ser recogida en *Ein Hungerkünstler*, la narración fue publicada en el diario *Prager Presse*, 20 de abril de 1924, edición matutina.

PÁGINA 227, LÍNEA 21. *no he visto otra mano cuyos dedos ... perfectamente normal.* Hay al menos tres manos más, en la obra de Kafka, descritas con parecida puntualización: las de la madre de Gregor Samsa, en *La transformación*; las de Leni, personaje de *El proceso*, de quien se cuenta que posee un velo entre dos dedos de una mano, al modo de las aves palmípedas: «"Yo tengo un pequeño defecto físico, mire [dijo Leni]." Separó el dedo medio y el anular de su mano derecha, entre los que la piel que los unía llegaba casi hasta la articulación superior de sus cortos dedos»; y las del propio Josef K., que, al final de la misma novela, se describen así: «Levantó las manos, separando los dedos».

PÁGINA 241, LÍNEA 6. *manojito de huesos.* En alemán, *Knochenbündel*, la misma palabra que Kafka usa en una carta a Dora Diamant para describirle su propio aspecto físico cuando era niño, en comparación con el de su padre: «Tienes que imaginártelo correctamente, el hombre terrible con el pequeño y asustado manojito de huesos cogido de la mano». Compárese también con la escena de los baños públicos de la *Carta al padre*.

PÁGINA 245, LÍNEA 2. *años pasados, en los que había asistido a exhibiciones similares, aunque incomparablemente más grandiosas.* Compárese con lo que se cuenta en «En la colonia penitenciaria», donde en otros tiempos, según el oficial que describe la máquina de tortura al viajante, las ejecuciones de las que se da noticia habían sido mucho más vistosas y celebradas que en el presente de la narración.

PÁGINA 248, LÍNEA 5. *Josefina la cantante o El pueblo de los ratones.* Es arbitrario suponer (como hace Hartmut Binder) que el cuento «Josefina la cantante o El pueblo de los ratones» sea una «anticipación» literaria de la enfermedad de laringe que aquejó a Kafka en los últimos meses de su vida, dolencia derivada de la tuberculosis, y que fue la verdadera causa de su muerte, pues el autor quedó impedido de ingerir alimento sólido y líquido. Es cierto que, a finales de marzo de 1924, Kafka notó los primeros síntomas de esta enfermedad, y también lo es que por esas fechas escribió «Josefina la cantante», pero esta coincidencia no nos permite asegurar que esta enfermedad sea el motivo de inspiración del relato; como no tiene tampoco ninguna verosimilitud que Kafka quisiera emular en el relato la figura y las hazañas ante el pueblo de Francia de la esposa de Napoleón, Josephine Beauharnais, como sostiene de nuevo Hartmut Binder: una hipótesis así cae de lleno en la extravagancia. Una explicación más plausible de las fuentes textuales de la narración la constituye el hecho, apuntado también por Binder, de que Kafka conocía un poema largo de Eduard Mörike titulado *Josephine*, en el que una cantante se presenta ante una asamblea popular con una voz dulce como el sonido de una flauta, y lo hace incluso con un silbido encantador (*Pfeifen*), motivos los dos –el de la asamblea popular y el del silbido– que sí se encuentran en el relato de Kafka. Tampoco es despreciable la hipótesis de que Kafka tuviera en cuenta, mientras redactaba la narración, la experiencia vivida cerca de la muchacha judío-palestina Puah Ben-Tovim, que enseñó lengua hebrea en la ciudad de Praga en 1923, y a quien Kafka trató con cierta asiduidad durante su última estancia en Berlín. Ben-Tovim, que en 1923 era por lo visto la única persona que conocía la lengua hebrea a la perfección en la ciudad de Praga, dictó conferencias y cursos de lengua hebrea en diversas asociaciones judías de la ciudad, como la Blau-Weiss (azul y blanco, colores simbólicos del movimiento sionista, y luego del Estado de Israel), y también dio clases de religión en la escuela Talmud-Torá, de Praga, utilizando el canto y la música coral como instrumentos pedagógicos, estimulante del sentimiento de «comunidad»: algo que era tan propio de la tradición luterana centroeuropea –véase el concepto de *Gesang*, 'cántico', en la obra de Hölderlin– como de la tradición de los judíos europeos del Este. En relación con este dato cabe asociar distintos pasajes del relato, como: «Pero hay otra cosa más difícil de explicar en esta relación entre el pueblo y Josefina. Y es que Josefina piensa lo contrario: cree que es ella la que protege al pueblo. Supuestamente, su canto sería el que nos salva de una mala situación política o económica; ni más ni menos que eso es capaz de conseguir; y si no conjura la desgracia, al menos nos da fuerza para soportarla» (p. 255), o: «Ese silbido, que se eleva allí donde a todos los demás se les impone silencio, llega casi como un mensaje del pueblo al individuo; el tenue silbido de Josefina en medio de las arduas decisiones es casi como la miserable existencia de nuestro pueblo entre el tumulto de un mundo hostil» (pp. 257). Ante indicios textuales tan obvios, no parece atrevimiento, ni falacia, ni impostura, suponer que Kafka se estaba refiriendo al pueblo judío –como ya hemos visto que hizo en muchas otras narraciones, no solo en aquellas que Max Brod consideró como los «testimonios más grandes de judaidad de nuestro tiempo»–, más particularmente a las comunidades judías esparcidas por todos los reinos y naciones del Este de Europa en su tiempo histórico, escasamente relacionadas entre sí aunque emergiera entre ellas, precisamente por esa época, el movimiento sionista que conduciría a la fundación del Estado de Israel. Llevando la interpretación un poco más lejos, en especial si se tiene en cuenta el carácter simbólico de un relato que acabó siendo algo así como el «testamento literario» de Kafka, no es arriesgado ver en la cantante Josefina una síntesis de dos alegorías. Por una parte, Josefina sería una «redentora» del pueblo en el sentido que a este término le otorga la redención mosaica a la que ya se aludía en la narración «En la colonia penitenciaria» (véase la correspondiente nota liminar), y, conforme a ello, una redentora que, en perfecta consonancia con la idea de redención de la religión judía, resulta inútil a todos los efectos, como se lee en el último párrafo de la narración. Y por otra parte, sería una «encantadora» de su pueblo, en el más tradicional sentido órfico.

También cabe sugerir que la continua alternancia que se presenta en el relato entre una idea de Josefina como alguien imprescindible para la cohesión del espíritu del pueblo, y alguien casi del todo inútil para tal propósito, puede leerse como alegoría de la situación del «escritor profético» –y Kafka lo es en cierto sentido– en el seno de las ya modernas e «ineducables» sociedades del primer cuarto del siglo XX; cuestión de sociología literaria que, por lo demás, Kafka conocía sobradamente a través de la lectura del epistolario de Gustave Flaubert, donde esta cuestión se debate continuamente, con cierto pesimismo por parte del novelista francés (véanse las referencias a Flaubert en los *Diarios* de Kafka).

Notas a los «Textos solo publicados en diarios o revistas»

Se ofrecen en esta sección diez textos de Kafka publicados, como los anteriores, en vida del autor pero no recogidos en forma de libro. Como se habrá observado en las notas a la sección precedente, buena parte de las narraciones que integran los seis libros que Kafka publicó en vida aparecieron en distintas publicaciones periódicas antes o después de ser recogidas en libro. Las que siguen, en cambio, únicamente fueron editadas en diarios o revistas, aunque también en vida del autor.

PÁGINA 271, LÍNEA 4. *Un breviario para damas*. Este texto apareció en *Der Neue Weg*, año 38, cuaderno 2 (6 de febrero de 1909). Se trata de una reseña de Kafka a una novela de Franz Blei titulada *Die Puderquaste. Ein Damenbrevier. Aus den Papieren des Prinzen Hippolyt* (La borla para polvos. Un breviario para damas. De los papeles del príncipe Hipólito), aparecida en la editorial muniquesa Hans von Weber a finales de 1908. Max Brod conocía a Franz Blei, redactor de la revista *Hyperion*, desde 1906, y posiblemente gracias a esta circunstancia Kafka publicó su primera antología de narraciones, *Contemplación*, en esta revista (véase la nota liminar a *Contemplación*). También es posible que Kafka escribiera puntualmente una recensión de la novela de Blei por la amistad que Max Brod le profesaba. Obsérvese hasta qué punto el texto de Kafka se aparta de lo que convencionalmente se entiende por una «reseña» o una «crítica literaria», lección esta que directa o indirectamente heredó de Kafka su sagaz comentarista Walter Benjamin. Sabemos que el autor de la novela, Franz Blei, comentó en carta a Max Brod del 8 de febrero de 1909, respecto a la reseña de nuestro autor: «Lo que Kafka ha escrito en el periódico sobre *La borla para polvos* es muy fino...».

PÁGINA 273, LÍNEA 4. *Conversación con el orante.* Tanto esta «Conversación con el orante» como la siguiente «Conversación con el borracho» están entresacadas del manuscrito de la primera versión de «Descripción de una lucha», narración mucho más larga que el escritor dejó sin terminar entre finales de 1910 y comienzos de 1911. De la correspondencia de Kafka con Max Brod se deduce que el autor ya trabajaba en la redacción del primer fragmento, «Conversación con el orante», hacia el mes de agosto de 1904. «Conversación con el borracho» fue redactada más tarde, entre febrero y julio de 1907. Los dos textos se publicaron juntos en la revista *Hyperion*, editada por Franz Blei, cuaderno de marzo-abril de 1909 (aparecido en la segunda quincena de junio). Kafka ya se había dado a conocer en esa misma revista publicando buena parte de los textos de *Contemplación* en 1908 (véase la nota liminar a este libro). Según Joachim Unseld, Blei, después de haber publicado el primer libro de Kafka, pidió al escritor algún otro texto suyo para editarlo asimismo en *Hyperion* y, solo después de hacerse de rogar, consiguió que el autor le mandara estas dos «conversaciones», que Blei debió de recibir en la redacción de la revista antes del 10 de enero de 1909, pues en esta fecha le escribe al «mediador» Max Brod: «Los Kafka son muy hermosos y voy a publicarlos; preferentemente como una sola pieza, con una separación entre cada texto y un título conjunto... ¿cuál? ¿"Conversaciones en el crepúsculo"?» (véase Joachim Unseld, *Franz Kafka. Una vida de escritor*, citado). Los dos textos fueron publicados finalmente con los títulos que aparecen en el manuscrito y en la presente edición, aunque en el índice del número correspondiente de la revista figuran como «Franz Kafka. Conversación con el orante y con el borracho».

PÁGINA 273, LÍNEA 7. *una iglesia.* Con toda evidencia, se trata de una iglesia cristiana, como sucede también en el capítulo «En la catedral» de *El proceso*. El texto ofrece más adelante nuevos datos sobre esta iglesia, que parece serlo de la ciudad de Praga.

PÁGINA 279, LÍNEA 19. *Si construyen plazas tan grandes solo por arrogancia.* Kafka podía estar pensando en la plaza de la Ciudad Vieja, de Praga, en la que se levanta la iglesia de Nuestra Señora de Týn y el ayuntamiento de la Ciudad Vieja, entre otros edificios. La plaza puede ser considerada «tan grande» en el relato por el mero hecho de que hacia 1890, o poco más tarde, se había agrandado cuando unos edificios que ocupaban su parte central fueron derribados durante el «saneamiento» de la ciudad de Praga a finales del siglo XIX, reforma que transformó especialmente el barrio judío de la ciudad. Cuando Kafka escribe, líneas más abajo, «la aguja de la torre del ayuntamiento», no puede pensar en otro edificio que en el ayuntamiento de la Ciudad Vieja, en uno de cuyos lados se levanta, desde 1364, una torre coronada por un pináculo rematado por una aguja.

PÁGINA 282, LÍNEA 5. *hacia la Karlsgasse*. Es la calle que une la plaza de la Ciudad Vieja de Praga con el puente de Carlos.

PÁGINA 292, LÍNEA 19. *tengo veintitrés años, pero aún sigo sin nombre*. Según muchos comentaristas, Kafka habla aquí en primera persona: el autor tenía veintitrés años cuando escribió «Conversación con el borracho» (entre febrero e inicios de julio de 1907), y cumplió los veinticuatro el 3 de julio de 1906. Por estas fechas Kafka no había publicado todavía ningún texto.

PÁGINA 286, LÍNEA 4. *Los aeroplanos en Brescia*. Hallándose de vacaciones desde el día 4 de septiembre de 1909 en Riva, población austríaca por entonces, Franz Kafka, Max Brod y su hermano Otto se enteraron, por los periódicos del día 9 de ese mismo mes, de que en la italiana Brescia, no excesivamente lejos del lago de Garda a cuya orilla se encontraban, empezaba aquel día una *Flugwoche* (o 'semana aeronáutica', es decir, de vuelos de exhibición). Aunque los tres amigos no disponían de muchos recursos, viajaron en vapor y en tren hasta Milán, y luego a Brescia. El día 11, muy de mañana, hicieron el recorrido hasta Montichiari, que era donde tenía lugar la semana aeronáutica, y allí se quedaron hasta el atardecer, observando las distintas evoluciones de los aviadores. Es necesario subrayar que, hasta aquel momento, ninguno de los tres había visto nunca un aeroplano, y que Kafka, especialmente, mostró un interés enorme por una exhibición de esas características, igual que, en el mismo terreno de la evolución técnica, lo había demostrado por el cinematógrafo. Así lo recuerda Max Brod en su biografía de Kafka: «Kafka ... se interesaba por todo lo nuevo, por lo actual, por lo técnico; por ejemplo, le interesaron mucho los comienzos del cinematógrafo; jamás adoptó una actitud de orgulloso apartamiento; aun los abusos y las aberraciones del progreso moderno eran investigados por él hasta la raíz con paciencia y curiosidad inagotables; conservaba sus esperanzas en la rectitud del ser humano; no rehuía con aquella orgullosa "distinción" de un Stefan George el contacto con el mundo de las capas inferiores» (véase Max Brod, *Kafka*, citado).

En términos generales, este tipo de exhibiciones causaba por aquel tiempo gran admiración entre el público, en especial desde que, para asombro de toda Europa, Louis Blériot (1872-1936) atravesó el Canal de la Mancha el 25 de julio de 1909. La exhibición de Brescia solo fue una más de las muchas que tuvieron lugar por aquellos meses; de mayor relieve fueron las que se realizaron en Reims y en Berlín.

Otra cuestión de enorme trascendencia en la carrera literaria de Kafka fue el hecho de que este «informe» o «noticia de viaje» fue escrito, en cierto modo, a instancias de Max Brod, quien retó a su amigo, durante la excursión, a que redactara cuanto viera para compararlo con lo que él escribiría acerca de las mismas experiencias: «Insté a Franz a que reuniera de inmediato en un artículo todo lo que hubiera alcanzado a ver. Le hice tentadora la idea al sugerírsela como un duelo deportivo entre él y yo. Yo también escribiría un artículo, y luego determinaríamos a quién se le habían ocurrido las observaciones más acertadas. Estos objetivos juguetones, casi infantiles, producían en Kafka, las más de las veces, el efecto esperado. Pues le causaba enorme gracia el que durante la excursión nos preocupáramos en grande por ocultarnos mutuamente nuestras percepciones, por no delatar nuestros puntos de vista sobre lo que íbamos observando» (véase Max Brod, *Kafka*, citado).

La «relación» de Kafka, previamente abreviada por el propio autor, se publicó, solo unas semanas después del viaje al norte de Italia, en la edición del diario *Bohemia* del 29 de septiembre de 1909. Aquí se ofrece la traducción de esta primera edición del texto.

PÁGINA 286, LÍNEA 11. *que se han puesto gordos en sus cochecitos.* Así en el original de Kafka. Debe de tratarse de personas mutiladas, quizá sin extremidades inferiores, que se arrastran encima de plataformas provistas de ruedas, o «cochecitos», vehículos que no faltan en la iconografía negra española de los siglos XIX y XX.

PÁGINA 286, LÍNEA 20. *Una vez, en Brescia.* Muestra de la transformación, por parte de Kafka, de un relato de viaje en una prosa con carácter «ficcional-literario», pues Kafka había asistido, en Brescia, a los ejercicios de vuelo que le ocupan en este texto tan solo días antes de escribirlo. Según las categorías gramaticales que usa en el mismo, parece que se remonte a varios años atrás.

PÁGINA 287, LÍNEA 32. *¿Y Blériot?* Éste y otros nombres de aviadores que aparecen previamente no son invención de Kafka, sino nombres de auténticos aviadores que participaron en esta exhibición. Si Kafka se pregunta ahora «¿Y Blériot?» es por el hecho de que, en aquellos momentos, como ya se ha comentado, Blériot era el más famoso de los aviadores europeos, pero no participó en la exhibición de Brescia.

PÁGINA 291, LÍNEA 5. *Gabriele d'Annunzio.* Cuando escribió este pasaje, Kafka ya debía de conocer, por lo menos de nombre, al literato italiano Gabriele d'Annunzio (1863-1938), quien pudo haberse hallado presente en esta exhibición aeronáutica, pues veraneaba en Saló, también a orillas del lago Garda. En sus diarios, sin embargo, Kafka no hace referencia al escritor hasta el 22 de mayo de 1912.

PÁGINA 291, LÍNEA 9. *Puccini.* Es decir, el compositor de ópera italiano Giacomo Puccini (1858-1924).

PÁGINA 295, LÍNEA 4. *Una novela de juventud.* Como da a entender la ficha bibliográfica que sigue al título, se trata de una reseña del libro de Felix Sternheim *Die Geschichte des jungen Oswald* (La historia del joven Oswald), novela epistolar aparecida en Múnich en los primeros días de 1910. Felix Sternheim, hermano de Carl Sternheim –el autor que, en 1915, ofrecería a Kafka el importe del Premio Fontane que él había recibido (véase la nota liminar a *Contemplación*)–, había ayudado a Franz Blei en la financiación y las tareas de redacción de la revista *Hyperion*, que publicó diversos textos de Kafka. Es probable que Paul Wiegler, redactor del diario *Bohemia*, en el que se había publicado recientemente el texto de Kafka sobre «Los aeroplanos en Brescia», confiara en el escritor y le pidiera la redacción de esta reseña del libro de Sternheim, que se publicó en la edición del 16 de enero de 1910. Sobre la peculiar concepción kafkiana del arte de la reseña literaria, véase nuestro comentario en la nota a la página 271, línea 4.

PÁGINA 298, LÍNEA 4. *Una revista extinta*. La revista bimensual *Hyperion*, que había sido fundada en 1908, publicó su última entrega en abril de 1910, como número doble 11-12, correspondiente al año de publicación 1909-1910. Algo tuvieron que ver, en este abrupto final, las discrepancias entre el fundador y director de la revista, Franz Blei, y el director de la editorial que la albergaba, Hans von Weber, sobre si la publicación tenía que inclinarse del lado de la creación literaria o del lado de la crítica literaria y estética. Recordemos que Kafka publicó algunos de sus primeros textos –*Contemplación* y las «Conversaciones con el orante y con el borracho»– en los números 1 y 8 de la revista, respectivamente.

PÁGINA 300, LÍNEA 4. *Primer capítulo del libro «Richard y Samuel»*. Max Brod y Franz Kafka realizaron, durante las vacaciones de verano de 1911, un viaje por Europa que les llevó primero a Suiza y el norte de Italia, y luego a París. Ya el primer día de este viaje, y posiblemente recordando el trabajo conjunto durante el primer viaje al norte de Italia (véase la nota a «Los aeroplanos en Brescia»), los dos amigos se pusieron de acuerdo en redactar, ya «simultáneamente», ya «conjuntamente», no solo un texto acerca de las experiencias de su viaje sino, según testimonio de Max Brod del 26 de agosto de ese año, una «descripción del viaje» en la que cada uno de los amigos trataría de situarse, al escribir, en la perspectiva del otro. Solo unos días más tarde, posiblemente el 30 de agosto de 1911, mientras ambos se encontraban escribiendo sus respectivos diarios, nació entre Kafka y Brod la idea de convertir este proyecto en una novela que iba a titularse, en principio, *Robert und Samuel*. Una vez concluido este viaje, Kafka pasó unos días solo en un sanatorio de Erlenbach, junto al lago de Zúrich, y allí escribió por su cuenta unas notas del viaje que acababa de realizar con Max Brod, notas que empiezan, precisamente, con esta reflexión, claramente adversa, relativa al proyecto común que acabamos de mencionar: «La mala idea: descripción simultánea del viaje y de los sentimientos del uno hacia el otro con respecto al viaje». De regreso a Praga, Kafka y Brod hablaron otra vez del asunto y empezaron a trabajar de nuevo en él. Kafka no tardó en tener serias dudas acerca de la viabilidad de un proyecto como éste, y así lo consigna en la entrada de sus diarios correspondiente el 30 de octubre: «de regreso a casa le declaré a Max que lo de *Robert y Samuel* no iba a ninguna parte». A pesar de todo, los dos amigos siguieron trabajando en el proyecto común, y Kafka anota en sus diarios el 14 de noviembre: «Ahora intentar un esbozo de la introducción para *Richard* [en esta fecha ya habían cambiado el nombre de este protagonista] y *Samuel*» (p. 208), introducción que por lo menos esbozó ese mismo día. El *Diario de viaje agosto-septiembre de 1911*, así como la serie de pasajes que Kafka dedica en sus diarios al proyecto de novela escrita a medias con Brod, demuestran que la iniciativa era inviable, sobre todo, por la radical diferencia de registro narrativo que utilizaban uno y otro. En este sentido, no hay explicación más asombrosa, por lo eficiente, que la que se lee al principio del citado *Diario de viaje*: «Su imposibilidad [la del proyecto] demostrada por un carro de campesinas que pasaba. La campesina heroica (sibila délfica). Una ríe y otra que duerme recostada en su regazo se despierta y saluda con la mano. Describir el saludo de Max habría significado introducir en la descripción un elemento de hostilidad solo aparente». De hecho, los pasajes que se conservan de la novela dan idea no solo de lo espinoso de la iniciativa, sino también de la habilidad de Kafka para resolver un problema casi insoluble desde el punto de vista narrativo. Al final, Brod y Kafka abandonaron el proyecto, y no quedó del mismo más que este «Primer capítulo del libro *Richard y Samuel*», que se publicó en la revista *Herder-Blätter*, año 1, núm. 3 (mayo de 1912). Al final del texto, la revista anuncia

—completamente en vano— que «continuará». Dos años después de esta publicación, el 20 de abril de 1914, Kafka ya le dice a Felice Bauer, con absoluta franqueza, que le manda dos nimiedades editoriales sobre el citado viaje: «una soportable, escrita por mí [«Los aeroplanos en Brescia», aparecida en el diario *Bohemia*] y la otra absolutamente insoportable, escrita por los dos conjuntamente [Brod y él mismo, en alusión al «Primer capítulo del libro *Richard y Samuel*»]».

PÁGINA 302, LÍNEA 27. *Dora Lippert*. Parece tratarse de Angela (¿o Alice?) Rehberger, a quien Kafka también menciona en sus diarios, el 12 de octubre de 1911, en una entrada que merece ser comparada con distintos pasajes de este «fragmento de novela» supuestamente escrito por Kafka y Brod: «En la penumbra de la Rittergasse, con su vestido de otoño, gorda, cálida, la Rehberger, a la que hasta entonces solo habíamos visto con su blusa de verano y su delgada chaquetilla azul de verano, ropas con las que una chica con un físico no completamente intachable resulta al fin y al cabo más fastidiosa que desnuda. Ahí se veía más que nunca su robusta nariz en medio de la cara exangüe, cuyas mejillas podrían apretarse con las manos durante un buen rato antes de que apareciese un enrojecimiento, el espeso bozo rubio que se acumulaba en sus mejillas y su labio superior, el polvo del tren que se había depositado entre la nariz y las mejillas, y el débil blancor de su piel en el escote de la blusa».

PÁGINA 305, LÍNEA 3. *transportar un piano (fortepiano!)*. En el original: «ein Klaviertransport (*Fortepiano!*)», lo cual sugiere que Kafka (antes él que Brod) añadió entre paréntesis la palabra italiana *fortepiano* (origen de la abreviación *piano* usada modernamente) para dar realce a lo muy dificultoso que resulta trasladar un instrumento que lleva, en su propio nombre, la palabra *fuerte*.

PÁGINA 307, LÍNEA 4. *La esclava blanca*. En alemán, *Die weisse Sklavin*, película danesa, de 1910, que con toda seguridad Kafka había visto en Praga. Su argumento gira en torno a la trata de blancas. El lector hallará cumplida información de las relaciones de Kafka con el cine en el libro de Hanns Zischler, *Kafka va au cinéma*, París, Cahiers du Cinéma, 1996; por lo que respecta a la película citada por Kafka-Brod, y a su relación con el presente contexto literario, véanse las páginas 49-65 del libro citado.

PÁGINA 308, LÍNEA 1. *Las Cuatro Estaciones*. Nombre enormemente común a muchos establecimientos hoteleros y de restauración en los países de lengua alemana. El citado en el texto parece existir todavía en la Maximilianstrasse 4 de Múnich.

PÁGINA 308, LÍNEA 5. *el célebre monumento a Wagner*. Según Hartmut Binder se trata de una broma –profética– de los autores, pues el monumento a Wagner en Múnich no se erigió hasta 1913.

PÁGINA 308, LÍNEA 7. *monumento a la Libertad*. Este monumento sí existía en la época, como hoy, junto al puente de Luitpold, o del Príncipe Regente, en Múnich.

PÁGINA 309, LÍNEA 2. *una Margarita alemana y sentimental*. Es decir, Gretchen –como escriben los autores en el texto original–, el famoso personaje del *Primer Fausto* de Goethe.

PÁGINA 309, LÍNEA 28. *«havelock»*. Abrigo con esclavina, para varón, usado en la época. Es prenda –y palabra– muy frecuente en las literaturas inglesa y alemana del primer tercio del siglo XX. Lo usa permanentemente Sherlock Holmes, y también aparece en Thomas Mann, quien a su vez lo usaba; no así Kafka, que usaba levita. La palabra deriva del nombre del general inglés sir Henry Havelock (1795-1857).

PÁGINA 310, LÍNEA 22. *«El jinete sobre el lago de Constanza»*. La leyenda del «jinete en el Bodensee», o lago de Constanza, se forjó a partir de un hecho histórico acaecido en 1695 (de hecho, nos consta que, solo desde 1978, el lago de Constanza se ha helado en cuatro ocasiones), según el cual un jinete que buscaba la orilla del lago de Constanza lo atravesó creyendo que galopaba en tierra firme, hasta alcanzar la otra orilla, en la que fue acogido por campesinos que le revelaron la verdad. De la leyenda nació, entre otras, la famosa balada *Der Reiter und der Bodensee* (El jinete y el lago de Constanza), escrita en 1826 por el poeta Gustav Schwab: «Der Reiter reitet durchs helle Tal, / Auf Schneefeld schimmert der Sonne Strahl...» ('Por el lúcido valle cabalga el jinete, / brillan los rayos del sol en los campos de nieve...'). Kafka, que pudo haber conocido la balada de Gustav Schwab en sus tiempos de colegial, no completa la referencia, ni desarrolló luego narración alguna con este tema, pero el lector comprenderá qué cerca se encuentra de algunas de sus figuraciones literarias la de este jinete que desafía a la muerte sin saberlo, con absoluta ignorancia de su situación. El ciclo narrativo del «cazador Gracchus» podría ser un eco de esta leyenda.

PÁGINA 311, LÍNEA 6.   *«El ayudante» de R. Walser*. Es decir, *Der Gehülfe*, de Robert Walser, novela publicada en Berlín, Cassirer, 1907 (hay traducción al castellano de Juan José del Solar, Madrid, Alfaguara, 1982). Kafka admiraba la literatura de Robert Walser (1878-1956), de quien empezó a tener noticia por las prosas narrativas publicadas por este en *Die Neue Rundschau*, también en 1907.

PÁGINA 311, LÍNEA 29.   *Gottfried Keller*. Escritor suizo (Zúrich, 1819-1890), autor de la novela *Der Grüne Heinrich* (Enrique el Verde), edición definitiva en Stuttgart, Braunschweig, 1879-1880 (hay traducción al castellano de Isabel Hernández, Madrid, Espasa-Calpe, 2001) y de la colección de cuentos *Die Leute von Seldwyla* (La gente de Seldwyla), edición definitiva en Stuttgart, Braunschweig, 1873-1874, entre otras obras. Kafka lo cita también en el diario correspondiente a este viaje.

PÁGINA 316, LÍNEA 4.   *Barullo*. En el original, *Grosser Lärm*. Texto publicado por Kafka en la revista *Herder-Blätter*, año 1, núm. 4-5 (cuaderno de octubre de 1912), a petición de su co-editor, Willy Haas, que valoró muy positivamente las prosas editadas por Kafka en distintos periódicos, reunidas luego en libro bajo el título *Contemplación*. Kafka escribe este texto en su diario, en la entrada correspondiente al 5 de noviembre de 1911 (domingo), tras una línea divisoria; es probable, por lo tanto, no solo que Kafka lo escribiera en su habitación, sino también en la madrugada del domingo 5 al lunes 6 de noviembre. En relación con este texto –que adjunta a la carta–, le escribió Kafka a Felice Bauer el 11 de noviembre de 1912: «No, no vivo completamente apartado de mi familia. Lo prueba el adjunto relato de la situación acústica de nuestra casa, relato que, para castigo público y escasamente doloroso de mi familia, acaba de aparecer en una pequeña revista de Praga». A esta misma aprehensión respondía el comentario que Kafka ya le había hecho a su amigo Brod en carta del 17 de diciembre de 1910: «Cuando por la izquierda concluye el ajetreo del desayuno, comienza por la derecha el ajetreo de la comida, por todas partes se abren las puertas como si violentaran los muros. Pero sobre todo permanece la médula de la desgracia. No puedo escribir; no he escrito ni un renglón que me parezca válido».

PÁGINA 317, LÍNEA 4. *Desde Matlárháza*. Desde Matliary o Matlárháza, en húngaro, lugar en el que se hallaba desde diciembre de 1920 para una cura de salud, Kafka le escribió una carta a su hermana Ottla, en mayo de 1921, en los siguientes términos: «Hay aquí un capitán de Estado Mayor ... Mientras hubo nieve hacía excursiones, con los esquíes, casi hasta la cima de las montañas ... ahora no tiene más que dos ocupaciones: una de ellas consiste en dibujar y en pintar acuarelas, la otra en tocar la flauta ... Si lo encuentro mientras está dibujando, le hago un par de cumplidos, pues sus dibujos no están nada mal, es un buen trabajo, incluso un muy buen trabajo de aficionado ... En suma, ha organizado una exposición, y el estudiante de medicina [otro residente del establecimiento] le ha hecho una crítica en un periódico húngaro, yo la he hecho para un periódico alemán, todo en secreto». Esta pieza de Kafka, que puede ser considerada como la única crítica de arte que escribió, se publicó efectivamente, sin firma, en el semanario *Karpathen-Post*, 23 de abril de 1921.

PÁGINA 318, LÍNEA 4. *El jinete del cubo*. El manuscrito de esta narración se encuentra en el llamado «Cuaderno en octavo B», de 36 hojas, que Kafka utilizó desde mediados de enero hasta poco después del 19 de febrero de 1917 (y que lleva, en *OC*, vol. III, el número [19] de los escritos póstumos). Teniendo en cuenta la similitud entre la letra del autor en las hojas que contienen el relato (que empieza en el anverso de la hoja 11) y la letra del resto del cuaderno, la narración debió de escribirse entre finales de enero y principios de febrero de ese año. El título previsto por el autor para esta narración, «El segundo jinete», que se encuentra entre las variantes a este texto presentadas por *KA*, alude posiblemente a otra narración, perdida o nunca escrita, que se habría denominado *Ein Reiter* (Un jinete), citada por Kafka con ocasión de la preparación de los textos para el volumen *Un médico rural*, según hemos anotado en la nota liminar a este libro de narraciones del autor. Kafka le mandó a Max Brod a principios de 1918, desde Zürau (hoy Siřem), donde se encontraba por entonces, una copia en limpio de esta narración y otros manuscritos. Al respecto, Kafka escribió, en carta a Max Brod de mediados de enero de 1918: «He aquí los manuscritos (los únicos) para tu mujer, no se los muestres a nadie. Por favor, encarga por cuenta mía copias de «El jinete del cubo» y de «Un viejo folio» y envíamelas, las necesito para Kornfeld». Brod hizo copiar a máquina estas dos narraciones en alguna oficina de Praga, y se las mandó a su amigo, que se lo agradece en carta del 28 de enero. Como se ha indicado en la nota liminar a *Un médico rural*, Kafka había previsto incluir «El jinete del cubo» en este libro, pero, por razones desconocidas, no formó parte del mismo. El autor pensó publicarlo en la revista *Das Junge Deutschland*, dirigida por Paul Kornfeld, compañero de Franz Werfel y de Willy Haas. Por la carta de Kafka a Max Brod del mismo 28 de enero de 1918 sabemos que ni este relato ni el que lo acompañaba, «Un viejo folio», llegaron a publicarse en la revista de Kornfeld: «Te agradezco mucho las copias del manuscrito (que por lo demás, al menos para Kornfeld, ya no las necesito porque he encontrado otra solución) y el gran envío de impresos...». «El jinete del cubo» se editó finalmente en el periódico *Prager Presse*, año 1, 25 de diciembre de 1921 (suplemento de Navidad). La presente traducción sigue el texto fijado en esa edición, que ofrece solo ligeras diferencias de puntuación con respecto al del «Cuaderno en octavo B».

Los comentaristas han señalado la relación entre este relato de Kafka y sus reiteradas manifestaciones de hallarse «sin tierra firme bajo los pies». Por lo demás, la figura del personaje suspendido en el aire forma parte de la más conocida tradición literaria e iconográfica de los judíos del Este de Europa: basta recordar a los violinistas, y otros personajes voladores, que llenan la pintura de Marc Chagall (1887-1985). La presente narración está emparentada en este sentido con el ciclo narrativo del «cazador Gracchus»: si el jinete del cubo debe encontrar un camino entre la vida, despiadadamente hostil y gélida, y un cielo no menos impenetrable, Gracchus, por su parte, yerra desde hace quince años, y para siempre jamás, entre la vida y la muerte.

Índice general

Prólogo, *por Jordi Llovet* 9
Advertencia sobre la edición, *por Jordi Llovet* . . . 41

Libros publicados en vida

Contemplación (1913) 45
   Niños en el camino vecinal 47
   Desenmascaramiento de un engañabobos . . . 51
   El paseo repentino 54
   Resoluciones 55
   La excursión a la montaña 56
   La desventura del soltero 57
   El tendero 58
   Mirando distraídamente fuera 61
   El camino a casa 62
   Los transeúntes 63
   El pasajero 64
   Vestidos 65
   El rechazo 66
   Tema de reflexión para jinetes que montan
      caballos propios 67
   La ventana a la calle 69
   Deseo de convertirse en indio 70
   Los árboles 71
   Ser desdichado 72

La condena. Una historia (1913) 77

El fogonero. Un fragmento (1913) 93

En la colonia penitenciaria (1919)   129

Un médico rural. Relatos breves (1919)   165
   El nuevo abogado   167
   Un médico rural   169
   En la galería   176
   Un viejo folio   178
   Ante la Ley   181
   Chacales y árabes   183
   Una visita a la mina   188
   La aldea más cercana   192
   Un mensaje imperial   193
   La preocupación del padre de familia   195
   Once hijos   197
   Un fratricidio   203
   Un sueño   206
   Un informe para una academia   209

Un artista del hambre. Cuatro historias (1924) . .   221
   Primer sufrimiento   223
   Una mujercita   227
   Un artista del hambre   236
   Josefina la cantante o El pueblo de los ratones . .   248

Textos solo publicados en diarios y revistas

   Un breviario para damas (1909)   271
   Conversación con el orante (1909)   273
   Conversación con el borracho (1909)   281
   Los aeroplanos en Brescia (1909)   286
   Una novela de juventud (1910)   295
   Una revista extinta (1910)   298
   Primer capítulo del libro «Richard
     y Samuel» (1912)   300

Barullo (1912) 317
Desde Matlárháza (1920) 318
El jinete del cubo (1921) 319

Notas

Notas a «Contemplación» 323
Notas a «La condena» 330
Notas a «El fogonero» 337
Notas a «En la colonia penitenciaria» 345
Notas a «Un médico rural» 355
Notas a «Un artista del hambre» 373
Notas a los «Textos solo publicados en diarios revistas» 383